Renate Klöppel
Blutroter Himmel

PIPER

Zu diesem Buch

Ein Gewitter entlädt sich über Freiburg, als der Mediziner Alexander Kilian von einem Kongress zurückkommt. Wenig später steht er vor dem brennenden Institutsgebäude. Die polizeilichen Ermittlungen ergeben, dass der Brand keineswegs durch das Gewitter verursacht wurde, sondern durch Brandstiftung. In der Ruine macht man eine grausige Entdeckung: die Leiche eines Mannes, der offenbar schon länger dort gehaust hat und mit einem Schlüssel Zugang zu den Räumlichkeiten gehabt haben muss. Welche Rolle spielt die Institutssekretärin Beate Brändle, die sonst so biedere und pflichtbewusste Frau, die sich seit ihrer neuen Beziehung so auffällig verändert hat? Als Alexander vor seiner Haustür eine tote Ratte findet und wenig später erfährt, dass das Grab seiner verstorbenen Ehefrau mit der Aufschrift »Stop killing animals« beschmiert wurde, befürchtet er, ins Visier militanter Tierschützer geraten zu sein. Könnten sie auch hinter dem Brandanschlag stecken? Und was hat Frau Brändles schöner indischer Ehemann mit den Ereignissen zu tun?

Renate Klöppel, geboren 1948 in Hannover, ist nicht nur Kinderärztin, sondern studierte auch Musik an der Musikhochschule Trossingen, wo sie zwanzig Jahre als Dozentin tätig war. Seit 2007 lebt sie mit ihrem Mann in Freiburg. Sie veröffentlichte die viel beachtete Lebensgeschichte einer schizophrenen Malerin unter dem Titel »Die Schattenseite des Mondes«. »Blutroter Himmel« ist ihr sechster Kriminalroman mit Alexander Kilian in der Hauptrolle.

Renate Klöppel

Blutroter Himmel

Ein Freiburg-Krimi

Piper München Zürich

Mehr über unsere Autoren und Bücher:
www.piper.de

Von Renate Klöppel liegen bei Piper vor:
Der Kapuzenmann
Schlangensaat
Blutroter Himmel

MIX
Papier aus verantwortungsvollen Quellen
FSC® C014496
www.fsc.org

Originalausgabe
März 2013

Umschlaggestaltung und -motiv: Hauptmann und Kompanie Werbeagentur, Zürich
Satz: Kösel, Krugzell
Papier: Munken Print von Arctic Paper Munkedals AB, Schweden
Druck und Bindung: GGP Media GmbH, Pößneck
Printed in Germany ISBN 978-3-492-30035-3

Jenseits der Altstadt, dort wo Herdern liegen musste, flackerte der Nachthimmel in einem schmutzigen Rot, und die tief hängenden Regenwolken schoben sich wie von roten Scheinwerfern angestrahlt auf den Schlossberg zu. Weiter im Osten, wo der Schwarzwald begann, löste das grelle Licht eines Blitzes eine bewaldete Kuppe aus der Finsternis. Gleich darauf verschwand die blau flackernde Anhöhe wieder, die roten Wolken blieben.

Als Alexander Kilian an der Schwabentorbrücke in den Schlossbergring einbog, verdeckte der Berg das gespenstische Schauspiel. Er drehte das Radio lauter. Seit Tagen hatte er keine Nachrichten gehört. Während der Konferenz in Dresden hatte ein kleines und den Normalsterblichen weitgehend unbekanntes Lebewesen namens Zebrafisch sein Denken beherrscht, und er war gemeinsam mit über sechshundert Wissenschaftlern und Technikern aus aller Welt von einer Veranstaltung zur nächsten geeilt. Was außerhalb der Stadt oder, genauer gesagt, des Kulturpalastes aus der Zeitdes real existierenden Sozialismus geschah, war unbemerkt an ihm vorbeigegangen. Auf dem Flug von Dresden nach Stuttgart hatte er geschlafen.

Der Nachrichtensprecher berichtete von der zunehmenden Schuldenlast für jeden einzelnen Bundesbürger: fast fünfundzwanzigtausend Euro öffentliche Schulden pro Kopf. Dabei waren Säuglinge und Greise ebenso mitgerechnet wie alle weiteren für den Schuldenabbau untauglichen Staatsbürger. Alexander schaltete das Radio aus. Seine Hoffnung auf eine gute Nachricht würde sich auch heute nicht erfüllen, zum Beispiel, dass der Freiburger Universität ab sofort der zehnfache Forschungsetat zur Verfügung stehen würde.

Als er vor seiner Haustür aus dem Wagen stieg, hatte er den roten Himmel längst vergessen. Der Gewitterregen war weitergezogen, aber die Nässe hing noch wie warmer Atem zwischen den Häusern. Alexander nahm den kleinen Lederkoffer vom Rücksitz und schlug die Autotür zu. Nicht zum ersten Mal überfiel ihn bei der Rückkehr nach einer Reise plötzlich die Furcht, während seiner Abwesenheit könne sich ein Unglück ereignet haben, von dem er nichts wusste. Er atmete tief durch die Nase ein. Was da in der Luft hing, war nicht der Rauch eines Holzfeuers oder der Geruch von angebrannten Grillwürsten, es war der beißende Qualm eines zerstörerischen Brandes. Prüfend sah er zu seiner Wohnung empor, bis er sich sicher war: Die stinkenden Schwaden stammten nicht aus diesem Haus. Wieder mal hatte sich seine Befürchtung nicht bestätigt.

In der Ferne hörte er ein Martinshorn. Es kam näher, war plötzlich direkt hinter ihm. Mit flackerndem Blaulicht und heulender Sirene jagte ein Polizeifahrzeug durch die stille Mozartstraße, vorbei an ein paar Menschen am Straßenrand, die gestikulierend herumstanden. Den Blick hatten sie in eine Ferne gerichtet, die er von seinem Haus aus nicht sehen konnte. Zögernd setzte sich die Gruppe in die Richtung in Bewegung, in der das Polizeifahrzeug verschwunden war.

Alexander stellte seinen Koffer in den Wagen zurück und ging auf die Mozartstraße zu, kehrte jedoch nach ein paar Schritten wieder um. Er, Professor Alexander Kilian, Leiter des Instituts für Molekulare Genetik, würde sich nicht unter die Gaffer mischen, die sich wie Geier um das Aas um jeden Unglücksfall scharten. Er nicht!

Beunruhigt blieb er neben seinem Auto stehen.

Und wenn er doch etwas Wichtiges versäumte?

Sekunden kämpfte er mit sich selbst, dann folgte er langsam und unschlüssig dem Grüppchen, ehe er seinen Schritt beschleunigte und die anderen überholte.

Die Nässe verschleierte grau und gespenstisch die Konturen der Häuser und Bäume, aber ein paar Steinwürfe entfernt zuckten blaue Lichter in der Finsternis. Alexander ging noch schneller, lief schließlich auf das Schauspiel zu. Das ungute Gefühl hatte sich längst wieder eingestellt, nach weiteren hundert Metern war daraus eine Gewissheit geworden. Noch ein paar Meter, dann erstarrte er.

Alexander Kilian schloss die Augen. Am liebsten hätte er sie gar nicht wieder geöffnet, als könne er die Katastrophe ungeschehen machen, indem er sie nicht zur Kenntnis nahm. Das träume ich nur, redete er sich ein, das ist nicht die Wirklichkeit. Ich muss nur aufwachen, dann ist alles wie immer.

Er riss die Augen auf.

Nichts war wie immer.

Fünfzig Meter von ihm entfernt standen rot-weiße Kegel auf der Straße. Der Fußweg war mit einem flatternden Band gesperrt – die Grenze zwischen Gaffern und Rettern. Wenn es denn noch etwas zu retten gab! Hinter dieser Grenze stand auf der rechten Straßenseite eine große Villa aus der Gründerzeit, ein hohes Haupthaus, an das sich beiderseits zwei schiefergedeckte Seitenflügel anschlossen. Man sah ihm nicht an, dass die letzte Renovierung erst zehn Jahre zurücklag. Die Nässe unter den alten Kastanien hatte dem Mauerwerk zugesetzt, die filigrane Steinbrüstung des Balkons in der Mitte des Haupthauses war mit den Jahren schwarz geworden, und von den geschwungenen und verzierten Konsolen und den Stuckquadern der Hauswand blätterte die Farbe. Das Gebäude beherbergte sein Institut.

Er hatte das alte Haus in der Nähe des Stadtgartens abseits des Institutsviertels der Universität vom ersten Tag an geliebt und als sein zweites Zuhause betrachtet. Nun züngelten aus dem Dach des Südflügels kleine rote Flammen. Harmlos anzusehen war das, aber er wusste, dass dies die Vorhut eines Feuersturms war, der nur noch auf das Kommando zum Ausbruch wartete. Auf der Stirnseite loderten die Flammen bereits meterhoch. Zwei Fenster im Obergeschoss waren geborsten. Prasselnd und fauchend verschlang das Feuer, was sich dahinter befunden hatte. Die Fenster gehörten zu Frau Brändles Zimmer. Brändle wie brennen. Er verfluchte den Tag, als ihm der Satz zum ersten Mal in den Sinn gekommen war. Mit diesem Gedanken über seine Sekretärin musste er das Feuer geradezu angelockt haben!

Neben den beiden Fenstern des Sekretariats zersplitterte mit lautem Knall die nächste Scheibe, und in einem Funkenregen loderten die Flammen in den nächtlichen Himmel. Es war ein Fenster seines Arbeitszimmers.

Alexander schlug die Hände vor das Gesicht. Alles, was er in seinem Leben geleistet hatte, ging dort in Flammen auf. Sein Lebenswerk brannte wie Zunder: die Zeitschriften mit seinen wissenschaftlichen Arbeiten, die Urkunden über Ehrungen und Wissenschaftspreise, die er in langen Jahren zusammengetragen hatte. Was blieb davon? Nichts als Asche!

Er nahm die Hände vom Gesicht und drängte sich zwischen den Gaffern hindurch bis zur Absperrung. Vor dem brennenden Institut standen sechs oder sieben Feuerwehrautos: Fahrzeuge mit Drehleitern, Löschfahrzeuge mit Schläuchen, ein Einsatzleitwagen. Für einen winzigen Augenblick dachte er, dass seine kleine Corinna bei dem Anblick leuchtende Augen bekommen hätte. Ihm hingegen war zum Heulen zumute. Er starrte auf die Männer in Uniform, zuckende Akteure, deren neonfarbene Reflexstreifen sich im Blaulicht ruckartig bewegten wie die Glieder von Tänzern in einem modernen Ballett. Mit den Helmen sahen die Köpfe der Tänzer wie fahlgelb fluoreszierende Kugeln aus. Die Männer rannten hin und her, brüllten Kommandos, zerrten Schläuche durch die Eingangstür, verschwanden mit Atemmasken und Pressluftflaschen im Haus. Nur eines taten sie nicht: löschen! Zumindest sah er nichts davon. Interessierte es denn niemanden, dass hier sein ganzes Leben in Flammen aufging?

Wenigstens aus einem einzigen Schlauch könnte doch endlich Wasser kommen! Es dauerte eine Ewigkeit, bis endlich eine Drehleiter vor den Fenstern ausgefahren war und ein armdicker Wasserstrahl ins Feuer schoss. Eine Ewigkeit! So kam es ihm jedenfalls vor.

Dann ein zweiter Strahl, ein dritter. Wassermassen ergossen sich durch die geborstenen Fenster und auf das brennende Dach, flossen von dort in Sturzbächen am Gebäude herunter, überschwemmten die Straße. Das ganze Haus musste gleich in den Fluten versinken. Was das Feuer übrig ließ, zerstörte das Wasser. Ohnmächtig sah Alexander der Vernichtung zu.

Als er sich endlich abwandte, fiel sein Blick auf ein Gesicht inmitten der Gaffer. Ina! Ein paar Meter von ihm entfernt stand sie in der ersten Reihe und starrte gebannt in die Flammen.

Gebannt, ja, auch erschrocken, aber nicht verzweifelt. Sie sah aus wie immer, wenn sie für kurze Zeit das Haus verließ. Ihr schulterlanges braunes Haar hatte sie zu einem Pferdeschwanz zusammengebunden, und zur engen Jeans trug sie ein hüftlanges Top und darüber eine kurze schwarze Jacke.

Ohne Rücksicht auf fremde Füße, Schultern und Bäuche drängte er sich zu ihr durch. »Ina!« Er klammerte sich an sie wie ein Schiffbrüchiger an den einzigen Rettungsring im tosenden Ozean. »Dass du hier bist!«

Eine Weile standen sie so, bis sich Ina aus seiner Umarmung befreite. »Die Polizei wollte dich benachrichtigen und hat bei mir angerufen, weil du nicht zu erreichen warst. Ich bin sofort gekommen.« Inas Stimme: Wie immer. Besonnen, nüchtern. Sein Entsetzen schien sie nicht zu teilen. Und das, wo sie doch sonst so einfühlsam war!

»Hattest du kein Handy dabei?«

Er dachte an das Handy, das wie fast immer ausgeschaltet in seiner Tasche steckte, und überging die Frage seiner Lebensgefährtin. »Alles ist verloren!«, stieß er hervor.

»Alles?« Ina sah mit hochgezogenen Augenbrauen zu ihm auf.

Er nickte in stummer Verzweiflung.

»Dein Laptop? Alle neuen Arbeiten?« Jetzt klang Inas Stimme doch besorgt.

Alexander schüttelte den Kopf. »Der ist im Koffer«, antwortete er knapp. »Ich hatte ihn in Dresden dabei.«

»Na, siehst du. Nicht alles.«

In der Tat war wahrscheinlich nichts von dem, was er elektronisch gespeichert hatte, durch den Brand verloren gegangen. Seit er einmal seinen Laptop verloren hatte und ihm schon unzählige SD-Karten und USB-Sticks auf unerklärliche Weise aus den Hosentaschen entkommen waren, speicherte er alles doppelt und dreifach. Schwierig war nur das Wiederfinden.

»Aber alles andere ist verloren! Die ganzen Veröffentlichungen, meine Bücher, überhaupt alles.« Sein Ton erinnerte ihn an den von seiner kleinen Corinna, wenn sie sich nicht den Anlass für ihre Tränen nehmen lassen wollte. Er versuchte es noch einmal auf die vernünftige Art: »Es ist ein Unterschied, ob ich von meinen Arbeiten eine Kopie auf dem Computer habe oder den gedruckten Artikel in der Hand halte.«

»Verstehe«, sagte Ina. »Aber die gedruckten Artikel wird man ersetzen können, wenn du sie unbedingt brauchst. Auch die Bücher. Wozu hast du Frau Brändle?«

»Die wird vermutlich anderes zu tun haben«, widersprach er matt.

Ina sah ihn lange an, und die steile Falte auf ihrer Stirn verriet ihm, wie angestrengt sie überlegte. »Du musst ...« Sie stockte und sah zu den lodernden Flammen hinüber.

Er ahnte, was jetzt kommen würde: ein Rat, den er nie und nimmer berücksichtigen konnte, weil er unweigerlich eine seiner vielen Schwächen berühren würde.

»Du musst das Positive sehen. Du kannst endlich deine guten Vorsätze umsetzen und Ordnung schaffen. Du brauchst nicht einmal etwas wegzuwerfen. Du kannst ganz neu anfangen.«

Er schwieg. Immer wieder hatte er neu angefangen: ein neuer Arbeitsplatz, eine neue Wohnung, eine neue Frau, ein neuer Computer. Nur er selbst war nicht neu. Das war der Haken an jedem Neuanfang. Er selbst machte jeden guten Vorsatz in kürzester Zeit zunichte. Wie oft hatte er sich vorgenommen, unvermeidbare Aufgaben sofort zu erledigen und die unnötigen gleich abzuweisen. Unerledigte Arbeiten, verbunden mit Stapeln von Erinnerungszetteln, die ihn jeder Freiheit beraubten und seine Kreativität schon im Keim erstickten, sollten längst Vergangenheit sein. Doch ihr Überlebenswille war mächtiger als jeder Neuanfang. Ina musste wissen, wie sinnlos ihr Rat war, schließlich war sie eine kluge Frau.

»Nimm den Brand als die Chance deines Lebens«, sagte sie mit dem Kopf-hoch-Ton, der kaum geeignet war, sein Unglück zu mindern.

»Ich verstehe nicht, wie du dieser Katastrophe noch etwas Positives abgewinnen kannst«, stieß er so heftig hervor, als wäre sie schuld an dem Feuer. »Es wird Monate dauern, bis wir hier wieder arbeiten können.«

»Da hast du wahrscheinlich recht«, räumte Ina ein.

Alexander starrte in den dichten Qualm, der jetzt statt der lodernden Flammen aus dem Sekretariat drang. Was sich dort befunden hatte, war nur noch Schutt und Asche. Bei diesem Gedanken besserte sich seine Stimmung ein ganz klein wenig. Die Postmappe zum Beispiel, mit den seit Langem unerledigten Anfragen und Anträgen, die ihm seine Sekretärin jeden Morgen aufs Neue mit unerschütterlichem Optimismus auf den Schreibtisch legte. Zumindest hier würde es einen Neuanfang geben.

In diesen winzigen Trost hinein entdeckte er jetzt die Verluste, die wirklich schmerzten: die Kleinigkeiten, deren Wert sich nicht in Geld messen ließ und die keine Versicherung ersetzte. Das letzte Foto von seinen Eltern, kurz bevor sie vor fast fünfzig Jahren bei einem Verkehrsunfall umgekommen waren – es hatte in einem Regal zwischen anderen Bildern gestanden. Oder der kleine Kaktus, den seine Sekretärin einst aus einem Samenkorn gezogen hatte und der in diesem Jahr zum ersten Mal Blütenknospen hervorgebracht hatte.

Überhaupt Frau Brändle: Ihr Reich war zerstört, nicht nur die Blumen auf der Fensterbank, auch das schwarze Adressbüchlein auf ihrem Schreibtisch, aus denen sie Adressen und Telefonnummern in einer Geschwindigkeit hervorzauberte, die jeden Computer übertraf. Auch ihr PC war vermutlich vernichtet, ebenso wie die Espressomaschine, die sie erst vor drei Wochen mit der Bahn aus Italien herbeigeschleppt hatte. Eine Gaggia aus poliertem Edelstahl, angeblich ein Traum eines jeden Espressoliebhabers. Hatte die Gute nicht alles, was ihr wichtig war und was die Seele des Instituts ausgemacht hatte, in ebendiesem Zimmer aufbewahrt? Wenigstens die Kaffeemaschine würde ersetzt werden können.

Die erste wirkliche Katastrophe erkannte er Augenblicke später, und die übertraf alles andere bei Weitem. In den Räumen unter dem brennenden Stockwerk lagerten in Brut- und Gefrierschränken die Produkte der jahrelangen Anstrengungen junger Forscher, dort hatte sich materialisiert, was in ihren Köpfen herangewachsen war und worum sich ihre Zukunftsträume rankten.

Ob als genau temperierte Bakterienkulturen, als tiefgekühlte Proben oder in kleinen Glasbecherchen wimmelnde Fruchtfliegen, als Zebrafische in den Aquarien oder als winzige Würmer in flachen Glasschalen – hier wuchsen die Karrieren der nächsten Generation als vergängliche Substanz heran. Seine eigene war längst in Papier und elektronischen Dateien festgeschrieben.

»Vielleicht wirst du immer noch gesucht«, sagte Ina. »Du solltest dich bei der Feuerwehr oder bei der Polizei melden.«

Diesen Gedanken hatte Alexander gerade selbst gehabt, schließlich musste er in Erfahrung bringen, wie es um die Stromversorgung in den unteren Räumen stand, er musste wissen, welche Schäden das Löschwasser dort anrichtete, er musste alle Mitarbeiter informieren, die in diesen Räumen ihre Schätze aufbewahrten. Und deren Telefonnummern? Er blickte zu den rauchenden Fenstern des Sekretariats. Auch die Nummern waren nur noch Staub und Asche.

»Man müsste die Mitarbeiter verständigen«, sagte Ina in diesem Augenblick.

»Die Telefonnummern sind auch verbrannt.«

»Wozu gibt es eine Telefonauskunft?«

Er dachte daran, welcher Schritt jetzt der nächste sein müsste, der einzig sinnvolle. Der Schritt, der längst hätte getan sein müssen und der wie ein Berg vor ihm stand.

»Du solltest Frau Brändle anrufen«, fuhr Ina in ihrem telepathischen Höhenflug fort.

»Ich weiß ihre Privatnummer nicht«, sagte er, obwohl er nur ein wenig in seinem Gedächtnis hätte suchen müssen.

»Weißt du sie wirklich nicht?«

»Doch.« Er zog sein Handy aus der Tasche. »Außerdem ist die Nummer hier gespeichert, auch ihre Handynummer.« Er hielt Ina das Telefon hin. »Kannst du nicht …? Ich sollte jetzt unbedingt der Feuerwehr sagen, dass ich hier bin.«

Ina zögerte, dann nahm sie das Handy ohne Widerspruch entgegen, mitleidig irgendwie, und er wusste nicht, ob das Mitleid ihm oder Frau Brändle galt.

»Danke«, sagte er. »Ich gehe dann mal.«

Bereits die Vorstellung, jetzt auch noch seine in Tränen aufgelöste Sekretärin trösten zu müssen, überforderte ihn. Er versuchte seine Feigheit hinter Gedanken wie »So ein Unglück wird besser von Frau zu Frau mitgeteilt« zu verstecken, stieg über die Absperrung und ging zum Einsatzleitwagen. Der Mann neben dem Fahrzeug – etwa vierzig Jahre, gelbliche Haut, auffällig klein und wie verloren unter einem großen Helm und einer weiten Uniform – war mit seinem Sprechfunkgerät beschäftigt.

»Entschuldigung«, sagte Alexander, obwohl es eigentlich nichts gab, wofür er sich entschuldigen musste. »Sie haben mich vorhin gesucht.«

Der Blick des Einsatzleiters streifte ihn, blieb am quakenden Sprechfunkgerät hängen, kehrte wieder zu ihm zurück.

»Kilian«, stellte er sich vor. »Ich bin der Leiter des Instituts.«

Der Einsatzleiter sagte etwas, aber Alexander verstand kein Wort. In seiner Vorstellung war der Brand eines Hauses etwas gewesen, was sich lautlos vollzog. Doch das war völlig falsch. Es war nicht nur der Lärm, der unmittelbar vom Feuer ausging, lauter noch waren die Fahrzeugmotoren und Pumpen, aber am schlimmsten waren die Sprechfunkgeräte.

»Was ist mit dem Strom?«

»Der Strom ist selbstverständlich abgeschaltet«, erklärte der Mann in der übergroßen Uniform. Alexanders Protest über das stromlose Institut ging im Quaken des Sprechfunkgeräts unter. »Sind Menschen im Haus?«

Wie hätte er das mit Sicherheit wissen sollen? »In den brennenden Räumen sicher nicht«, schrie er. Das Sprechfunkgerät machte ihn verrückt. »In den unteren Stockwerken stehen Gefrierschränke und andere Geräte, die unbedingt Strom brauchen!«

Der kleine Mann, der hier das Sagen hatte, sah ihn an, als hätte er es mit einem Schwachsinnigen zu tun. Ganz offenbar hatte er andere Sorgen.

Alexander versuchte es noch einmal in derselben Lautstärke: »Gibt es irgendeine Möglichkeit, die Stromversorgung wiederherzustellen?«

Jetzt reagierte der Mann. »Heute und in diesem Teil des Hauses sicher nicht.«

»Aber es muss sein! Verstehen Sie denn nicht? Es stehen die Ergebnisse jahrelanger Forschung auf dem Spiel.«

Der Helm des Einsatzleiters begann sich im raschen Wechsel mal nach rechts zu drehen und mal nach links. Offenbar schüttelte der Mann unter dem Helm seinen Kopf. »Sie sehen doch selbst, was hier los ist!«

Alexander gab auf. Diese Art zu reden kannte er. Es war der schneidende Ton eines kleinwüchsigen Mannes in leitender Position, der sich nicht mit seiner rein körperlichen Unterlegenheit abfinden wollte. Kompromisse waren nicht zu erwarten. Er ließ den Einsatzleiter stehen.

Jetzt stürzte wirklich alles um ihn herum zusammen. Nicht ihn ereilte das Unglück mit voller Wucht, sondern der Nachwuchs war am schlimmsten betroffen. Er dachte an die hoffnungsvollen Doktorandinnen, die mit blassen Gesichtern ihre freie Zeit mit Pipetten, Elektrophoreseplatten und Zentrifugen verbrachten, während ihre Freundinnen im Schwimmbad waren, an die Postdocs, die sich anschickten, mit revolutionären Ideen die Wissenschaft in nie gekannte Höhen zu führen, und an die Arbeitsgruppenleiter, ohne deren Einsatz weder die Finanzierung noch die Koordination der vielen Projekte möglich waren. Und mit diesen Gedanken landete er wieder bei sich selbst, denn woran wurde er gemessen, wenn nicht an den Arbeiten seiner fleißigen Mitarbeiterinnen und Mitarbeiter?

Keine Sekunde würde er sich von der Brandstelle entfernen, solange auch nur die geringste Chance bestand, den Wettlauf mit der Zeit doch noch zu gewinnen. Es ging ja nicht nur um die Stromversorgung. Auch die Zebrafische, Fruchtfliegen und Fadenwürmer konnten nicht ewig unversorgt überleben. Nur die Knock-out-Mäuse, auf denen er seinen Ruhm gegründet hatte, waren nicht in Gefahr. Die fristeten ihr freudloses Leben in den unterirdischen Tierställen beim pharmakologischen Institut.

Vergeblich suchte sein Blick nach Ina, bis er im nächsten Augenblick mit ihr zusammenstieß.

»Hast du mich nicht gesehen?«

Er hatte nicht. Kein Wunder bei ihrer Größe. Dabei war sie nicht wirklich klein mit ihren hundertzweiundsiebzig Zentimetern, aber er entdeckte sie nie, wenn er sie in einer Menschenmenge suchte.

»Was hat Frau Brändle gesagt?«, fragte er.

Ina schüttelte bedauernd den Kopf. »Gar nichts. Ich habe auf ihrem Handy die Nachricht hinterlassen, dass sie dich so bald wie möglich anrufen soll.« Sie gab ihm das Handy zurück und sah auf die Uhr. »Ich sollte längst wieder zu Hause sein.«

»Ist Corinna allein zu Hause?«, fragte er so erschrocken, als sei seine Tochter noch ein kleines Kind und keine achtjährige Schülerin.

»Corinna wartet bei Jana auf mich.«

»Corinna wartet«, wiederholte er und konnte sich nicht vorstellen, dass seine Tochter bei dieser besonderen Freundin mit der frühreifen Schwester auch nur eine einzige Sekunde an ihre Mutter denken würde.

Ina umarmte ihn stumm und sah ihn dann mit einem festen Blick an, der wohl Zuversicht signalisieren sollte. Einen Augenblick glaubte er, sie würde ihm ein »Alles wird gut« zurufen, aber sie drehte sich um und ging. Dabei hatte er mit ihr nicht einmal über die Katastrophe gesprochen, die sich im stromlosen Gebäude anbahnte. Es gab Augenblicke, da bedauerte er, von Ina getrennt in einer eigenen Wohnung zu leben. Dieser gehörte dazu.

Stundenlang harrte Alexander bei den qualmenden Trümmern aus, während die Menschenmenge langsam von den Rändern her zerbröckelte und sich schließlich auflöste. Zuletzt stand er allein neben der Absperrung. Für die Gaffer lohnte sich der Anblick nicht mehr. Die meisten Schläuche waren eingerollt, der erste Löschzug abgerückt. Ein paar Männer befanden sich noch im Gebäude. Was sie dort trieben, wusste er nicht. Die Ruhe war gespenstisch: Es war die Ruhe eines Friedhofs. Keine Autos fuhren, niemand sprach, selbst das Sprechfunkgerät quakte nicht mehr.

Alexander näherte sich dem kleinwüchsigen Einsatzleiter. Dies war die letzte Chance. Die Hoffnung stirbt zuletzt, dachte er und fürchtete doch, dass jegliches Leben im Südflügel bereits der Hoffnung in den Tod vorangegangen war.

»Wir brauchen schnellstens wieder Strom im Gebäude. Unsere gentechnisch veränderten Organismen kann man nicht einfach ersetzen!«

Der Mann mit der Macht über Leben und Tod von abertausend Lebewesen in den unteren Räumen verzog seinen Mund. Einen Augenblick sah er aus, als hätte er in eine Zitrone gebissen, gleich darauf ähnelte das ganze gelbe Gesicht einer sauren Frucht. »Ich dachte, der Breisgau wäre eine gentechnikfreie Zone!«

Mit Gentechnik hatte Alexander offenbar das falsche Stichwort gegeben. »Wir haben nichts mit Genmais oder irgendwelchen Monsterkühen zu tun«, beeilte er sich, die Sachlage richtig darzustellen. »Wir forschen, damit Krankheiten wie Alzheimer vielleicht eines Tages geheilt werden können.« Das ›vielleicht‹ hätte er wohl besser weggelassen. Das Zitronengesicht blieb. »Es geht hier nicht um materielle Werte, es geht um die Wissenschaft.«

»Wir tun, was wir können.«

Alexander bezweifelte das. Die Miene des Einsatzleiters war nicht geeignet, ihm die geringste Hoffnung zu machen. Daher machte er einen neuen Vorschlag: »Wir könnten die empfindlichen Bestände herausholen und anderswo im Gebäude unterbringen.«

»Ich sagte, wir tun, was möglich ist.«

Alexander wich auch jetzt nicht von der Seite des einzigen möglichen Retters. Vielleicht war der froh, wenn von den genmanipulierten Monstern nichts übrig blieb – selbst wenn es nur harmlose Fadenwürmer waren?

Waren die genmanipulierten Organismen womöglich der Grund für das Feuer? Es gab viele Menschen, die in Wissenschaftlern wie ihm die Handlanger der Apokalypse sahen, denen man das Handwerk legen musste.

Der Einsatzleiter hatte sich in sein Fahrzeug zurückgezogen. Offenbar telefonierte er. Und zwar lange. Alexander lief ungeduldig in immer engeren Kreisen um den Wagen herum. So lange konnte doch kein Mensch in dieser Situation telefonieren! Endlich stieg der Mann aus.

»In zehn Minuten kommt ein Techniker von der Badenova und wird im Haupthaus und dem unbeschädigten Seitenflügel die Stromversorgung wiederherstellen.« Sein Tonfall dabei: Als hätte er das schon immer gesagt. »Sobald meine Männer im Gebäude grünes Licht geben, können Sie Ihre persönlichen Gegenstände und das, was gefährdet ist, aus den unteren Räumen holen. Das zweite Stockwerk können Sie nicht betreten, ehe es der Baustatiker freigegeben hat.«

Für einen Augenblick war Alexander sprachlos. Wie sollte er allein all das retten, was gerettet werden musste?

»Nur ich oder auch die Mitarbeiter?«

»Jeder, der hier arbeitet. Anschließend werden Sie diesen ganzen Trakt für mehrere Tage nicht betreten können.«

Warum hatte er das nicht gleich gesagt! Jetzt stand er hier als Einziger mitten in der Nacht, und vor ihm lag eine Aufgabe, die für ihn allein unlösbar war.

Auf seinem Handy hatte er die Nummern von ein paar Mitarbeitern gespeichert. Zwei davon hatten in dem zerstörten Flügel gearbeitet. Er erreichte beide und bat sie, ein paar Kollegen zu benachrichtigen und dann sofort zu kommen.

Er hatte nicht gedacht, dass Telefonketten im elektronischen Zeitalter noch funktionierten. Oder wurden solche Nachrichten heute getwittert? Eine Viertelstunde nach seinem ersten Anruf wimmelte es in dem Gebäude wie in einem Ameisenhaufen. Allerdings hatte er noch nie so ratlose Ameisen gesehen. Wohin mit dem ganzen Zeug? Alles, was in diesem Haus zur Aufbewahrung geeignet schien, war sowieso überfüllt. Er tat, als würde er nicht bemerken, dass die Ersten begannen, ihre Schätze in Kühltaschen aus dem Haus und vermutlich in die eigenen Gefriertruhen oder Kühlschränke zu schleppen. Gentechnisch veränderte Organismen ohne Genehmigung aus dem Institut zu schaffen war nicht erlaubt.

Vom Münsterturm schlug es Mitternacht, als er – durch den Anblick des zerstörten Südflügels um mindestens zehn Jahre gealtert – zu seiner Wohnung zurückkehrte. Geisterstunde, dachte er, als er die Glocke hörte, und gab sich schwarzen Gedanken hin.

Doch das, was vor seiner Haustür lag, war weiß. Leuchtend weiß, wie ein kleines Fleckchen Schnee. Ein Taschentuch? Schon ehe er sich bückte, wusste er, dass es keine harmlose Erklärung für dieses kleine bisschen Weiß vor seiner Wohnung geben würde. Er berührte den weißen Fleck und fuhr zurück. Sein Herz schlug schneller. Nein, das war kein Papier, es war viel weicher und glatter. Etwas Haariges? Ein totes Tier? Er schaltete das Licht an.

Auf dem Abtreter lag eine tote Ratte. Keine graue, wie sie hunderttausendfach in Freiburg hausten. Nein, es war eine weiße Ratte. Eine graue Ratte hätte ihn weniger erschreckt. Die nächste Falle mit Giftködern stand im Stadtgarten nicht weit von seiner Wohnung entfernt. Er erwartete schon lange, eines Tages auf eine vergiftete Ratte zu stoßen. Irgendwo mussten die armen Tiere schließlich ihr Leben beenden. Aber diese Ratte war weiß.

Eine Weile betrachtete er unentschlossen das ungewöhnliche Exemplar, dann entschied er, ihm nicht mehr Aufmerksamkeit zu schenken, als er es bei einem grauen getan hätte. Der Brand allein war schlimm genug. Er hob das Tier an der Schwanzspitze hoch und versenkte es in der Mülltonne.

Ein Unglück kommt selten allein, dachte er, als er die Tür aufschloss, und im selben Augenblick überkam ihn die Gewissheit, dass sich das nächste bereits ereignet hatte. Die Wohnung roch, wie sie nicht riechen sollte. Unangenehm wäre für das, was ihm entgegenschlug, stark untertrieben. Die Wohnung stank widerlich. Leichengeruch? Den hatte er glücklicherweise nur ein einziges Mal in seinem Leben so intensiv wahrgenommen, und das lag lange zurück. Dreißig Jahre? Damals war er Medizinstudent gewesen und hatte eine Leichenöffnung in der Rechtsmedizin ertragen müssen. Der Tote damals war erst viele Tage nach seinem Ableben in einem von der Sonne beschienenen Bauwagen gefunden worden. Genauso wie der Tote damals roch es jetzt in seiner Wohnung.

Und nun? Die Polizei anrufen? Alles in ihm wehrte sich dagegen, der nächsten Katastrophe ins Auge zu sehen, noch dazu allein. Doch er hatte keine andere Wahl.

Schritt für Schritt bewegte er sich in den Flur. Die Haustür hatte er offen gelassen. Als Fluchtweg. Er stieß die Wohnzimmertür so weit auf, dass sie an der Wand anschlug. Dahinter war nichts. Hier war alles in Ordnung, abgesehen von den Rosen in der Vase, die wie eine Ansammlung von Trauernden die Köpfe hängen ließen. Er betrat sein Arbeitszimmer. Der Rollladen war geschlossen, das war ungewöhnlich. Hatte seine Putzfrau im Dunkeln geputzt? Nein, sie war diese Woche krank – jetzt erinnerte er sich.

Er kehrte in den Flur zurück und fuhr erschreckt zusammen, als die Schlafzimmertür mit lautem Knall ins Schloss fiel. Mit einem schnellen Schritt erreichte er eine Nische neben der Garderobe, die im Dunkeln lag. Er atmete kaum. Nichts geschah. In der Wohnung war es totenstill, nur durch die offene Wohnungstür hörte er die Blätter der alten Akazie rauschen.

Nach einer Zeit, die ihm endlos erschien, wagte er die Nische zu verlassen. Er öffnete die Schlafzimmertür und knipste das Licht an. Niemand war hier, und auch sonst entdeckte er nichts, was ihn beunruhigte. Er bückte sich trotzdem und sah unter das Bett. Nichts. Zumindest kein Einbrecher, auch keine Leiche, nur dicke Mäuse – Wollmäuse –, zwei alte Taschentücher und ein Zettel, der ihn an etwas erinnern sollte, was längst Vergangenheit war, und der aus einer Zeit stammte, als sich seine Putzfrau noch bester Gesundheit erfreute.

Er fand die Leiche in der Küche, zumindest die Teile, die Ina, Corinna und er davon übrig gelassen hatten. Sie lag im Mülleimer. Es war ein roher Hasenrücken, von dem Ina vor dem Braten mit gekonnten Bewegungen die Filets gelöst hatte. Den Rest, an dem jetzt dicke weiße Maden fraßen, hatte er selbst im Mülleimer entsorgt. Angeekelt trug er den stinkenden Beutel zur Mülltonne. Morgen kam die Müllabfuhr, aber bis dahin würde die ganze Umgebung nach Verwesung riechen.

Er riss alle Fenster auf und öffnete die Terrassentür. Draußen schaukelte seine altmodische Laterne in der windigen Nacht und warf ein unruhiges Licht in die Finsternis.

Ein Geräusch ließ ihn herumfahren. Im Garten bewegte sich etwas. Was es war, konnte er nicht erkennen, aber er hörte deutlich das Rascheln im Efeu unter den Hainbuchen. Ein Igel? Eine Katze? Vielleicht hatte eine Katze die tote Ratte vor seiner Haustür abgelegt, vielleicht die fette mit dem grauweißen Fell und dem zu kleinen Kopf? Katzen gab es hier genug. Nur passte das Geräusch nicht zu einer Katze, jedenfalls nicht zu einer auf vier Beinen.

Er hätte jetzt nachsehen können, aber er zögerte. Für heute keine erschreckenden Entdeckungen mehr! Das Maß der zumutbaren Aufregung war nicht nur voll, es war längst übergelaufen. Nein, er hielt die tote Ratte nicht ernsthaft für das Präsent einer Katze.

Halbherzig tat er ein paar Schritte in den Garten, der in völliger Finsternis vor ihm lag, dann kehrte er um und ging zu seinem Auto, um den Koffer zu holen. Sorgfältiger als gewöhnlich verschloss er danach alle Fenster und Türen seiner Wohnung. Den Gestank von Verwesung, der immer noch in den Räumen hing, würde er ertragen müssen.

In dieser Nacht träumte Alexander von Zebrafischen. Riesengroß waren sie und hatten silbrig-weiße und blaue Längsstreifen, die wie Neonröhren leuchteten. Die Tiere schwammen in einem Aquarium, das fast den ganzen Raum ausfüllte. Der Raum, das erkannte er erst jetzt, war ein großes Zirkuszelt mit zwei Masten, und statt einer Manege stand in der Mitte das Wasserbecken wie ein großes Haus. Im Aquarium schwebte ein Mann, der wie ein Dompteur gekleidet war, nicht wie ein Taucher. Es war Thomas Tuschl, ein jüngerer Kollege, der seit ein paar Jahren einen Wissenschaftspreis nach dem anderen abräumte. Alexander wunderte sich – weniger über Tuschls Auftritt im Zirkus als über die Zebrafischnummer. Mit Fischen hatte Tuschl doch gar nichts zu schaffen. Alexander hörte das vor Begeisterung tosende Publikum und spürte eine bohrende Eifersucht auf den erfolgreichen Wissenschaftler.

Auf einmal sah er sich selbst. Er stand neben dem Tunnel für die Raubtiere. Mit beiden Händen hielt er einen Käfig, in dem Dutzende kleiner Mäuse wie verrückt hin und her hüpften. Es mussten seine Knock-out-Mäuse sein. Mit solchen Tieren hatte er vor vielen Jahren durch das Ausschalten einzelner Gene deren Funktion erforscht und damit seinen Ruhm begründet. Er wusste nicht, warum sich seine Mäuse kurz vor ihrem großen Auftritt so wild gebärdeten. Gab es deswegen die ausbruchsicheren Raubtiergitter? Nie zuvor hatten seine Tierchen solche Käfige gebraucht.

Die Zeit verging, und in Alexander stieg das brennende Gefühl auf, dass man seinen Auftritt vergessen hatte. Tuschl hatte ihm die Schau gestohlen! Mit diesem Gefühl in der Brust drängte er sich durch die Gaffer hindurch, die hinter einer rot-weißen Absperrung herumstanden. Er suchte den Zirkusdirektor. Plötzlich entdeckte er Ina in der Menge. Sie sah ihn an, und die steile Falte auf ihrer Stirn sah aus wie ein dunkler schmaler Tannenbaum. Den Direktor, mit quakendem Sprechfunkgerät und im gleichen Dompteurkostüm wie Thomas Tuschl, fand er draußen neben einem winzigen Auto, mit dem er eben davonfahren wollte. »Die Mäuse?«, sagte der Direktor und schüttelte den Kopf. »Ihr Auftritt ist längst vorbei.« Alexander wollte widersprechen. »Sie sehen doch selbst, was hier los ist«, schnitt ihm der Zirkusdirektor das Wort ab. Plötzlich wurde Alexander sehr traurig. Er presste den Käfig an seine Brust und schlich davon mit seinen Mäusen, die nun ganz still saßen und ihn ansahen, als würden sie seine Enttäuschung teilen.

Mit diesem Gefühl abgrundtiefer Traurigkeit über den verpassten Auftritt wachte Alexander auf. Gnadenlos hatte ihm der Traum vor Augen geführt, was er schon seit Jahren befürchtete: Seine Erfolge waren Auslaufware. Darüber täuschte auch die Tatsache nicht hinweg, dass die Väter der Knock-out-Mäuse 2007 den Nobelpreis bekommen hatten. In den Achtzigerjahren war ihre Methode eine Sensation gewesen. Er selbst hatte ebenfalls in dieser Zeit die Idee gehabt, kleine Teile des Erbguts einer Maus auszuschalten, um aus den Veränderungen am erwachsenen Tier auf die Funktion dieses Gens zu schließen. Anderen war dies schneller gelungen als ihm, sonst – er konnte den Satz noch immer nicht zu Ende denken, ohne die Enttäuschung wie eine riesige Faust im Magen zu spüren – sonst hätte er vermutlich den Nobelpreis bekommen.

Mittlerweile gab es andere Möglichkeiten, die Funktion von Genen aufzuklären, als Mäuse zu züchten und umzubringen. Tuschl kam sogar ganz ohne Versuchstiere aus. Andere Forscher hatten sich statt der Mäuse längst Haustiere zugelegt, deren Schicksal weniger Mitleid erregte. Zebrafische zum Beispiel oder Fadenwürmer. An dieser Tatsache änderte auch sein Interview mit der *Badischen Zeitung* nichts, in dem er die große Bedeutung der Knock-out-Mäuse auch in der heutigen Zeit betont hatte. Die Mäuse waren im Vergleich mit anderen Organismen Auslaufware. Er wiederholte in Gedanken das Wort: Auslaufware – genau wie sein eigener Name es eines Tages sein würde.

Er konnte sich nicht entschließen aufzustehen, sondern blieb mit offenen Augen liegen und sah zu, wie der Morgen mit seinen Grautönen ins Zimmer drang, einer deprimierender als der andere. Das Beste wäre, als Forscher noch einmal von vorn anzufangen, Ideen hatte er genug. Er beneidete die Kollegen, die für den Fortschritt der Menschheit und nicht nur für den Fortbestand der Bürokratie arbeiteten. Wenn er wenigstens wieder eine eigene Arbeitsgruppe leiten könnte, wenn er schon selbst keine Pipette mehr in die Hand nahm! Stattdessen würde er seine letzten zehn Jahre an der Uni in nervtötenden Sitzungen und mit dem Korrigieren von Aufsätzen verbringen, die in irgendeiner wissenschaftlichen Zeitschrift erscheinen sollten. Viel zu wenig Zeit blieb für die Besprechungen, in denen es um das ging, was ihn am meisten interessierte: um die Forschung seiner eigenen Mitarbeiter. Zehn Jahre würde es noch so weitergehen – und dann? Ein Kämmerchen mit einem Schreibtisch, das war in der Regel das Äußerste, was eine deutsche Universität ihren Professoren als Altenteil zugestand, und dieser Augenblick rückte unbarmherzig näher. Für einen Neuanfang war es höchste Zeit. Gestern erst hatte er mit Ina darüber gesprochen.

Plötzlich war die Erinnerung wieder da. Das Feuer! Oder hatte er auch das nur geträumt, genau wie den verpassten Auftritt im Zirkus? Die Ratte vor der Haustür. Nein, beides hatte er nicht geträumt. Die Erinnerung an die ausgebrannten Fensterhöhlen im Südflügel traf ihn so heftig, dass ihm ein Kribbeln bis in die Fingerspitzen fuhr. Er sprang aus dem Bett.

Frau Brändle hatte nicht angerufen. Er suchte sein Handy, um die Anruferliste durchzusehen, aber das Display blieb dunkel. Wieder einmal hatte der Akku im entscheidenden Augenblick den Geist aufgegeben. Als hätte er ein Gespür dafür! Auf dem Anrufbeantworter seines Festnetztelefons waren elf Anrufe eingegangen, seit er nach Dresden geflogen war – eindeutig zu viele, um sich jetzt darum zu kümmern.

Ein Montag, dachte er und wusste im selben Moment, es würde nicht einfach nur der Montag nach dem Brand bleiben oder der Montag mit den elf unerledigten Anrufen. Ein schrecklicher Montag würde es werden, einer, an den er sich noch Jahre später erinnern würde. Er wählte die Privatnummer seiner Sekretärin. Es meldete sich nur der Anrufbeantworter: »In dringenden Fällen probieren Sie es bitte unter 0172 …« Doch unter der Handynummer landete er auf der Mailbox.

Der Brand. Die Ratte. Aber da war noch etwas anderes gewesen, was ihn beunruhigt hatte. Richtig, das Geräusch im Garten. Das war keine Katze gewesen, auch kein Igel.

Es gibt Dinge, die erst Wirklichkeit werden, wenn man sie mit eigenen Augen gesehen hat. Bis dahin bleiben sie eine vage Ahnung. Seit Jahren hatte er trainiert, solche Vermutungen so lange wie möglich nicht in Gewissheit zu verwandeln. Aber jetzt war es so weit. Er wollte wissen, was gestern Abend passiert war.

Als er hinten im Garten stand, von wo er das Geräusch gehört hatte, konnte er der Wahrheit nicht mehr ausweichen. Sie sprang ihm förmlich ins Auge. An dieser Stelle war der rostige Maschendraht nach außen gebogen. Irgendetwas hatte hier den Garten verlassen. Etwas Großes. Ein großes Tier? Wenn der Zaun von einem Tier zerstört worden war, musste es mindestens ein Wildschwein gewesen sein. Oder eine Kuh, aber beide gingen nicht in der Stadt spazieren. Also ein Mensch. Der Mensch, der die Ratte vor der Tür abgelegt hatte?

Alexander schloss die Augen. Er wollte nicht länger betrachten, was ohnehin offensichtlich war. Der Brand, die tote Ratte vor seiner Haustür, ein Mensch, der über den Gartenzaun gestiegen war: Der Zusammenhang drängte sich förmlich auf. Andererseits hatte er sich schon oft darüber gewundert, wie seine Mitmenschen Zusammenhänge erkannten, wo keine waren. Zwischen dem zunehmenden Mond und der angeblich gleichzeitig steigenden Zahl der Geburten zum Beispiel. War es jetzt bei ihm selbst schon so weit gekommen?

Der Zaun war wahrscheinlich schon seit Jahren beschädigt, und das Institut war bei einem Gewitter in Brand geraten, also durch Blitzschlag. Er hatte den Blitz doch mit eigenen Augen gesehen!

Das Feuer hat nichts mit mir zu tun. Es hat nichts mit mir zu tun. Wie ein Mantra wiederholte er diesen Satz.

Fünfzehn Minuten vor acht schloss Alexander sorgfältig die Haustür hinter sich zu und schlug den Weg zum Institut ein. Um sieben Minuten vor acht würde Frau Brändle dort eintreffen, vielleicht auch zwei oder drei Minuten später, wenn ihre Straßenbahn aus Littenweiler nicht pünktlich am Bertoldsbrunnen eintraf, aber niemals früher. Er blieb in Sichtweite des Instituts in einer Querstraße stehen, um auf sie zu warten.

Frau Brändle, es ist etwas Schlimmes passiert – oder sollte er sagen: etwas Schreckliches? Er entschied sich für etwas Schlimmes, das klang weniger dramatisch, weniger endgültig. Er sah seine Sekretärin schon vor sich, wie sie in stummer Verzweiflung die Hände rang, sogar die Arme, den ganzen Körper, bis sie aussah wie die Maria am Hochaltar des Münsters unter dem Kreuz mit ihrem sterbenden Sohn. Er kannte Frau Brändles Aufregung von anderen Anlässen, zum Beispiel, als ihr neuer indischer Freund und, wie sie hoffte, ihr künftiger Ehemann tagelang für sie verschollen gewesen war.

Minuten vergingen, und er bekam Bauchschmerzen wie in den ersten Schuljahren beim Verkünden der Zensuren.

Drei Minuten nach acht Uhr. Frau Brändle war nicht gekommen.

Seine Sekretärin erwartete ihn vor dem Gebäude, stumm, gefasst, großäugig. Seit ein paar Wochen waren ihm ihre weit geöffneten Augen aufgefallen, jünger und lebhafter als in den Monaten und Jahren davor. Er hatte die Veränderung auf ihre Verliebtheit geschoben, die dieses Mal nicht ihm galt. Doch jetzt erkannte er in den aufgerissenen Augen das reine Entsetzen.

»Sie sind schon hier?«, fragte er.

Frau Brändle schwieg.

»Sie wussten von dem Feuer?«

Sie nickte. »Frau Kaltenbach …« Sie stieß einen Seufzer aus, der wie ein Schluchzen klang, und verstummte, ohne den Satz zu beenden. Natürlich, sie wusste von Ina, was geschehen war. Vermutlich hatte sie bei ihr angerufen, als er nicht erreichbar war.

Langsam stieg er die steinernen Stufen empor. Seine Sekretärin folgte in einigem Abstand, so als hielte sie das Betreten des Hauses schon von vornherein für falsch. Das Treppenhaus stank nach Verbranntem, woran auch die weit geöffneten Fenster nichts änderten. Wenig später hatten sie den Flur im zweiten Obergeschoss erreicht und standen an der Tür, die das Haupthaus vom Südflügel trennte. Sie war von der Kriminalpolizei versiegelt worden. Frau Brändles Gesicht zeigte einen Ausdruck, der ihm von Ina vertraut war: Das habe ich gleich gewusst. Dann drehte sie sich um, ging ein paar Schritte und blieb am Fenster im Treppenhaus stehen.

Bei Alexander dauerte es etwas länger, bis er zähneknirschend zur Kenntnis nahm, dass weder er noch sonst irgendjemand in den Südflügel durfte – nicht einmal die Kriminalpolizei, von der das Siegel stammte. Es fehlte noch das grüne Licht des Baustatikers, von dem der Einsatzleiter gesprochen hatte.

Im ersten Stock des Haupthauses, direkt hinter der Tür zum Treppenhaus, stand zwischen zwei modernen Sesseln ein altes, viel zu niedriges Ledersofa, dessen Bezug mit den Jahren stumpf und rissig geworden war. Auf ebendiesem Sofa, umgeben vom beißenden Geruch einer Brandruine, verbrachte Alexander den größten Teil des Vormittags, während die Personen rechts und links auf den Sesseln regelmäßig und nach überwiegend unerfreulichen Gesprächen wechselten. Schließlich erfuhr er, dass im Haus keine Einsturzgefahr bestand und dass sogar der Dachboden über dem Südflügel betreten werden durfte. Dessen Existenz hatte er längst vergessen, aber seine Einsturzgefahr war der Grund für die Wassermassen gewesen, mit denen die Feuerwehr von außen den Südflügel hatte fluten müssen.

Nach zwei Stunden stieg Alexander Kilian wieder hinauf zum versiegelten Flur, wo sich bis vor Kurzem sein Arbeitszimmer befunden hatte. Hier hatte sich nichts verändert, nicht einmal Frau Brändle. Reglos stand sie am Fenster des Treppenhauses an derselben Stelle, wo er sie vor zwei Stunden verlassen hatte, und sah hinunter auf die Straße: eine Heimatlose in dem Haus, in dem sie den größten Teil der letzten zehn Jahre verbracht hatte. Von der Aufregung, die er erwartet hatte, war nichts zu sehen oder zu hören. Seine Sekretärin hatte sich in einen Stein verwandelt.

Er war eben zum Sofa zurückgekehrt, als ein junger rot gelockter Beamter der Kriminalpolizei auf einem der Sessel neben dem Sofa Platz nahm und ihm mitteilte, dass die Kripo wie auch schon die Feuerwehr momentan von Brandstiftung ausgehe.

»Aber ich habe den Blitz doch mit eigenen Augen gesehen«, widersprach Alexander verzweifelt.

»Blitzschlag kommt nicht in Betracht. Der Feueralarm ging bei der Leitzentrale um einundzwanzig Uhr vierzig ein, zwei Minuten vor dem ersten Blitz in Herdern.«

»Aber so genau kann man das doch gar nicht wissen«, versuchte er es noch einmal, als sei eine erträgliche Brandursache nur eine Frage der richtigen Argumentation.

»Blitzschläge werden genau registriert und die Anrufe in der Feuerwehrleitzentrale ebenfalls.«

»Vielleicht ging eine Uhr falsch.«

»Da ist noch etwas anderes«, sagte der Kommissar, ohne auf den Einwand einzugehen, und Alexander ahnte, dass Brandstiftung noch nicht das Schlimmste war, was er heute würde ertragen müssen. Es reicht, dachte er, so viel Unglück auf einmal, das hatte niemand verdient, er schon gar nicht. »Kommen Sie mal mit, bitte?«

Gleich hinter der Tür zum Obergeschoss des Südflügels befand sich in der Decke eine Öffnung, die Alexander noch nie aufgefallen war. Jetzt führte eine Leiter nach oben. Von dort aus sah man direkt in den wolkenverhangenen Freiburger Himmel. Früher musste dort das Dach gewesen sein.

Der Beamte stieg hinauf, und Alexander folgte ihm. Hier oben war alles nass und bis zur Unkenntlichkeit verbrannt. Geblieben war Verbogenes, Verkohltes, Verklebtes: eine gespenstische Masse. Über allem war der graue Himmel, aus dem jetzt einzelne Tropfen fielen. Sie durchquerten den Dachboden in seiner ganzen Länge auf einem schmalen Pfad, der notdürftig vom Brandschutt befreit worden war. Ganz am Ende, halb verdeckt unter geborstenen Dachschindeln und den Überresten verkohlter Balken, lag ein formloses schwarzes Bündel auf dem Boden, beinahe so groß wie ein Mensch. Alexander schloss die Augen, öffnete sie wieder. Das verkohlte Bündel war einmal ein Mensch gewesen. Er sah an dem verbrannten Körper vorbei und kämpfte gegen den Schwindel, der ihn bei dem Anblick befallen hatte. Zur toten Ratte nun ein grauenvoll verkohlter Mensch – als hätte ihn das Entsetzen noch nicht genügend im Griff!

Nun standen ihm noch die Befragungen der Kripo bevor. Ihm graute vor dem, was dabei zutage treten mochte. Wer war dieser tote Mensch auf dem Dachboden, den er selbst nie betreten hatte? Wie kam er hierher? Und wie hing alles miteinander zusammen?

Alexander verließ den Bodenraum und rannte die Treppen hinunter, als stünde das Haus noch immer in Flammen. Er brauchte Luft. Sofort! Minutenlang blieb er keuchend auf dem Gehweg stehen, ehe er sich zögernd zum Gebäude umdrehte – zu seinem

Schloss – oder was davon übrig geblieben war. Ein Haupthaus, das mit dem nachgemachten Bossenmauerwerk etwas protzig wirkte, daneben der Nordflügel mit dem schiefergedeckten steilen Mansardendach, das den hochherrschaftlichen Eindruck noch verstärkte. Doch dann fiel sein Blick auf den Südflügel: verkohlte Dachbalken, ausgebrannte Fensterhöhlen wie die leeren Augen einer Fratze, darüber eine vom Rauch geschwärzte Fassade. Und Ina hatte von der Chance seines Lebens gesprochen.

Mit einer verkohlten Leiche im Haus?

Alexander fühlte eine Hand, die sich auf seine Schulter legte, und sah sich um. Der Arm, zu dem die Hand gehörte, endete knapp unterhalb eines breiten Schädels, der ihn mit dem hängenden Schnauzbart an den eines Walrosses erinnerte. Sein Freund, der Kommissar Jörg Gessler.

»Mein herzliches Beileid«, sagte Gessler, und es klang nicht einmal ironisch. »Ich soll mich hier nützlich machen.«

»Wegen des Toten?«, fragte Alexander irritiert.

Gessler nickte. »Wenn es sich denn um einen Mann handelt.«

Die Möglichkeit, dass es eine Frau sein könnte, hatte Alexander noch gar nicht in Betracht gezogen. Das Leben bot viele Überraschungen, leider nur schlimme in der letzten Zeit. Auch die Erkenntnis, dass sein bester Freund für die Aufklärung des Brandes zuständig war, fand er nicht erfreulich. Gern sah er ihn als verschwiegenes Bindeglied zur Kripo oder als heimlichen Berater und Beichtvater. Aber doch nicht als offiziellen Ermittler!

»Und warum ausgerechnet du?«, fragte er.

»Mein Chef geht davon aus, dass bei dir seine besten Leute gebraucht werden.«

Alexanders Blick blieb an einer Lederjacke unmittelbar neben dem Kommissar hängen. Sie spannte sich über der üppigen Oberweite einer rothaarigen Frau, deren Anblick geeignet war, ihn sofort in die Flucht zu schlagen. Es war eine Walküre wie aus einer Wagneroper mit rot gefärbten Haaren und einem dunklen Damenbart, die ihre Körperfülle in eine glänzende Lederjacke mit großen goldenen Schließen gezwängt hatte. Korpulent, fiel ihm ein. Korpulent klang wie Körper. Wie zu viel Körper. Man sollte das Wort viel häufiger aus der Versenkung holen, dachte er, die Kommissarin hingegen darin verschwinden lassen. Sie war ihm nur zu gut bekannt, und die Erinnerung an sie gehörte in die Rubrik unangenehm. Genau genommen: sehr unangenehm. Damals hatte sie noch nicht im Dezernat Kapitalverbrechen gearbeitet, sondern sich mit eher harmlosen Vergehen befasst. Mit der vergeblichen Suche nach angeblich schlampigen Aufzeichnungen über gentechnisch veränderte Organismen in seinem Institut zum Beispiel. Die besten Leute dieses Dezernats? Bei dieser Person hatte er Zweifel.

»Wir brauchen einen Raum, um Ihre Mitarbeiter einzeln zu befragen.« Die Stimme der Lederjackenkommissarin passte zu ihrer Erscheinung: besitzergreifend und unabwendbar.

Alexander duckte sich unwillkürlich. »Es gibt eine Sitzecke im Flur«, sagte er und dachte an das alte Ledersofa, auf dem er den Vormittag verbracht hatte.

»Ein Flur dürfte kaum der geeignete Ort sein, um Personen einzeln zu befragen«, donnerte die Kommissarin in einem Ton, der jegliches Denken seinerseits im Keim erstickte.

Frau Brändle! Endlich gab es für sie eine Aufgabe.

»Meine Sekretärin wird Ihnen einen geeigneten Raum zeigen.«

»Bitte«, sagte die Walküre, und es gelang ihr, selbst dieses unschuldige Wort mit einem so vorwurfsvollen Ton von sich zu geben, dass er sofort ein schlechtes Gewissen hatte.

Nachdem er die einzige lösbare Aufgabe an seine Sekretärin abgetreten hatte, fühlte sich Alexander so nutzlos wie am ersten Arbeitstag in fremder Umgebung. So ging es nicht weiter. Er musste versuchen, das Unglück zu bewältigen, am besten mit System. Aber wie konnte er vernünftig nachdenken, wenn er sich nirgends zurückziehen konnte? Folglich brauchte er als Erstes eine wie auch immer geartete Bleibe, ein Arbeitszimmer sozusagen, oder noch besser zwei, damit Frau Brändle in Reichweite blieb.

Alexander machte sich auf den Weg durch den Teil des Instituts, der vom Brand verschont geblieben war. Einige Räume schieden von vornherein aus. Der Kühlraum zum Beispiel. Andere, die von vielen Mitarbeitern genutzt wurden, wie der Spülraum und der Raum mit den großen Zentrifugen, waren ebenfalls nicht geeignet. Vielleicht sollte er als Chef einfach ein schönes Zimmer für sich konfiszieren? Auch diese Idee war nicht wirklich brauchbar. Er ging von Tür zu Tür und fühlte sich wie bei der Suche nach einem komfortablen Parkplatz am Feldbergpass an einem sonnigen Sonntag während der Skisaison. Auf den ersten Blick war die Lage hoffnungslos, aber mit einer originellen Idee konnte man sich einen kilometerweiten Fußmarsch entlang der Bundesstraße ersparen.

Er war ernsthaft überrascht, wie viele Räume es gab, die er noch nie betreten hatte. Im Nordflügel stieß er im zweiten Obergeschoss auf eine Tür, die schmaler war als die anderen. Den Raum dahinter konnte man bestenfalls als Kämmerchen bezeichnen. Immerhin gab es ein Fenster mit Blick auf eine alte Kastanie. Er wusste sofort, dass er gefunden hatte, wonach er suchte. Ein Raum, in dem kein Platz für viele lästige Besucher war. Besser hätte es gar nicht kommen können. Ein Problem sah er, aber ein lösbares: An allen Wänden standen große Metallregale, wie man sie in Kellerräumen zu verwenden pflegt. Sie waren vollgestopft mit Kartons voller Labormaterial, außerdem mit großen Kanistern und Flaschen, doch auf dem Flur vor dem Zimmer war noch Platz. Sein Verbot, die Gänge als Abstellraum zu missbrauchen, würde er in einem Notfall wie diesem vorübergehend außer Kraft setzen. Blieb nur noch das Problem Brändle.

Leise wie ein Eindringling, der etwas Verbotenes getan hat, schloss er die Tür und kehrte in den ersten Stock zurück. Tatsächlich befand sich hier ein ebensolcher Raum wie im Stockwerk darüber, aber ein paar Meter hinter dem Fenster war ein Mauervorsprung, der die Aussicht versperrte.

Als Alexander ins Haupthaus zurückkehrte, roch es im Flur vor der Bibliothek nach Kaffee. Dort hatte seine Sekretärin hinter verschlossener Tür Jörg Gessler und seine Lederjackenkollegin einquartiert. Mit eifrigen Bewegungen schaffte sie Stühle heran und stellte sie neben die Tür – für die Wartenden wahrscheinlich, von denen noch nichts zu sehen war. Offensichtlich war Frau Brändle aus ihrer Erstarrung erwacht und klammerte sich an die neue Aufgabe wie an einen Rettungsring, der sie vor dem Ertrinken bewahrte. Doch jetzt hatte er eine andere Aufgabe für sie, eine größere, die ihren Fähigkeiten angemessener war. Er bat sie, mit ihm zu kommen.

Die Treppen zum zweiten Obergeschoss nahm er demonstrativ mühelos, um ihr zu zeigen, wie sicher er seiner Sache war. Die leichte Atemnot verbarg er, indem er nichts sagte. Dieses Mal folgte ihm seine Sekretärin mit einem Gesicht, das er ebenfalls gut kannte, dem Eigentlich-habe-ich-keine-Zeit-Gesicht. Mit einer Geste, als führe er sie in einen Palast, öffnete er die Tür zu dem kleinen Magazin, das er zu seinem Arbeitszimmer machen wollte.

Erst einmal sagte sie gar nichts. »Hier?«, fragte sie dann und dehnte das eine Wort, bis es die Länge eines ganzen Satzes hatte. Zu seiner Überraschung teilte sie seine Begeisterung für das Kämmerchen nicht, ganz im Gegenteil, sie sah erschüttert aus.

Er ließ sich nicht beirren. »Bitte lassen Sie den Raum vom Hausmeister leer räumen, und sorgen Sie für einen Schreibtisch und einen Stuhl und wenn möglich für ein Telefon.«

»Raum?«, wiederholte sie.

»Zimmer, wenn Ihnen dieser Ausdruck lieber ist.«

»Das Zimmer«, sagte sie und schüttelte den Kopf. »Und wo bleibe ich?«

Alexander setzte eine zuversichtliche Miene auf, die nicht zu seinen schlimmen Erwartungen passte, und führte sie ein Stockwerk tiefer.

Er hatte sich nicht getäuscht. Frau Brändle stand einen Augenblick stumm und fassungslos, als er die Tür zu dem winzigen Zimmerchen öffnete, dann brach sie in Tränen aus. »Wir können auch tauschen«, bot er an, bereute es aber sofort wieder. Dieses Zimmer mit Blick auf eine Mauer war in der Tat schlimmer als eine Gefängniszelle.

»Zu klein?«, fragte er mitfühlend.

Seine Sekretärin schüttelte den Kopf.

»Zu dunkel?«

Sie schüttelte heftiger. »Das ist es nicht«, brachte sie endlich hervor.

»Was ist es dann?«

»Hier im ersten Stockwerk? So weit von Ihrem Zimmer entfernt …« Sie hörte gar nicht wieder auf, ihren Kopf zu schütteln.

Irgendwie hatte sie recht. Eine Vorzimmerdame, die nicht im Vorzimmer saß, war keine gute Lösung. »Es ist ja nicht für immer«, tröstete er sie.

»Ja«, sagte sie, und mit sichtbarer Mühe gelang ihr ein Lächeln. »Die Kripo wartet auf mich«, bemerkte sie dann und verschwand mit eiligen Schritten.

Alexander kehrte zu seinem Kämmerchen zurück. Lange stand er vor der offenen Tür und suchte nach einer Lösung, mit der seine Sekretärin leben konnte. Dann fand er sie. Der kleine Raum war einer der letzten in dem langen Flur, und genau daraus ergab sich eine Möglichkeit: Man musste nur den hinteren Teil des Korridors durch einen Wandschirm abtrennen – und schon entstand dort ein brauchbarer Arbeitsplatz, der sogar ein schönes Fenster hatte.

Alexander war der Zweite auf der Liste der Institutsangehörigen, die von der Polizei befragt werden sollten. Aus irgendeinem Grund hatten Jörg Gessler und die Lederjackenkommissarin Frau Brändle an die erste Stelle gesetzt. Wahrscheinlich war das Gesslers Werk, weil er wusste, wer in diesem Institut den Überblick hatte. Vielleicht war seine Sekretärin auch einfach nur als Erste greifbar gewesen, weil sie den beiden den Raum zugewiesen hatte? Trotzdem irritierte ihn die Reihenfolge.

Noch etwas irritierte ihn: Beate Brändles zu Boden gerichteter Blick, als sie nach ihrer Aussage an ihm vorbei aus der Bibliothek schlich. Die Flammen hatten zuerst nur im Sekretariat gelodert. Vielleicht war sie schuld an dem Brand? Vielleicht die neue Kaffeemaschine? Leider nein. Der rot gelockte Beamte von der Kripo hatte von Brandstiftung gesprochen.

Alexander wunderte sich, wie ein angenehmer Raum wie die

Bibliothek plötzlich zu einer furchterregenden Kammer werden konnte. Eine grimmige Walküre reichte aus, um die vertraute Umgebung in die Höhle eines Löwen zu verwandeln.

»Was macht Ihnen mehr zu schaffen: mir und meinem Kollegen die Wahrheit über das Feuer zu offenbaren oder die Tatsache, dass diese an die Öffentlichkeit gelangen könnte?«, eröffnete Frau Funkel – so hieß die Lederjackenkommissarin – das Gespräch, kaum dass er an dem viel zu großen Besprechungstisch Platz genommen hatte.

Alexander schwieg eine Weile, denn er fühlte sich von der seltsamen Frage überrumpelt. Er hatte gedacht, sie würde wissen wollen, wer sich auf dem Dachboden versteckt haben könnte, aber danach fragte sie nicht.

»Ich weiß nicht, worauf Sie hinauswollen«, antwortete er schließlich. »Da ich die Wahrheit nicht kenne, kann ich sie Ihnen nicht offenbaren.«

Der Kommissarin gelang das Kunststück, auf ihn, den Größeren, herabzuschauen. Jedenfalls hatte ihr Gesicht diesen Ausdruck. »Ich helfe Ihnen: Das Feuer wurde im zweiten Obergeschoss offenbar an zwei Stellen gelegt – einerseits im Sekretariat direkt an der Tür zu Ihrem Zimmer und andererseits im Flur, vermutlich vor einem Schrank mit Büromaterial, der unter dem Zugang zum Dachboden stand. Der Täter hat sich nicht die Mühe gemacht, die Brandstiftung zu verschleiern, ganz im Gegenteil. Die Kanister für den Brandbeschleuniger waren schon für die Feuerwehr nicht zu übersehen.«

»Ich verstehe immer noch nicht, was Sie von mir wollen. Sie wissen offenbar mehr als ich. Welche Wahrheit soll ich Ihnen unter diesen Umständen noch offenbaren?«

Sie fixierte ihn und presste für einen Augenblick die Lippen zusammen, wie amerikanische Präsidenten es gern tun, um ihre Entschlossenheit zu demonstrieren. »Sie wissen, warum das Sekretariat und Ihr Arbeitszimmer in Flammen aufgegangen sind, aber Sie wollen den Grund verheimlichen.«

Alexander überlegte, ob er auf diese unsinnige Unterstellung überhaupt eingehen sollte. »Wissen Sie, was mich stört?«, sagte er und merkte selbst den scharfen Ton in seiner Stimme. »Ich habe das Gefühl, Sie wollen diesen Brand mit meiner Person verknüpfen.« Seine Stimme wurde lauter. »Verstehen Sie, es reicht mir, dass es gebrannt hat, dass vermutlich Brandstiftung die Ursache ist und – was noch viel schlimmer ist – dass ein Mensch dabei ums Leben gekommen ist. Deshalb möchte ich, dass Sie Ihre Ermittlungen durchführen wie immer und mir nicht irgendwelche Geheimnisse unterstellen.«

Vergeblich suchte er den Blick seines Freundes. Der müsste doch jetzt zustimmend nicken! Doch Gessler blickte zur Seite, als hätte er mit dem Ganzen nichts zu schaffen.

Die nächsten Fragen hatte seine Sekretärin vermutlich viel zuverlässiger beantwortet, als er das konnte. Wer die Klappe zum Dachboden öffnen konnte, sollte er der Lederjackenkommissarin erzählen, und ob die eingebaute Ausziehleiter auch von oben bedient werden konnte.

»Wie soll ich das wissen?«, antwortete er und zuckte mit den Schultern. »Ich wusste nicht einmal, dass es einen begehbaren Dachboden gab.«

»Obwohl sich der Zugang in unmittelbarer Nähe Ihres Zimmers befand?«

»Ich lege meinen Kopf beim Gehen nicht in den Nacken, deswegen habe ich die Klappe an der Decke nicht bemerkt«, erklärte er mit übertriebener Ernsthaftigkeit.

»Aber Sie haben die Schritte über Ihrem Zimmer gehört.«

»Nein«, sagte er unwirsch, »nächste Frage, bitte.«

Die Walküre warf erst ihm einen zornigen Blick zu, dann ihrem Kollegen einen verschwörerischen. Entweder war ihr bei der Begrüßung entgangen, wie gut er Jörg kannte, oder sie hatte es schon wieder vergessen.

»Übrigens war die Haustür aufgebrochen. Sonst gab es nirgends Einbruchspuren.«

»Keine Einbruchspuren am Sekretariat?« Er war ehrlich erstaunt.

»Sie haben es erfasst. Ist das Sekretariat nie abgeschlossen?«

Er ärgerte sich über den arroganten Ton. »An einem Sonntagabend ist das Sekretariat *immer* abgeschlossen«, sagte er und lieferte ihr damit die nächste Vorlage.

»Wie können Sie sich so sicher sein? Dann müsste der Brandstifter einen Schlüssel gehabt haben.«

Er seufzte und schwieg. Sie schien es darauf anzulegen, ihn ins Unrecht zu setzen. Außerdem wunderte er sich über ihre Behauptung, was die fehlenden Einbruchspuren an der verkohlten Tür zum Sekretariat betraf. Wer konnte das so schnell beweisen?

»Ich bin kein Hellseher«, erklärte er und berichtete, dass er die letzten Tage vor dem Brand in Dresden gewesen sei.

»Aber die Klappe zum Dachboden wurde nicht erst während Ihrer kurzen Abwesenheit eingebaut. Deren Funktion müsste Ihnen bekannt sein.«

»Nein, ich sage Ihnen noch einmal: Ich habe davon nichts gewusst. Denken Sie, ich würde es Ihnen verschweigen, wenn ich etwas wüsste?«

»Ihre Sekretärin sagt, sie wisse nichts von einem Dachboden, Sie spielen ebenfalls den Ahnungslosen, aber irgendjemand muss diesem Menschen, der dort oben verbrannt ist, Zugang verschafft haben.«

Alexander suchte wieder Jörgs Blick, aber sein Freund starrte jetzt angestrengt auf einen Punkt der weißen Tischplatte, an dem überhaupt nichts zu sehen war. Der Block, auf dem er offenbar so etwas wie ein Protokoll schreiben wollte, war noch immer leer.

»Der Gedanke, dass ich jemandem Zutritt zum Dachboden verschafft haben könnte, ist absurd. Vielleicht gab es Mitarbeiter, die von dem Zugang wussten?« Er erschrak plötzlich. »Und womöglich ist der Tote ein Mitarbeiter?«

Sie überging seine Frage. »Ich habe nicht behauptet, dass der Tote mit Ihrer Hilfe auf den Dachboden gelangt ist, aber ich gehe davon aus, dass Sie wissen, wer dort oben war und warum.«

Vielleicht glaubte sie selbst nicht, was sie ihm unterstellte, und wollte ihn nur aus der Reserve locken. Aber er wusste nichts, da konnte sie locken, so viel sie wollte.

Er fixierte sie grimmig. »Wo das Wissen fehlt, bleibt nur die Vermutung«, stellte er fest und nickte dazu.

Ihr Blick war vernichtend und machte ihm klar, wie wenig sie von Männern hielt, die sich um ein übergeordnetes Verständnis für die Fallstricke des Alltags bemühten.

»Wer ein Feuer legt, will – warum auch immer – einen Schaden anrichten, oder er will gezielt etwas vernichten. Vielleicht eine wissenschaftliche Arbeit, vielleicht sogar einen Menschen. Fällt Ihnen dazu nichts ein?«

Sie spricht wie ein entnervter Prüfer zu einem schlecht vorbereiteten Studenten, dachte er. Außerdem stellt sie die falschen Fragen. Er müsste ihr von der toten Ratte erzählen, von dem niedergedrückten Zaun, aber mit dieser Frau konnte er nicht reden. Von Jörg Gessler kam kein einziges Wort. Natürlich hätte er von der toten Ratte erzählt, wenn die Lederjackenkommissarin normal mit ihm geredet hätte. Aber das tat sie nun einmal nicht.

Eine halbe Stunde dauerte das unerfreuliche Gespräch, dann stand Alexander wieder vor der Bibliothek. Diese neugierigen Mitarbeiter, die auf ihn warteten! Er hätte jetzt etwas sagen sollen, aber sein Mund war wie zugeschnürt. Er ärgerte sich. Jörg Gessler, der Feigling! Offenbar hatte er keine Lust gehabt, der Walküre in die Parade zu fahren, deswegen hatte er die ganze Zeit geschwiegen.

In die Parade fahren. Er stellte es sich bildlich vor. Jörg auf einem Motorrad und dann mitten hinein in die in Reih und Glied aufgestellten Soldaten der Kommissarin. Vielleicht wäre danach ein sinnvolles Gespräch möglich gewesen.

Er musste eine Weile überlegen, bis er sich erinnerte, wo das Kämmerchen lag, in dem er die nächsten Wochen oder Monate verbringen wollte. Vielleicht sollte Frau Brändle die Tür mit seinem Namen beschriften? Oder wäre es besser, wenn ihn kaum jemand fände? Endlich einmal könnte er in Ruhe arbeiten. Nur was, unter diesen Umständen?

Wie zur Probe setzte er sich an seinen Schreibtisch. So also sah der Neuanfang aus: leere Schubladen, eine bis auf ein Telefon und einen Kugelschreiber leere Tischplatte. Er erhob sich wieder von dem Stuhl, der noch keine Zeit gehabt hatte, seiner zu werden. Für heute reicht es, dachte er und suchte vergeblich nach einem Schlüssel, um sein Zimmerchen hinter sich abzuschließen.

Als er Frau Brändles neuen Arbeitsplatz betrat, der jetzt durch einen Wandschirm vor neugierigen Blicken verborgen war, fand er ihn so leer und aufgeräumt vor, wie das Sekretariat am Feierabend zu sein pflegte. Frau Brändle hatte sich nicht verabschiedet. Hatte sie ihn vergessen? Oder hatte sie es eilig gehabt und nicht warten wollen, bis er wieder in sein Kämmerchen zurückgekehrt war?

Seit sie frischverliebt war, kam er öfter zu kurz. Daran änderten auch ihre Tränen beim Angebot eines weit von ihrem Chef entfernten Zimmers nichts. Vermutlich würde sie wieder aufmerksamer mit ihm umgehen, wenn sie erst einmal verheiratet war. Ein Trauschein schien ihm seit seiner eigenen gescheiterten Ehe ein probates Mittel gegen heftige Liebe. Jedenfalls hatte sie Andeutungen über eine baldige Trauung im kleinen Kreise gemacht, aber noch schien sie um das Jawort ihres Liebsten zu bangen. Er hätte es nie für möglich gehalten, dass seine früher so altjüngferlich scheinende Sekretärin jemals heiraten würde.

Hundert Meter vom Institut entfernt entdeckte er sie. Frau Brändle war in eine Seitenstraße gebogen, die auf den Schlossberg zuführte, schien aber unschlüssig, wohin sie nun gehen sollte. Der Weg zur Straßenbahn lag in der entgegengesetzten Richtung. Alexander bog ebenfalls in die Seitenstraße ein. An einem solchen Tag ohne Abschied zu verschwinden, fand er nicht angemessen, zumal er sich ein paar tröstende Worte für die Bedauernswerte zurechtgelegt hatte.

Seine Sekretärin ging weiter auf den Schlossberg zu, und er folgte ihr, ohne sich darum zu bemühen, sie einzuholen. Wenn er nicht beobachtet hätte, wie sie sich in den letzten Wochen ganz allmählich verwandelt hatte – er hätte sie auf diese Entfernung nicht erkannt. Bemerkenswert war die Veränderung ihres Ganges. Das eilige Trippeln, Zeichen ihrer unentwegten Geschäftigkeit, beschränkte sich nun auf besondere Ausnahmen. Stattdessen hatte ihr Gang etwas Wiegendes, Sinnliches bekommen. War es den durch die Verliebtheit reichlicher ausgeschütteten weiblichen Hormonen zu verdanken, dass seine Sekretärin plötzlich so heftig mit den Hüften wackelte? Oder hatte sie sich das absichtlich angewöhnt, um ihrem Freund zu gefallen?

Auch ihre Haare hatten sich verändert. Sie waren nicht mehr kurz und glatt wie früher, sondern kringelten sich anmutig und sehr weiblich in die Stirn. Das Gesicht sah um Jahre jünger aus, was nicht nur an den weit offenen Augen lag. Es war, als hätte die Liebe in ihrem Gesicht ein Licht angeknipst. Vor ein paar Tagen war ihm ihr Busen aufgefallen – trotz seiner Größe ziemlich spitz. Hatte auch der sich verändert?

Beate Brändle hatte die Längenhardstraße erreicht und blieb am Straßenrand stehen. Sie schien etwas zu suchen. Wenige Meter von ihr entfernt stieg ein Mann aus einem in einer Einfahrt geparkten dunkelblauen Mazda. Ihn hatte sie gesucht. Der Mann hatte nicht die geringste Ähnlichkeit mit dem dicklichen Beamtentyp, den er seiner Sekretärin als zukünftigen Ehemann zugetraut hatte. Nein, es war ein Bild von einem Mann! Groß, schlank und die Haut in der Farbe von Milchkaffee, Haare und Vollbart in sattem Schwarz. Er sei Inder, hatte sie ihm vor ein paar Wochen mit verklärtem Blick erzählt. Jetzt, wo er ihn sah, musste er sofort an das Kamasutra denken, wahrscheinlich Pflichtlektüre für jeden gebildeten Inder.

Der Inder trug ein bunt gemustertes Hemd und eine helle Hose. Es fehlte nur die Blumenkette, und das Bild von einem wohlsituierten Hindu wäre perfekt gewesen. Die helle Haut sprach für eine hohe Kaste. Richtig. Er sei Brahmane, hatte sie erzählt. So ein sanftes Gesicht! Und dieser Mann verliebte sich in seine Frau Brändle.

Er erinnerte sich, dass Jörg vor Jahren versucht hatte, mit ihr anzubändeln, und dass er selbst sie anfangs durchaus attraktiv gefunden hatte. Vielleicht lag es an ihrer Tüchtigkeit, dass sich diese Einschätzung bald verflüchtigt hatte. Solche mustergültigen Frauen erzeugten in ihm unweigerlich das Gefühl, ein Versager zu sein. Inas Tüchtigkeit hatte sich erst an seiner Seite entwickelt. Jetzt musste er damit leben.

Er hätte jetzt gehen können, seine Sekretärin hatte offenbar anderes im Sinn, als sich von ihrem Chef trösten zu lassen, doch er blieb. Der gut aussehende Inder legte ihr einen Arm um die Schultern, während der andere wie zufällig auf ihrem Po zu liegen kam. Mit diesem zog er sie an sich und verbog sie dabei, bis sie aussah wie ein in verkehrter Richtung gespannter Bogen. Aus irgendeinem Grund, den er nicht verstand, empfand Alexander so etwas wie Eifersucht. Er sah weg. Das Liebesleben seiner Mitarbeiter ging ihn nichts an. Als er wieder hinsah, hatten sich die beiden Gesichter einander genähert. Noch fünf Zentimeter bis zum Kuss. Alexander entfernte sich. Den Rest brauchte er sich nicht anzusehen. Seine gewissenhafte, tüchtige und längst nicht mehr junge Sekretärin – den vierzigsten Geburtstag hatte sie gerade hinter sich gebracht – schickte sich an, auf der Straße herumzuknutschen wie ein Teenager! Der Anblick war unangenehm, nicht nur weil sie kein Teenager mehr war. Es war noch etwas, das ihn störte. Der Mann passte nicht zu ihr: zu schön, zu jung. Er sah schon ihre rot geweinten Augen vor sich, wenn sie zur Kenntnis nehmen musste, dass ihr exotischer Liebhaber mit einer anderen im Bett lag.

Das Haus, in dem er wohnte, stand noch, als Alexander aus dem Institut zurückkehrte. Ein wenig wunderte ihn das. Seit gestern war alles, was früher fest gefügt schien, auf eine beängstigende Weise in Bewegung geraten, und die einfachsten Dinge hatten ihre Selbstverständlichkeit verloren. Was würde ihn in der Wohnung erwarten? Die nächste Katastrophe oder zumindest die nächste tote Ratte? Er schloss die Tür auf, öffnete sie vorsichtig einen Spaltbreit, schob sie weiter auf. Nichts. Jedenfalls nichts, was ihn hätte beunruhigen können. Er griff sich den Fahrradschlüssel und verließ die Wohnung gleich wieder, um zu Ina zu fahren.

Als er sein Fahrrad auf die Straße schob, sah er die junge Frau. Sie stand ein paar Meter von ihm entfernt, ihr Gesicht war halb verdeckt von einem weit ausladenden Haselnussstrauch. Mit den Sandalen an den nackten Füßen, dem knöchellangen blau gemusterten Rock, einem türkisfarbenen T-Shirt und dem um Schultern, Hals und die blonden Haarspitzen geschlungenen Tuch erinnerte sie ihn an die Hippiemädchen aus seiner Jugendzeit. Bewegungslos starrte sie auf einen Punkt irgendwo im Garten. Als sie ihn bemerkte, wandte sie sich so ruckartig ab, als hätte er sie bei etwas Verbotenem ertappt, und ging rasch auf den Stadtgarten zu. Sie kam ihm bekannt vor, aber er konnte sich nicht erinnern, wo sie ihm schon einmal begegnet sein könnte. Als ihm kurz darauf an der Mozartstraße ein Auto von links die Vorfahrt nahm, hatte er sie wieder vergessen.

Ausnahmsweise hielt er heute an jeder roten Ampel, machte einen übertrieben großen Bogen um die Fußgänger, die blindlings wie Schlafwandler die Herrenstraße überquerten, und fuhr in der Salzstraße hinter der Straßenbahn her, anstatt wie sonst im letzten Augenblick die Poleposition zu erkämpfen. Das Schicksal nicht herausfordern, dachte er, nicht heute. Der Satz vom Unglück, das selten allein kommt, war leider nur zu wahr.

Als er die Dreisam hinter sich gelassen hatte und bei Rot in einer viel zu kleinen Lücke zwischen den Autos über die Talstraße schoss, hatte er die guten Vorsätze schon wieder aufgegeben: Dem Schicksal war sein Fahrstil völlig gleichgültig. Auch vorsichtige Menschen wurden nicht vom Unglück verschont.

Gegen zehn Uhr radelte Alexander sehr langsam wieder nach Hause. »Du musst das Problem bei den Hörnern packen«, hatte Ina gesagt, und dann hatte sie geredet und geredet und tausend Ideen gehabt, was er tun sollte: nach freien Arbeitsflächen in den erhaltenen Räumen suchen, bei der Univerwaltung Anträge auf Ersatz der zerstörten Geräte und Möbel einreichen, gleichzeitig nach gebrauchten Geräten als Zwischenlösung Ausschau halten, eine Hilfskraft für die zusätzlichen Arbeiten beantragen, eine Mitarbeiterversammlung einberufen, um die Probleme gemeinsam zu lösen. Den Rest hatte er schon wieder vergessen. Er hatte ihr zugehört, hatte versucht, ein dankbares Gesicht aufzusetzen, und genickt, aber er wollte das nicht hören, nicht jetzt. Er war noch nicht so weit. Noch wollte er sich seiner Trauer hingeben.

Erst kurz bevor er gegangen war, hatte er über das verkohlte

Bündel vom Dachboden gesprochen, das einmal ein Mensch gewesen war.

Ina war sehr blass geworden. »Ein Mann oder eine Frau?«, hatte sie gefragt. »Alt oder jung?« Er hatte es noch immer nicht gewusst. Die tote Ratte fiel ihm erst wieder ein, als er auf dem Fahrrad saß und nach Hause radelte.

Alexander erreichte Jörg Gessler über dessen Handy.

»Es brennt mal wieder«, stellte dieser trocken fest, als Alexander seinen Namen gesagt hatte.

»Es brennt?«, wiederholte der entsetzt.

»Ich meinte im übertragenen Sinne, warum sonst rufst du um diese Zeit und auf meinem Handy an?«

Die Verbindung war schlecht, Gessler schien im Auto oder in einer Bahn zu sitzen.

»Ich wollte dich nur fragen, wer von euch beiden der Chef ist, du oder deine Kollegin?«

»Ich natürlich.«

»Und warum hast du vorhin kein Wort gesagt?«

»Weil du in Gegenwart meiner lieben Kollegin sowieso nicht mit für dich unangenehmen Einzelheiten rausrückst.«

Alexander fühlte sich ertappt und schwieg. Er bereute, überhaupt die Handynummer gewählt zu haben, als er Jörg nicht zu Hause erreicht hatte. Die Stimme seines Freundes klang wie die eines Fremden. Alexander verstand nicht, wie manche Menschen stundenlang mit diesen dürftigen Geräten telefonieren konnten, die aus jedem Gesprächspartner einen quakenden Zombie machten.

»Um solche Details geht es doch jetzt, nehme ich an«, hörte er Gessler sagen.

»So ist es«, gestand Alexander kleinlaut ein. Schon wieder wurde er sofort durchschaut, und das trotz der schlechten Verbindung und einer neugierig fragenden Frauenstimme im Hintergrund. War das Verhalten anderer Menschen ebenso vorhersehbar wie seines, oder machte er es seinen Mitmenschen besonders leicht, weil er immer gleich handelte?

»Ich habe gestern Abend vor meiner Wohnungstür eine tote Ratte gefunden«, sagte er. »Eine weiße.«

Gessler schwieg, und Alexander wusste nicht, ob die Verbindung abgebrochen war oder sein Freund die Registerkarten in seinem Gehirn nach dem Stichwort tote weiße Ratte durchblätterte.

»Kein Drohbrief oder Ähnliches?« Jörg schien eine passende Kategorie gefunden zu haben.

»Warum fragst du?«

»Wenn ausgerechnet vor deiner Haustür eine weiße Ratte liegt, würde ich …« Gesslers Stimme löste sich in Rauschen auf.

»Was würdest du?«

Es rauschte immer noch.

Als Alexander zum dritten Mal fragte, war die Verbindung wiederhergestellt. »… würde ich annehmen, dass dir jemand etwas klarmachen möchte«, setzte Gessler mit deutlicher Verspätung seinen Satz fort.

»Du denkst an Gentechnikgegner?«

»Zum Beispiel.«

Der Brand, die tote Ratte: Was der Kommissar sagte, lag auf der Hand. »Glaube ich nicht«, widersprach Alexander trotzig in das nun leisere Rauschen hinein.

»Weil du es nicht glauben willst.«

Natürlich hatte Jörg recht, und Alexander wusste selbst, dass er keine anderen Tatsachen schaffen würde, indem er sich der Erkenntnis verschloss. »Als ich ein paar Minuten später auf die Terrasse gegangen bin, habe ich hinten im Garten lautes Rascheln gehört«, rief er, als könnte er die schlechte Verbindung dadurch überbrücken. Er bemerkte selbst seine viel zu laute Stimme. Gut, dass Ina ihn nicht hörte.

»Ein Igel?«

»Könnte man meinen. Heute Morgen habe ich gesehen, dass dort, von wo die Geräusche kamen, der Zaun nach außen heruntergedrückt ist.«

Schweigen. Ein langes Schweigen. Vielleicht war auch die Verbindung wieder abgerissen.

»Warum sollte jemand über den Zaun verschwinden, wenn er genauso gut das Gartentor benutzen könnte?«, hörte er endlich Jörgs Stimme.

»Berechtigte Frage. Die Flucht über den Zaun hätte nur dann einen Sinn, wenn es einen Verfolger gab. Mich, zum Beispiel, als ich nach dem Brand auf die Terrasse gegangen bin.«

Das nächste Schweigen dauerte noch länger.

»Hallo?«

Nichts.

»Hallo?«

»Ich sagte, wenn das nach dem Brand war, kann es nicht der Tote gewesen sein, der bei dir über den Zaun gestiegen ist«, hörte er endlich wieder Gesslers Stimme.

»Diese Erkenntnis hatte ich auch schon. Also hat jemand erst das Institut in Brand gesteckt«, fuhr Alexander fort, »und dann eine tote Ratte vor meiner Haustür abgelegt. In diesem Augenblick bin ich nach Hause gekommen. Deswegen die Flucht über den Zaun.«

»So könnte es gewesen sein.« Die Skepsis in Jörgs Stimme war trotz der schlechten Verbindung unüberhörbar. »Auf alle Fälle schicke ich dir meine Kollegen vorbei.«

»Nein!« Er sprach schon wieder viel zu laut. Dieses Mal war nicht die schlechte Verbindung schuld daran, dass er so schrie. »Ich will die Kripo nicht in meinem Garten! Auf gar keinen Fall!« Er versuchte seine Stimme zu dämpfen. Mit mäßigem Erfolg. »Es reicht schon, dass sich irgendjemand Fremdes dort herumgetrieben hat!«

»Die Kripo in deinem Garten dürfte wohl das kleinere Übel sein im Vergleich zu dem, was dir sonst noch zustoßen könnte.«

Jetzt war es Alexander, der lange schwieg.

»Wann kommen die?«, fragte er mit matter Stimme.

»Ich sage den Kollegen, dass sie sich vorher anmelden sollen.«

Alexander blieb mit dem Hörer in der Hand tatenlos sitzen, als Gessler längst aufgelegt hatte, als wären seine Bewegungen mitten im Ablauf stecken geblieben. Seine Gedanken ebenfalls. Er erwachte erst wieder aus der Erstarrung, als sein Blick auf das Blinken des Anrufbeantworters fiel, doch er konnte sich nicht entschließen, die alten Nachrichten abzuhören. Ereignisse vor dem Brand gehörten einer fernen Vergangenheit an.

Er würde sein Leben einteilen in die Zeit vor dem Brand und die danach, beschloss er. Wenn nicht noch Schlimmeres geschah, was sein normales Leben für immer unterbrechen würde. Er seufzte und begann die neuesten Nachrichten abzuhören. Ein Anruf am heutigen Vormittag kam von der Verwaltung des Zentralfriedhofs in Karlsruhe, eine jugendlich klingende Dame bat um Rückruf. Wahrscheinlich ging es um die Verlängerung der Pflege von Ingrids Grab. Wenigstens die war er seiner verstorbenen Frau schuldig, wenn auch die letzten Jahre ihrer Ehe wenig erfreulich verlaufen waren.

Eine andere Nachricht kam vom Kaufhaus Saturn. Sein Netbook sei seit drei Wochen von der Reparatur zurück. Möglicherweise habe er die erste Benachrichtigung nicht erhalten. Er hatte sie erhalten, aber vergessen, weil er doch wieder seinen Laptop auf Reisen mitnahm. Die Mickymaus-Tastatur des Netbooks war nichts für seine großen Hände.

Am nächsten Morgen wählte er von zu Hause die Friedhofsnummer, das verschaffte ihm Zeit, bis er sich dem niederschmetternden Anblick des zerstörten Instituts ausliefern musste. Die junge Dame vom Anrufbeantworter meldete sich – nett, wirklich angenehm – und verband ihn weiter. Auch der Mann am Apparat war nicht unfreundlich, nur ernst, todernst sogar, was nicht allein seinem Tätigkeitsfeld zuzuschreiben war.

Der tragische Unterton galt Ingrids Grab. Es war verwüstet worden. Irgendwann in der Nacht von Sonntag auf Montag war jemand mit brutaler Gewalt über den Grabstein hergefallen, was diesen nicht nur die Standfestigkeit gekostet, sondern ihn darüber hinaus in zwei Teile zerlegt hatte. Der nächste Satz ließ Alexander zusammenfahren, als wäre neben ihm eine Bombe detoniert. »Stop killing animals«, hatte jemand mit roter Farbe auf den Grabstein geschmiert.

»Wir haben bereits Anzeige gegen unbekannt erstattet. Die Polizei wird sich deswegen noch mit Ihnen in Verbindung setzen.«

Alexander brachte noch immer keinen Ton heraus.

»Kommen Sie her, um sich den Schaden anzusehen?«

»Ich weiß es noch nicht. Ich melde mich später noch einmal«, hörte er eine dünne, bebende Greisenstimme sagen, die ihm gehören musste. Dann legte er den Hörer auf.

Seine Hände und Knie zitterten. Er konnte sich nicht erinnern, beim Anblick des brennenden Instituts gezittert zu haben. Das Entsetzen hatte unterschiedliche Gesichter.

Kein Drohbrief, wie Jörg erwartet hatte, sondern eine unmissverständliche Botschaft hatte der Täter hinterlassen. Nicht Gentechnikgegner, sondern militante Tierschützer waren die Urheber der Anschläge. Oder ging es um beides? Tierschützer, die eine tote Ratte ablegten? Und warum traf es ihn? Etwa wegen seiner Knock-out-Mäuse, wegen dieser lächerlich geringen Zahl von Versuchstieren, die er auf dem Gewissen hatte und über die er sich unlängst in einem Interview in der *Badischen Zeitung* geäußert hatte? Kein Vergleich mit Huntingdon Life Sciences, Europas größtem Tierlabor, an dessen Kunden und Mitarbeitern sich die militanten Tierschützer immer wieder ausgetobt hatten. Zwölftausend Hunde, Affen, Mäuse und andere Tiere sollte HLS allein für eine Studie über Splenda – einen neuen Süßstoff – gequält und getötet haben. Aber richteten sich die Aktionen nicht auch gegen ganz andere? Irgendwo im Norden von Deutschland war kürzlich eine Hähnchenmastanlage abgefackelt worden, kurz bevor sie in Betrieb gehen sollte, Schlachtbetriebe waren gestürmt worden, Metzger bedroht. Und jetzt er als Zielscheibe!

Etwas anderes war noch unbegreiflicher, und bei diesem Gedanken kroch ihm eine Gänsehaut über den Nacken und bis zu den Haarwurzeln: Woher wusste der Täter vom Grab seiner Frau? Ingrids Todessturz vom Turm der Zähringer Burg hatte Aufsehen erregt, aber kaum jemand hier hatte die Beerdigung in Karlsruhe zur Kenntnis genommen, und er war der Einzige, der von Freiburg zur Beisetzung gefahren war. Er hatte sich längst von Ingrid getrennt, als sie starb. War jemand aus Ingrids Umkreis der Täter? Er verwarf den Gedanken sofort wieder. Ingrid war seit Jahren tot, und nie hatte jemand aus Karlsruhe zu ihm Kontakt aufgenommen. Nur wenige Freiburger wussten von dem Grab auf dem Karlsruher Zentralfriedhof: Ina natürlich, Jörg Gessler, Frau Brändle. Und sonst?

Mit dem miserablen Gefühl, sich unabwendbar in den Klauen einer unbekannten bösen Macht zu befinden, schlich er wenig später zum Institut. Erst auf der Treppe fiel ihm ein, dass er von nun an in einem Raum hauste, für den die Bezeichnung Kämmerchen noch schmeichelhaft war, und Frau Brändle auf dem Flur davor.

Dort, wo er seine Sekretärin vermutet hatte, war niemand, aber ihr Arbeitsplatz hatte sich auf bemerkenswerte Weise verändert. Unter dem Schreibtisch stand ein Dinosaurier von Computer, sowohl was das Aussehen als auch was den Geräuschpegel des Lüfters betraf, auf dem Tisch hingegen ein moderner Flachbildschirm. Als Bildschirmschoner entließ der aus besseren Zeiten vertraute Toaster eine goldbraun geröstete Brotscheibe nach der anderen. Vermutlich hatte sie in ihrer Tüchtigkeit ihre gesamte Software im Rechenzentrum gespeichert und auf diese Weise nicht nur ihren Bildschirmschoner gerettet.

Er fand Frau Brändle in seinem eigenen Kämmerchen. Ihr Gesicht, als sie ihn begrüßte, zeugte von ihrer gewohnten Geschäftigkeit. Neben ihr stand ein Mann. So abgeklärt, wie er aussah, musste es ein Techniker vor einer überschaubaren Aufgabe sein. Offenbar schickte er sich an, auch für ihn einen Computer und einen Internetanschluss zu installieren.

Es fiel ihm schwer, seine Sekretärin unbefangen zu begrüßen. Er bekam das Bild nicht weg, wie sie eng umschlungen mit dem Bärtigen auf der Straße gestanden hatte.

»Das Grab meiner Frau wurde verwüstet«, sagte er, als der Techniker den Raum verlassen hatte. Es lag ihm nichts daran, seine Sekretärin zu schockieren, er musste nur diese Szene von gestern Abend aus seinem Kopf vertreiben.

Sie sah ihn ratlos an.

»Das Grab in Karlsruhe. Der Grabstein wurde umgestürzt und zerstört.«

Frau Brändle sagte nichts, aber sie wurde kreideweiß. Nicht plötzlich, sondern fast wie in Zeitlupe. So hatte er sie noch nie gesehen: als ob ihr der Leibhaftige begegnet wäre.

»Ist Ihnen nicht gut? Frau Brändle!«

»Mein Gott, wie furchtbar«, sagte sie und sah aus, als blicke sie direkt in die Hölle. »Mein Gott«, wiederholte sie. Dann merkte sie, dass der Techniker zurückgekehrt war, und auch ihr Blick kehrte allmählich ins Diesseits zurück. »Mein Gott«, sagte sie ein drittes Mal.

Eine so heftige Erschütterung hatte Alexander nicht erwartet, völlig unangemessen war sie in seinen Augen, und er suchte vergeblich nach einer Erklärung.

»Wohin soll der Anschluss?«, fragte der Techniker, und jetzt, wo es etwas zu regeln gab, tauchte seine Sekretärin aus dem Schrecken auf wie aus einem Albtraum.

»Aber es wird doch kein Zusammenhang zu dem Feuer bestehen«, sagte sie später, als der Techniker endgültig fort war.

»Ich hoffe, nicht«, antwortete er, obwohl er nicht den geringsten Zweifel daran hatte.

Frau Brändle sagte nichts mehr, fragte auch nichts. Sie machte sich an seinem Schreibtisch zu schaffen, sie rückte die Tastatur ein wenig zur Seite, schob das Telefon an einen anderen Platz, schob es wieder zurück, bis sie ihn unvermittelt und wortlos verließ.

Er startete den Computer und rief die E-Mails auf. Dreiundzwanzig neue, nicht sehr viel nach seiner mehrtägigen Abwesenheit. Frau Brändle hatte die unwichtigen offenbar schon aussortiert. Jetzt kam es ihm vor, als habe er schon immer in dem Kämmerchen gehaust, denn mit einem Internetzugang sah die Welt überall gleich aus. Er schloss das Programm wieder.

Die Vorfälle der vergangenen Tage ließen ihn nicht los. Warum gab es drei Anschläge in einer Nacht? Warum jetzt? Warum dieser massive Angriff? Hing es doch mit dem Interview in der *Badischen Zeitung* zusammen, in dem er sich über seine Versuche mit Knock-out-Mäusen ausgelassen hatte? Seine Äußerungen zum

Anlass für die Anschläge zu nehmen wäre aber doch lächerlich! Oder ging es gar nicht um ihn persönlich, sondern um ihn als Chef eines Instituts, in dem gentechnisch veränderte Tiere lebten und starben? Kämpften die Tierschützer jetzt auch für das Wohlergehen von Fadenwürmern und Zebrafischen? Allmählich ahnte er, was die Attentäter antreiben konnte: die Kombination von Tierschutz und Ablehnung von Gentechnik jeder Art.

Aber eine andere Frage stellte sich: Warum war seine Sekretärin so erschüttert über das verwüstete Grab? Hatte sie in diesem Augenblick begriffen, dass es die Täter auf ihn abgesehen hatten? Von der toten Ratte wusste sie ja nichts und auch nicht von den Schmierereien auf dem Grab.

Das Telefon klingelte, was ihn wunderte. Er hatte gehofft, nicht so schnell wieder erreichbar zu sein. Jörg war am Apparat: »Heute um dreizehn Uhr, passt dir das?«

Alexander brauchte eine Weile, bis er begriff, dass zu diesem Zeitpunkt die Kripo zu ihm nach Hause kommen sollte. Es passt nie, dachte er. »Ja«, sagte er, »wenn es nicht so lange dauert.«

»Gibt es etwas Neues?«

Alexander schwieg.

»Was ist passiert?«, hakte Gessler nach.

Alexander schwieg immer noch.

»Hat sich der Rattenmörder bei dir gemeldet?«

»Nicht bei mir, sondern bei Ingrid«, antwortete er zögernd.

Gessler wusste sofort, wen er meinte. Er selbst hätte vermutlich länger gebraucht. »Im Jenseits?«, fragte Gessler.

Alexander erzählte vom verwüsteten Grab und der Schmiererei auf dem Grabstein.

»Stop killing animals«, wiederholte Gessler. »Daher weht also der Wind. Haben dich die Tierschützer ins Visier genommen?«

»Die Friedhofsverwaltung hat die Polizei schon benachrichtigt.«

»Dann werde ich dafür sorgen, dass die Kollegen erfahren, was hier in Freiburg abgeht.«

Als Alexander um zehn nach eins nach Hause kam, machten sich zwei Gestalten in seinem Garten zu schaffen: keine Eindringlinge mit finsteren Absichten, sondern die Beamten, die Jörg angekündigt hatte. Sie forderten ihn auf, den Garten vorerst nicht zu betreten, und Alexander zog sich auf die Terrasse zurück, von wo aus er das Treiben beobachtete. Er fragte sich, warum er für diese Aktion überhaupt nach Hause gekommen war. Die Herren kamen auch ohne ihn aus.

Nein, offenbar doch nicht. Einer der beiden näherte sich der Terrasse. Er wollte wissen, ob sich nach dem Gewitter am Abend des Brandes eine Frau im hinteren Teil des Gartens aufgehalten habe, denn sie hätten dort Schuhabdrücke entdeckt, deren Größe und Art darauf schließen lassen würden.

Alexander wusste sofort, wer in seinem Garten gewesen sein musste: natürlich das Mädchen mit dem langen Rock und dem blauen Tuch um den Schultern. Er hatte sie sofort verdächtigt, als sie gestern an der Gartenmauer lehnte und in seinen Garten starrte. Trotz des schummrigen Lichts bei ihrer Begegnung konnte er ihre Kleidung einigermaßen genau beschreiben. Der Beamte notierte alles ohne die geringste Regung. Zu Alexanders Enttäuschung teilte er nicht seine Zuversicht, mit dieser Frau die Schuldige gefunden zu haben.

Als die beiden Polizisten gegangen waren, setzte er sich auf die Terrasse. Fünfzig Meter von ihm entfernt wurde ein Parkplatz neu gepflastert. Er war sich nicht sicher, was schlimmer war: das Kreischen der Steinschneidemaschine, das völlig regellos von Zeit zu Zeit ertönte und jeden klaren Gedanken auslöschte, oder der fast unaufhörliche Lärm der Rüttelmaschine. Bald hatte er das Gefühl, in einen lärmenden Sandstrahl geraten zu sein, der allmählich alle Schutzschichten seines Bewusstseins abtrug. Noch fünf Minuten, und er würde schreien.

Der Klügere gibt nach, dachte er schließlich und ging nach vier Minuten ins Haus.

Gegen vierzehn Uhr war Alexander wieder im Institut. Mittlerweile war er fest davon überzeugt, dass diese Frau die Brandstifterin gewesen war. Ob sie verantwortlich für alle Ereignisse der letzten Tage war? Erst in Karlsruhe gewütet, dann den Brand gelegt und anschließend seine Haustür mit einer toten Ratte garniert? Nein, mindestens zwei Täter mussten beteiligt gewesen sein. Um einen Grabstein umzustürzen, war sie zu schmächtig.

Er hastete in sein Kämmerchen, kickte die Tür mit dem Fuß zu, stürzte zum Telefon und wählte Jörgs Nummer.

»Bei mir im Garten war eine Frau.«

»Das wundert mich nicht.«

»Am Zaun nach dem Gewitter in der Brandnacht, als ich die Ratte gefunden habe. Ina kann es nicht gewesen sein. Außerdem steigt sie nicht über den Zaun in den Nachbargarten.«

»Du hast doch diesen attraktiven Arzt als Nachbarn.«

Einen Augenblick war Alexander irritiert. »Blödsinn!«

»Okay, okay. Ina hat mit den Spuren nichts zu tun.«

»Wahrscheinlich habe ich diese Frau gestern gesehen.« Alexander erzählte von der Frau mit dem langen Rock.

»Vielleicht hat tatsächlich diese Frau die Ratte vor deiner Tür abgelegt und dann den Garten über den Zaun verlassen.«

»Vorausgesetzt, die Ratte lag nicht schon seit Tagen dort«, gab Alexander selbst zu bedenken.

»Wäre das möglich?«

Eine Wohltat, diese Festnetzverbindung, dachte Alexander. Telefonieren mit dem Luxus des vergangenen Jahrtausends. »Ich war verreist, und die Putzfrau war in der Zwischenzeit nicht da.«

»Und der Briefträger?«

»Sonntags kommt kein Briefträger, und wahrscheinlich hätte er sich auch nicht um eine tote Ratte gekümmert.«

»Kann man die Stelle, wo die Ratte lag, von der Straße aus sehen?«

»Kaum, man müsste schon sehr genau hinschauen.«

»Wo ist die Ratte jetzt?«

»Auf der Müllkippe. Heute Vormittag war die Müllabfuhr da.«

»Warte mal«, sagte Gessler, und im nächsten Augenblick klickte es in der Leitung, dann geschah gar nichts mehr. Und nun? Warten oder Auflegen? Alexander entschied sich für Auflegen. Minuten vergingen. Er wählte noch einmal Jörgs Nummer. Jetzt war besetzt. Wieder einmal ärgerte er sich über das Telefon.

Drei Sekunden später klingelte es.

»Fehlanzeige«, sagte Gessler.

»Was meinst du?«

»Bei Ingrids Grab konnten die Kollegen keine verwertbaren Spuren sichern. Wenn es überhaupt Spuren gab, sind sie im Regen davongeschwommen.«

»Also wurde das Grab vor dem Gewitter verwüstet.«

»Auch das ist nicht sicher. In Karlsruhe hat es die ganze Nacht geregnet.«

Wieder Fehlanzeige. Alexander verabschiedete sich und legte auf. Er war enttäuscht, und zwar von Jörg, und es gelang ihm nicht, den Ärger dahin zu tun, wohin er gehörte: zur Sache selbst.

In diesem Moment fiel sein Blick auf einen Zeitungsartikel auf seinem Schreibtisch. Frau Brändle versorgte ihn mal wieder mit Informationen, die er gar nicht hatte lesen wollen. Doch jetzt konnte er nicht widerstehen:

Hoher Sachschaden entstand bei einem Brand, der am Sonntagabend im Institut für Molekulare Genetik der Freiburger Universität ausgebrochen war. Verletzt wurde niemand. Zum Zeitpunkt des Brandes arbeitete niemand in dem Gebäude. Als die Feuerwehr am Brandort eintraf, schlugen die Flammen aus mehreren Fenstern im zweiten Obergeschoss und dem Dach eines Seitenflügels der Gründerzeitvilla. Ein Übergreifen auf das Haupthaus konnte verhindert werden. Vom Feuer direkt betroffen waren lediglich Verwaltungsräume. Brandstiftung wird nicht ausgeschlossen, die Kripo ermittelt.

Eine Routinemeldung, wie er sie schon oft in der Zeitung gelesen hatte. Verletzt worden war niemand. Er hätte ohne Beunruhigung weitergeblättert, ohne Mitleid mit den Betroffenen. Ja, wenn es denn eine Familie gewesen wäre, die ihre Bleibe durch ein Feuer verloren hätte. Aber Verwaltungsräume! Eine Meldung, die er rasch vergessen hätte – wenn sie nicht ihn selbst betroffen hätte. Von dem Toten schien die Presse noch nichts erfahren zu haben.

Er hatte gedacht, in dem abgelegenen Kämmerchen in Ruhe arbeiten zu können, doch er hatte sich geirrt. Ganze Menschenmassen strömten zu ihm in die hintere Ecke des zweiten Stockwerks und wollten ihn sprechen. Früher hatte Frau Brändle streng über seine Termine gewacht, jetzt war er Freiwild für seine Mitarbeiter. Und während er sich bemühte, Ersatz für Räume, Geräte und was sonst noch fehlte zu finden, kam irgendjemand und behauptete, jetzt zu dieser Minute einen seit Wochen vereinbarten Gesprächstermin zu haben. Frau Brändle habe den in ihrem Kalender notiert, der nun leider nicht mehr vorhanden sei. Alle brauchten sie ihn!

Ganz allmählich begann Alexander Gefallen an der Situation zu finden. Er konnte seinen heimatlos gewordenen Mitarbeitern helfen, Ina sei Dank! Schon am nächsten Abend nach dem Brand, als er noch trauern wollte, hatte sie gewusst, was nun zu tun sei. Also telefonierte er, rief Internetseiten mit gebrauchten Geräten auf, versammelte die Arbeitsgruppenleiter in der Bibliothek, ging mit ihnen durch das Gebäude. Ina hatte recht gehabt: Der Brand eröffnete ihm gänzlich neue Möglichkeiten. Endlich hatte auch er Gelegenheit, tüchtig zu sein. Wenn ihn Ina so sehen könnte! Oder Jörg! Oder sonst jemand, der immer noch an seinen besonderen Fähigkeiten zweifelte!

Da klopfte es an der Tür, die sich im nächsten Augenblick öffnete. Neben Frau Brändles Gesicht, das heute wieder todunglücklich aussah, erschien ein zweites: das von Jörg.

Frau Brändle verschwand, und Gessler trat ein. »Darf ich stören?«

»Bitte«, sagte Alexander und ließ den Freund Zeuge werden, wie er schon am zweiten Tag nach dem Brand per Telefon zwei gebrauchte Kühlschränke ins Obergeschoss des Nordflügels dirigierte.

»Ich dachte, für so niedere Tätigkeiten hättest du deine Sekretärin.«

Alexander schwieg. Diesen Kommentar hatte er nicht erwartet.

»Oder hat sie den Schock noch nicht überwunden?«

»So ist es.« Frau Brändles Starre, ihr Entsetzen über die Grabschändung, ihr verzweifeltes Gesicht in der offenen Tür. Nein. Nichts hatte sie überwunden. »Was führt dich zu mir?«

»Es war tatsächlich ein Mann, wie du schon vermutet hast.«

»Der Tote?«

Jörg nickte. »Offenbar hatte er sich dort oben häuslich eingerichtet.«

»Häuslich eingerichtet?« Alexander wiederholte die Worte, als müsste er etwas Ekelerregendes in den Mund nehmen.

»Unsere Leute haben auf dem Dachboden Geschirr, einen kleinen Campingkocher mit einer glücklicherweise leeren Gaskartusche und die Überreste einer Campingtoilette gefunden. Möglicherweise hat der Mann seit Wochen oder zumindest seit Tagen dort gehaust.«

»Campingkocher!« Alexander strich sofort den angewiderten Unterton aus seiner Stimme und schaltete um auf Begeisterung. »Also doch keine absichtliche Brandstiftung!«

»Das wäre dir lieber, nicht wahr?«

»Ein Campingkocher auf dem Dachboden! Da muss es doch brennen!«

»Aber die Benzinkanister oben im Treppenhaus und in Frau Brändles Zimmer? Du musst dich wohl mit den Tatsachen abfinden. Wir haben übrigens noch keinen Hinweis, wer den Mann dort oben versorgt haben könnte und ihm den Zugang verschafft hat.«

Alexander hörte kaum noch hin. Ein Campingkocher auf dem Dachboden. Hätte ihm der Kommissar die Chance auf eine weniger niederschmetternde Brandursache als eine Brandstiftung nicht ein wenig länger gönnen können?

»Noch etwas.« Jörg zog die Augenbrauen hoch. »Der Tote hatte einen Schlüssel.« Er machte eine Pause, aber Alexander fragte nicht nach. Er hatte einfach keine Lust auf weitere Neuigkeiten. Gute waren nicht zu erwarten.

»Einen Schlüssel für die Eingangstür des Instituts«, fuhr Gessler fort.

Alexander sagte noch immer nichts. Er versuchte im Geiste zu zählen, wie viele Mitarbeiter einen Schlüssel haben konnten. Bei fünfundzwanzig gab er auf. Von solchen organisatorischen Dingen hatte er nun mal keine Ahnung. Immerhin wusste er aus eigener Erfahrung, dass man nicht einfach zur Schlüsselzentrale gehen konnte, um einen Nachschlüssel für das Institut zu besorgen.

»Dann müsste der Tote leicht zu identifizieren sein«, sagte er. »Entweder es fehlt jemand, der einen Schlüssel bekommen hat, oder jemand hat seinen Schlüssel nicht mehr, weil er ihn dem Mann vom Dachboden gegeben hat.«

»Schön, wenn es so einfach wäre, aber eine vollständige Liste der Schlüsselbesitzer gibt es nicht.«

»Frau Brändle hat von allen wichtigen Dateien Sicherungskopien im Rechenzentrum angelegt«, widersprach er heftig.

»Die Schlüsselliste gab es nur in Papierform.«

Glaube ich nicht, dachte er. Nicht bei Frau Brändle!

»Sie versucht gerade, sich zu erinnern.«

»Und?«

»Das Ergebnis ist ungewiss.«

Alexander atmete tief ein, atmete tief aus. Den Tatsachen ins Auge blicken! »Sah sie deswegen eben so unglücklich aus?«

»Das tat sie schon, als ich kam.«

»Jörg?«

»Ja?«

»Warum hat sich der Mann nicht gerettet, wenn er offenbar selbstständig ein und aus gehen konnte?«

»Er hatte keine Chance. Vielleicht hat er versucht, die Klappe von oben zu öffnen. Ohne das Feuer hätte er es jedenfalls gekonnt. An der untersten Stufe der ausklappbaren Treppe war ein Drahtseil befestigt, so eines, wie man es auf Segelbooten benutzt. Damit konnte der untere Teil nach dem Ausklappen wieder nach oben gezogen werden. Aber es lag ein Benzinkanister direkt unter der Klappe. Kannst du dir vorstellen, wie es ist, wenn du dann die Klappe öffnest? Da kannst du gleich ins Fegefeuer springen.«

Als Jörg gegangen war, hatte sich Alexanders Stimmung wieder einmal dem absoluten Nullpunkt genähert. Gerade noch hatte er sich selbst mit seinem Elan übertroffen, jetzt blieb er wie ein flügellahmer Vogel zurück. Das Bild des hilflosen Mannes auf dem brennenden Dachboden ließ ihn nicht los. Er zwang sich, nicht an den Toten, sondern an die Schlüsselliste zu denken. Vielleicht gab es doch noch irgendwo elektronisch gespeichert die Namen derer, die einen Schlüssel bekommen hatten! Im nächsten Augenblick versank er wieder in Lethargie. Wenn seine Sekretärin die Liste nicht mehr hatte, gab es keine.

Er quälte sich durch den Rest des Arbeitstages. Keine Erfolge mehr. Jeder Versuch, noch einem der abgebrannten Mitarbeiter in den ohnehin überfüllten Laborräumen einen Platz zu verschaffen, scheiterte. Gegen siebzehn Uhr gab er die Hoffnung auf, für die restlichen zwei Doktoranden und eine Postdoc mehr als Stehplätze ohne Computer und sonstige Geräte zu finden. Er vertröstete sie auf den folgenden Tag und versperrte die Tür seines Kämmerchens sorgfältig mit dem neu angebrachten Schloss, dann suchte er Frau Brändle, um sich wenigstens heute angemessen zu verabschieden. Ihr in Leid erstarrtes Gesicht in der Tür, ihr wortloser Rückzug beunruhigten ihn. Ob sie zu allem Überfluss Ärger hatte mit ihrem Zukünftigen?

Er trat hinter den Wandschirm, der den Arbeitsplatz seiner Sekretärin verbarg, aber da war niemand. Allerdings sah der Schreibtisch nicht so aus, als wäre sie schon fort. Der Computer lief, und der Toaster auf dem Bildschirm entließ die beneidenswert gleichmäßig gebräunten Scheiben. Eine Weile wartete er vergeblich. Frau Brändle dürfe sich nie ohne Handy im Institut bewegen, hatte er einmal vorgeschlagen. Doch wie so oft hatte er sich mit einer guten, wenn auch ungewöhnlichen Idee nicht durchsetzen können. Sie selbst hatte die Anschaffung des Handys sofort blockiert. Wenn er sich deswegen wieder nicht verabschieden konnte, war es ihre eigene Schuld!

An der Tür zum Treppenhaus glaubte er hinter sich Geräusche zu hören. Er drehte sich um und sah am anderen Ende des langen Flures einen jungen Mann stehen, den er nicht kannte. Er musste hinter Frau Brändles Wandschirm hervorgekommen sein. Alexander konnte sich nicht erklären, wieso er ihn nicht gesehen hatte, als er selbst nach Frau Brändle suchte. Vielleicht hatte er in einer Türnische in der Nähe des Schreibtischs gestanden. Ob er sich womöglich versteckt hatte?

Alexander kehrte um. »Suchen Sie etwas?«

»Das Sekretariat.«

Der Mann war untersetzt, und sein Kopf war zu groß für die übrige Länge seines Körpers. Die abstehenden lockigen Haare verstärkten noch das Unproportionierte der Erscheinung, ebenso wie die zu große Nase, die leicht aus den Höhlen tretenden Augen und das vorspringende Kinn, welches der klägliche blonde Vollbart noch betonte. Er trug eine dreiviertellange Hose, und über den ausgetretenen Turnschuhen hatte er den linken Unterschenkel mit einem blauen Verband umwickelt. Trotz der ungewöhnlichen Erscheinung hätte er Student sein können – wenn die offensichtliche Angst nicht gewesen wäre.

Alexander musterte den Kleinwüchsigen, der ihm nicht einmal bis zur Schulter reichte. Wie ein Hase, dachte er, wie der Hase, den Corinna für ein paar Wochen versorgt hatte. Genauso hatte der ihn angesehen, wenn er aus seinem Käfig entkommen war und dann, in einer Zimmerecke in die Enge getrieben, seinem Häscher ins Auge sah. Alexander stand jetzt so dicht vor dem jungen Mann, dass er, wenn er den Hasen vor sich gehabt hätte, zugegriffen hätte.

»Und worum geht es bitte?«

Der Kleine mit dem zu großen Kopf kniff die Augen zu schmalen Schlitzen zusammen, dann die Lippen. Er machte ein Gesicht, als wäre die Frage ein unsittliches Angebot. Oder eine Ohrfeige.

»Worum geht es?«, fragte Alexander noch einmal, ohne das »bitte« zu wiederholen.

Der Mann sah ihn nicht an. Sein Blick tastete sich den Flur entlang, als suche er etwas. Eine Möglichkeit zur Flucht vielleicht. Alexander stellte sich ihm in den Weg. Jetzt hätte der ihn zur Seite stoßen müssen, um zu entkommen.

»Ich bin mit Frau Brändle verabredet.«

»Hier ist das Sekretariat, aber wie Sie sehen, ist Frau Brändle nicht anwesend.«

Der junge Mann trat einen Schritt zur Seite. »Wann kommt sie wieder?«

Alexander trat zur selben Seite. »Ich weiß es nicht.« Er hatte endlich aus diesem Folterinstitut verschwinden wollen, aber jetzt nagelte ihn der Eindringling fest.

»Ich werde hier warten«, teilte der Mann mit.

Alexander schüttelte den Kopf. Natürlich würde er den Kerl nicht hier warten lassen. Es gab keinen Raum, wo er ihn sicher hätte abstellen können. Den nicht! Wenn sich einer schon so duckte und dabei die Augen zusammenkniff! Und dieser Mensch, der sich eben noch im Schutz des Wandschirms verborgen hatte, gab vor, eine Verabredung mit Frau Brändle zu haben! Man muss zuversichtlich aussehen, wenn man etwas erreichen will, dachte er, außerdem arglos, mit großen Kinderaugen, dann bekommt man, was man möchte.

»Tut mir leid«, sagte er, »aber hier können Sie nicht warten.«

Doch der junge Mann blieb einfach stehen. So leicht würde Alexander den offenbar nicht loswerden.

»Haben Sie ein Handy?«, fragte er.

»Wieso?«

»Also haben Sie eins.«

Der junge Mann nickte. Alexander verbuchte dies als ersten kleinen Erfolg.

»Ich lege meiner Sekretärin einen Zettel mit Ihrer Nummer hin. Sie soll Sie anrufen, sobald sie hierher zurückkehrt.«

Jetzt suchte er etwas zum Schreiben – und fand es auch. Da lagen sie tatsächlich schon, die sorgfältig geschnittenen Zettel, zu denen Frau Brändle seit Jahren das Altpapier verarbeitete – und das am zweiten Tag nach dem Brand.

»Wie heißen Sie bitte?«

Der junge Mann sah ihn unsicher an. Als hätte er seinen Namen vergessen.

»Jeff«, sagte er.

Alexander wartete, ob er noch mehr sagen würde. Er tat es nicht.

»Und Ihre Handynummer?«

Der Mann zögerte. »Vergessen Sie es«, sagte er dann.

Schneller, als sich Alexander vom Schreibtisch lösen konnte, war der Mann fort. Sein Abgang war eine Flucht. Alexander sah ihm nach, ohne etwas zu unternehmen, und durchaus erleichtert. Was hätte er auch mit ihm anstellen sollen, wenn er ihn festgehalten hätte? Der Polizei übergeben? Weil er einen Termin bei Frau Brändle hatte?

Sein Blick fiel auf den Bildschirm. Jetzt flogen keine Toaste mehr, stattdessen sah er die Startseite des CommuniGate-Systems der Universität mit der Aufforderung, ein Passwort einzugeben. Der Mann musste sich am Computer zu schaffen gemacht haben. Das Mindeste war eine Bewegung mit der Maus, durch die der Toaster verschwunden war. Wenn der Kleinwüchsige mehr versucht hatte, so war er an der Eingabe des Passwortes gescheitert. Alexander versuchte die Schreibtischschubladen zu öffnen: Alle waren verschlossen. Die Schreibtischplatte war leer bis auf das Telefon, die Tastatur und den Bildschirm.

Was auch immer der Mann hier gewollt hatte, erfolgreich war er nicht gewesen. Sahen so die militanten Tierschützer aus? Alexander hatte sie als Teil der autonomen Szene vermutet, aber wie sahen deren Mitglieder aus, wenn sie sich nicht für eine Demo dunkel kleideten und sich mit Halstüchern vermummten? Man müsste jemanden in die Szene der radikalen Tierschützer einschleusen, dachte er. Nur wie und vor allem wen? Ina, die nur zähneknirschend den Hasen von Corinnas Freundin für ein paar

Wochen in ihrer Wohnung geduldet hatte, schied von vornherein aus. Ihre Abneigung gegen alles, was Haare verlor, untergrub jedes Engagement für den Tierschutz.

Vielleicht käme ja Frau Brändle infrage? Er beschloss, auf sie zu warten, um sie wenigstens nach der Verabredung mit dem jungen Mann zu fragen.

Seine Sekretärin erschien nach fünf Minuten. Sie kam von der Toilette mit rotem Gesicht, verschwollenen Augen und verräterischen Puderflöckchen auf der Nase, auf diese Weise nur notdürftig nach einem Tränenausbruch wiederhergerichtet. Hatte sie etwa wegen der verlorenen Liste geweint? Sie blieb mit einem heftigen Ruck neben dem Wandschirm stehen. Ihn hatte sie offenbar nicht hier erwartet, wahrscheinlich hatte sie niemanden erwartet.

»Ein junger Mann hat nach Ihnen gefragt. Er hat gesagt, er sei mit Ihnen verabredet.«

Frau Brändles Gesicht wurde ein einziges Fragezeichen.

»Er hat gesagt, er heiße Jeff.«

Ihr Gesicht wurde noch ratloser.

»Großer Kopf, offener Mund«, ergänzte er.

Immer noch keine Antwort.

»Vielleicht hat er den Namen in diesem Augenblick erfunden«, sagte Alexander.

Das Gesicht seiner Sekretärin entspannte sich ein wenig. »Wie sah er aus?«

Er beschrieb den jungen Mann, eine Verwechslung wäre kaum möglich gewesen.

Frau Brändles Augen verharrten nun in einem leblosen Tunnelblick, den er nicht deuten konnte. »Kommt er wieder?«

»Ich weiß nicht. ›Vergessen Sie es‹, hat er gesagt, als ich ihn nach seiner Handynummer gefragt habe.«

»Vergessen Sie es«, wiederholte sie. Ihr Gesicht zeigte wieder die Leidensmiene, mit der sie von der Toilette gekommen war.

»Man müsste eine Zwischenwand einziehen lassen«, sagte er. Irgendetwas musste er jetzt gegen dieses leidende Gesicht tun.

»Eine Zwischenwand?« Sie putzte sich geräuschlos die Nase, wie es ihre Art war. Keine Puderflöckchen mehr.

»Ja, damit das Sekretariat hinter einer verschließbaren Tür liegt. Vielleicht würde schon die Attrappe einer Wand reichen.«

Sie sah wieder ganz ratlos aus.

»Eine Wand aus Pappe, mit einer Tür, die sich öffnen und verschließen lässt.«

»Rigips«, sagte sie. Ihr Ton dabei: als plante sie ein Grabmal oder ein Mausoleum für einen unerwartet Verstorbenen.

»Ja, Rigips«, sagte er, »eine Wand aus Rigips wäre das Richtige.«

Dann fragte er doch nach der Liste.

Sie schloss umständlich ein Schubfach auf und zog eine Liste heraus, deren erste Spalte die Namen der Schlüsselbesitzer enthielt. Der Platz daneben für die Daten von Schlüsselausgabe und -rückgabe war leer.

»Ist sie vollständig?«

»Es müssten noch mehr Namen sein«, gab sie zerknirscht zu.

»Sie sind sicher, dass Sie die alte Liste nicht doch gespeichert haben?«

Die Frage war ihr sichtlich unangenehm. »Leider bin ich sicher. Es gibt nur diese neue.«

Restlos unzufrieden mit sich selbst und so langsam wie möglich ging Alexander am Abend heim, dem Fernseher entgegen. Für eine sinnvolle Tätigkeit war er zu niedergeschlagen. Das Glücksgefühl über seine Tüchtigkeit am heutigen Vormittag war unwiderruflich dahin. Frau Brändles verheultes Gesicht hatte ihm den Rest gegeben, egal ob ihr schöner Inder oder die Ereignisse im Institut schuld daran waren.

Zu Hause blätterte er im Programmheft, ohne eine lohnende Sendung zu finden, da konnte er sich gleich seinem Schreibtisch zuwenden, dessen Tischplatte schon vor seiner Fahrt nach Dresden unter unerledigten Aufgaben verschwunden war. Jetzt türmte sich das Papier meterhoch, zumindest gefühlt.

Eine Viertelstunde später – er hatte gerade damit beginnen

wollen, die unbezahlten Rechnungen abzuarbeiten – klingelte es an der Wohnungstür. Wie gut, dass hin und wieder die Klingel eine langweilige Tätigkeit unterbricht, dachte er und ging zur Tür.

Er gehörte nicht zu den Menschen, die vor dem Öffnen der Tür das Auge an den Spion pressen, um draußen einen Wasserkopfmenschen mit Miniaturbeinchen zu sehen. Wer sollte schon klingeln? Schlimmstenfalls jemand, der ihm einen Staubsauger oder das ewige Leben aufschwatzen wollte. Oder vielleicht die Rattenüberbringerin mit den blonden Haaren? Oder doch etwas Schlimmeres? Brandstifter? Mörder?

Er öffnete. Wieder einmal trat nicht die schlimmste Möglichkeit ein, sondern eine ganz andere Katastrophe. Vor der Tür standen Ina und Corinna. Ina hatte den Schlüssel zu seiner Wohnung vergessen und er, dass er heute zum ersten Mal in seinem Leben Pfannkuchen backen wollte. Er hatte sie Corinna zum achten Geburtstag versprochen, und der lag inzwischen schon Monate zurück.

Bevor er in der vergangenen Woche nach Dresden geflogen war, hatte er sich schon stundenlang mit den Pfannkuchen beschäftigt. Nicht, dass er selbst gerührt und gebacken hätte, nein, allein der Gedanke an Mehl, Eier, Milch und was er sonst noch brauchen würde, hatte ihn zeitweilig mehr beschäftigt als jede andere Frage. Mehl, Eier, Milch: allein daraus konnte man wohl kaum ein genießbares Essen zubereiten und schon gar keines, was Corinnas kritischem Urteil standhalten konnte – oder doch? Richtig, auch Salz würde er brauchen. Und vielleicht Zucker? Butter?

Bei Google hätte er sofort nachlesen können, was er wissen musste. Hatte er aber nicht gewollt. Wer schon eine solche Lappalie ergoogelt, denkt über gar nichts mehr nach. Die Menschheit hatte sich seit Jahrtausenden ohne Internet fortentwickelt. Durch Versuch und Irrtum hatte sie ihre größten Entdeckungen gemacht, nicht durch Nachlesen. Er war davon überzeugt, dass sich daran auch nicht so bald etwas ändern würde. Aber die Pfannkuchen?

Er hatte das Nachdenken ohne überzeugendes Ergebnis beendet und sein Geburtstagsgeschenk für Corinna wieder einmal vergessen. Und nun stand sie mit ihrer Mutter vor der Tür, um das Versprochene zu verspeisen.

Er schickte die beiden ins Wohnzimmer, die Pfannkuchen seien sofort fertig. Jetzt war keine Zeit mehr, sich noch einmal in Erinnerung zu rufen, was er sich zu dem Thema schon überlegt hatte. Er würde das Problem auch so lösen. Immerhin konnte er Spiegeleier braten, und Pfannkuchen waren nichts anderes als mit Mehl und Milch verrührte Spiegeleier. Er stellte bereit, was er brauchen würde – er hatte sogar sechs Eier im Kühlschrank –, erhitzte etwas Margarine und schlug vier Eier in die Pfanne. Er fügte Milch hinzu, die zu seiner Überraschung im heißen Fett sofort schäumend kochte – und gleich darauf verschwunden war. Jetzt musste es schnell gehen. Er schüttete Mehl in die Pfanne, ohne es abzumessen. Dann rührte er – mit einem Holzlöffel, um das Teflon nicht zu zerkratzen, das hatte er schon vor Jahren gelernt. Seither hatte sich die Lebensdauer seiner Pfannen deutlich verlängert.

Das Ergebnis seines Rührens war niederschmetternd. Breiige Klumpen, groß wie Walnüsse. Mindestens. Da nützte alle Anstrengung nichts. Er änderte die Strategie und begann, die Klumpen in der Pfanne platt zu drücken. Tatsächlich entstand auf diese Weise etwas, was eine entfernte Ähnlichkeit mit einem Pfannkuchen hatte. Corinna steckte den Kopf durch die Tür. »Es riecht angebrannt.«

»So riechen Pfannkuchen immer.«

Er rettete die Pfanne und das, was nie und nimmer ein Pfannkuchen werden konnte, von der heißen Kochplatte.

Corinna kam näher und zog verächtlich die Oberlippe hoch. »Das soll ein Pfannkuchen sein?« Sie schnupperte mit angewidertem Gesichtsausdruck.

»Kannst du bitte im Wohnzimmer warten?« Sein Ton war barscher, als er es beabsichtigt hatte.

Corinna schüttelte den Kopf, dass ihre dunklen Locken flogen.

»Bitte!«, wiederholte er.

»Ich habe Hunger.«

»Deswegen lass mich jetzt allein.«

Corinna verzog sich.

Und nun? Was da schwarzbraun an der Pfanne klebte, konnte er wirklich niemandem anbieten. Er sank auf den Küchenschemel und haderte mit seinem Schicksal. Frauen hatten keine Ahnung von den Schwierigkeiten, mit denen Männer wie er, die man jahrzehntelang aus der Küche ferngehalten hatte, bei einer solchen Aufgabe zu kämpfen hatten. Frauen wurden schon im zarten Kindesalter auf derlei Tätigkeiten vorbereitet. Vielleicht hatten sie sogar einen angeborenen Vorteil, der dem Mann mit seiner angestammten Rolle als Jäger abging.

Er dachte eine Weile angestrengt nach, dann stand er auf und nahm eine Rührschüssel und die alte Pfanne aus dem Schrank, die er nur noch für Notfälle wie diesen aufbewahrte. Zwei Eier hatte er nur noch, und auch das Mehl ging zur Neige. Der Teig in der Rührschüssel war dünnflüssig, und Klumpen gab es reichlich, allerdings nur kleine. Er müsse das mit den Mengen nicht so wörtlich nehmen, hatte Ina einmal gesagt, als er den Zucker zum Süßen von Erdbeeren genau abgemessen hatte. Also bitte! Nach fünf Minuten sah der Teig beinahe so aus, wie er auszusehen hatte. Nur der Geschmack stimmte noch nicht. Richtig. Er hatte wie auch beim ersten Versuch das Salz vergessen. Eine Prise, hatte er in Erinnerung. Eine Prise, das hatte er von Ina gelernt, sei das, was man zwischen Daumen und Zeigefinger greifen könne, das Wort komme vom französischen »prendre«. Eine Prise reichte nicht. Der Teig schmeckte immer noch fade. Er nahm eine zweite, eine dritte. Dann war er zufrieden. Jetzt brauchte er den Pfannkuchen nur noch zu backen. Also wieder Fett erhitzen und jetzt den fertigen Teig dazu.

Das Zeug klebte in der alten Pfanne. Jeder Versuch, das an der Oberfläche flüssige Gebilde als Ganzes zu wenden, scheiterte. Der Pfannkuchen verwandelte sich in Fetzen. Egal, dachte er. Dann wurde aus dem Pfannkuchen eben Kratzete. Wahrscheinlich hatten die badischen Hausfrauen die Kratzete erfunden, um missglückte Pfannkuchen doch noch als gelungenes Werk ihrer Kochkunst auf den Tisch zu bringen. Als er endlich neben einer mäßig zufriedenen Corinna und einer still lächelnden Ina am Tisch saß, schmerzte sein Rücken.

Es war neun Uhr, als Corinna und Ina seine Wohnung verließen. Corinna lief sofort zu Inas Auto. *Bibi Blocksberg* oder irgendeine andere CD konnte keine Sekunde länger warten. Ina zog plötzlich an seinem Ärmel. Es war dieses besondere Ziehen, das ihn ohne Worte auf irgendetwas aufmerksam machen sollte. Meist begriff er nicht, was sie wollte. Dieses Mal aber doch, denn in der Richtung, in die ihn das Ziehen drehte, sah er etwas, was dort nicht hingehörte. Im Vorgarten, wenige Meter vom weit offenen Gartentor entfernt, stand das Mädchen. Einen Augenblick später war es auf die Straße entkommen.

»Wer war das?«, fragte Ina.

Alexander zögerte, was in Ina offenbar die wildesten Spekulationen auslöste. Er sah es an der steilen Falte auf ihrer Stirn.

»Habe ich dir noch nicht von ihr erzählt?«

Inas Augenbrauen schoben sich zusammen. Neben der einen Falte entstanden zwei neue. »Wer ist das?«

»Nein, nicht, was du jetzt denkst.«

»Sondern?«

»Das Mädchen mit der Ratte.«

Ina verstand kein Wort. Konnte sie auch nicht. Tatsächlich hatte er bislang kein Wort darüber verloren. Weil er sie nicht mit einer neuen erschreckenden Geschichte ängstigen wollte? Weil sich keine günstige Gelegenheit zum Erzählen ergeben hatte? Vielleicht war es beides gewesen.

Jetzt erzählte er von der toten Ratte und seinem Verdacht, der sich gegen das Mädchen richtete. Für einen Moment sah Ina recht zufrieden aus, dann kroch Angst in ihren Blick: die Angst vor dem, was dahinterstecken mochte.

Er begleitete die beiden noch bis zur Straße, dann kehrte er zu seiner Wohnung zurück. Mit den Spuren des Pfannkuchengemetzels hatten ihn seine beiden Damen bedauerlicherweise alleingelassen: zwei schmutzige Pfannen, eine große Rührschüssel, die nicht in die Spülmaschine passte, ein Herd mit angebrannten

Fettspritzern und Pfannkuchenresten, so viel sah er auf den ersten Blick. Beim zweiten sah er noch mehr: platt getretenen Teig auf dem Fußboden, Fettspritzer auch dort. Und ausgerechnet jetzt war die Putzfrau krank.

Als Erstes nahm er den Abwasch in Angriff. Die Spüle stand direkt unter dem Fenster, aber anstatt das Elend in seiner Küche zu sehen, blickte nach draußen, wo im orangefarbenen Licht der Straßenlaterne gerade diese seltsame Frau auf der kleinen Treppe erschien, die von seiner Eingangstür zur Straße führte. Noch ein paar Schritte, dann musste die Frau direkt vor seiner Haustür stehen. Er ließ Abwaschbürste und Pfanne ins Spülwasser fallen und stürzte zur Tür. Was dieses Rattenmädchen schon wieder hier zu suchen hatte, war ihm schleierhaft. Bis er die Straße erreichte, war es irgendwo im Schatten der wild wuchernden Sträucher neben der schmalen Straße verschwunden. Er konnte sich nicht entschließen, sich noch weiter von der offen stehenden Wohnungstür zu entfernen, und kehrte zu seiner Pfanne zurück.

Plötzlich störte es ihn, dass man ihn von draußen sehen konnte. War das Mädchen hier gewesen, um ihn zu beobachten? Kannten sie sich womöglich? Sein Gedächtnis für Gesichter war eine Katastrophe, die nur noch von seinem Namensgedächtnis übertroffen wurde. Trotzdem war er sich sicher, dass immer wieder dieselbe Frau hier auftauchte. Nicht am Gesicht hatte er sie erkannt, sondern an der Kleidung: dem weiten langen Rock, den langen glatten Haaren und dem Schultertuch.

Wenn er sie wiederfinden wollte, dann jetzt. Zum zweiten Mal versenkte er die Pfanne im Abwaschwasser. Er griff seinen Schlüssel und lief hinaus in den warmen Sommerabend.

Im Stadtgarten war es laut. Die Begeisterungsstürme für etwas, was sich Improtheater nannte, hörte er nun schon den dritten Abend auf seiner Terrasse. Er hielt auf den Musikpavillon zu, von dem er heute nur das spitzwinklige Dach wie das aufgerissene Maul eines gefräßigen Ungeheuers sehen konnte. Mindestens hundert Leute und fast ebenso viele Fahrräder verdeckten die Sicht auf das, was im Inneren des Maules geboten wurde. Den dabei entstehenden Lärm verdeckte gar nichts. Wenn er auf eine Errungenschaft der modernen Zeit verzichten konnte, dann waren das akustische Verstärker und Mikrofone. Ohne die müsste er den Ansager dieser Truppe nicht bis in seinen Garten hören und das Keyboard auch nicht.

Die Truppe, das waren zwei Mannschaften von jungen Schauspielern. »Im Hamsterkäfig« tönte die Aufforderung aus dem Publikum. Also sollte der Mensch auf der Bühne wohl ein Hamster sein, der wie ein Hase dort herumhüpfte und alberne Geschichten erzählte. Eine Maus kam hinzu, und der angebliche Hamsterkäfig wurde nun zum Frankensteinlabor einer Pharmafirma, wo Hamster und Mäuse in Schwefelsäure versenkt werden sollten. Sekunden später steckte der böse Chemiker selbst in der Säure, aber statt in der Freiheit fanden sich die entwischten Tierchen in den Fängen eines tierverachtenden Zirkusdirektors wieder. Trotzdem Happy End mit der Aussicht auf viele kleine Hamsterkinder aus der Mischehe von Hamster und Maus. Aus irgendwelchen Gründen brüllte das Publikum Sprechchöre, die er nicht verstand.

Alexander hielt Ausschau nach der jungen Frau von seiner Haustür. Er war schließlich nicht hier, um die wunderbare Rettung eines Hamsters und einer Maus vor der Schwefelsäure zu feiern. Schließlich entdeckte er sie ein paar Meter von ihm entfernt, wo sie still und angespannt neben einer Laterne stand. Sie beteiligte sich nicht am kollektiven Gebrüll. Alexander zog sein Handy aus der Tasche und schaltete die Kamera ein. Er näherte sich dem Mädchen schräg von hinten, dann, als sie den Kopf in seine Richtung drehte, schoss er ein Foto. Sie sah eine Weile in seine Richtung, aber er war sich nicht sicher, ob sie ihn erkannt oder das Fotografieren bemerkt hatte. Zum ersten Mal sah er sie deutlicher. Sie hatte ein schmales, blasses Kindergesicht.

»Jetzt geht's los!«, oder so ähnlich brüllte es aus dem Publikum. Für einen Moment ließ er die junge Frau aus den Augen.

Als er wieder in ihre Richtung sah, war sie verschwunden. Er entdeckte sie in dem Augenblick wieder, als sie auf ein Fahrrad stieg, um davonzufahren. Mit ein paar schnellen Schritten war er bei ihr und hielt das Rad am Gepäckträger fest. Sie stutzte, sah ihn an, und erst jetzt erschrak sie. Offenbar hatte sie ihn erkannt.

»Lassen Sie mein Fahrrad los, oder ich schreie«, sagte sie, doch sie sah ängstlich aus, zu ängstlich, um in die Menschenmenge zu brüllen.

»Tun Sie das, aber bitte so lange, bis die Polizei kommt.« Er sprach leise, er wollte keine Aufmerksamkeit. »Und dann erzählen Sie, warum Sie die Ratte vor meiner Haustür abgelegt haben und durch meinen Garten gelaufen sind.«

Plötzlich hatte sie eine gewisse Ähnlichkeit mit Frau Brändle: dasselbe Fragezeichengesicht wie sie, als er sie nach einem Jeff gefragt hatte. Hatte er sich doch geirrt? War es gar nicht diese Frau gewesen, die er eben vor seiner Haustür gesehen hatte? Und wenn doch, dann wusste sie vielleicht trotzdem nichts von der Ratte? Die Sache begann peinlich zu werden.

»Also, was ist? Lassen Sie mich los, oder soll ich schreien?«

Jetzt schrie das Publikum.

»Wenn Sie mir Ihren Ausweis zeigen, lasse ich Sie sofort los.«

Sie antwortete nicht und zog an ihrem Fahrrad. Natürlich war er stärker. Keinen Zentimeter ließ er sie gehen. Und wenn sie jetzt schreien würde? Diese Vorstellung war äußerst unangenehm. Ein hundertköpfiges jugendliches Publikum auf der einen Seite, auf der anderen Seite ein alter Lüstling, der sich an einer jungen Frau vergriff – genau so würde es aussehen.

»Ihren Namen!«

Dann ging alles sehr schnell. Er wusste hinterher nicht einmal, wer ihm den Stoß versetzt hatte, der ihn vornüberfallen ließ. Jedenfalls war das Mädchen weg, als er wieder auf den Füßen stand.

Eine halbe Stunde nachdem er die Pfanne zum zweiten Mal ins Spülbecken hatte fallen lassen, war er wieder zu Hause. Die Pfannkuchenschlacht war noch immer nicht siegreich beendet, aber das war bei Weitem nicht das Schlimmste an diesem Tag. Dieses Mädchen! Natürlich hatte sie die Ratte vor seiner Haustür abgelegt, und der Stoß, der ihn zu Boden befördert hatte, sprach dafür, dass sie nicht allein handelte. Und er hatte sie entkommen lassen. Immerhin hatte er sie fotografiert.

Er griff zum Telefon, wählte einmal mehr Jörgs Nummer und lauschte auf das Tuten. Zehnmal, dann änderte sich der Ton. Entweder würde er jetzt auf einem Handy oder auf einem Anrufbeantworter landen. Er war sich nicht sicher, was ihm lieber war.

»Gessler hier, ja, bitte.«

»Grüß dich, Jörg. Schön, dass ich dich gleich erreiche! Ich habe …«

»Reingefallen!«, unterbrach ihn Jörgs Stimme. »Hier spricht nur der Anrufbeantworter, aber Sie können mir gern nach dem Signalton eine Nachricht …«

Alexander legte auf. Er ärgerte sich, dass er nun schon zum dritten Mal auf die Stimme vom Anrufbeantworter hereingefallen war. Und neulich war Jörg doch selbst am Apparat gewesen, als er gleich wieder aufgelegt hatte. Solche Witze waren unanständig! Niemals würde er seinen Mitmenschen so etwas antun.

Eine halbe Minute später klingelte das Telefon.

»Du hast gerade bei mir angerufen?« Jörgs Stimme klang nach Handy.

Alexander schilderte die Ereignisse der letzten Stunde, Jörg antwortete nicht. Alexander redete weiter – und sein Freund sprach genau im selben Augenblick. Dann war wieder Pause. Schon wieder so eine unmögliche Verbindung, bei der die Worte mit Verzögerung aus dem Hörer krochen.

»Du hast das Foto?«, hörte er Gessler fragen. Seine eigene Antwort ging unter, weil der andere noch gar nicht mit seinem Satz am Ende war. Offenbar wollte er das Foto haben.

»Als MMS?«, fragte Jörg.

»Als MMS?«, fragte Alexander im selben Augenblick. Er hoffte auf ein Nein. Eine MMS hatte er noch nie verschickt. »Wo bist du denn?«

»Dreimal darfst du raten.«

Beim dritten Mal riet Alexander richtig. Jörg war an seinem neuen Lieblingsplatz am Alten Wiehrebahnhof.

Er entdeckte den Kommissar an einem etwas abseits stehenden Tisch vor dem kleinen gelb gestrichenen Bahnhofsgebäude aus dem vorletzten Jahrhundert. Gleise gab es hier schon lange nicht mehr, dafür aber ein kleines Café. Es war eines der wenigen, die bis in die späten Abendstunden geöffnet hatten. Jörg saß allein an einem der runden Metalltischchen und schaute ein paar alten Männern beim Boulespielen zu. Seinen Freund sah er kaum an, als der zwei volle Gläser mit Weizenbier vor ihn auf den Tisch stellte.

»Willst du es sehen?«, fragte Alexander.

Gesslers zufriedenes Sommerabendgesicht zeigte keine Regung. Eine warme Nacht unter Kastanienbäumen, Stimmengewirr, hin und wieder das helle Lachen einer Frau und dazu der dumpfe Aufprall der Boulekugeln und das Klicken, wenn sie zusammenstießen: Er sah nicht aus, als wolle er seine Aufmerksamkeit auf irgendwelche Handyfotos lenken. Alexander nahm sein volles Bierglas und prostete immer noch stehend Jörg zu.

»Da bist du ja schon«, sagte der, als würde er seinen Freund erst jetzt bemerken.

»Willst du das Foto sehen?«, wiederholte Alexander seine Frage.

Offenbar wollte Gessler nicht. Alexander schaltete trotzdem sein Handy ein, suchte das Foto und hielt es seinem Freund unter die Nase.

»Willst du dich nicht erst einmal setzen, ehe du zur Sache kommst?«

Alexander zog einen Stuhl näher heran und ließ sich nieder.

»Hübsch«, sagte Jörg nach einem flüchtigen Blick auf das Handy, aber Alexander wusste, dass sein Freund ohne Lesebrille so wenig darauf erkennen konnte wie er selbst: fast nichts.

Er steckte das Handy wieder ein, als wäre das Thema für ihn erledigt. Fünf Minuten, dachte er, höchstens zehn, dann würde die Neugierde ohnehin Jörgs Widerspenstigkeit besiegen. Den Blick auf die junge Frau auf dem Handy würde er nicht versäumen wollen.

Zwei Minuten waren vergangen.

»Zeig doch noch mal.« Jörg zückte die Lesebrille. Jetzt ließ sich Alexander Zeit, bis er das Handy weiterreichte.

Sein Freund musterte das Bild lange. Neben einem Mann mit blonden Haaren und blondem Bart war das Gesicht des Mädchens kaum zu erkennen. »Könnte durchaus zur alternativen Szene und zu militanten Tierschützern passen«, stellte Jörg fest. »Nur operieren die normalerweise nicht in ihren Wohnorten, sondern überregional. Es dürfte schwierig sein, die Dame wiederzufinden. Vielleicht lebt sie nicht einmal in Deutschland.«

»Als Fremde würde sie sich doch nicht im Stadtgarten das Improtheater ansehen!«, widersprach Alexander heftig.

Jörg wiegte den Kopf hin und her, was bei ihm bedeutete, dass er völlig anderer Meinung war. »Immerhin kommt sie fast zwangsläufig durch den Stadtgarten, wenn sie von deiner Wohnung zur Innenstadt oder zum Bahnhof will.«

»Aber das Fahrrad!«

Gessler gab achselzuckend das Handy wieder zurück. »Besagt gar nichts!«

Alexander hätte am liebsten mit dem Fuß aufgestampft, wie Corinna, wenn sie beleidigt war. »Dann gehe ich eben selbst zum Tierschutzverein und zeige das Foto. Die Dame ist dort bestimmt bekannt.«

»Wenn du meinst. Unsinnigkeit war ja für dich noch nie ein Gegenargument. Aber vergiss nicht, uns das Foto zu schicken – für den Fall, dass du bei den offiziellen Tierschützern nicht erfolgreich sein solltest.«

Nun schwiegen sie beide. Vom neuen Wiehrebahnhof, nicht weit von ihnen entfernt, hörte er die Bremsen der Regionalbahn, hinter sich die Geräusche der Boulekugeln, dazwischen Gläserklirren, Stimmengewirr. Eine vertraute, sorglose Welt, zu der er nur zu gern wieder gehört hätte.

Nach einer Weile griff Jörg nach Alexanders Handy, das noch immer auf dem Tisch lag, und musterte das Foto. »Dieser Blonde mit dem Bart neben dem Mädchen – könnte das der Typ sein, der dich zu Boden gestoßen hat?«

Alexander sah das Foto an, zuckte mit den Schultern. »Wie soll ich das wissen? Jeder kann es gewesen sein.« Er betrachtete die nicht einmal briefmarkengroßen unscharfen Gesichter auf dem Display, blickte um sich. Am Nebentisch saß zwischen anderen jungen Leuten ein blonder junger Mann mit Bart. Er könnte es sein, dachte er. Und das Mädchen einen Tisch weiter, das konnte doch die von seiner Haustür sein. »Du hast recht«, sagte er. »Es wird schwierig sein, sie wiederzufinden.« Solche Mädchen gab es öfter in Freiburg. Eine Weile starrte er trübsinnig geradeaus, dann nahm er sein Glas und leerte es in einem Zug. »Ich fahre dann mal.«

»Wohin? Zum Tierschutzverein?«

»Auch, aber nicht jetzt.«

Der Türgriff klebte widerlich, als Alexander zu Hause die Tür aufstieß, seine ganze Hand war schmutzig geworden. Irgendetwas Dunkles war an den Türgriff geschmiert worden, was er jetzt an seiner Hand hatte. Blut? Er hielt die Finger an die Nase. Die dunkle, klebrige Flüssigkeit, die aussah wie Blut, roch auch so. Das *war* Blut. Ekelhaft! Bestimmt das Werk des Hippiemädchens!

Hatte er das Blut nicht bemerkt, als er ihr in den Stadtgarten gefolgt war? Undenkbar, er hatte die Tür doch an ebendiesem Griff zugezogen, und nichts hatte an seiner Hand geklebt. Also musste sie, während er nach ihr suchte oder als er vor dem Alten Wiehrebahnhof saß, noch einmal hier gewesen sein.

Und woher hatte sie das Blut? Von einer toten Ratte? War es ihr eigenes? Hatte sie sich dafür verletzt?

Als er sich im Bad die Hände wusch, merkte er, dass sie viel ruhiger waren als in dem Augenblick, als er von Ingrids verwüstetem Grab erfahren hatte. Begann er sich schon an solche Anschläge zu gewöhnen? Der Mensch gewöhnte sich an so vieles.

Er rief Jörg an. Der saß noch immer vor dem Bahnhof. »Das Hippiemädchen hat wieder zugeschlagen.«

»Die nächste tote Ratte?«

»Dieses Mal klebte Blut am Türgriff.«

»Einfach nur Blut? Keine Tierschutzslogans, keine tote Ratte?«

»Nichts. Die Kleine scheint davon auszugehen, dass ich weiß, was das Blut zu bedeuten hat.«

»Und? Weißt du es?«

Alexander antwortete nicht. Was die Wahrheit war, ahnte er allenfalls.

»Lass alles, wie es ist. Wir müssen untersuchen, ob das Blut von einem Menschen oder einem Tier stammt.«

Er schien auf einen Kommentar von Alexander zu warten, doch der schwieg.

»Übrigens«, fuhr Gessler nach einer Weile fort, »ich habe vorhin noch etwas vergessen. Elfriede hatte die Idee, den Slogan von Ingrids Grab mit Schmierereien von militanten Tierschützern vergleichen zu lassen, die sich gegen Mitarbeiter von Pharmafirmen in Basel richten.«

»Elfriede?«

»Deine spezielle Freundin Frau Funkel. Die Schmiererei auf Ingrids Grab stammt eindeutig nicht von derselben Hand wie die Slogans in Basel. Die richten sich gezielt gegen die Zusammenarbeit mit dem Tierlabor Huntingdon Life Sciences und lauten ›Stop Huntingdon animal cruelty‹ oder ›Drop HLS now‹.«

»Jörg, die Vermutung ist doch absurd, dass ich in die Schusslinie von Menschen geraten sein soll, die es sonst auf ein Labor abgesehen haben, in dem Hunderttausende von Tieren zu Versuchszwecken gequält und getötet werden.«

»Die sehen das vielleicht nicht so eng. Nicht nur auf die Firma selbst werden Anschläge verübt, sondern schlichtweg auf alle, die mit HLS in irgendeiner Weise zu tun haben. Die haben sogar Kleinaktionäre ausfindig gemacht und bedroht.«

»Unglaublich.«

»Doch. Nach englischem Recht müssen die Aktiengesellschaften Namen und Adressen ihrer Aktienbesitzer offenlegen.«

»Ich habe keine Aktien und auch sonst nicht das Geringste mit HLS zu tun.«

»Nicht gerade mit HLS. Ich habe gelesen, dass ein Drittel aller Tierversuche für Grundlagenforschung durchgeführt wird, also von Leuten wie dir. Einige Dutzend niedliche Mäuse dürftest du auch auf dem Gewissen haben.«

»Ohne die Versuche mit den Mäusen wären wir damals nicht

weitergekommen«, verteidigte sich Alexander. »Es gab zu diesem Zeitpunkt keine andere Möglichkeit, die Funktion von Genen bei Wirbeltieren aufzuklären.«

»Schon gut. Sicher gehörst du nicht zu den ganz Großen, was Tierversuche betrifft, aber die Kombination mit Gentechnik ist schon eine besondere Provokation. Denn auch wenn es nicht dieselbe Person war, die die Schmierereien in Karlsruhe und die in Basel ausgeführt hat, so liegen die Parallelen zwischen den Anschlägen doch auf der Hand. Das Grab der Mutter von Daniel Vasella, dem Chef der Pharmafirma Novartis, wurde in ähnlicher Weise geschändet wie das von Ingrid, und das Jagdhaus von Vasella in Tirol wurde mit Benzin in Brand gesetzt genau wie dein Institut.«

Alexander schwieg betroffen. Der beschmierte Grabstein, Benzin als Brandbeschleuniger – konnte dieses Zusammentreffen ein Zufall sein? Natürlich.

»Und was passiert jetzt?«

»Ich schicke dir morgen früh jemanden wegen des Blutes vorbei. Du brauchst dich nicht um die Herrschaften zu kümmern.«

Es war jetzt kurz vor Mitternacht. Noch einmal ließ Alexander frisches Wasser ins Spülbecken, fest entschlossen, sich nicht wieder von seiner Arbeit abbringen zu lassen. Er scheiterte am Klingeln des Telefons. Es war Jörg.

»Du wolltest mir doch das Foto zuschicken!«

Natürlich hatte er nicht mehr an die MMS gedacht. Eher dankbar als verärgert über den neuerlichen Aufschub der Küchenarbeit drückte er auf den Tasten seines Handys herum. Nach weniger als fünf Minuten erschien die Meldung »Nachricht versendet«. Viel zu schnell, dachte er und machte sich wieder über den Abwasch her. In der Ferne hörte er dumpfe Glockenschläge. Vom Münsterturm schlug es Mitternacht.

Als endlich die Küche so ordentlich und sauber war, wie es ohne Putzfrau möglich war, schmerzte wieder sein Rücken. Jedes Mal, wenn er länger als ein paar Minuten in der Küche arbeitete, bekam er Rückenschmerzen. Wann würden sich endlich die Männer zusammentun und um ihre Emanzipation kämpfen? Um männergerechte Küchen zum Beispiel. Parkplätze speziell für Frauen, warum nicht Küchen für Männer? Arbeitsplatten in einem Meter Höhe, statt der zwergenhaften sechsundachtzig Zentimeter, die seine Küche hatte. Kleine Frauen konnten sich ja auf eine Fußbank stellen, wenn ihnen die Höhe von Herd und Spüle nicht behagte.

Er hätte sich gern bis zum Einschlafen mit Problemen wie der männergerechten Höhe von Arbeitsplatten beschäftigt, aber als er im Bett lag, stand da wieder das Mädchen mit einer toten Ratte vor seinen geschlossenen Augen, und an der Klinke klebte Blut. Vielleicht sollte er eine Spende an den Tierschutzverein überweisen, dachte er, als könne er sich damit freikaufen von einer Schuld, die er nicht einsah.

Der nächste Tag fing so schlecht an, wie der vorige geendet hatte. Ein groß aufgemachter Artikel in der *Badischen Zeitung* ruinierte ihm das kleine bisschen gute Laune, das die aufgeräumte Küche in ihm hatte keimen lassen.

»Toter unter den Trümmern«, titelte die Zeitung. Er überflog den Artikel, bis er kurz vor Schluss an einem Satz hängen blieb: »Der Leiter des Instituts sagt aus, nichts von der Existenz eines begehbaren Dachbodens gewusst zu haben.« Nichts hatte er gewusst, wieder einmal. Man musste bloß die Zeitung aufschlagen, um das zu erfahren. Da konnte er noch so erfolgreich sein, noch so viele Forschungspreise einheimsen, für den normalen Freiburger Zeitungsleser blieb nur dieser niederschmetternde Satz.

Eine halbe Stunde später warf Alexander vorsichtig einen Blick hinter den Wandschirm, der Frau Brändles Schreibtisch verdeckte. Leidensmiene oder routinierte Geschäftigkeit? Schon seit der Inder in ihrem Kopf spukte, wusste er nie, in welcher Stimmung er sie antreffen würde. Und nun der Brand mit dem Toten!

Er traf sie gar nicht an. Auf dem Bildschirm ihres Computers schwebten die goldenen Toaste. Er berührte die Computermaus. Die kleine Bewegung reichte aus, um den Toaster verschwinden zu lassen. Stattdessen erschien eine Liste. Er sah genauer hin. Es war *die* Liste. Er überflog die Namen derer, die einen Schlüssel zum Institut bekommen hatten. Natürlich gab es keine Überraschungen, seit er die ausgedruckten Namen gesehen hatte. Jetzt wurde ihm bewusst, dass sein Griff zur Maus Veränderungen hinterlassen hatte. Wahrscheinlich dauerte es eine Ewigkeit, bis der Toaster wieder erscheinen würde, und er stünde als Schnüffler auf dem PC seiner Sekretärin da, wenn sie jetzt zurückkäme.

Schon hörte er ihre schnellen Schritte im Flur vor dem Wandschirm. Er musste sie festnageln, mindestens zwei Minuten, ehe er den Blick auf den Bildschirm freigab: Zeit genug, um die Toaste wieder fliegen zu lassen.

Frau Brändle kam nicht allein. Einen Schritt hinter ihr und unhörbar auf seinen leisen Sohlen ging ein junger Mann. Zu Alexanders Überraschung war es der Typ mit dem großen Kopf auf dem zu kleinen Körper, der Kerl, der ihn angesehen hatte wie ein in die Enge getriebener Hase.

»Da sind Sie ja wieder«, sagte Alexander. »Jeff, wenn ich mich nicht irre.«

Dieses Mal kein Hasengesicht, stattdessen ein angestrengter Blick zum Boden. »Jeff? Wer soll das sein?« Er sprach die Worte eher zu seinen Turnschuhen als zu Alexander. Der Verband am linken Bein war fort.

»Sie! Zumindest haben Sie mir diesen Namen genannt.«

Der junge Mann hob den Blick so weit, dass er mit einer leichten Drehung seines Kopfes Frau Brändle ansehen konnte, schräg von unten wie ein überfordertes Schulkind, das sich Hilfe von seinem Lehrer erhofft.

In der Tat sprang Frau Brändle für ihn ein. »Das ist Vincent Schwarzer aus Hamburg.«

»Und was tut er hier?«, fragte Alexander nach, als könnte Vincent Schwarzer nicht selbst reden. Frau Brändle schien nur darauf gewartet zu haben.

»Meine Friseurin hat erzählt, dass sie eine Wohnung in Falkensteig geerbt hat und einen Mieter sucht. Ein paar Tage später habe ich erfahren, dass eine Bekannte meines …«, sie machte eine Pause, ehe sie zum ersten Mal in Alexanders Anwesenheit die nächsten beiden Wörter herausbrachte, »… meines Verlobten für ihren Sohn Vincent und einen Freund in Freiburg eine preiswerte Wohnung sucht, und dann habe ich von der leer stehenden Wohnung in Falkensteig erzählt, zweihundertvierzig Euro Kaltmiete für zwei große Zimmer, wenn das kein Schnäppchen ist, im Erdgeschoss, leider, und direkt an der B 31 – die vielen Lastwagen, Sie wissen ja –, und jetzt ist Vincent gekommen, um bei mir den Schlüssel abzuholen. Das Institut ist besser zu erreichen als meine Wohnung, darum …«

Alexander hörte nur mit halbem Ohr zu. Warum redest du so viel, dachte er, wozu diese vielen Worte? Was willst du verbergen?

»Aha«, unterbrach er endlich den Redeschwall und wandte sich an den jungen Mann. »Und deswegen sind Sie schon gestern hier gewesen!«

Dessen Blick wanderte bei diesen Worten ein Stück von den Turnschuhen fort, erreichte aber nicht die Augen des Professors, sondern blieb auf Höhe der Schreibtischschubladen hängen. »Ich war gestern nicht hier. Ich war überhaupt noch nie hier!«

»Aber ich …«, begann Alexander, schwieg aber gleich wieder. Ein Einwand wäre sinnlos gewesen. Für die Begegnung gab es keine Zeugen, und Frau Brändle wusste von seinem schlechten Personengedächtnis. Er biss ärgerlich die Zähne zusammen, dann wandte er sich an seine Sekretärin: »Kommen Sie bitte so bald wie möglich zu mir!«

Frau Brändle zuckte zusammen. Diesen Befehlston benutzte er sonst nicht, aber jetzt war es das Mindeste, was er sich erlauben wollte. Gern hätte er noch die Tür hinter sich zugeschlagen. Leider gab es keine Tür.

Es dauerte nicht einmal fünf Minuten, bis Frau Brändle an seinem Kämmerchen anklopfte, zunächst nur vorsichtig den Kopf ins

Zimmer steckte und dann, als er weder sofort schimpfte noch übermäßig beschäftigt schien, ganz eintrat.

»Ich sollte kommen«, begann sie mit kaum hörbarer Stimme.

In diesem Augenblick tat sie ihm leid. Mit ihrer Unterwürfigkeit provozierte sie doch nur, dass er jetzt auf ihr herumhackte. Ina passierte so etwas nie. Jeder Vorwurf – gerechtfertigt oder nicht – wäre von ihr abgeprallt wie der Ball von der Latte. Sie schien Vorwürfe gar nicht wahrzunehmen. Sie lächelte sogar, wenn er ihr beispielsweise mangelnde Aufmerksamkeit für seine Bedürfnisse vorwarf. Als wäre das ein Lob!

»Warum haben Sie behauptet, diesen Jeff oder Vincent nicht zu kennen, als ich Sie nach ihm gefragt habe?«

»Ich kenne keinen Jeff.« Frau Brändle schüttelte traurig den Kopf.

»Aber den Mann, wie ich ihn beschrieben habe, kennen Sie!«

»Wie hätte ich wissen sollen, dass Sie Vincent Schwarzer meinten! Ich hatte ihn doch nie gesehen, nur mit ihm telefoniert.«

Merkwürdigerweise schien Frau Brändle rot zu werden, nicht ganz so schlagartig, wie wenn er sie mit einer aufgeschlagenen Frauenzeitschrift auf dem Schreibtisch überraschte. Sie verfärbte sich ganz allmählich. Oder irrte er sich?

»Ein ganz reizender junger Mann übrigens!«

»Reizend?«, wiederholte Alexander. Als das leibhaftige schlechte Gewissen hatte der Mann ihm gegenübergestanden.

Beate Brändle suchte vergeblich nach Worten. Im Flur, vermutlich hinter ihrem Wandschirm, klingelte das Telefon.

»Entschuldigen Sie bitte!«

Sie verschwand so schlagartig, als drohe die Decke über ihr einzustürzen. So schnell war sie sonst nicht beim Telefon. Mindestens sechs Mal ließ sie es üblicherweise klingeln, vermutlich um den Eindruck zu verhindern, sie habe nichts anderes zu tun, als das Telefon zu bedienen. Alexander beschloss, die Sache fürs Erste auf sich beruhen zu lassen. Fürs Erste? Am liebsten hätte er die unbefriedigende Angelegenheit für immer vergessen.

Am Nachmittag kam Jörg Gessler, ohne dass Frau Brändles Kopf an seiner Seite erschien. Er stellte sich genau in die Mitte des Kämmerchens, als sähe er es zum ersten Mal, und drehte sich mit ehrfürchtiger Miene und nickendem Kopf einmal im Kreis. Dabei machte er ein Gesicht, als bewundere er den Prunksaal eines Schlosses. »Bleibst du auf Dauer in diesen Gemächern?«

»Gefallen sie dir nicht?«

»Doch, doch. Das wahre Glück findet der Mensch in der Beschränkung. Denk nur an Diogenes in seiner Tonne. Ich habe auch schon überlegt, ob ich in eine kleinere Wohnung umziehen soll.«

Beim letzten Satz suchte Alexander vergeblich nach dem üblichen Spott in Jörgs Stimme.

»In der Zeit, die man Tag für Tag mit den Wegen in einer großen Wohnung vertut, könnte man zehn Bücher schreiben«, fuhr sein Freund fort. »Sofern man fünfzig Jahre in der Wohnung wohnt und mindestens eine Stunde tägliches Laufen erspart.« Jörg rechnete sichtlich angestrengt. »Also etwa 1825 Stunden für ein Buch«, stellte er nach geraumer Zeit fest. »Meinst du, dass man so lange braucht? Ein Jahr lang fünf Stunden täglich?«

»Ich habe es noch nicht ausprobiert«, sagte Alexander unwillig und dachte an das Angebot des Verlags Schattauer, ein von ihm geschriebenes Buch über die Grundlagen der Molekulargenetik zu veröffentlichen. Er hatte das Angebot angenommen, aber innerhalb von drei Monaten bis auf eine Gliederung und dreißig Seiten des ersten Kapitels – im Wesentlichen seine Vorlesung – noch nichts zu Papier gebracht. Dabei schien es ihm das Mindeste, als renommierter Wissenschaftler wenigstens ein Buch veröffentlicht zu haben. Vielleicht sollte er es in einer kleineren Wohnung versuchen? Oder dieses Kämmerchen heimlich als Schriftstellerklause für sich behalten, wenn der Südflügel wieder benutzbar war?

»Wir wissen immer noch nichts über den Toten«, wechselte Gessler übergangslos das Thema. »Wir haben sein Handy gefunden, aber wahrscheinlich ist es nur noch unbrauchbarer Schrott.«

»Und die Namen auf Frau Brändles Schlüsselliste?«

»Darum hat sich meine tüchtige Kollegin gekümmert. Alle, die einen Schlüssel bekommen haben, sind noch am Leben, allerdings fehlen zwei Schlüssel. Eine technische Assistentin vermisst ihren angeblich schon, seit sie vor einem Jahr ihr Schlüsselbund auf der Wiese im Lorettobad verloren hat. Den anderen hat eine Doktorandin verbaselt, eine Medizinstudentin, die den Schlüssel erst vor wenigen Wochen bekommen hat.«

»Wie heißen die beiden?«

»Sylvia Roth und Lilli Sütterlin.«

Alexander kannte die technische Assistentin Lilli Sütterlin, aber er konnte sich nicht erinnern, den Namen der Doktorandin jemals gehört zu haben. »Eine junge Frau, die ihren Schlüssel nicht mehr finden kann, obwohl sie ihn erst vor ein paar Wochen bekommen hat, sagst du? Das könnte doch das Mädchen von meinem Handy sein!«, rief er aus. »Hast du selbst mit ihr gesprochen? Weißt du, wie sie aussieht?« Er sprang vom Schreibtischstuhl auf und schlug seinem Freund auf die Schulter. »Ich glaube, wir haben die richtige Spur!«

Jörg sah ihn lange an. Mitleidig offenbar. »Wohl kaum. So einfach wird das nicht sein.«

Alexander hob mit einer hilflosen Geste die Schultern. »Irgendwie müssen wir ja weiterkommen.«

Ein paar Minuten nachdem sein Freund gegangen war, klopfte es erneut an die Tür. Alexander konnte sich nicht entschließen, die Ruhe schon wieder mit einem »Herein« zu beenden. Frau Brändle und Jörg Gessler würden die Klinke auch ohne seine Aufforderung herunterdrücken, um wenigstens einen vorsichtigen Blick ins Zimmer zu werfen, und Ina war noch nie überraschend hier erschienen.

Er hatte noch nicht zu Ende gedacht, als die Klinke so krachend heruntergedrückt wurde, dass er zusammenfuhr. Die Tür schwang auf. Im Türrahmen stand die Lederjackenkommissarin.

»Sie möchten die Doktorandin sehen, die ihren Schlüssel verloren hat?«

Wahrscheinlich wusste sie das von Jörg.

»Ja«, sagte er.

Die Kommissarin trat zur Seite. Hinter ihr im Flur stand eine junge Dame. Die Rattenfrau? Er hatte keine Ahnung, woher die Walküre die Doktorandin so schnell herbeigeschleppt hatte. Die junge Frau hatte braune lockige Haare, volle Lippen und eine Stupsnase. Sie trug eine eckige Brille mit dunklem Rand, die ihr, obwohl ihr Gesicht einen weichen Ausdruck hatte und sie ungewöhnlich klein war, ein lehrerinnenhaftes Aussehen verlieh.

Sie tat einen Schritt nach vorn, wodurch sie nun im Türrahmen stand, als wäre der ein Wechselrahmen.

»Sie wollten mich sprechen?« Dabei sah sie ihn an wie eine zum Tode Verurteilte ihren Henker – oder so, wie er sich das vorstellte. Zwei Dinge waren sicher: Die Frau im Stadtgarten hatte keine Brille getragen, und auch die Haare passten nicht. Aber die Kleidung! Beide Frauen trugen einen weiten langen Rock, diese hatte jedoch kein Tuch um die Schultern. Er war plötzlich sehr unsicher. Das Gesicht hatte er schon früher gesehen, das wusste er genau. Nach einer Weile erinnerte er sich, bei welcher Gelegenheit: Bei einer der letzten Institutsbesprechungen vor dem Brand, als sie das Projekt vorgestellt hatte, über das sie ihre Doktorarbeit schreiben wollte. Sehr gut hatte sie das gemacht, trotzdem war er mehrmals mit den Gedanken zu ihrer Brille abgeschweift. Eine randlose oder zumindest eine hellere hätte er an der kleinen Person kleidsamer gefunden, Kontaktlinsen wären noch besser gewesen.

Die Frau aus dem Stadtgarten war sie jedenfalls nicht, er brauchte sie gar nicht mit dem Foto auf seinem Handy zu vergleichen. Auch konnte sie nicht die Frau von der Gartenmauer gewesen sein, gesetzt den Fall, dass das eine andere als die im Stadtgarten gewesen wäre. Die Frau, die vor ihm stand, war so klein, dass sie kaum die Mauer überragt hätte.

»Danke schön, das reicht mir schon.« Er starrte sie schon viel zu lange an.

Ein ratloses Lächeln als Antwort.

»Ich hatte gedacht, jemand anders hätte seinen Schlüssel verloren.«

»Es tut mir leid, dass ich den Verlust nicht sofort gemeldet habe.« Jetzt sah sie mindestens so unglücklich aus wie Frau Brändle, wenn er unzufrieden mit ihr war. »Ich habe gehofft, den Schlüssel noch zu finden.«

Er sah sie immer noch an, er konnte nicht anders. Was wusste sie? Was war sie schon gefragt worden? Was wusste die Kommissarin? Immerhin war der Schlüssel dieser jungen Frau einer von den zweien, die fehlten.

Von hinten geschoben trat die Studentin nun vollends in sein Zimmerchen und gab die Tür frei. Im Wechselrahmen erschien wieder die Kommissarin.

»Frau Roth sagt, sie habe den Schlüssel verlegt, kurz nachdem sie ihn von Frau Brändle bekommen habe. Sie meint, sie hätte ihn zu dem Zeitpunkt noch gar nicht an ihrem Schlüsselbund befestigt. In welche Tasche sie ihn im ersten Augenblick gesteckt hat, hätte sie schon wenig später nicht mehr gewusst.«

Alexander hörte kaum zu. Die Walküre im Türrahmen verursachte ihm Beklemmungen. Mit ihrem gewaltigen Körper versperrte sie den Fluchtweg, wovor auch immer er fliehen wollte.

»Von einem Dachboden und einem Mann, der dort hauste, habe sie – wie angeblich alle anderen auch – erst nach dem Feuer erfahren«, fuhr die Kommissarin fort.

Alexander spürte einen heftigen Widerwillen. Er bemühte sich vergeblich, ihren Worten zu vertrauen. Menschen etwas zu glauben, die ihm unsympathisch waren, fiel ihm immer schwer, und dieser rothaarigen Matrone glaubte er erst recht nichts.

»Ich würde trotzdem nicht ausschließen, dass der Tote genau diesen Schlüssel bekommen hat, auch wenn ich nicht weiß, auf welchem Weg«, wandte er ein.

»Richtig«, antwortete die Kommissarin. »Selbstverständlich ziehe ich diese Möglichkeit auch in Betracht.« Irgendwie sah sie jetzt beleidigt aus. »Brauchen Sie Frau Roth noch?«

Er zögerte. Solange die junge Dame im Zimmer war, blieb die Kommissarin im Türrahmen stehen und trat ihm nicht zu nahe. Leider fand er keinen Anlass, die Doktorandin länger hierzubehalten.

»Nein. Ich danke Ihnen«, sagte er und meinte die jüngere der beiden Frauen.

Die Walküre gab den Wechselrahmen frei, Sylvia Roth verließ den Raum, und tatsächlich rückte ihm jetzt die Kommissarin auf die Pelle.

»Setzen Sie sich doch«, sagte er, nicht um sie zum längeren Bleiben aufzufordern, sondern weil sie sitzend nicht viel mehr Platz benötigen würde als der alte Sessel ohne sie. Außerdem wäre sie dort ausreichend weit von ihm entfernt. Sie setzte sich nicht. Vielleicht traute sie dem alten Möbel nicht.

»Möchten Sie auch Frau Sütterlin sprechen?«

»Nein«, sagte er. »Ich danke Ihnen für Ihre Mühe.« Natürlich wollte er Frau Sütterlin sprechen, aber allein.

Die Kommissarin zuckte mit den Schultern, als habe er unverständlicherweise ein Geschenk abgelehnt. »Sie werden noch von mir hören«, sagte sie und meinte es wohl nicht einmal als Drohung. Dann wandte sie sich zum Gehen. Für einen Augenblick füllte ihre umfangreiche Kehrseite den Wechselrahmen, ehe die sich schließende Tür die Bilderschau beendete.

Alexander fand Lilli Sütterlin in ihrem vom Brand verschonten Labor, wo sie an ihrem Arbeitsplatz mit einer automatischen Pipette winzige Mengen eines Enzyms in Eppendorfröhrchen füllte. Ihr schmales, fast spitzes Gesicht zeigte weder Überraschung noch Erschrecken, als ihr Chef – was er lange nicht getan hatte – das Labor betrat. Sie stellte die Pipette in den Halter zurück und strich sich über das Haar, als stünde sie vor einem Spiegel und wollte ihre Frisur richten. Ihre langen Haare hatten im Lauf der Jahre ihr flammendes Rot verloren, sie waren dunkler geworden, als wäre das Licht darüber langsam verloschen. Oder färbte sie ihre Haare?

Als er jetzt neben ihr stehen blieb und auf sie hinuntersah, meinte er, rechts und links neben dem Scheitel die verräterischen grauen Streifen zu erkennen. Obwohl ein wechselhaftes Leben scharfe Spuren um Mund und Augen eingraviert hatte, war sie noch immer eine attraktive Frau. Das langsame Verblühen, das ihn weniger an ihr fortgeschrittenes Alter denken ließ als an ein reichliches Maß an Erfahrung, trug sie mit einer Selbstverständlichkeit zur Schau wie eine schöne Frau ein teures Schmuckstück. Ihre dunkle Stimme und die lasziven Bewegungen gaben ihr etwas leicht Ordinäres, das auf ihn jedoch nicht abstoßend, sondern – ganz im Gegenteil – reizvoll wirkte.

Sie hatte schon immer hier gearbeitet, länger jedenfalls als er, Urgestein des Instituts sozusagen, und mit dem einen oder anderen Mitarbeiter hatte sie im Lauf der Zeit ein Verhältnis gehabt, aber nie etwas von Dauer. Sie machte keinen Hehl daraus, dass sie nicht viel von der Spezies Mann hielt, nur genug, um von Zeit zu Zeit einen davon mit ins Bett zu nehmen.

»Kann ich eben noch zu Ende pipettieren, oder ist es eilig?« Sie sah nicht aus, als wolle sie für ihren Chef die Arbeit unterbrechen.

Natürlich hatte Alexander es eilig. Selbst wenn er alle Zeit der Welt gehabt hätte – jetzt sofort hätte er wissen wollen, wo denn ihr Schlüssel wirklich geblieben war.

»Kann ich Ihnen helfen?« Er streckte schon die Hand nach einem der Eppendorfröhrchen aus, doch Lilli Sütterlin richtete sich schlagartig auf.

»Fassen Sie bitte nichts an!«

Er zog die Hand zurück, als hätte er sich an den Röhrchen verbrannt. So war das immer. Kaum wollte er eine sinnvolle Tätigkeit im Labor aufnehmen, fuhren seine Mitarbeiter hoch, als hätte er sie mit einem Messer bedroht. Selbst so etwas Harmloses wie einen Mörser hatte ihm eine Laborantin kürzlich aus der Hand gerissen. Als hätte er nicht selbst jahrelang im Labor gearbeitet!

»Darf ich zu Ende pipettieren?«

»Bitte schön«, sagte er mit gespieltem Gleichmut.

Er setzte sich auf einen der drehbaren Laborschemel, die überall vor den Arbeitstischen standen, und sah ihr zu, wie sie ein Röhrchen nach dem anderen in die Hand nahm, den Deckel mit dem Daumen aufknipste, während die andere Hand die Pipette hielt, ein handliches Gerät mit einem Knopf oben, seit Jahrzehnten fast unverändert. Auch die Handgriffe waren seit Jahrzehnten dieselben, das Aufspießen einer feinen Kunststoffspitze, der Druck mit dem Daumen auf den Knopf, um die Flüssigkeit in die Spitze zu saugen, dann wieder ein Druck, um die Flüssigkeit in das Eppendorfröhrchen zu füllen, das Schließen des winzigen Deckels. Auch die Röhrchen selbst waren noch dieselben wie früher, daran hatte der explosionsartige Fortschritt der Wissenschaft nichts geändert.

Lilli Sütterlin verrichtete ihre Arbeit mit ihren wie immer etwas trägen und auf eine unnachahmliche Art sinnlichen Bewegungen, die ihn an die von Bardamen in schummerigen Etablissements erinnerten. Auf diese Weise hätte sie ebenso gut Cocktails mixen können. Ein Träger ihres engen weinroten Tops war von der Schulter gerutscht, was sie entweder nicht bemerkt hatte oder sie nicht störte. Sie trug knappe Röhrenjeans, und als sie aufstand, um die Eppendorfröhrchen in die kleine Tischzentrifuge zu stellen, fiel ihm die zu reichliche glänzende Stickerei auf den Gesäßtaschen auf. Vielleicht wäre sie weniger entrüstet gewesen, wenn er sie und nicht eines der Röhrchen angefasst hätte.

»Es geht um den Schlüssel«, sagte sie, als sie sich wieder setzte, und es war eine Feststellung, keine Frage. Keine Spur eines schlechten Gewissens, kein niedergeschlagener Blick wie bei einer Angeklagten. »Sie haben sicher schon erfahren, warum ich meinen Schlüssel nicht vorweisen konnte.«

»Ich bezweifle Ihre Version.«

Zum ersten Mal veränderte sich ihr Gesicht. Ihre Augen weiteten sich, und ihr Mund öffnete sich, ohne dass sie etwas sagte. Sie schien erstaunt. Oder doch erschrocken? Dann senkte sie den Blick, nicht zu den Schuhspitzen, wie es der großköpfige Vincent in seiner Verlegenheit getan hatte. Sie musterte den großen silbernen Salamander, mit dem die Schnalle ihres Gürtels verziert war. Nichts sonst schien ihre Aufmerksamkeit in Anspruch zu nehmen als dieses schön geschwungene Gebilde aus glänzendem Metall, das wie der Wächter ihrer Tugend den breiten schwarzen Ledergürtel verschloss. Dabei wären ihre Schuhe, anders als die des jungen Mannes, durchaus eine längere Betrachtung wert gewesen: über und über mit kleinen Metallperlen und Muschelimitaten bestickt, sahen sie aus wie Sandalen aus einem Märchen aus *Tausendundeiner Nacht.*

»Was möchten Sie hören?«, unterbrach sie seine Gedanken. »Vermuten Sie, ich hätte den Mann auf dem Dachboden einquartiert?« Ihr Ton war eher spöttisch als beunruhigt.

»Ja«, sagte er nach einer Weile gedehnt und dann fast wie zu sich selbst. »Warum nicht.«

Er merkte plötzlich, wie sehr er sich in der Überzeugung verhakt hatte, dass die Täter jung sein mussten, jung wie das Rattenmädchen oder der Mann mit dem großen Kopf. Eine Frau, die zwanzig Jahre älter war als die von ihm Verdächtigten, hatte bislang in seinen Überlegungen keinen Platz gefunden. Offenbar ein Fehler. Wenn er im Institut eine Verbündete gesucht hätte, mit der man Pferde stehlen konnte, wäre seine Wahl sofort auf Lilli Sütterlin gefallen. Nicht auf Frau Brändle, die war zu pflichtbewusst. Bei ihr hatte jedes Helfen etwas Beflissenes, Ordentliches, und Pferdestehlen war schließlich nichts, was eine ordentliche Person tun würde. Jemanden auf dem Dachboden verstecken auch nicht.

Bei Lilli Sütterlin hingegen konnte er sich beides durchaus vorstellen. Sie tat, was sie wollte, und ihr Verständnis von Gerechtigkeit deckte sich nicht unbedingt mit dem festgeschriebenen Gesetz. Sie arbeitete noch länger in diesem Institut als Frau Brändle – trotzdem gab sie vor, nichts von dem Dachboden gewusst zu haben. Aber wenn sie es war, die dem Mann Unterschlupf gewährt hatte, was hatte sie mit dem Brand und all den anderen Ereignissen zu tun? Ihre Geschichte, sie habe den Schlüssel schon vor einem Jahr verloren, überzeugte ihn jedenfalls nicht. In dieser Zeit hätte sie das Institut niemals als Erste betreten und als Letzte verlassen können. Auch die Tür zu dem Trakt, in dem sie arbeitete, war normalerweise nachts verschlossen. War es ihr Schlüssel, der bei dem Toten gefunden worden war?

»Ja, warum nicht?«, sagte er noch einmal. »Ich würde es Ihnen zutrauen – im positiven Sinne, meine ich.«

Sie sah ihn überrascht am. Katzenaugen, dachte er. Ihre Augen hatten diese besondere hellgrüne Farbe. Grün mit bernsteinfarbenen Sprenkeln um die Pupille.

»Ja, warum nicht?«, griff nun auch sie die Worte auf. »Warum sollte ich nicht einen Mann auf dem Dachboden einquartieren, wenn ich ihm damit helfen würde?«

»Haben Sie es getan?«

Sie drehte langsam den Kopf mal nach rechts, mal nach links, ein Kopfschütteln in Zeitlupe, als müsste sie noch nachdenken. »Nein«, sagte sie endlich, nur dieses einzige Wort als Ergebnis ihrer langen Überlegungen.

»Und die Geschichte von Ihrem verlorenen Schlüssel im Lorettobad?«

»Es steht Ihnen frei, sie zu glauben oder nicht.«

Lilli Sütterlin wandte sich wieder dem Salamander zu und strich fortwährend mit den Fingerspitzen über das glänzende Metall, als wolle sie das Tier mit den beschwörenden Gesten zum Leben erwecken. Er sah ihr eine Weile zu, dann stand er auf, ohne weitere Fragen zu stellen.

»Ich werde es mir überlegen«, sagte er, schon im Gehen.

Und jetzt? Er hatte keine Ahnung, wie er aus Lilli Sütterlin mehr herausbekommen sollte. Ohne die Hilfe der Kripo kam er bei ihr nicht weiter. Leider war für die Suche nach dem Besitzer des verlorenen Schlüssels diese Frau Funkel zuständig. Er müsste versuchen, stattdessen Jörg vor diesen Karren zu spannen, aber wahrscheinlich wäre dieser Versuch genauso aussichtslos wie der Versuch, ihn auf das Rattenmädchen anzusetzen. Wer das Mädchen war, würde er jedenfalls selbst herausfinden. Heute noch!

In solche Gedanken versunken schleppte er sich die Treppe zum zweiten Stock hinauf, als plötzlich eine Mauer vor ihm emporwuchs, die es zuvor an dieser Stelle nicht gegeben hatte. Es war die Lederjackenkommissarin.

»Nun, was meinen Sie zu Frau Sütterlin?«

Sie wusste sofort, wo er gewesen war. Offenbar befand sie sich gerade auf einem Höhepunkt ihrer schwergewichtigen Spitzfindigkeit. Trotzdem konnte er sich nicht entschließen, über Lillis Eignung zum Pferdestehlen und für ähnlich kumpelhafte Delikte zu sprechen.

»Ich habe Zweifel an der Geschichte vom Lorettobad«, wich er deswegen aus.

»Immerhin ist sie schon seit geraumer Zeit morgens nicht als Erste in ihren Arbeitsbereich gekommen und war auch niemals spätabends oder an Wochenenden anwesend. Sie hat also seit Monaten ihren Schlüssel nicht benutzen müssen.«

Alexander zog überrascht die Augenbrauen hoch. Das war eine Antwort auf seine Frage, ehe er sie gestellt hatte. Er erstickte schnell das plötzlich aufkeimende Gefühl von Respekt für die Arbeit der Walküre.

»Und warum hat sie den Verlust des Schlüssels nicht gemeldet?«

»Sie sagt, sie habe keine Lust gehabt, hundert Euro für den Ersatz zu zahlen. Der Preis sei Wucher, meint sie.«

»Der hohe Preis ist eine Lüge«, entgegnete er unwillig, als gäbe die Kommissarin ihm die Schuld an dem verheimlichten Verlust. »Was werden Sie mit Frau Sütterlin tun?«

»Sie bei Gelegenheit noch einmal befragen und ein bisschen beobachten.«

Er nickte, als hätte sie um seine Zustimmung gebeten, dann wich die Wand, die ihm den Weg verstellt hatte, zur Seite und gab den Weg zu seinem Kämmerchen frei.

Zwei Stunden nachdem er sich entschieden hatte, die Angelegenheit selbst in die Hand zu nehmen, stand er vor einem hohen Zaun. Er umgab das Gelände des Tierheims zwischen Dreisam und Autobahnzubringer, das zugleich Sitz des Tierschutzvereins war. Alexander klingelte am Tor, das man ihm öffnete, ohne dass er sein Anliegen vorgetragen hatte.

»Ich suche eine Katze«, eröffnete er der rundlichen jungen Frau am Empfang. Sie begleitete ihn zu einem Raum, der sich von allen unterschied, die er in seinem Leben bislang betreten hatte. Er teilte sich hinter der Tür in zwei kleinere und hatte etwas Käfigartiges. Nein, es *war* ein Käfig. Gekachelter Boden, gekachelte Wände und zwei offene Türen nach draußen, die ins Freie führten, das hier vollständig vergittert war. Er war nicht allein. Keine Menschen, stattdessen Katzen. Sie strichen durch den Raum, lagen in gepolsterten Körben, saßen in Regalen wie Skulpturen, manche waren langhaarige Wesen, geheimnisvoll mit ihrem wachsamen Blick, misstrauisch wie Heimkinder, die nie ein richtiges Zuhause hatten. Keine strich um seine Beine oder wollte gestreichelt werden.

Eine junge Frau, die sich als die Katzenpflegerin vorstellte, betrat den Raum: blasse Haut, pechschwarze Haare, gepiercte Lippen, gepiercte Nase, gepiercte Augenbrauen, Ringe in den Ohrläppchen. Ob sie wohl auch Ringe an den Brustwarzen trug?

»Ich suche eine Katze.«

»Bitte«, sagte die Frau und zeigte auf das Getier im Raum.

»Ich suche eine bestimmte.«

»Eine bestimmte?« Sie schien erstaunt.

»Ja. Eine Frau, die hier arbeitet, hat mir eine bestimmte Katze empfohlen. Ich solle Ihnen einen Gruß bestellen, und Sie würden Bescheid wissen, um welche Katze es geht.«

Sie sah nicht aus, als würde sie Bescheid wissen. Wie sollte sie auch?

»Wer war das?«

So schnell war er am Ziel! Zwei Sätze, und schon konnte er das Foto zeigen. »Ich habe leider den Namen vergessen, aber hier ist ein Foto von ihr.« Er drückte auf den Tasten seines Handys herum.

»Kennen Sie sich mit Katzen aus, oder ist es Ihre erste?«

»Die erste«, antwortete er. Jetzt erschien das Foto von dem Mädchen auf dem Display seines Handys. Er hatte es größer in Erinnerung gehabt.

»Unsere Katzen sind alle stubenrein, entwurmt, geimpft, gechipt …«

»Kennen Sie die junge Dame?«, unterbrach er den Vortrag.

Vielleicht streifte sie jetzt das Bild mit einem kurzen Blick, vielleicht sah sie auch nur ungefähr in diese Richtung.

»Wenn ich Sie richtig verstanden habe, dachten Sie an eine bestimmte Katze?«

»Sie müssten sie kennen«, sagte er. »Die Frau, meine ich.«

Die Schwarzhaarige schwieg und betrachtete aufmerksam das Foto. Alexander hielt den Atem an. Gleich!

»Wer ist das auf dem Bild?« Sie sah ihn an, als würde sie kein Wort von seiner Geschichte glauben. Oder sie nicht verstehen.

»Kennen Sie die Frau nicht?«

»Nein. Nie gesehen.«

»Das ist doch nicht möglich.«

»Wo haben Sie das Foto gemacht?« Sie sah ihn misstrauisch an.

Der Blick war kaum anders als der der Katzen, und ihm kam der Gedanke, dass man auch sie auf der Straße aufgelesen hatte wie die herrenlosen Tiere.

»Ist ja auch egal«, wich er aus. Er zögerte. »Vielleicht gibt es ja noch andere schwarze Katzen.«

Ihr Blick blieb misstrauisch. »Soll sie unbedingt schwarz sein?«

»Ja. Schwarz und schlank und hochbeinig.« Er dachte an die Katze Frenzi, die Ingrid angeschafft hatte, kurz bevor er aus der gemeinsamen Wohnung ausgezogen war. »Und – wie soll ich sagen – elegant muss sie sein.«

Jetzt sah ihn die Katzenpflegerin an, als habe er ein unsittliches Ansinnen geäußert – oder zumindest ein seltsames.

»Ich meine mit eleganten Bewegungen.«

»Katzen haben immer elegante Bewegungen.«

»Also gut. Eine schwarze, schlanke hochbeinige Katze, die sich so elegant bewegt wie alle Katzen.«

»Kommen Sie bitte mit.«

Auch der nächste Raum war gekachelt. Er war leer bis auf Körbe und Klettergeräte und etwas, was aussah wie eine eckige und auch innen gekachelte Badewanne. Katzen sah er keine. Oder doch. In einem Korb, eng aneinander geschmiegt, lagen zwei kleine Kätzchen, eines schwarz, das andere mit der Farbe einer schlecht verrührten Mischung aus Zucker und Zimt.

»Darf man die anfassen?«

»Natürlich. Sie müssen sich ja aneinander gewöhnen.«

Er streckte die Hand nach der schwarzen aus, zog sie sofort zurück. Wie ein Tiger und mit weit aufgerissenem Mäulchen fauchte ihn das kleine Untier an. Auch dieses junge Kätzchen hatte etwas von einem misstrauischen Heimkind.

»Sie hat schlechte Erfahrungen gemacht«, entschuldigte die Gepiercte das unwirsche Verhalten.

Alexander glaubte es sofort.

»Die andere ist eine ganz Liebe.«

Wenig später hielt er ein tapsiges zimtfarbenes Kätzchen in den Händen. Von Eleganz konnte keine Rede sein. Von Schwarz auch nicht.

»Ist sie nicht süüüß?«, fragte die Schwarzhaarige. »Das ist Sambala.«

Das Tierchen rekelte und wand sich auf seinem Arm. So ein niedliches Kätzchen! Corinna würde begeistert sein, wenn er es ihr schenken würde. Er verwarf den Gedanken sofort wieder. Ina würde das Tier nicht in ihrer Wohnung dulden.

»Muss die Katze unbedingt schwarz sein?«

Er dachte ernsthaft darüber nach. Dieses Kätzchen war viel hübscher als das schwarze. Und seine blauen Augen waren etwas ganz Besonderes. Nicht zu vergleichen mit den üblichen grünen Katzenaugen.

»Nein. Muss sie nicht.«

Das kleine Tier riss das winzige Mäulchen auf und gähnte. Niedlich war die Kleine. Wirklich niedlich.

»Gefällt sie Ihnen?«

»Sehr.«

Eine Weile beobachtete sie ihn. »Haben Sie einen Transportkäfig?«

Er schüttelte den Kopf.

»Kein Problem. Wir können Ihnen einen leihen.«

»Wie viel kostet denn so eine Katze?«

»Einhundertzehn Euro. Die Katzen sind stubenrein, entwurmt, geimpft, gechipt« – das wusste er schon – »und wenn sie, wie diese hier, noch nicht sterilisiert sind, bekommen Sie einen Gutschein, den Ihr Tierarzt für den Eingriff annimmt.«

In ihm tobte ein heftiger Kampf. Warum keine Katze in seiner Wohnung? Sicher konnte er zu Hause irgendwo einen Durchschlupf schaffen, wo die Katze selbstständig ein und aus gehen konnte, in der Terrassentür zum Beispiel. Andere Menschen schafften es ja auch, eine Katze zu versorgen, obwohl sie nicht ständig zu Hause waren. Bestimmt würde sich jemand von den Nachbarn um das Füttern kümmern, wenn er verreist war. Das Katzenklo könnte er draußen aufstellen, dann brauchte er es nicht täglich zu reinigen. Vielleicht benutzte seine Katze ihr Klo auch gar nicht, wie die fremde fette Katze, die regelmäßig seinen Garten für ihre stinkenden Hinterlassenschaften missbrauchte. Vielleicht würde seine sogar die fremde Katze vertreiben und selbst den Garten der Nachbarskatze benutzen. Dann wäre er endlich quitt mit deren Besitzer.

»Muss ich sie sterilisieren lassen?«

»Wollen Sie bald zehn Katzen in der Wohnung haben?«

Nein, natürlich nicht. Zehn Katzen, und eines Tages vielleicht zehn mal zehn Katzen! Also sterilisieren lassen.

»Sie können es sich ja noch überlegen, ob Sie lieber die Schwarze oder die Helle nehmen wollen«, sagte sie und ließ ihn mit den Tierchen allein. Nach ein paar Minuten kam sie mit einem Kasten aus Kunststoff zurück, der offenbar ein Transportkäfig war.

»Und?«

»Die Zimtfarbene gefällt mir besser als die Schwarze.«

»Sie werden sicher viel Freude an ihr haben.«

Sie griff der Katze auf seinem Arm ins Nackenfell, hielt sie eine Weile in der Luft, wobei das Tierchen reglos mit gespreizten Beinchen und ohne jede Aufregung verharrte, dann setzte sie es vorsichtig in den Behälter und schloss die Klappe.

Jetzt also sollte das seine Katze sein.

Er suchte hundertzehn Euro in seinem Portemonnaie zusammen und hörte sich an, was jetzt auf ihn zukommen würde. Durchfall konnte sein neues Haustier kriegen, einzig und allein durch den Stress der neuen Umgebung. Zu fressen sollte das arme Tier deswegen am ersten Tag gar nichts bekommen und auch die nächsten Tage nur wenig und natürlich möglichst dasselbe Futter, das es gewohnt war. Sogar bei der Katzenstreu sollte er die vom Tierheim gewohnte Sorte verwenden. »Sie erleichtern dem Tier dadurch die Einhaltung der Hygiene«, sagte sie.

Einhaltung der Hygiene, so nannte man das also, wenn ein Tier nicht überall in die Wohnung machte. Durchfall und ein neues Katzenklo, das konnte doch nicht gut gehen! Am besten würde er den Teppich im Wohnzimmer für die nächsten Wochen einrollen und in einer unzugänglichen Ecke sicherstellen. Wenn es denn in seiner Wohnung überhaupt für Katzen unzugängliche Ecken gab.

Futter, Wasser und ein Klo – er hatte geglaubt, damit die Bedürfnisse des Tierchens fürs Erste zu befriedigen, aber es kam noch schlimmer. Regelmäßiges Entwurmen und Behandlung gegen Flöhe wurden ihm ans Herz gelegt. Außerdem sollte er die Nachimpfung nicht vergessen und nicht den Impfausweis, wenn er mit Sambala zum Tierarzt ging.

Mit dem Gefühl, die schwierigste und verantwortungsvollste Aufgabe seines Lebens übernommen zu haben, stand er endlich mit seinem Kätzchen auf dem Parkplatz. Er überlegte eine Weile, dann stellte er den Käfig auf den Beifahrersitz, sicherte ihn, so gut es ging, mit dem Gurt und fuhr los. Er lächelte. Er sah Corinna vor sich, wie sie strahlen würde, wenn sie das Kätzchen erblickte, sah ihren Jubel.

Eine Minute später fiel ihm das Foto auf seinem Handy wieder ein. Gar nichts hatte er damit erreicht! Sein Besuch im Tierheim war völlig sinnlos gewesen. Nur diese noch viel sinnlosere Katze hatte er sich andrehen lassen. Ina würde fassungslos sein. Mehr noch. Entsetzt würde sie sein. Ungehalten. Corinnas Strahlen löste sich auf, und vor seinen Augen erschien Inas Gesicht, wenn sie die Katze sah. Er, der kaum Zeit für die Familie hatte, schaffte sich ein Haustier an!

Er wechselte in die rechte Spur und fuhr langsamer. Umkehren!, rief etwas in ihm. Sofort umkehren und das Vieh wieder zurückbringen! Wahrscheinlich würde Ina überhaupt nicht mehr zu ihm kommen, wenn bei ihm eine Katze residierte. Katzenhaare! Zu Inas Antipathie gegen ausgefallene Haare würde sich vermutlich innerhalb kürzester Zeit eine Allergie gesellen.

Er kehrte nicht um. Die junge Dame hätte ihn für schwachsinnig gehalten, wenn er nach einer Viertelstunde wieder mit der

Katze vor der Tür gestanden hätte. Nein. Umkehren war unmöglich.

Kann man eine junge, völlig fremde Katze allein in der Wohnung lassen? Wenn ja, wo? Im Transportkäfig? Oder vielleicht in der Badewanne? Tatsache war, er musste sie allein lassen. Schließlich konnte er nicht mit ihr die notwendigen Dinge einkaufen, so viele Hände hatte er gar nicht. Er entschied sich dafür, das Kätzchen in der Küche zurückzulassen. Der Steinboden würde den angedrohten Problemen beim Einhalten der Hygiene mühelos standhalten. Er legte noch ein paar zerknüllte Zeitungsseiten auf den Boden, falls Sambala es etwas gemütlicher haben wollte, dann eilte er in die Stadt. Zehn Minuten nach sieben Uhr war er mit allem, was er benötigte, wieder zu Hause. Sogar ein Buch hatte er gekauft: *Die Katze. Inbetriebnahme, Wartung und Instandhaltung.*

Den Rest des Abends tat er gar nichts mehr, als dem Kätzchen zuzusehen. Angesichts dieses tollpatschigen Etwas mit seidigem Fell kehrten eine Ruhe und eine Normalität in sein Leben ein, die er seit Tagen vermisst hatte. Das Gefühl der Bedrohung löste sich auf wie Nebel im warmen Sonnenschein. Erst am nächsten Morgen waren sie wieder da, die Unruhe und die Sorge, und er wunderte sich, dass ihn beides für eine ganze Nacht verschont hatte.

Trotz der neuen verantwortungsvollen Aufgabe war Alexander pünktlich im Institut. Dennoch kam er zu spät mit seiner guten Idee. Sie wurde nämlich schon ausgeführt, die Wand aus Pappe oder Holz oder woraus auch immer, jedenfalls waren zwei Arbeiter dabei, für eine Abtrennung Maß zu nehmen. Genauso, wie er sie sich vorgestellt hatte, sollte sie aussehen, raumhoch und mit einer Tür, die sogar ein richtiges Schloss haben würde. Dieses Mal ärgerte er sich über Frau Brändles Tüchtigkeit. Die Wand war seine Idee, und sie hätte sein Werk sein sollen.

Mit tüchtigen Menschen hatte er schon als kleines Kind seine Probleme gehabt. Mutter, Vater, Lehrerinnen – in ihrer Gegenwart hatte er eigene Anstrengungen eingestellt. Es hatte sich einfach nicht gelohnt. Er war leichter durch die ersten Jahre seiner Kindheit gekommen, wenn er das Binden von Schleifen an den Schuhen oder jede Art von Aufräumen oder Ordnunghalten denen überlassen hatte, die es besser konnten als er. Nach dem Tod seiner Eltern hatte sich das geändert. Nicht, dass er ein ordentlicher Mensch geworden wäre, aber er hatte seine Stärken entdeckt, die früher in den Ermahnungen der Erwachsenen untergegangen waren: ungewöhnliche Ideen zu haben und umzusetzen, zum Beispiel mit einem Technikbaukasten eine Maschine zu bauen, mit deren Hilfe er Legobausteine zu ordentlichen Haufen zusammenkehren konnte. Oder, als er erwachsen war, einzelne Gene aus dem Erbgut einer Maus auszuschalten, um deren Funktion aufzuklären.

Und nun hatte ihn seine tüchtige Sekretärin um den Erfolg mit der Trennwand gebracht. Oder war er ungerecht? Schließlich ließ sie regelmäßig die angenehmen Seiten seiner Kindheit wiederauferstehen, indem sie für ihn Ordnung hielt oder geradebog, was er versäumt hatte. Mit der Wand war er zu spät gekommen, aber es gab noch eine andere und wichtigere Aufgabe, die gute Ideen erforderte: die Suche nach den Verbrechern nämlich.

Er zog sich in sein Kämmerchen zurück und setzte sich an seinen Schreibtisch. »Du schaffst das«, sagte er laut. »Du musst nur nachdenken! Du oder keiner.« Leider konnte er mit diesen markigen Worten nicht einmal sich selbst überzeugen. Trotzdem nahm er ein paar unbeschriebene Blatt Papier aus dem Papierschacht des Druckers und legte sie vor sich auf den Schreibtisch. Makellos weißes Papier: vielversprechend und beängstigend zugleich. Schon das Papier war eine Herausforderung!

Denk nach, sagte er sich wieder, aber auch der zweite Befehl lieferte nicht das gewünschte Ergebnis. So kam er nicht weiter. Am einfachsten würde es sein, zunächst die Namen der Verdächtigen aufzuschreiben und danach die Einzelheiten. Er griff nach dem einzigen Kugelschreiber auf seinem Schreibtisch, aber der versagte gleich bei den ersten Buchstaben. Es ärgerte ihn, dass er schon wieder Frau Brändles Hilfe in Anspruch nehmen musste.

Mit einem Bleistift und drei Kugelschreibern überreichlich ausgestattet, kehrte er an seinen Schreibtisch zurück, einen Kuli für jeden Verdächtigen, wie sich in den nächsten Minuten herausstellte: der erste für das seltsame Mädchen, der zweite für Vincent Schwarzer, der dritte für Lilli Sütterlin. Er notierte die Namen, jeden auf ein eigenes Papier. Ein Bogen blieb noch übrig. Für Beate Brändle? Er schrieb ihren Namen mit dem Bleistift auf das vierte Blatt und darunter: »Jörg bitten, ihre Tierschutzaktivitäten zu überprüfen.« Dann strich er den Satz wieder aus. Frau Brändle als Verantwortliche für den Brand und die Anschläge gegen ihn überhaupt nur in Erwägung zu ziehen war absurd. Schließlich schrieb er den Satz doch wieder hin. Vorgefertigte Meinungen waren immer gefährlich.

Er begann damit, auf dem Blatt, das er mit »Rattenfrau« überschrieben hatte, zusammenzutragen, was ihm dazu einfiel. Es war nicht viel. Zweimal hatte er sie ganz in der Nähe seiner Wohnung gesehen, beim zweiten Mal hatte Blut an der Türklinke geklebt. Dass sie die Ratte vor der Tür abgelegt hatte, war nur eine Vermutung. Er überlegte. »Beim Versuch, sie aufzuhalten, hat mich jemand zu Boden gestoßen«, notierte er.

Fast nichts fiel ihm zu Lilli Sütterlin ein. »Hat ihren Schlüssel nicht mehr. Scheint zu lügen.«

Beim Nachdenken über Vincent Schwarzer brachte er einiges zu Papier, aber nichts, was ihm weiterhalf: »Treibt sich im Institut herum und interessiert sich für Beate Brändles Computer. Hat panische Angst (warum?). Gibt falschen Namen an (Jeff).«

Dann griff er wieder nach dem Blatt, auf das er den Namen seiner Sekretärin geschrieben hatte. »Warum hat sie so unterschiedlich reagiert: ruhig und gefasst beim Brand, panisch bei der Nachricht vom geschändeten Grab?«, schrieb er. Ihre heftige Reaktion auf die Nachricht von dem Toten war verständlich. »Das Feuer wurde im Sekretariat gelegt«, notierte er, aber auch das hatte keine Bedeutung. Wahrscheinlich war die Tür nicht verschlossen gewesen. Es wäre nicht das erste Mal gewesen, auch wenn er das bestritten hatte. »Behauptet zu Unrecht, sie würde Vincent Schwarzer nicht kennen«, schrieb er, strich das aber gleich wieder aus. Wahrscheinlich hatte sie ihn wirklich vor der Schlüsselübergabe im Institut noch nie persönlich getroffen.

Auf dem Blatt von Lilli Sütterlin stand am wenigsten. Er teilte die Seite mit einem waagerechten Strich in zwei Hälften. »Was weiß die Kripo, ohne dass ich es erfahren habe?«, schrieb er unter den Strich. Naturgemäß blieb diese Hälfte leer. Jetzt drehten sich seine Gedanken wieder im Kreis. Keine Spur von einer guten Idee. Je länger er nachdachte, umso klarer wurde ihm, wie wenig er wusste. Die Teile des Puzzles wollten sich nicht zusammenfügen, weil ihm das Bild, das es ergeben sollte, unbekannt war. Was fehlte, war ein übergeordnetes Motto. War wirklich Tierschutz das Motiv – für alles, was geschehen war? Er steckte das Blatt, das er mit »Brändle« überschrieben hatte, in seine Tasche. Es war nicht für ihre Augen bestimmt, und die waren hier überall. Anschließend steckte er auch die übrigen drei Seiten ein.

Erst am Abend fand er Zeit, sich zu Hause an seinen Computer zu setzen. Vielleicht brachte ihn das Internet auf eine gute Idee. Im nächsten Moment schreckte ihn ein Geräusch auf. Sambala kratzte an der Tapete, wahrscheinlich, damit er sich um sie kümmerte. Sie schien sich zu langweilen. »Schluss jetzt, Sambala«, sagte er streng, was Sambala zum Anlass nahm, nun die winzigen Krallen am weißen Lack des Türrahmens zu schärfen.

Er holte Sambalas Spielzeugmaus, die schon bei der kleinsten Bewegung beinahe lebensecht piepste, und setzte sich wieder an den Computer. Sambala wollte aber jetzt keine Spielzeugmaus und strich ihm auffordernd miauend um die Beine. Er hob sie auf seinen Schoß und streichelte sie. Jedes Mal wunderte er sich, wie warm und weich sie war. Es war das erste Mal, dass er eine so enge Beziehung zu einem Tier entwickelte. Bislang waren Tiere für ihn fremde Wesen geblieben, an denen er nichts Menschliches entdeckt hatte. Mit Sambala änderte sich das. Doch von der Liebe zu einer Katze oder einem anderen Haustier bis zu Aktionen, die sich gegen vergleichsweise harmlose Forscher wie ihn richteten, war es ein weiter Weg, den er niemals begreifen würde.

Mittlerweile war der Computer hochgefahren. In dem Augenblick, als er bei Google ›militante Tierschützer‹ eingab, sprang Sambala von seinem Schoß. Offenbar wollte sie damit nichts zu tun haben. Er überflog die zahlreichen Einträge, bis er auf den Namen des beschaulichen Winzerdorfs Broggingen bei Herbolzheim stieß. Herbolzheim war nur dreißig Kilometer von Freiburg entfernt.

Er las die gesamte Meldung:

Der Brandanschlag in Broggingen, bei dem in der Nacht zum 16. Dezember zwei Fahrzeuge in Flammen aufgingen, hat mit hoher Wahrscheinlichkeit einen politischen Hintergrund. Die Polizei geht davon aus, dass es sich bei den mutmaßlichen Tätern um europaweit tätige militante Tierschützer handelt. Deren Ziel ist es, leitende Mitarbeiter von Unternehmen abzustrafen, die nach ihrer Auffassung für Tierversuche verantwortlich sind. Der Brogginger Anschlag richtete sich gegen einen Mitarbeiter eines großen Chemiekonzerns mit Sitz in Basel. Der oder die Täter hatten in der Nacht den Tankverschluss seines Autos geöffnet, einen Lappen eingeführt und angezündet. Das Fahrzeug und ein Anhänger wurden durch den Brand vollkommen vernichtet. Ein weiteres Auto wurde durch Lack aus Sprühdosen beschädigt, mit denen die Täter ihre Visitenkarte hinterließen. In derselben Nacht wurden in der Umgebung von Lörrach in mehreren Ortsteilen Häuser beschmiert, in denen Mitarbeiter von Pharmaunternehmen wohnen. Auch deren Autos wurden mit Chemikalien beschädigt. Nach Angaben der Polizei handelt es sich bei den Tätern vermutlich ebenfalls um radikale Gegner von Tierversuchen. Die »Animal Liberation Front« (ALF) beispielsweise, die in den USA als terroristische Vereinigung geführt wird, besteht nach Erkenntnissen der Ermittler aus kleinen, anonymen Zellen ohne zentrale Führung. Jede Gruppe oder Einzelperson, die sich mit den Zielen der ALF identifiziert, kann in ihrem Namen Aktionen durchführen. Dazu gehören das Entwenden von Tieren aus Versuchslaboren oder Zuchtbetrieben, Drohbriefe, Telefonterror oder – wie in den aktuellen Fällen – die Beschädigung von Gebäuden, Fahrzeugen oder Geräten, die mit der Tötung von Tieren in Zusammenhang stehen. Durch die Sabotage sollen die Verantwortlichen eingeschüchtert und wirtschaftlich geschädigt werden.

Die Polizei geht davon aus, dass es sich um wenige Täter handelt. Sie agierten spontan und meist nicht sehr professionell, seien aber gut vernetzt und vermutlich über das Bundesgebiet und das angrenzende Ausland verteilt.

Alexander suchte nicht länger. Gut vernetzte Täter? Beate Brändle vernetzt mit dem Rattenmädchen? Der Gedanke war so absurd wie die ganze Geschichte. Er holte ein Bier aus dem Kühlschrank und setzte sich auf die Terrasse. Herdern lag um diese Zeit schon lange im Schatten, nur die Wipfel der Bäume am Schlossberg hatten im letzten Licht der untergehenden Sonne ihr Grün gegen ein goldenes Leuchten eingetauscht. Er trank das Bier und sah zu, wie das Gold der Bäume verlosch. Nun schimmerten die blühenden Rosen in seinem Garten wie pinkfarbene Lichter inmitten des dunkler werdenden Grüns. Eine Krähe ließ sich mit heiserem Krächzen ganz oben auf der Spitze eines nahen Mammutbaums nieder, eine zweite kam, flatterte über dem Wipfel, stieß steil herab und ließ sich auf dem Gartenzaun nieder – Wintervögel, die zu seiner Stimmung passten. Von einem Balkon in der Nachbarschaft hörte er das Klappern von Tellern und Bestecken. Eine Frau lachte, eine zweite stimmte ein. Seine Sorgen teilten sie nicht.

Alexander stand auf und holte das neueste Heft des *Deutschen Ärzteblattes,* aber was er las, interessierte ihn nicht. Er schlug die Zeitschrift zu und blieb reglos sitzen, während sich die Dämmerung langsam über die Häuser senkte. Ein halber Mond schob sich hinter dem Schlossberg hervor, wanderte weiter und tauchte den Garten in ein silbriges Licht. Als es kühler wurde und er fröstelte, ging er in die Wohnung. Er suchte Sambala und fand sie auf seinem Bett, wo sie es sich zum Schlafen gemütlich gemacht hatte.

Erst waren da nur die bunt bemalten Häuser, die er ohne Angst betrachtete – bis er die Autos sah: Sie brannten, und schwarzer Qualm stieg weit hinauf in einen schmutzig gelben Himmel. Dann entdeckte er ein brennendes Haus, hoch wie ein Turm. Überall liefen Männer umher, schwarz vermummte, huschende Gestalten im Flammeninferno, dem sie auf rätselhafte Weise widerstanden.

Da! Zwischen den schwarzen Männern leuchtete etwas. Ein bunter Rock? Tatsächlich. Er war davon überzeugt, dass es genau der war, den das Mädchen am Gartenzaun getragen hatte. Und nicht nur der Rock war derselbe, sondern auch die Trägerin. Im nächsten Augenblick war sie hinter einer feurigen Wand verschwunden. Er musste sie packen, jetzt wo er sie auf frischer Tat ertappt hatte! Er folgte ihr durch Rauch und Flammen, ohne die Hitze zu spüren. Theaterfeuer, dachte er, nichts als kalte, harmlose Flammen, und der Rauch war nichts anderes als der übliche Theaternebel. Deswegen konnten sich die Gestalten so unbeschadet in den Flammen bewegen. Alles nur Theater, aber das Mädchen musste er fassen. Schließlich hatte es ihm die Ratte gebracht und die Türklinke mit Blut beschmiert. Er stürzte sich in die flammende Wand, hinter der soeben das Mädchen verschwunden war.

Als er seinen Irrtum bemerkte, war es zu spät. Das Feuer war echt! Mit fassungslosem Entsetzen registrierte er, dass die Flammen ihn ergriffen und ihn das Feuer vernichtete, doch er fühlte keinen Schmerz. Er rief nach Ina, dem einzigen Menschen, der ihm helfen konnte. Aber sein Rufen war tonlos. Er war verloren. Vielleicht ist es doch nur ein Traum, dachte er und wollte aufwachen, aber der Schlaf gab ihn nicht frei. In diesem Augenblick drehte sich das Mädchen um, und in ihrem zu einem schadenfrohen Grinsen verzogenen Gesicht erkannte er Beate Brändle. Brennend stürzte er vor ihr zu Boden.

Als Alexander erwachte, roch es nach Rauch. Er stand auf und suchte nach der Ursache, fand aber nichts. Offenbar hatte er den Geruch aus dem Traum mitgenommen. Es war erst sechs Uhr, aber er legte sich nicht wieder ins Bett. An Schlaf war nicht mehr zu denken. Albträume wie dieser waren nicht neu, ein Relikt aus Kindertagen, vielleicht geboren aus Erzählungen von einem brennenden Auto, aus dem man ihn damals gezogen hatte, woran er sich nicht erinnerte. Seine Eltern hatten in den Flammen den Tod gefunden. Seit Jahren hatte ihn der Albtraum vom Feuer in Ruhe gelassen, aber jetzt drängte er sich aufs Neue in seinen Schlaf.

Es war zum Verzweifeln. Auch an diesem Tag war der Tote vom Dachboden noch immer nicht identifiziert. Niemand schien den jungen Mann zu vermissen, der nach Einschätzung der Rechtsmediziner etwa fünfundzwanzig Jahre alt war. Ein Fünfundzwanzigjähriger, den niemand vermisste? Ein Student vielleicht, der den Kontakt zu seiner Familie abgebrochen hatte und den seine Kommilitonen auf einer Reise oder zu Hause vermuteten? In den Semesterferien verschwanden viele aus der Stadt, um im Oktober unversehrt zurückzukehren.

Das Handy des Toten war inzwischen untersucht worden, doch die große Hitze hatte tatsächlich alle gespeicherten Daten restlos zerstört. Auch sonst gab es keine Neuigkeiten, nicht einmal unerfreuliche, was ihn wunderte. Immerhin waren die zur Spurensicherung beschlagnahmten Räume im Südflügel wieder freigegeben.

Das einzige nennenswerte Ereignis war die neue Zwischenwand, die mittlerweile fertiggestellt worden war. Es war ihm unbegreiflich, wie seine Sekretärin so schnell die dafür nötigen Hebel in Bewegung gesetzt hatte. An der Tür in dieser Wand hing ein mit Computer geschriebener Zettel: »Zum Sekretariat und zu den Räumen 206 und 207«.

Alexander klopfte an, was seltsam hohl klang. Falls seine Sekretärin »Herein!« gesagt hatte, so war es nicht zu hören gewesen. Er drückte die Klinke herunter und öffnete die Tür so vorsichtig, als könnte die ganze Konstruktion bei der geringsten Berührung zusammenfallen. Der Sichtschutz war fortgeräumt, und was sich hinter der neuen Trennwand auftat, sah aus wie ein richtiges, wenn auch schmales Zimmer, von dem rechts und links die Türen zu zwei weiteren Räumen abgingen. Ein Lichtband fiel durch das hohe Rundbogenfenster am Ende des Flures, und an der Wand neben dem Fenster stand jetzt der Schreibtisch. Der Drehstuhl davor war unbesetzt. Auf dem Fensterbrett entdeckte Alexander eine flache Blumenschale, die, soweit er es auf die Entfernung sehen konnte, leer war. Vielleicht hatte Frau Brändle wieder Kakteen gesät.

Sie stand plötzlich neben ihm, ohne dass er ihre Schritte gehört hatte.

Er zeigte auf die Trennwand. »Perfekt«, stellte er fast ohne Neid fest.

»Ja«, sagte sie. »Ein Lichtblick in dieser schweren Zeit.«

Sie sah tatsächlich aus, als hätte sich etwas Erfreuliches vor ihr aufgetan. Hatte sie sich vielleicht auch eine Katze angeschafft? Er jedenfalls hätte nicht für möglich gehalten, wie sehr ein verschmustes Tierchen die Stimmung heben konnte. Oder war es die verheißungsvolle Blumenschale auf der Fensterbank, die Frau Brändles Stimmung so verbessert hatte?

Es war etwas anderes, etwas völlig Unerwartetes, noch dazu zu diesem Zeitpunkt.

»Nächste Woche werden Santosh und ich heiraten.«

»Gratuliere!« Er war höchst verwundert. Jetzt eine Hochzeit, so kurz nach dem Brand? Schon nächste Woche? Er wusste, wie er aussah, wenn er sich so sehr wunderte: dümmlich. Er versuchte anders auszusehen, aber es war zu spät. So unauffällig wie möglich glitt sein Blick ein paar Zentimeter unter die Gürtellinie seiner Sekretärin, ob er dort den Grund für die plötzliche Heirat entdecken würde. Auch Frauen über vierzig konnten schließlich noch Kinder bekommen, aber er erblickte nichts Auffälliges.

»Wir hatten die Hochzeit schon vor dem Brand angemeldet«, griff Frau Brändle seine Gedanken auf, ohne dass er sie geäußert hatte.

»Angemeldet?«

»Aufgebot nennt man das heute nicht mehr.«

Er nickte. »Verstehe«, sagte er. Ihre Erklärung erleichterte ihn.

Der Gesichtsausdruck seiner Sekretärin veränderte sich plötzlich und bekam etwas Flehendes. Nicht wie bei Ina mit den hochgezogenen Augenbrauen und der gerunzelten Stirn, wenn sie ihn zum hundertsten Mal bat, sein nasses Handtuch nach dem Duschen nicht irgendwo liegen zu lassen, sondern aufzuhängen. Nein, Beate Brändle sah ihn von unten an und hielt den Kopf dabei etwas schräg, was bei ihm die Erwartung auslöste, im nächsten Augenblick mit unangenehmen oder zeitaufwendigen Bedürfnissen seiner Sekretärin konfrontiert zu werden.

»Ich möchte Sie um etwas bitten.«

Bei der förmlichen Bitte schrumpfte seine Erleichterung auf einen kümmerlichen Rest zusammen.

»Wir möchten Sie bitten, Trauzeuge zu sein und uns anschließend mit Frau Kaltenbach und gern auch mit Corinna bei einer kleinen Feier im Bierhäusle in Lehen Gesellschaft zu leisten.«

Trauzeuge? Er grübelte darüber nach, welche Verpflichtungen er damit eingehen würde. Wahrscheinlich keine, die über die Prozedur im Standesamt hinausgingen. Ein Trauzeuge war schließlich kein Patenonkel.

»Das ehrt mich«, sagte er.

»Eigentlich braucht man ja keine Trauzeugen mehr, aber ich dachte …«

Was sie dachte, erfuhr er nicht. Anstatt den Satz zu beenden, fuhr sie fort: »Als zweiten Trauzeugen wollten wir Lilli bitten.«

»Frau Sütterlin?«, fragte Alexander irritiert. Ausgerechnet mit der Frau, die er wegen des verschwundenen Schlüssels verdächtigte, sollte er vor dem Standesbeamten erscheinen!

»Ich kenne niemanden in Freiburg so lange wie Lilli, da lag es nahe, sie zu bitten. Außerdem spricht sie gut Englisch und kann sich mit Santosh unterhalten.«

»Niemanden aus dem Umfeld Ihres …« Er suchte nach der richtigen Bezeichnung. Lover, wie Ina zu sagen pflegte, schien ihm ihr gegenüber unpassend. Richtig. Ihr Verlobter, hatte seine Sekretärin gesagt.

Sie schüttelte den Kopf. »Ach, wissen Sie …« Auch diesen Satz sprach sie nicht zu Ende.

Das Schweigen, das nun folgte, war ihm unangenehm: als hätte er an einen wunden Punkt gerührt. Er beeilte sich, die Situation zu überspielen. »Werden Sie auch kirchlich heiraten?«

»Mein Verlobter ist doch Hindu.«

Natürlich. Das hatte er gewusst. Ihrem Gesicht nach zu urteilen, hatte er soeben das nächste Fettnäpfchen erwischt.

»Gern werde ich Trauzeuge sein«, bemühte er sich, den Fehler wiedergutzumachen. »Sie können den Termin gleich in meinen Kalender eintragen.«

Das Gesicht seiner Sekretärin hellte sich noch immer nicht auf. »Den Kalender gibt es nicht mehr.«

»Richtig. Ich vergaß.«

Irgendwie musste er jetzt das Lächeln auf ihr Gesicht zurückholen. »Ihre Hochzeitsreise wird Sie wohl nach Indien führen? Der Tadsch Mahal soll ganz großartig sein.«

Auch jetzt kein strahlendes Gesicht, immerhin eine Spur von Befriedigung. Beate Brändle schüttelte den Kopf. »Später«, sagte sie. »Ich kann Sie doch jetzt nicht alleinlassen, so kurz nach dem Brand.«

Ihn nicht alleinlassen! Er war von Herzen gerührt. Die gute Frau Brändle! Seinetwegen keine Hochzeitsreise! Dafür musste er sich revanchieren, ihr irgendetwas Gutes tun, nachdem jeder Satz zuvor sie hatte unglücklicher aussehen lassen. Er schwieg und dachte lange nach. Etwas hatte er schon längst tun wollen, hatte den Gedanken aber immer wieder aus den verschiedensten Gründen verworfen. Jetzt war der richtige Augenblick gekommen.

»Darf ich Ihnen das Du anbieten?«, fragte er endlich. »Ich heiße Alexander, aber das wissen Sie ja.«

Frau Brändle errötete, dieses Mal schlagartig: als hätte jemand einen Kübel rote Farbe über Gesicht und Ausschnitt gegossen.

»Beate«, hauchte sie schüchtern und sah zu Boden wie bei einem peinlichen Geständnis.

»Beate«, wiederholte er leise und wie zur Probe. Beate also.

»Wie werden Sie …« Er verbesserte sich, und die nächsten Worte kamen nur mühsam und wie gegen einen fast unüberwindlichen Widerstand über seine Lippen: »Wie wirst du nach der Hochzeit heißen?«

»Brändle-Bhagwati.« Sie errötete schon wieder.

»Bhagwati? Ist das nicht eine Hindugöttin?«

Sie nickte. »Santosh heißt mit Nachnamen Bhagwati. Der Name ist in Indien nicht selten.«

Beate Brändle, die Göttliche, dachte er. Warum nicht? Es gab

Menschen, zu denen der Name weniger passen würde als zu ihr. Und dieser Santosh war ja ohnehin ein geradezu göttlicher Mann.

»Noch etwas«, sie schien nach Worten zu suchen. »Wenn Sie eine Dreizimmerwohnung wissen, die zu vermieten ist … Wir suchen eine.«

Wenn du … dachte er, aber er verbesserte sie nicht.

»Leider weiß ich keine.«

»Es wird nicht leicht sein, hier in Freiburg …«

»Aber vielleicht im Umland.« Falkensteig, dachte er. Hatte sie nicht gerade dem großköpfigen Angsthasen dort eine Wohnung vermittelt? Doch er sprach seine Gedanken nicht aus.

»Das Haus mit der Wohnung in Falkensteig war Santosh zu klein«, sagte Beate Brändle nun selbst. »Nur zwei Parteien! Er möchte lieber in ein Haus mit vielen Bewohnern ziehen.«

Alexander wunderte sich. Zu laut und zu direkt an der Bundesstraße gelegen, zu weit außerhalb von Freiburg, das hätte er verstanden. Aber zu wenig Mitbewohner? Nun ja. Die Menschen waren offenbar unterschiedlich. Glücklicherweise! Sie würden sich sonst noch mehr als jetzt an wenigen Stellen gegenseitig auf die Füße treten.

Er dachte an Diogenes in seiner Tonne, als er wieder in seinem Kämmerchen saß. Die Enge allein machte offenbar nicht glücklich, jedenfalls nicht ihn. Er fühlte sich unbehaglich, und das lag nicht nur an der Vorstellung, gemeinsam mit Lilli Sütterlin als Trauzeuge aufzutreten. Selbst sein zweifelhafter Erfolg, mit schlafwandlerischer Sicherheit in ein Fettnäpfchen nach dem anderen hineingetappt zu sein, erklärte nicht seine Verstimmung. Es waren vor allem die Zweifel an der Dauerhaftigkeit der Beziehung, die ihm zu schaffen machten. Er starrte vor sich hin, und in seinen Gedanken redete er mit Beate. Einen ganzen Vortrag über die Voraussetzungen für eine dauerhafte Beziehung hielt er ihr.

Endlich seufzte er und schlug die Postmappe auf, die dem durch den Brand vernichteten Exemplar zum Verwechseln ähnlich sah. Es war nicht seine Aufgabe, mit guten Ratschlägen in die Beziehung seiner Sekretärin einzugreifen, es war auch nicht seine

Aufgabe zu verstehen, was diesen Santosh Bhagwati dauerhaft mit seiner Beate Brändle verbinden konnte. Er hatte genug damit zu tun, seine eigene Beziehung zu begreifen. Außerdem vertat er viel zu viel Zeit mit solchen Gedankengesprächen. Nicht nur mit Beate redete er in dieser Weise, er tat es mit fast allen Menschen, mit denen er zu tun hatte. Am meisten aber redete er mit Corinna, ganze Lehrbücher hätte er mit den überaus nützlichen Ratschlägen füllen können. Was für ein tüchtiger und liebenswerter Mensch würde sie werden, wenn sie sich das alles zu Herzen nähme. Aber sie wusste ja gar nichts davon. Auch mit Ina redete er in Gedanken, vor allem wenn sie sich einmal gestritten hatten. Dann übte er die besten Sätze ein, die treffendsten Bemerkungen, die überzeugendsten Beweisführungen. In solchen Augenblicken gewann er die Oberhand, aber nie gelangen ihm diese wunderbaren Formulierungen in ihrer Gegenwart. Unter ihrer scharfsinnigen Logik brach die beste Argumentation wie ein Kartenhaus zusammen.

Es war kurz nach sechs Uhr, als Alexander vor seiner Haustür stand. Er steckte den Schlüssel ins Schloss, genauer gesagt, er versuchte es. Der Schlüssel, der immer gepasst hatte, ließ sich nicht in das dafür vorgesehene Loch stecken. Er probierte sämtliche Schlüssel seines Schlüsselbundes: jedes Mal Fehlanzeige. Ein neues Schloss? Ohne sein Zutun? Die Hausverwaltung hatte schon vor einiger Zeit angekündigt, dass die Schlösser aller Außentüren ausgetauscht werden sollten. War das heute gewesen? Hatte er schon wieder so etwas Wichtiges vollständig vergessen?

Nicht zum ersten Mal befiel ihn die Sorge, den alltäglichen Anforderungen nicht mehr gerecht zu werden. Das lag nicht an einer spürbaren Abnahme seiner geistigen oder körperlichen Kräfte, es lag daran, dass sich ohne erkennbaren Grund seine Versäumnisse und Fehler in einem erschreckenden Ausmaß summierten. Alles, was er falsch machen konnte, hatte er schon ausprobiert: Er war in falsche Züge gestiegen, er hatte alles Mögliche verloren, er hatte seine Unterlagen für einen Vortrag vergessen oder die für ein ganz anderes Thema mitgenommen oder nicht mehr gewusst, wo er sich für einen Vortrag einfinden sollte. Er hatte schon zweimal vergessen, die Adventskerzen zu löschen, und nur die brandsicheren Kerzenhalter hatten verhindert, dass seine Wohnung oder sogar das ganze Haus seiner Nachlässigkeit zum Opfer gefallen war. Allmählich hatte der Alltag die übliche Harmlosigkeit eingebüßt.

Er vergewisserte sich, dass er tatsächlich seinen eigenen Schlüsselbund in der Hand hielt und vor der eigenen Haustür stand, dann untersuchte er das Schloss, das keinen seiner Schlüssel aufnehmen wollte, genauer. Es war alt und ohne Zweifel dasselbe, das er heute Morgen verschlossen hatte. Das Einzige, was sich verändert hatte, war ein gelblicher Klecks an der Stelle, wo sonst die Öffnung für den Schlüssel war. Klebstoff! Er kratzte mit dem Fingernagel daran herum. Der Attentäter hatte gutes Material gewählt, der Klebstoff war hart wie Stein. Die Rattenfrau? Hatte sich dieses Mädchen schon wieder an seiner Wohnung zu schaffen gemacht? Das Schloss ließ sich nicht von außen ausbauen, das sah er sofort. Aber vielleicht konnte das ein Schlosser? Oder war auch der Klebstoff ein Fall für die Kripo?

Er rief Jörg Gessler an. Das Ergebnis war wie zu erwarten: Der Klebstoff war *kein* Fall für die Kripo. Jörg empfahl Wärme und Azeton. Alexander hatte den Finger schon auf der Taste, um das Gespräch zu beenden, als er noch einmal die Stimme seines Freundes hörte.

»Mir ist da noch was eingefallen«, vernahm er.

»Was denn?«

»In der Nacht, in der jemand an eine Garage in Basel ›Stop Huntingdon animal cruelty‹ gesprüht hat, wurden auch die Schlösser am Haus eines Roche-Angestellten mit Leim zugeklebt.«

Alexander bedankte sich, ohne recht zu wissen, wofür. Er hätte sich besser gefühlt, wenn sein Freund dieses Wissen für sich behalten hätte. Also doch dieselben Täter wie bei ihm?

Da stand er nun vor verschlossener Tür! Der schöne Sommerabend wäre durchaus geeignet gewesen, sich draußen wohlzufühlen, aber von Genuss keine Spur. Immerhin verlor sich das Gefühl der Bedrohung, während er in der Nachbarschaft an einer

Tür nach der anderen klingelte, bis er einen Föhn und ein Fläschchen Nagellackentferner ergattert hatte. Schließlich bekam er noch eine Verlängerungsschnur, die von der oberen, über eine Außentreppe zugänglichen Wohnung bis zu seiner Haustür reichte. Was dann noch fehlte, war der Erfolg. Er dachte an sein Kätzchen. Ob es ihm noch gut ging nach so vielen Stunden allein in der Wohnung?

Gegen sieben Uhr gab er seine Bemühungen auf. Der Klebstoff hatte sich überhaupt nicht verändert. Er schwang sich auf sein Fahrrad und nahm heute den Weg an der Dreisam entlang zu Inas Wohnung. Unter dem Mariensteg duckte er sich wie jedes Mal unwillkürlich, als wäre die Brücke zu niedrig für einen Radfahrer wie ihn. Auch dieses Mal ging alles gut.

Jetzt war es Ina, die eine Leidensmiene aufgesetzt hatte. Er hatte sofort ein schlechtes Gewissen. Solche heruntergezogenen Mundwinkel gingen in aller Regel auf sein Konto. Nicht nur die Mundwinkel hingen herab, auch die Schultern und sogar ihre langen braunen Haare waren Teil des bemitleidenswerten Hängens. Er war sich keiner Schuld bewusst. Dass er fünfzehn Minuten später kam als verabredet, war keine Erklärung.

Sie ließ sich am Küchentisch nieder, stützte die Ellenbogen auf die Tischplatte und vergrub ihren Kopf zwischen den Händen. Er setzte sich ihr gegenüber an den Tisch.

»Gab es Ärger?«

Sie nickte stumm. Der Ärger schien ihr den Hals zugeschnürt zu haben.

»Was ist passiert?«

»Ach!«

Immerhin ein Laut, wenn auch kein sehr aufschlussreicher.

Frauen waren kompliziert. Wahrscheinlich würde sich Inas Ärger gleich gegen ihn richten, weil er kein Verständnis für ihre Probleme hatte. Aber wie sollte er denn, wenn er nicht einmal den Anlass wusste. Wie einfach war dagegen der Umgang mit seiner Beate! Er brachte ihr mit Inas Hilfe zweimal im Jahr ein paar Blümchen mit – zum Geburtstag und am Jahrestag ihres Eintritts im Institut –, schenkte ihr ein- oder zweimal am Tag ein anerkennendes Lächeln, dann war sie so hilfsbereit und freundlich zu ihm, wie eine Sekretärin nur sein konnte. Oder besser gesagt: Sie war es gewesen, bis dieser Inder in ihr Leben getreten war.

Ina entließ ein weiteres »Ach« aus ihrem Mund. Er beschloss abzuwarten. Weitere Fragen würden voraussichtlich nur zu einer Aneinanderreihung weiterer Achs führen.

Die Taktik erwies sich als richtig.

»Heute kam schon wieder ein Anruf von Corinnas Lehrerin.«

Schon wieder? Musste er von früheren Anrufen wissen?

»Was wollte sie?«

Ein fast tonloses, dafür lang gezogenes »Ach«.

Er wartete.

»Ausnahmsweise ging es nicht darum, dass Corinna immer so vorlaut ist.«

»Sondern?«

»Sie hat sich über Corinnas Ausdrucksweise beschwert.«

Er ließ sich seine Erleichterung nicht anmerken. Wenn das schon alles war! Kein Vergleich zu seinen eigenen Sorgen. Er verstand nicht, wie Ina diese Anrufe so ernst nehmen konnte. Sie schien immer ein bestimmtes Maß an Sorgen oder Ängsten zu brauchen. Wenn es keine großen Sorgen gab, reichten schon kleine, um sie zu erschüttern. Waren die Probleme aber – ganz objektiv betrachtet – tatsächlich groß, führte das zu keiner weiteren Aufregung, sondern setzte erstaunliche Kräfte und Fähigkeiten frei. Er jedenfalls war nicht bereit, sich wegen Corinnas Lehrerin graue Haare wachsen zu lassen. Corinna war eine blitzgescheite kleine Person – kein Wunder, dass diese betuliche Dame mit seiner Tochter überfordert war.

»Was hat Corinna denn gesagt?«

»Geh kacken.«

»Aha.«

»Sie hat sich wohl über einen großen Jungen auf dem Schulhof geärgert, der sie und ihre Freundinnen beim Gummitwist gestört hat.«

»Früher hieß das ›Verpiss dich‹«, stellte er trocken fest.

»Alexander!« So schrill klang Inas Stimme sonst nicht. Er hatte es ja geahnt: Inas Ärger war auf dem besten Weg zu ihm.

»Dann sage ich nächstes Mal eben: ›Verpiss dich.‹« Corinna, die vielleicht schon eine ganze Weile unbemerkt vor der offenen Wohnzimmertür gestanden hatte, grinste zufrieden.

»Corinna!« Ina hatte den Ton ihrer Stimme noch etwas höher geschraubt. Im nächsten Augenblick sah sie wieder so todunglücklich aus, wie Frauen aussehen, wenn sie das Gefühl haben, dass niemand sie versteht. Womit sie in diesem Augenblick durchaus recht hatte.

Corinna verschwand mit einem ausgesprochen zufriedenen Gesicht.

Er versuchte Ina zu besänftigen. »Glaubst du etwa, mir gefällt diese Ausdrucksweise? Vielleicht meint diese Lehrerin sogar, die Worte stammen von uns!«

Seit Monaten kämpfte er vergeblich darum, dass seine Tochter ein vernünftiges Deutsch sprach, aber solange sie bei der Freundin mit der überdrehten großen Schwester ein und aus ging, war die Lage hoffnungslos. Und nun erwartete diese Lehrerin ohne das geringste Gespür für die Aussichtslosigkeit allen Ernstes von ihnen, dass sie Corinnas vorpubertäre Sprache abstellten!

Er schwieg. Über die wirklich schlimmen Dinge des Tages wie das zugeklebte Schloss hatte er bislang noch kein Wort verloren. So war er: Wenn Ina Sorgen hatte, stellte er seine hintan. Irgendetwas Erfreuliches wollte er ihr stattdessen sagen. Er erzählte von der Trennwand vor dem Sekretariat. »Meine Idee«, betonte er, ohne zu unterschlagen, dass Frau Brändle daraufhin sofort seinen Vorschlag in die Tat umgesetzt hatte.

»Was wärst du ohne deine Frau Brändle«, sagte Ina. Er fand sie ungerecht: nicht das kleinste Zeichen von Anerkennung für ihn. Er beschloss, erst wieder zu reden, wenn Ina den Anfang gemacht hatte.

»Übrigens heiratet sie in einer Woche.« Höchstens eine Minute hatte er geschwiegen, wenn überhaupt so lange.

»Etwa den Inder?« Inas Schlechte-Laune-Gesicht verschwand wie ein überflüssiges Bühnenbild. »Das ging aber schnell.«

Er genoss ihre Überraschung. »Ich soll Trauzeuge sein, und hinterher sind wir ins Bierhäusle in Lehen zu einer kleinen Feier eingeladen.«

»Oh«, bemerkte Ina. Sie zog die Augenbrauen hoch und holte tief Luft. Diesem Thema wollte sie sich offenbar ausführlich widmen. In Frauen wie Ina stieg angesichts einer Einladung zu einer kleinen Hochzeitsfeier ein ganzer Ballon von Fragen auf.

Leider konnte er keine einzige Antwort liefern. Für sein Gefühl war schon alles gesagt – nur die genaue Uhrzeit fehlte noch. Woher sollte er wissen, was Ina anziehen sollte oder wann die Feier zu Ende sein würde? Wer außer ihnen noch kommen würde, entzog sich ebenfalls seiner Kenntnis. »Wir werden es merken.«

»Aber dann ist es zu spät!« Die Miene seiner Lebensgefährtin näherte sich schon wieder ihrem Tragödiengesicht.

»Wofür zu spät?«

»Dass ich erfahre, was ich anziehen soll.«

»Zieh doch irgendetwas an.«

Inas Kommentar erinnerte ihn an eine fauchende Katze, wodurch ihm plötzlich sein Kätzchen Sambala einfiel, das allein in der Wohnung zurückgeblieben war.

Ina entging es nicht, wie er erschrak. »Was hast du?«

Er zögerte – und entschied sich für die Wahrheit. »Ich habe eine Katze.«

»Nein.«

»Doch.«

Wie Ina ihn ansah! Als hätte er ihr mitgeteilt, dass ein Erdbeben seine Wohnung in Schutt und Asche verwandelt hätte. Oder Schlimmeres.

Sie sei ihm zugelaufen, log er.

»Zugelaufen?«

»Ja. Durch die offene Terrassentür.«

»Warum setzt du sie nicht wieder raus?«

»Ich habe es versucht. Sie war sofort wieder da«, sagte er und hoffte, Ina würde das unbeholfene Tierchen nicht zu Augen bekommen, ehe es groß genug für selbstständige Ausflüge war.

»Warum bringst du sie nicht einfach ins Tierheim?«

»Nicht ins Tierheim!«

Gleichzeitig und wie an einem Faden gezogen, drehten Ina und Alexander ihre Köpfe zur Tür, von wo Corinnas Stimme gekommen war.

»Schenkst du mir das Kätzchen?«

»Ein kratzendes und miauendes Ungeheuer kommt mir nicht in meine Wohnung!«

»Papa, schenkst du mir das Kätzchen?«, wiederholte Corinna unbeirrt.

Er sah Corinna an, dann Ina und wieder Corinna. »Gut«, antwortete er endlich. Er hatte nicht gedacht, dass ihn das winzige Tierchen so bald retten würde. Und zwar vor Corinnas Lehrerin. Und davor, wieder von ihr für Corinnas Großvater gehalten zu werden, wie bei der letzten Begegnung. Als er weitersprach, vermied er angestrengt, in Inas Richtung zu sehen. »Du bekommst das Kätzchen, aber …«

»Voll geil«, unterbrach ihn Corinna.

»Aber nur, wenn du in der Schule keine Kraftausdrücke mehr benutzt«, fuhr er fort. »Sonst kommt die Katze sofort ins Tierheim.«

»Was sind Kraftausdrücke?«

»Geh kacken, zum Beispiel.«

»Und noch?«

»Du weißt schon«, wich er aus.

»Weiß ich nicht.«

»Dann frag deine Lehrerin.«

Corinnas Mundwinkel näherten sich für einen Augenblick beeindruckend weit dem Erdboden, ehe sie ruckartig in ihre normale Lage zurückkehrten. »Holen wir jetzt das Kätzchen?«

Er schwieg. Das hatte er nun davon. Sobald Ina das tollpatschige Wollknäuel sah, würde sie ihm keine Sekunde mehr glauben, dass es ihm zugelaufen war.

»Das geht nicht. Ich komme nicht in meine Wohnung.«

»Hast du schon wieder den Schlüssel von innen stecken lassen?«

Er verbat sich Inas »schon wieder«. Immerhin lag das letzte Mal mindestens drei Monate zurück. »Jemand hat das Schloss mit Klebstoff zugeschmiert.«

»Oh«, sagte Ina wieder, aber dieses Mal klang es ganz anders als der Kommentar zur Hochzeit seiner Sekretärin. Es klang besorgt. »Das Mädchen?«

»Ich vermute es.«

»Weiß Jörg davon?«

»Ja, aber er war nur mäßig interessiert.«

»Und jetzt?«

Er zuckte mit den Schultern.

»Hast du denn den Schlüsseldienst angerufen?«

»Woher sollte ich vor der Haustür die Nummer haben?«

»Ach«, war alles, was Ina dazu sagte. Dieses Mal wegwerfend: als werfe sie seinen Einwand in irgendeinen Mülleimer.

Er war froh, dass er nach dem Abendessen allein zu seiner Wohnung zurückkehren konnte. Auf das Warten bis zur Ankunft des Schlüsseldienstes hatte Corinna trotz des Kätzchens hinter der verschlossenen Tür ohne Murren verzichtet. Junge Katzen wachsen schnell, hatte die gepiercte Frau im Tierheim betont. Vielleicht war das Tierchen schon in ein paar Tagen so groß, dass es ihm zugelaufen sein konnte.

Der junge Mann vom Schlüsseldienst stand schon vor der Tür, als Alexander eintraf.

»Das wird nicht einfach«, stellte er fest. Leider hatte er recht. Fast eine Stunde dauerte es, bis das Schloss aufgebohrt war, dann endlich konnte Alexander wieder in seine Wohnung.

Das Kätzchen war weg, wie vom Erdboden verschluckt.

In der folgenden Stunde näherte sich sein Zustand dem, der ihn angesichts des brennenden Instituts befallen hatte: völlige Verzweiflung. Wenn sich das Tierchen in irgendeine Ecke zurückgezogen hatte und dort auf den Tod durch Verhungern oder Verdursten wartete? Oder schon tot war?

Gegen Mitternacht ging er ein letztes Mal durch die Wohnung, und jetzt war es der Geruch in der Küche, der ihm auffiel: der

Geruch nach Katzenklo. Am stärksten drang er aus einer Nische hinter der Tür. Offenbar hatte Sambala den vorgesehenen Ort im Badezimmer verschmäht und die Küche für ihr großes Geschäft vorgezogen. Aber da, wo das Häufchen lag, war keine Sambala. Jetzt fiel ihm auf, dass neben der Spüle, wo sonst zwei Geschirrtücher an herausziehbaren Stangen hingen, heute nur eines war. Das andere lag am Boden. Er hob es auf und fand das Kätzchen – unversehrt.

Am nächsten Morgen hatte Beate Brändle rote Augen, über denen die geschwollenen Oberlider wie pralle Wassersäcke hingen. Offenbar hatte sie stundenlang geweint. Sie saß an ihrem Schreibtisch und schob die Tastatur des Computers mit einer Bewegung beiseite, als wolle sie sie niemals wieder anfassen. Dazu ein Endzeitgesicht, als wenn das Jüngste Gericht unmittelbar bevorstünde – oder bereits stattgefunden hätte und sie entgegen allen Erwartungen in der Hölle gelandet wäre. Dass eine Ehe nun mal keine ewigen Flitterwochen waren, sondern eher ein Kampf ums gemeinsame Überleben, war bekannt, aber die Tränen schon vor dem großen Tag stimmten Alexander pessimistisch.

Genau diesen Pessimismus brauchte er. Als könnte er ihn auf seine Sekretärin übertragen und damit noch in letzter Sekunde die Hochzeit verhindern! Diesen indischen Ehemann wollte er nicht. Er wollte überhaupt keinen Ehemann für seine Sekretärin, und einen aus einem anderen Erdteil schon gar nicht. Über kurz oder lang würde der dafür sorgen, dass sie aus seinem Institut und damit aus seinem Leben verschwand. Bislang hatte er fest darauf gebaut, dass er an ihrer Seite – und mit ihrer Hilfe – dem Pensionsalter entgegengehen würde. Immerhin war sie gut zehn Jahre jünger als er. Diese Ehe war wie ein Fehler im sonst so gleichmäßigen Strickmuster ihrer beruflichen Beziehung. Vielleicht gründete Beate mit ihrem Santosh eine Familie, vielleicht verschwand sie mit ihm nach Indien, vielleicht verbot er ihr, zur Arbeit zu gehen. Im Hinduismus herrschte noch eine traditionelle Rollenverteilung, hatte er gelesen. Die Frau war für den Haushalt zuständig, der Mann für den Broterwerb. Das Ansehen der Frau stieg erst nach der Geburt eines Sohnes, womit der zukünftige Lebenszweck seiner Sekretärin eigentlich hätte besiegelt sein können: Hausfrau und Mutter. Blieb nur noch das Problem, dass Mutterfreuden in Beates vorgerücktem Alter ungewiss waren.

Beate Brändle war der Glücksfall in seinem Berufsleben. Er hatte sie mit dem Inventar dieses Instituts übernommen, und so war sie ihm quasi in den Schoß gefallen. Oft genug hatte er sich gefragt, ob er eine Sekretärin wie sie überhaupt verdient hatte. Die Antwort war ein klares Nein. Erstaunlich, dass sie seine Marotten schon so lange ohne zu murren ertrug. Seine Unpünktlichkeit zum Beispiel oder seine Vergesslichkeit.

Überhaupt hatte er das Gefühl, nichts von dem durch echte Anstrengung erworben zu haben, was ihn zum angesehenen Wissenschaftler gemacht hatte. Ein Übermaß an Neugierde, das Festbeißen am Unbekannten, originelle Ideen, wenn die anderen alle in eine andere Richtung dachten, logisches Denken und vor allem fähige Mitarbeiter: das war doch der Schlüssel zu seinem Erfolg gewesen. Ewig konnte es nicht in dieser Richtung weitergehen. Der Brand und alles, was in den vergangenen Tagen geschehen war, hatten ihm dies nur zu deutlich vor Augen geführt.

Er sagte Guten Morgen, als hätte er ihre rot geweinten Augen nicht bemerkt und als wäre ihr grußloses Gesicht keine Zumutung, die er nur schwer hinnehmen konnte. Seine Schwarzseherei war zu nichts nutze. Sie würde ihm seine Sekretärin nicht erhalten, wie überhaupt Pessimismus niemals ein Unglück abwenden konnte. Und die roten, geschwollenen Augen? Vielleicht hatte sie doch nur schlecht geschlafen? Oder eine Allergie? Oder zu viel getrunken? Oder waren sie die Folge von nächtlichen Exzessen mit ihrem Santosh?

Natürlich fragte er nicht nach – das Privatleben seiner Sekretärin ging ihn schließlich nichts an, vor allem, wenn es unerfreulich war. Offenbar war sie derselben Meinung, sonst hätte sie ja etwas sagen können.

Das tat sie nun: »Vincent Schwarzer ist tot.«

»Vincent Schwarzer?« Die Erinnerung an einen Mann mit diesem Namen war unangenehm, sehr sogar. Mehr fiel ihm vorerst nicht ein.

Beate biss stumm auf ihrer Unterlippe herum.

Irgendetwas hätte er jetzt sagen müssen, ehe sie gleich in Tränen ausbrechen würde.

»Ein Lkw, direkt vor seiner neuen Wohnung.« Sie sprach so leise, dass er sie kaum verstehen konnte.

Plötzlich erinnerte er sich. Der Junge mit dem zu großen Kopf und dem Angsthasengesicht. Der, dem seine Sekretärin die billige Wohnung in Falkensteig direkt an der B 31 vermittelt hatte. Er hörte sie schnaufen. Es klang, als nähme sie immer wieder einen neuen Anlauf, um etwas zu sagen, würde aber jedes Mal von einem drohenden Schluchzer unterbrochen.

Vergeblich suchte er nach passenden Worten. Warum war sie so betroffen, dass sie mit rot geweinten Augen ins Institut kam, nachdem sie den Toten auf dem Dachboden viel ruhiger ertragen hatte? Hatte sie diesen Vincent doch besser gekannt, als sie erzählt hatte? Oder fühlte sie sich schuldig, weil er ohne sie niemals in die Nähe dieser verhängnisvollen Wohnung gekommen wäre?

»Er sei auf die Straße geschossen, hat der Fahrer gesagt … Vielleicht sei er gesprungen, vielleicht sei er gestoßen worden.« Sie nestelte in ihren Taschen und zog ein zartes, sorgfältig gebügeltes Taschentuch hervor.

»Woher wissen Sie das alles?«

»Seine Mutter … Sie hat mich angerufen … Sie hatte nur den Vincent. Und jetzt …« Nun konnte sie das Schluchzen nicht mehr zurückhalten.

Am liebsten wäre er davongelaufen. Fremde Trauer konnte er schlecht ertragen. Sie steckte ihn an wie eine Krankheit, gegen die er sich nicht wehren konnte. Gleich würde er mitheulen. Eine Mutter, die ihr Kind verliert. Das einzige, das erwachsene Kind, dem das Leben offenzustehen scheint. Er wollte das jetzt nicht denken. Nicht als Vater. Ein Kind, das in die Fremde geht, um zu studieren, und dann ist es tot. Alles aus und vorbei. Und zu der Wohnung hatte ihm seine Mutter selbst verholfen, genau wie seine Sekretärin.

Er hätte jetzt gern etwas Verständnisvolles gesagt, aber er brachte keinen Ton heraus. Dann endlich ein »Wie schrecklich«. Er berührte ihre Hand, nur ganz flüchtig. Es war nicht seine Art, fremde Menschen zu berühren. Sie schwiegen lange, ein hilfloses Schweigen, das er endlich unterbrach. »Entschuldigen Sie …« Er stockte. »Entschuldige mich, aber ich muss …« Er wusste nicht, was. »… telefonieren«, sagte er schließlich und ließ Beate allein.

Er hatte nicht gelogen. Natürlich musste er jetzt telefonieren. Mit Jörg Gessler, wieder einmal. Der war beschäftigt und wusste nichts von einem toten Vincent Schwarzer. »Heute Abend um sechs Uhr bei Karstadt auf dem Dach«, schlug er vor. »Vorher kümmere ich mich um diesen Vincent.«

»Bei Karstadt?«

»Ich muss noch einkaufen.«

Mehr als eine Stunde zu früh trat Alexander auf die große Dachterrasse des Kaufhauses. Die Enge seines Kämmerchens, Beates verheulte Miene, die Erinnerung an das Angsthasengesicht, das aus jeder Ecke im Flur hervorzusehen schien, hatten ihn aus dem Institut vertrieben. Seine E-Mails konnte er auch hier beantworten. Die alten Bäume am Schlossberg schienen von hier so nah, als säße er direkt im Grünen, und das Restaurant Datter sah mit seinen Türmchen aus wie ein verwunschenes Waldschlösschen. Zur Rechten der Terrasse ragte der Münsterturm auf. Bei dieser Aussicht nahm sogar er die Selbstbedienung klaglos hin.

Jahrelang hatte er um solche Lokale einen großen Bogen gemacht. Er hielt Selbstbedienung für das sicherste Zeichen, dass es mit der Menschheit bergab ging. Nicht die Kriminalität, die es bekanntermaßen schon in biblischen Zeiten gab, nicht die Jugendlichen, deren Verderbtheit die Ägypter schon vor viertausend Jahren beklagt hatten, würden die Erdenbewohner in den Untergang führen, sondern diese entwürdigende Art, das Essen entgegenzunehmen. Der Gipfel waren die Selbstbedienungsbüfetts der großen Ferienhotels, deren Aluminiumbottiche ihn mitsamt ihrem Inhalt regelmäßig an die Futtertröge in Schweineställen erinnerten. Und das Schlimmste war: Diese Geißel würde die Menschheit genauso wenig wieder loswerden wie Kakerlaken und Schimmelpilze.

Alexander balancierte Kaffee und ein Stück Schwarzwälder Kirsch zu einem Tisch im Schatten. Für einen Augenblick war er sehr zufrieden – bis er merkte, dass er Kuchengabel und Kaffeelöffel vergessen hatte. Schwarzwälder Kirsch mit den Händen?

Als er mit beidem auf die Terrasse zurückkehrte, sah er das Unglück sofort. Das Unglück waren drei Damen in seinem Alter, die sich soeben an seinem Tisch niederließen, unüberhörbar Wienerinnen und als solche in Freiburg eine Rarität.

»Hier ist besetzt, sehen Sie das nicht?«

»Reicht Ihnen der eine Platz nicht?« Der Tonfall der übergewichtigen Dame war schlichtweg unverschämt.

»Oder erwarten Sie noch jemanden?« Die Dame, die sich jetzt einschaltete, hatte im Vergleich zur ersten das Format eines Stockes.

Er antwortete der zweiten Dame genauso wenig wie der ersten, was die dritte zum Anlass nahm, nur stumm, aber dafür umso heftiger den Kopf zu schütteln.

Alexander ärgerte sich. Wozu war er denn Lehrstuhlinhaber an der angesehenen Freiburger Universität, wozu hatte er in den renommiertesten Zeitschriften seines Fachs Aufsätze publiziert und Vorträge in der halben Welt gehalten, wenn er auf der kaum zur Hälfte besetzten Dachterrasse nicht einmal einen eigenen Tisch beanspruchen durfte! Er sammelte Kaffee und Schwarzwälder Kirschtorte wieder ein, bedachte die Damen mit einem vernichtenden Blick und machte es sich an einem Tisch in der Sonne bequem. Dort klappte er sein Netbook auf, startete es. Der Bildschirm sah aus wie ein See aus grauem Schlamm. Eine Weile versuchte er vergeblich, die in der grellen Sonne schemenhaften Zeichen zu erkennen, dann klappte er das Gerät wieder zu und sann auf Rache. Eine tote Ratte für das Wiener Kaffeekränzchen, zum Beispiel.

»Dachte ich es mir doch!«

Alexander drehte sich um und vergaß die tote Ratte. Hinter ihm stand Jörg, ebenfalls viel zu früh.

»Was dachtest du?«

»Dass du hier bist, wenn du nicht mehr arbeitest.«

»Wolltest du mich anrufen?«

Gessler stellte das Tablett mit einem Bierglas und einem überladenen Teller vom Vorspeisenbüfett ab und setzte sich.

»Nein, ich wollte deine Sekretärin sprechen.«

»Nanu.«

»Meine Kollegen haben einen Abschiedsbrief in der Wohnung von Vincent Schwarzer gefunden.«

»Selbstmord?« Alexander wunderte sich über seine brüchige Stimme: wie die eines Fremden. Ein Unfall, hatte er gedacht – nein, gehofft hatte er es. »Kein Wunder bei dem Lärm an dieser Straße«, versuchte er seiner Beklemmung Herr zu werden.

»Meine Kollegen haben Zweifel, dass der Brief echt ist.«

Alexander schwieg genauso lange, wie er brauchte, um die Bedeutung dieses Satzes zu erfassen und einmal tief durchzuatmen, während sich Gessler – offenbar weniger erschüttert – über sein Essen hermachte.

»Du meinst, bei dem Unfall hat jemand nachgeholfen und zum Ablenken die Selbstmordfährte gelegt?«

Der Kommissar nickte. »Es sind nur die zwei mit Bleistift geschriebenen Wörter ›Verzeiht mir‹, und die Schrift ist so unsicher, als hätte jemand versucht, Schwarzers Handschrift nachzuahmen. Außerdem wurde aus seinem Laptop die Festplatte ausgebaut, und bislang haben wir sie nicht gefunden.«

»Was hat meine Sekretärin damit zu tun?«

»Deine Beate Brändle ist offenbar eine der wenigen in Freiburg, die Schwarzer gekannt haben. Deswegen wollte ich sie sprechen.«

Alexander spürte, wie ihn wieder die Panik überfiel – seit dem Brand ein Verfolger, den er nicht mehr dauerhaft abschütteln konnte. Dieses Mal war die Beziehung zwischen Beate und einem Toten keine Vermutung, anders als bei der verkohlten Leiche auf dem Dachboden.

»Vielleicht sei er gesprungen, vielleicht sei er gestoßen worden, hat seine Mutter meiner Sekretärin erzählt.«

»Ich weiß davon. Das hat der Lkw-Fahrer ausgesagt. Mehr habe ich bislang nicht erfahren.«

In das folgende Schweigen hinein hörte Alexander sein Handy klingeln. In der zweiten Tasche, in der er suchte, fand er es – ungewöhnlich schnell für seine Verhältnisse –, doch das Display war dunkel, und niemand meldete sich. Auch Gessler hielt sein Handy ans Ohr, redete. Alexander ärgerte sich. Es war nicht das erste Mal, dass er auf den Nokia-Standardklingelton eines fremden Handys hereingefallen war.

»Bin gleich zurück«, rief Jörg und verschwand.

Genau zehn Minuten hatte Alexander Zeit, sich dem Ärger über Telefone und insbesondere Handys hinzugeben, dann kam Gessler zurück. An seinem Arm hing eine Dame, die anders als seine zahlreichen verflossenen Bekanntschaften weder blond noch brünett oder schwarzhaarig war. Die Haare seiner neuen Errungenschaft waren grau. Gessler ging – wie er selbst – langsam, aber sicher auf die sechzig zu und hatte anders als Alexander weder Geld noch eine besonders attraktive Position im Beruf. Da wurde die Eroberung jüngerer Frauen offensichtlich schwierig. Oder schickte sich sein Freund mit Blick auf die kommenden Jahrzehnte und die drohenden Gebrechen an, nach Damen im passenden Alter Ausschau zu halten?

Alexander verabschiedete sich, nachdem er sich vergewissert hatte, dass ihm seine Ina lieber war als die neue Errungenschaft seines Freundes. Im Blumengeschäft an der Kaiser-Joseph-Straße kaufte er einen großen Strauß leuchtend roter Rosen. Es war höchste Zeit, seiner Lebensgefährtin mehr Aufmerksamkeit zu schenken und nicht tatenlos zuzusehen, wie sich jüngere Männer um sie bemühten.

Am nächsten Morgen weckten ihn ungewohnte Geräusche. Durch die beiden obersten Lücken im Rollladen fiel das erste Sonnenlicht, auch das war ungewohnt, jedenfalls so früh am Morgen, wie es zu sein schien. Es dauerte eine Weile, bis er merkte, dass er in

Inas Bett lag. Die Geräusche kamen aus ihrer Küche. Er streckte seinen Arm aus. Keine Ina, wo sie hätte sein sollen, aber unter der Decke war es an der Stelle noch warm. Jetzt fiel ihm auf, dass er in der Mitte des Bettes lag. Trotzdem hatte der Platz neben der Wand noch für Ina gereicht. Das Bett ist zu breit für sie allein, dachte er. Ich bin viel zu selten hier.

»Heute bin ich bis vier Uhr gekommen«, hatte sie vor ein paar Wochen gesagt.

»Du hast bis vier Uhr geschlafen?«

»Nein. Ich habe mich gedreht, bis mein Kopf auf vier Uhr zeigte.«

Offenbar meinte sie die Vier einer gedachten Uhr, und nach ihrem Tonfall zu schließen, war er schuld daran, wenn sie im Bett an der falschen Stelle zu liegen kam. Irgendwie hatte sie recht. Seine Anwesenheit hätte das Kreiseln verhindert. Wobei das Kreiseln vielleicht nicht das Schlimmste war, was sich hier in seiner Abwesenheit abspielte.

Um neun Uhr betrat Alexander nach einem ausgiebigen und überaus harmonischen Frühstück in Inas Wohnung und einem ebenso harmonischen, wenn auch kurzen Besuch bei seinem Kätzchen mit einer halben Stunde Verspätung das sogenannte Sekretariat. Es war leer, was ihn zu dieser Stunde wunderte. Die Post lag unsortiert auf dem Schreibtisch, der Computer war noch nicht gestartet. Keine Sekretärin heute? Keine Begrüßung? Nicht einmal die ungeliebte Postmappe?

Zunehmend beunruhigt schloss er sein Kämmerchen auf. Auch hier hatte seine Sekretärin heute Morgen noch keine Spuren hinterlassen. Er fand die Unterlagen für die Sitzung des Berufungsausschusses, die sie ihm schon gestern gerichtet hatte, und machte sich auf den Weg zu den biologischen Instituten an der Okenstraße.

Erst gegen Mittag kehrte er zurück. Er war zutiefst unzufrieden. Am besten hätte man ausgelost, wer die Professur bekommen sollte, das war jedenfalls seine Meinung. Für eine Vorauswahl bräuchte man nur ein paar grundsätzliche Richtlinien, auf die sich das Gremium notfalls einigen konnte, zum Beispiel, dass der Bewerber Biologe war und habilitiert. Von den gut hundert Bewerberinnen und Bewerbern würden auf diese Weise schon ein paar unter den Tisch fallen. Oder waren diese beiden Kriterien schon zu eng gefasst, um einen Konsens zu finden? So wie die Sitzungen jetzt abliefen, ging es jedenfalls nicht weiter. Die stundenlangen Diskussionen waren die pure Zeitverschwendung! Da wollten die einen unbedingt eine Frau, wieder andere – natürlich nur unter vorgehaltener Hand – unbedingt einen Mann. Jemand wollte den erfolgreichsten Forscher und jemand anders den besten Lehrer. Am Ende hatten sie sich auf niemanden einigen können. Das Spielchen würde in die nächste Runde gehen, und er konnte dem nicht entkommen.

Als er den Flur zum Sekretariat und zu seinem Kämmerchen zur Hälfte durchquert hatte, sah er Beate Brändle. Sie kam aus dem Sekretariat und zog die Tür in der provisorischen Trennwand so heftig hinter sich zu, dass die ganze Konstruktion in Bewegung geriet. Das Geräusch, das dabei entstand, war allerdings nur ein harmloses Klack. Es fehlte die Resonanz einer massiven Bauweise.

Seine Sekretärin stürmte auf ihn zu. Offenbar hatte sie es eilig.

»Denken Sie an morgen?« Sie war ganz atemlos vor Aufregung. Auch das inzwischen etwas vertrautere Du war anscheinend ihrem Zustand zum Opfer gefallen.

Natürlich dachte er an seinen Auftritt als Trauzeuge. Der Zustand seiner Sekretärin erinnerte ihn sofort daran.

»Um vierzehn Uhr?«, fragte er vorsichtshalber.

»Dreizehn Uhr dreißig«, verbesserte sie.

»Richtig«, sagte er in einem lehrerhaften Ton, als hätte er sie nur auf die Probe stellen wollen.

»Ist es recht, wenn ich heute etwas früher gehe?«

»Aber natürlich, Beate. Vor einer Hochzeit ist doch immer noch so viel zu regeln.« Er fand, den Ton eines rücksichtsvollen Chefs hatte er gut getroffen. »Wann möchtest du denn gehen?«

»In einer halben Stunde etwa. Oder spricht etwas dagegen?«

»Nein, nein«, versicherte er und dachte mit Schrecken an die nächsten vierundzwanzig Stunden. Der provisorische Kalender, den seine Sekretärin am Computer ausgedruckt hatte, verhieß schon auf den ersten Blick nichts Gutes.

Bereits fünfzehn Minuten später war seine Sekretärin gegangen. Gegangen? Geflattert war sie. Nicht leicht und heiter wie ein Schmetterling, sondern wie ein Vogel in höchster Aufregung, der, schon einmal von der Katze gepackt, doch noch entkommen konnte. Über den toten Vincent hatte sie kein Wort mehr verloren.

Der zweite Blick auf den sogenannten Kalender bestätigte seine Vermutung. Unangenehmer als die Termine des heutigen Tages war jedoch der am nächsten Vormittag: eine Laudatio für den diesjährigen Empfänger des Hans-Spemann-Preises. Sein Wissen über Hans Spemann, der zwischen den beiden Weltkriegen als Biologe an der Albert-Ludwigs-Universität tätig gewesen war und pünktlich zu seiner Emeritierung 1935 den Nobelpreis für Medizin erhalten hatte, reichte für die Laudatio aus, aber an den glücklichen Preisträger erinnerte er sich so gut wie gar nicht mehr. Selbst der Name war ihm entfallen. Hatte der Preisträger nicht versprochen, eine E-Mail mit seinem Lebenslauf an Beate zu schicken? Doch, jetzt erinnerte er sich. Und aus diesem Lebenslauf wollte seine Sekretärin das Wesentliche für eine Laudatio zusammenbasteln. Das jedoch hatte sie vergessen. Aber die Sache war nicht hoffnungslos.

In der vergangenen Woche hatte er noch ein schlechtes Gewissen gehabt, nur weil durch seine Bewegung mit der Computermaus der Toaster vom Bildschirm seiner Sekretärin verschwunden war, jetzt sah er sich sogar gezwungen, ihren Computer selbst zu starten. Auf dem Bildschirm erschien die Startseite des CommuniGate-Systems der Universität, doch im nächsten Augenblick scheiterte er an der Aufforderung, ein Passwort einzugeben. Das hätte er sich denken können, dazu hätte er sich nicht einmal an ihren Computer zu setzen brauchen. Seiner hätte es auch getan.

Er fluchte und konnte sich nicht entscheiden, worüber er sich am meisten ärgerte: über sich selbst, weil er seine Sekretärin so früh entlassen hatte, oder über ihr nicht eingehaltenes Versprechen. Über Letzteres, beschloss er. Und nun? Sie anrufen? Oder kannte er Beates Passwort? Ganz vage erinnerte er sich, dass sie es ihm irgendwann einmal genannt hatte. Typisch Brändle, hatte er dabei gedacht: Auf so eine Idee konnte nur seine Sekretärin kommen. Kaffeemaschine? Nein, so lang war das Wort nicht. Auch Lippenstift war nicht richtig, genauso wenig wie Puderdose, aber er ahnte, dass die Lösung nicht weit entfernt war. Kaffee? Puder? Die Spuren waren heiß.

Puderzucker!

Der Zugang war frei. Fürs Erste jedenfalls, aber das reichte nicht. Auch das E-Mail-Programm war mit einem Passwort gesichert. »Puderzucker« funktionierte an dieser Stelle nicht. Er versuchte einen anderen Weg und öffnete »Word«. Beim Klicken auf die Schaltfläche »Office« erschien in der Liste der zuletzt bearbeiteten Dateien ganz oben eine mit dem Namen »Laudatio«. Wunderbar! Beate hatte offenbar den Anhang der Mail schon in »Word« gespeichert. Er öffnete die Datei. Bearbeitet hatte sie den Text auch schon, nur das Weiterleiten hatte sie vergessen. Seine tüchtige Sekretärin! Er nahm sofort allen Zorn zurück, holte einen USB-Stick aus seinem Kämmerchen und speicherte den Text.

Er klickte noch einmal auf die Office-Schaltfläche, irgendetwas war ihm vorhin aufgefallen, aber er wusste nicht mehr, was. Richtig. Die Schlüsselliste. Sie stand jetzt an dritter Stelle der zuletzt geöffneten Dateien. Er zögerte einen Augenblick, dann öffnete er sie. Natürlich gab es keine Sensationen, seit er sie zuletzt angesehen hatte. Wenn neue Namen hinzugekommen wären, so wären sie ihm nicht aufgefallen. Unbegreiflich, dass immer noch nicht bekannt war, von wem der Tote den Schlüssel bekommen hatte. Es war seine Neugierde, dass er die Datei nicht sofort wieder schloss, sondern erneut auf die Office-Schaltfläche klickte, dann auf »Vorbereiten«, schließlich auf die Schaltfläche »Eigenschaften«.

Er las, was dort stand. Vergaß zu atmen. Er las noch einmal. Zuletzt gespeichert war die Datei heute Vormittag – das war nicht bedeutsam –, zuletzt geöffnet um vierzehn Uhr. Das war jetzt. Er starrte auf die nächste Zeile, holte endlich tief Luft, atmete wieder aus. Plötzlich fühlte er sich, als hinge er in der Luft: kein Boden mehr unter den Füßen und sein Herz wie ein übertouriger Motor kurz vor dem Auseinanderfliegen. Erstellt war die Datei am zwölften Oktober 2009. Die Liste hatte es schon lange vor dem Brand gegeben, und sie hatte im Rechenzentrum überlebt. Beate Brändle musste es gewusst haben. Wer sonst, wenn nicht sie, hatte die Liste damals angelegt!

Jetzt hatte sie einfach darauf zurückgegriffen. Sie hatte gelogen, als sie behauptete, die einzige und nur mit der Hand geschriebene Liste sei dem Feuer zum Opfer gefallen. Wissentlich! Eine andere Erklärung gab es nicht. Und morgen war er als Trauzeuge zu ihrer Hochzeit bestellt! Dieses Datum der Datei war eine Bombe, die er jederzeit hochgehen lassen konnte. Er stützte den Kopf in die Hände, dachte nach. Lange. Allmählich wurde er ruhiger. Schließlich stellte er die Reihenfolge der zuletzt geöffneten Dateien wieder so her, wie er sie vorgefunden hatte, und fuhr den Computer herunter.

In seinem Kämmerchen druckte er aus, was seine Sekretärin für die Laudatio zusammengestellt hatte. Er würde sich morgen früh noch einmal damit beschäftigen, jetzt hatte er anderes im Kopf. Seine Gedanken kreisten um das Datum der Schlüsselliste, und mit jedem Versuch einer Erklärung drehten sie sich schneller: ein Tornado in seinem Kopf. Er versuchte sich einzureden, dass seine Sekretärin die Existenz der Liste auf dem Computer zwischenzeitlich nur vergessen hatte, aber es gelang ihm nicht.

Er musste mit Jörg darüber sprechen. Aber besser später, wenn die Hochzeit vorbei war.

Als er drei Stunden später das Institut verließ, empfing ihn draußen die Schwüle wie ein feuchtwarmes, klebriges Tuch. Ein Tuch mit Sehschlitzen, doch ohne Öffnung zum Atmen. Auch Sambala schien das Wetter nicht zu gefallen. Sie begrüßte ihn mit einem so vorwurfsvollen Gesicht, als mache sie ihn für die Hitze verantwortlich. Jeden Tag wunderte er sich, wie schnell aus dem zimtfarbenen Wollknäuel eine richtige Katze geworden war. Sie ist zu viel allein, dachte er, aber er wusste nicht, wie er das ändern konnte. Er füllte den Fressnapf, schüttete das alte Wasser aus und gab neues hinein und sah zu, wie Sambala sich über das Futter hermachte.

Dann putzte sie sich, strich ihm einmal mit hoch erhobenem Schwanz um die Beine und verschwand aus der Küche. Er ging auf die Terrasse. Über dem Schwarzwald quollen graue Wolkenpilze in einen bleiernen Himmel, schön anzusehen, aber keine Einladung, mit dem Mountainbike der Hitze zu entkommen.

Er setzte sich ins Auto und fuhr auf den Schwarzwald zu. Bei Kirchzarten verließ er die Bundesstraße, erreichte das Zastlertal und fuhr das steile Sträßchen zum Stollenbacher Hof hinauf. Ein altes Wohnmobil, das Ähnlichkeit mit einem verbeulten Pappkarton hatte, wartete hier oben auf die sich abzeichnende Apokalypse, sonst war der große Parkplatz leer. Alexander machte sich auf den Weg Richtung Erlenbacher Hütte. Auch unterwegs waren keine Menschen mehr, kein Wunder, denn die Farbe des Himmels war von einem beeindruckenden Schwarzblau. Weltuntergangsstimmung, wie er sie liebte. Von der Bank an der Wegkreuzung zwischen Erlenbacher Hütte und Toter Mann flogen zwei Krähen auf und flatterten dem Inferno entgegen. Alexander setzte sich nicht, ging auch nicht zur Hütte, sondern hielt direkt auf den Gipfel vom Toten Mann zu. Als er das erste Waldstück durchquert hatte und die Sicht auf die Berge des Hochschwarzwaldes frei war, setzte er sich auf einen Baumstumpf und versenkte seinen Blick in die Landschaft. Frau Brändle und ihr Computer verschwanden langsam hinter den schwarzen Wolkengebilden. Noch war es trocken, wo er saß, aber über dem Schauinsland ergoss sich ein Schauer dicht und senkrecht wie aus einer Brause.

Alexander sah zu, wie der Regen näher kam. Hofsgrund mit seinen Wiesen und Häusern verschwand in Regenschleiern, die Halde und die Gipfel beim Notschrei folgten. Ringsum stürzten jetzt die Wassermassen zur Erde wie aus einem himmlischen See. Noch fünf Minuten, bis die Unwetter ihn erreichen würden. Der Stübenwasen verschwand. Den Feldberg im Osten hatten längst die Wolken verschlungen. Noch drei Minuten? Er konnte sich nicht zur Flucht entschließen.

Ein paar Tropfen, weiß und groß wie Schneeflocken, fielen aus dem schwarzen Himmel. Kein Hagel. Noch hatte ihn die Regenwand nicht erreicht, aber aus dem hellen Sommertag war plötzlich Nacht geworden. Achtzehn Uhr und trotzdem Finsternis. Jetzt hörte er auf, in die Landschaft zu starren. Die gab es nicht mehr. Stattdessen lauschte er auf das Rauschen in den Bäumen. Sturm? Vielleicht auch. Wie eine Walze aus Lärm kam das Rauschen näher, umgab ihn gleich darauf, als wäre er Teil davon. Dann kam das Wasser wie aus der Dusche eines Riesen. Wie Wasser für eine ganze Sippe von Riesen. Dazu ein Tosen, als säße er mitten im Rheinfall. Kein Blitz, kein Donner. Endlich stand er auf. Der Nässe konnte er nicht mehr entfliehen, aber der Kälte.

Der Weg hinunter war glitschig geworden, und am Waldrand peitschte der Sturm ihm den Regen ins Gesicht. Die Bank an der Wegkreuzung stand noch auf festem Boden, aber aus dem Weg zum Stollenbacher Hof war ein brauner Sturzbach geworden, der ihm in die Schuhe schwappte. Sein Auto sah aus wie ein gestrandetes Schiff in einem See, den es vorher nicht gegeben hatte.

Alexander legte eine Decke auf den Fahrersitz, startete das Auto und fuhr im noch immer strömenden Regen talwärts. Auf der schmalen Straße lagen abgerissene Zweige und Geröll, das die Wasserfluten mit sich geführt hatten. Als er das Zastlertal erreichte, hörte der Regen auf. Nebelschwaden zogen an den bewaldeten Höhen vorüber, weiße Fetzen, die fortwährend ihre Form änderten. Neben der Straße friedliche Kühe auf friedlichen Wiesen. Der Weltuntergang hatte nicht stattgefunden.

Jetzt spürte Alexander die nassen Jeans, die an seinen Beinen klebten. Er stellte die Heizung an, aber die Kälte blieb. Zu Hause zog er einen trockenen Pullover an, eine andere Hose. Ganz hinten im untersten Schubfach lagen die dicken Wollsocken, die Ina auf einem Wohltätigkeitsbasar gekauft hatte und die sogar ihm ein paar Zentimeter zu groß waren – Strümpfe für einen Riesen.

Im Küchenschrank fand er einen Beutel Früchtetee, tauchte ihn in ein Glas mit kochendem Wasser und beobachtete die blutroten Wolken, die beim Sichausbreiten rasch wieder verblassten. Der Tee wärmte ihn auf. Beate, dachte er, die Liste, und fühlte sich einsam.

Er musste mit irgendjemandem reden, er musste das jetzt loswerden, egal welche Folgen es für seine Sekretärin haben würde. Natürlich erreichte er Ina nicht, wie immer, wenn er sie dringend brauchte. Auch das Handy hatte sie ausgeschaltet. Also würde er Jörg doch schon jetzt anrufen und nicht erst nach der Hochzeit. Gessler war sofort am Apparat, und Alexander konnte sich eine Bemerkung über die unerreichbare Ina nicht verkneifen.

»Donnerstags unterrichtet sie doch immer in diesem Internationalen Sprachzentrum in der Habsburgerstraße, Dialogo oder wie sich das nennt.«

Richtig, das war schon das ganze Jahr so. Er hätte es wissen müssen und wunderte sich, dass sein Freund sofort daran dachte.

»Frau Brändle hatte die Liste doch schon vor dem Brand auf ihrem Computer gespeichert.«

Ausnahmsweise wusste Jörg nicht sofort, was gemeint war.

»Ich habe auf ihrem Computer die Datei mit den Namen der Personen gefunden, die einen Schlüssel für das Institut bekommen haben. Sie wurde im Jahr 2009 erstellt.«

»Hm.« Gessler schwieg eine Weile. »Machst du dich öfter an ihrem Computer zu schaffen?«

»Nein, aber ich brauchte für morgen eine Laudatio von ihrem Computer. Die Schlüsselliste war nicht zu übersehen.«

Wieder ein »Hm«, Gesslers Lieblingskommentar, wenn er noch Zeit zum Denken brauchte.

Noch ein »Hm«. Und dann nach einer endlosen Pause: »Verreist sie, ich meine, macht sie eine Hochzeitsreise?«

»Nein. Am Montag will sie wieder im Institut sein.«

»Hm.«

»Sagst du irgendwann noch etwas anderes als Hm?«

»Hm.« Gessler räusperte sich. »Warum rennst du so hinter der Schlüsselliste her? Wenn deine Sekretärin etwas verheimlichen wollte, hätte sie den entsprechenden Namen einfach löschen können.«

»Was folgt daraus?«

»Ich denke, wir lassen die Gute bis nach der Hochzeit in Ruhe.«

Das hatte Alexander nicht erwartet. »Wer weiß, was ihr erspart bliebe, wenn sie ihren Santosh nicht heiraten würde«, widersprach er, obwohl er noch vor ein paar Stunden derselben Meinung wie sein Freund gewesen war.

»Jetzt hat sie endlich einen Ehemann an Land gezogen, und du riskierst, ihr die Hochzeit zu vermasseln.«

»Vielleicht vermasselt ihr die Hochzeit den Rest ihres Lebens.«

Der Kommissar seufzte. »Nimm es nicht so schwer, wenn wieder eine Frau vergeben ist. Es bleiben noch genug andere. Außerdem hast du doch schon die einzige gefunden, die mit dir klarkommt.«

»Es geht mir wirklich um das Wohl meiner Sekretärin und nicht um meines.« Es war nicht einmal die halbe Wahrheit, das wusste er selbst. Deshalb wechselte er rasch das Thema. »Was gibt es Neues an der Tierschützerfront?«

»Die Personalien deiner Beate sind polizeilich festgehalten worden: Am Rande einer Tagung der Gesellschaft für Versuchstierkunde im letzten Jahr gab es Demonstrationen durch Tierschützer und Auseinandersetzungen mit der Polizei. Und Frau Brändle war eine der Demonstrantinnen.«

»Das muss eine andere Frau Brändle sein!«

»Sicher nicht. Sie war zweifellos dabei, als vor einem Konzert für die Tagungsteilnehmer ein paar als Mönche Verkleidete mit Tiermasken vor dem Portal des Münsters die Attrappe einer gekreuzigten und gefolterten Ratte umhertrugen und ›Halleluja Vivisectio‹ riefen. Als es zu einer Rangelei mit Konzertbesuchern kam, griff die Polizei ein und stellte die Personalien von mehreren Personen fest, unter anderen die von deiner Beate.«

»Also doch!« Alexander war zutiefst erschüttert.

»Es ist nicht auszuschließen, dass sie nur zufällig in die Aktion vor dem Münster geraten ist, aber das behaupten Demonstranten häufig, wenn die Polizei eingreift.«

»Eine Aktion mit einer gekreuzigten Ratte!«, rief Alexander erregt. »Und sie war dabei!«

»Ist das so schlimm? Ohne Demonstrationen gegen Tierversuche müssten wohl noch viel mehr Tiere ihr Leben für mehr oder weniger nützliche Forschung lassen. Nicht in Ordnung war in diesem Fall das Verhalten der Demonstranten.«

»Diese Demonstrationen helfen doch …« Alexander sprach nicht weiter. Natürlich musste man die Tierversuche hinterfragen, von denen es zweifellos zu viele gab. Aber doch nicht mit toten Ratten und zugeklebten Schlössern bei jemandem wie ihm! Und nicht mit einem Brand, der ein Menschenleben gefordert hatte!

»Wir halten diese Aktion und deine tüchtige Sekretärin übrigens nicht für eine heiße Spur, was den Brand betrifft, und auch die Anschläge auf die Hochsitze vor zwei Tagen haben meiner Einschätzung nach nichts damit zu tun.«

»Anschläge auf Hochsitze?«

»Hast du es nicht in der Zeitung gelesen?«

Alexander verneinte. Seit er ein Kätzchen hatte, kam er nicht mehr zum Zeitunglesen.

»Wir haben ein paar Leute auf einem Bauernhof im Schwarzwald im Verdacht, die Hochsitze in der Gegend anzusägen. Wir halten sie für eine Gruppe militanter, international vernetzter Tierschützer, aber nachweisen konnten wir ihnen bislang nichts. Wenn du mehr wissen willst, kannst du unter www.animalliberationfront.com nachsehen.«

»Hochsitze angesägt?« Schon wieder eine Aktion, die ihn hätte treffen können. Umbringen können hätten ihn diese Verbrecher! Er hatte den ächzenden Hochsitz am Schauinsland unbedingt erklimmen müssen, und zwar nur deswegen, weil er so einzigartig hoch war, der höchste, den er je gesehen hatte. Gewaltige Höhen reizten ihn immer, egal ob es die höchsten Gipfel der Berge waren oder etwas anderes. Der Eichbergturm bei Emmendingen zum Beispiel. Und wenn sich diese Kriminellen ausgerechnet an diesem Hochsitz am Schauinsland vergriffen hatten?

»Die spinnen doch«, rief er. Spinnen – genau dieses Wort hatte Ina angesichts seiner halsbrecherischen Kletterei benutzt. Irgendwie hatte sie wieder einmal recht gehabt. »Ist etwas passiert?«

»Bislang nicht. Seit der erste Anschlag zufällig entdeckt wurde, steigt niemand mehr auf einen Hochsitz, ohne ihn genau zu kontrollieren.«

»Natürlich. So blöd wird niemand sein, dass er nicht genau hinsieht«, sagte Alexander. Offenbar gab es nicht viele Verrückte wie ihn. Nicht auszudenken, wenn …

»Mit den offiziellen Tierschutzvereinen haben die gar nichts zu tun«, riss ihn Gessler aus seinen Gedanken.

»Dann muss ich das Mädchen wohl auf dem Bauernhof suchen.«

»Dazu müsstest du aber wissen, wo der Hof ist.«

»Sagst du es mir?«

»Du liest wohl keine Krimis, sonst wüsstest du, wie sehr es die Kripo schätzt, wenn sich Privatermittler für klüger halten als die Profis.«

Natürlich hielt sich Alexander für klüger, klüger vor allem als diese übergewichtige Frau Funkel, aber das sprach er nicht aus.

»Euch ist die Angelegenheit doch gar nicht so wichtig«, sagte er stattdessen.

»Der Brand und alles, was damit zusammenhängt, ist der Kripo sehr wichtig. Schließlich gibt es einen Toten, den wir noch nicht einmal identifizieren konnten.«

»Du verrätst mir also wirklich nicht, wo dieser Hof ist?«

»Tut mir leid, mein Freund. Außerdem gibt es noch andere mögliche Tätergruppen in der Region, in Dornhan zum Beispiel, in Offenburg, in Tuttlingen und auch in Freiburg.«

Alexander holte tief Luft und hielt sie einen Augenblick an, ehe er geräuschvoll durch die Zähne ausatmete. Offenbar war dieser Mann, den er immer für seinen besten Kameraden gehalten hatte, nicht einmal zu diesem winzigen Beweis seiner Freundschaft bereit. Alexander bettelte nicht länger. Er bedankte sich für das Gespräch in einer Weise, wie man sich für einen verwelkten Blumenstrauß oder einen schlechten Wein bedankt, und legte auf.

Es dauerte eine Weile, bis sein Zorn abebbte. Es war das Gefühl der Hilflosigkeit und Unterlegenheit, das ihn so wütend gemacht hatte, ein Gefühl, das ihn quälend an die Zeit erinnerte, als er noch ein kleiner Junge war, die Zeit, als sein Vater noch lebte. Wenn er an seinen Vater dachte, vermischte sich die Erinnerung an ihn mit dem Bild eines furchterregenden Rübezahls mit einer ausgerissenen Tanne als Wanderstock in einem Kinderbuch. Damit tat er seinem Vater unrecht, das wusste er selbst, aber eine andere Erinnerung war real: Er sah seinen Vater, wie er ihn als kleinen Jungen über das Geländer einer Brücke hielt, über irgendeinem Fluss, vielleicht war es auch mehrmals geschehen, und es waren verschiedene Flüsse gewesen, in seiner Erinnerung war da nur das dunkle gurgelnde Wasser, das tief unter ihm dahinfloss, und der feste Griff seines Vaters an seiner Kleidung, die schmerzhaft in seine Haut einschnitt. Mutig und stark hatte der kleine Alexander durch eine solche Behandlung werden sollen.

Sein Vater hatte immer auf Härte gesetzt. Den kleinen Alexander beim Fußball oder beim Wettrennen auch nur einmal gewinnen zu lassen war für seinen Vater undenkbar gewesen. Er hatte seinem Sohn niemals eine Chance gelassen, überlegen zu sein. Lob und Anerkennung hatte Alexander nur durch seine Mutter erfahren. Es hatte viele Jahre gedauert, bis er sich den Zorn auf seinen Vater eingestehen konnte. Nichts als Gutes über die Toten – nach außen hatte er sich bis zum heutigen Tag daran gehalten.

Bei nächster Gelegenheit würde er sich bei Gessler für seinen unfreundlichen Ton entschuldigen. Ein Kind über das Geländer einer Brücke zu halten und Detailwissen der Kripo nicht zu verraten – natürlich waren diese Dinge nicht zu vergleichen, das war Alexander vollkommen klar. Aber sein Zorn – der des Unterlegenen – war derselbe gewesen.

Als er den Hörer aufgelegt hatte, versuchte Alexander sich zu erinnern. Nicht an seinen Vater, denn das führte schon seit Jahren zu der immer gleichen Frage: Hatte der seinen Sohn wirklich stark machen wollen, oder hatte er – vielleicht unbewusst – das Gegenteil im Sinn gehabt? Ina hatte ihn auf den Gedanken gebracht, sein Vater habe in Wirklichkeit in ihm einen Rivalen gesehen. Woran er sich jetzt zu erinnern versuchte, war die Internetadresse, die Gessler genannt hatte. Richtig, »Animal Liberation Front« hieß die Organisation, und deren Internetauftritt zu finden war ein Kinderspiel. Auf der ansonsten englischsprachigen Homepage entdeckte er tatsächlich ein Bekennerschreiben zu den zerstörten Hochsitzen in Süddeutschland:

Wir freuen uns, euch nun mitteilen zu können, dass unsere Freunde des Waldes sich dort vorerst frei bewegen können, ohne eine Ermordung durch den Jäger fürchten zu müssen! Des Weiteren wurde ein Baum von einer Jagdansitzleiter befreit, welche ebenfalls zum Töten unserer wild lebenden Freunde eingesetzt wird. Die Abrissarbeiten gehen weiter!

Er suchte auf den Seiten von ALF nach seinem Namen oder dem seines Instituts, fand aber beide nicht. Auch bei Google brachte die Suche nach der Kombination seines Namens mit »Animal Liberation Front« kein Ergebnis. Ziellos klickte er sich durch Berichte über militante Tierschützer. Nein, ihn meinten sie nicht mit Drohungen wie: »Wir werden dein Leben zerstören!« Auch die angedrohten »Attacken auf dich, dein Haus, deine Familie« galten nicht ihm. Zumindest nicht ausdrücklich.

Am Abend nahm er Sambala zum ersten Mal mit in den Garten. Er wagte nicht von ihrer Seite zu weichen. Ohne ihn würde sie sich doch sofort verirren! Und wenn sie auf die Straße lief? Wollte er den Gerüchten glauben, gab es sogar in Deutschland Katzenfänger. Und wofür? Etwa für Tierversuche? Jedenfalls durfte er so ein unerfahrenes Tierchen keine Sekunde aus den Augen verlieren.

Unerfahrenes Tier? Sambala gebärdete sich wie eine wilde Raubkatze. In wenigen Minuten hatte sie mindestens fünf Mäuse oder Vögel gefangen und sie mit heftigen Bewegungen ihres gar nicht mehr kleinen Kopfes zu Tode geschüttelt, um sie dann achtlos zu Boden fallen zu lassen. Dass ihre Beute grün war und an Sträuchern wuchs, spielte keine Rolle. Weiter und weiter entfernte sich Sambala vom Haus, bis sie an die Stelle geriet, wo immer noch der Zaun herunterdrückt war. Er hatte vorgehabt, ihn so bald wie möglich reparieren zu lassen, aber seit Tagen hatte er nicht mehr daran gedacht. Von den Fußspuren, die der Polizei aufgefallen waren, konnte er nichts mehr erkennen, und er sah auch keine neuen Spuren. Aber etwas schien sich verändert zu haben. War hier wieder jemand über den Zaun gestiegen?

Er nahm Sambala auf den Arm und ging ins Haus.

Zwanzig Minuten zu früh standen Alexander und Ina am nächsten Tag vor dem ehemaligen Pfarrhaus von Hugstetten, in dem Beate Brändle ihrem Santosh an diesem schönen Sommertag das Jawort geben wollte. Ina hatte zu frühem Aufbruch gedrängt, weil sie es nicht für möglich gehalten hatte, dass sie das kleine, abseits jeder größeren Straße gelegene Rathaus sofort finden würden. Ob seine Sekretärin diesen Ort gewählt hatte, um ihrer ungewöhnlichen Verbindung einen würdigen Rahmen zu geben? Das Rathaus II war ein altes Gemäuer mit Geranien vor den Fenstern, einem Brunnen im alten Garten und weißen Bänken zwischen blühenden Sommerblumen: eine heile Welt für die Liebenden. Doch die Liebenden fehlten. Auch zehn Minuten später wartete er noch immer allein mit Ina vor der geschlossenen Tür.

»Hast du dich im Termin geirrt?«

Er war sich ausnahmsweise sicher bei dem Termin, und es blieb ihm auch keine Zeit, sich Sorgen zu machen, weil sich sein Handy meldete. Jörg war am Apparat.

»Störe ich bei den Feierlichkeiten? Wenn ich mich richtig erinnere, wollte deine Frau Brändle heute ihr Singledasein beenden.«

»Du störst nicht. Wir warten vor dem Standesamt auf das Brautpaar.«

»Ich fasse mich kurz, ich nehme an, es interessiert dich.«

»Immer.«

»Es geht um die Wohnung von Vincent Schwarzer in Falkensteig.«

»Nanu? Jetzt?«

»Vielleicht kommen wir deinem Rattenmädchen allmählich näher.«

»Schieß los, ehe das Brautpaar kommt.« Wenn es denn kommt, dachte er.

»Die Wohnung wurde vermutlich von zwei Personen genutzt, zumindest gibt es zwei Matratzen. Schränke hatten die nicht, aber einen alten Tisch und vier Stühle. Die Klamotten lagen auf dem Boden. Und jetzt kommt der Grund, warum ich dich anrufe: Die Kleidung und die Schuhe in dem einen Zimmer gehören offenbar einer Frau. Nach deiner Beschreibung könnten die Röcke und Tücher durchaus zu dem Mädchen passen.«

Alexander schwieg eine Weile. »Ihr müsst sie finden«, sagte er endlich. »Ihr müsst alles tun, damit ihr sie findet.«

»Versprochen.«

Alexander lächelte erleichtert.

»Elfriede hat die Schuhe mit den Abdruckspuren in deinem Garten vergleichen lassen«, fuhr Gessler fort.

Alexanders Lächeln erstarrte. Wieder hatte diese schwergewichtige Frau Funkel ihre Finger im Spiel.

»Und?«

»Das Ergebnis liegt noch nicht vor.«

Ina raunte ihm etwas zu, in der unnachahmlichen Weise, wie Frauen gern die Telefongespräche ihrer Männer unterbrechen. Er verstand nicht und sah sich suchend um, aber es war nicht die Ankunft des Hochzeitspaares, auf die Ina ihn aufmerksam machen wollte. »Abschiedsbrief?«, sagte Ina jetzt lauter. Richtig. An den hatte er gar nicht mehr gedacht.

»War der Abschiedsbrief von diesem Vincent echt?«

»Ich habe noch nichts Neues gehört, aber ich halte dich auf dem Laufenden.«

»Habt ihr inzwischen die Festplatte aus Vincents Computer gefunden?«

Jörg verneinte.

»Spricht das nicht für Mord?«

»Warum? Wenn es keine Festplatte mehr gibt, braucht sich der Selbstmörder keine Sorgen darüber zu machen, dass die Nachwelt in seinem Leben herumschnüffelt.«

Dieses Mal bedankte sich Alexander für das Gespräch wie für einen teuren Wein, einen, den er sich selbst nicht leisten würde.

»Du übertreibst«, bemerkte Gessler trocken. »Oder willst du etwas gutmachen?«

»Man tut, was man kann.«

»Ich werde es mir merken.«

Als Alexander das Gespräch beendet hatte, gab es immer noch

kein Brautpaar, stattdessen wieder einmal drohende Gewitterwolken über den Schwarzwaldgipfeln.

»Dein Handy …«, sagte Ina.

Alexander schaltete sein Handy aus, woran ihn Ina mit den zwei Wörtern offenbar hatte erinnern wollen. Im selben Augenblick kam ein grüner Twingo durch die schmale Gasse gefahren und hielt direkt neben ihnen. Dem Kleinwagen hatte jemand einen weißen Rosenstrauß auf die Motorhaube gebunden, was dem Fahrzeug trotz der wenig professionellen Befestigung des Blumenschmucks eine gewisse Würde verlieh.

Am Steuer saß Lilli Sütterlin, neben ihr auf dem Beifahrersitz seine Sekretärin.

Die Fahrerin stieg als Erste aus und reckte sich ein wenig wie ein Star, der den zahlreich anwesenden Fotografen eine günstige Pose bieten will. Immerhin hatte Ina an ihren Fotoapparat gedacht und richtete ihn auf die Trauzeugin.

Offenbar liebte Lilli Sütterlin nicht nur Metallperlen auf Schuhen und glänzende Stickereien auf Jeans, sondern überhaupt Glanz auf ihrer Kleidung. Das enge weinrote Oberteil, über das sich ihre roten Haare legten, als gehörten sie zum Stoff, war am außergewöhnlich tiefen Ausschnitt und am Bündchen mit glitzernden Pailletten versehen. Dazu trug sie eine enge schwarze Hose und hochhackige Stiefel, deren mit Stickereien verzierte Schäfte bis zu ihren Knien reichten.

Mondän, dachte er.

»Ordinär«, zischelte Ina ihm ins Ohr. »Außerdem ist die Tasche viel zu groß.«

»Psst«, sagte er.

»Und die Nieten auf der Tasche sehen richtig billig aus.«

»Psst«, sagte er noch einmal. Mit ihrem Urteil über die Tasche musste er Ina allerdings recht geben.

Beate Brändle entstieg dem Fahrzeug. Das schmale elfenbeinfarbene Brautkleid, das ihre überraschend ansehnlichen Knie frei ließ, stand ihr vorzüglich. Vermutlich war sie gar nicht in Versuchung gekommen, in Weiß zu erscheinen. Weiß! Welcher Frau stand schon dieses an Schulkreide erinnernde Symbol der Jungfräulichkeit, das die heutigen Bräute ohnehin nicht verdienten? Anders als bei den meisten Frauen, die im Sommer heirateten, waren Beates Schultern und Arme bedeckt. Ihre Haare, die sich im Laufe der letzten anderthalb Jahre von streichholzkurz zu schulterlang gewandelt hatten, trug sie offen. Anscheinend war sie nicht einem der Friseure in die Hände gefallen, die nur ihr Kunstwerk im Sinn haben und es ohne Rücksicht auf abstehende Ohren, zu große Nase oder eine pickelige Stirn verwirklichen.

Doch auf einmal verfinsterte sich Beates Gesicht, das beim Aussteigen noch so strahlend gewesen war, wie es zu einer Braut gehört. Beates Augen suchten vergeblich den Bräutigam. Ohne sich wirklich zu freuen, nahm sie die Komplimente ihres Chefs entgegen.

Die Glocke vom nahen Kirchturm hatte längst halb zwei geschlagen, als ein dunkelblauer Mazda um die Ecke bog. Santosh, der selbst hinter dem Lenkrad gesessen hatte, entstieg dem Wagen in einem sehr hellen Anzug – so hell wie das Kostüm seiner Braut –, aber zerknittert wie ein verschwitzter Schlafanzug. Ein Anzug aus Leinen also. Trotzdem war der Inder eine imposante Erscheinung: schwarze Haare, schwarzer Bart, dazu der helle Anzug. Und wie seine Beate jetzt strahlte!

Das Hochzeitszimmer mit der Stuckdecke und dem kunstvollen Parkett war so eingerichtet, wie das ganze Gebäude aussah: altmodisch auf eine wohltuende Weise. Die mit gestreiftem Stoff bezogenen Stühle und der beeindruckend große ovale Tisch mit kunstvollen Intarsien mochten Rokokostil sein oder Chippendale, vielleicht für den Fachmann auch keines von beiden. Auf dem Tisch lagen eine abgegriffene Ledermappe und ein schwerer halbmondförmiger Tintenlöscher, wie man ihn aus dem Fernsehen kannte, wenn alte Filme liefen oder irgendwelche Politiker bedeutsame Dokumente unterzeichneten.

Zu viert saßen sie am Tisch dem Standesbeamten gegenüber – das Brautpaar in der Mitte, die Trauzeugen rechts und links daneben. Ina war die Einzige, die auf den in Reihen aufgestellten Besucherstühlen Platz nahm. Alexander wunderte sich über die kleine Runde. Hatte Santosh es so gewünscht? Oder Beate? Jedenfalls war er aufgeregt, als würde hier seine eigene Hochzeit zelebriert – und als könnte sie doch noch scheitern. Die Dokumente, die Santosh als heiratswilliger Ausländer brauchte, hatte er schon im Vorfeld eingereicht. Jetzt gab sich der Standesbeamte – ein würdiger weißhaariger Herr, der sich optimal in den altertümlichen Raum einfügte – mit den Ausweisen des Brautpaares zufrieden.

Was er dann sagte, war Alexander spätestens seit der Predigt des Pfarrers bei seiner eigenen Hochzeit vor vielen Jahren bekannt – doch genützt hatte ihm dieses Wissen nicht. Von gemeinsamen Zielen, die eine Beziehung brauche, sprach der Beamte, von nötigen Absprachen – schließlich hätten sich zwei im ungebundenen Leben erfahrene Personen zu einer Ehe entschlossen –, vom Aufteilen der Hausarbeit – wobei ein kurzer Ruck durch Santoshs Körper ging, ein Aufbäumen gegen die Hausarbeit vermutlich. Von Kompromissbereitschaft, Augenmaß, Verantwortungsgefühl war die Rede, vom Ernstnehmen des Partners, vom Zeitnehmen für den anderen. Recht hatte der Mann. Alexander dachte an sein eigenes Scheitern.

»Sind Sie bereit, mit der hier anwesenden Beate Brändle die Ehe einzugehen, dann antworten Sie bitte mit Ja.« Santosh tat es. Dann dieselbe Frage an Frau Brändle. Die Antwort ein kaum hörbares Ja. So einfach war heiraten.

Bis zum letzten Augenblick hatte Alexander darauf gewartet, dass doch noch irgendetwas diese Ehe verhindern würde, eine verheimlichte Ehefrau des Bräutigams zum Beispiel, die in die Zeremonie hineinplatzte, aber nichts dergleichen geschah. »... sind Sie nunmehr kraft Gesetzes rechtmäßig verbundene Eheleute«, fuhr stattdessen der Beamte fort.

Beate sah ihren Santosh fragend an, er war ihr noch etwas schuldig, als das Jawort gesprochen und die Ringe gewechselt waren, aber der Inder schien die ungeschriebenen Regeln einer deutschen Hochzeitszeremonie nicht zu kennen.

»Jetzt wäre Gelegenheit, Ihre Frau zu küssen«, half der Standesbeamte nach. Santosh tat es, flüchtig und mit abwesendem Blick. Der Kuss vor den Zuschauern schien beiden peinlich zu sein.

Auf dem Weg zum Auto schaltete Alexander sein Handy wieder ein und entdeckte eine SMS von Gessler.

»Jörg schreibt, ich solle ihn mal anrufen«, sagte er.

»Aber doch nicht jetzt.«

Er zögerte einen Augenblick, doch dann wählte er Jörgs Nummer.

Gessler war sofort am Apparat. »Hat sich deine Sekretärin eigentlich jemals kritisch über Tierversuche geäußert?«

»Nein. Jedenfalls mir gegenüber niemals. Warum fragst du?«

»Bei der Demonstration mit der gekreuzigten Ratte wurden auch Unterschriften gegen Tierversuche gesammelt. Deine Sekretärin hat sich eingetragen. Selbst wenn sie tatsächlich zufällig in die Demonstration geraten sein sollte, hat sie sich doch eindeutig für die Aktion geäußert.«

Alexander schwieg und sah Ina nach, die schon weitergegangen war und nicht auf das Gespräch achtete. »Willst du damit sagen, sie könnte doch etwas mit dem Brandanschlag auf mein Institut zu tun haben?«

»Wir wissen es nicht. Sie wäre nicht der erste Mensch, der unter dem Deckmantel einer vorbildlichen Fassade die unglaublichsten Verbrechen begeht. Nur kann ich in ihrem Fall beim besten Willen kein Motiv erkennen.«

Alexander schwieg.

»Ich halte dich auf dem Laufenden«, sagte Jörg, dann beendete er das Gespräch.

Ina war nun doch stehen geblieben. »Du bist ja plötzlich so blass«, stellte sie fest.

»Das muss am Licht liegen«, antwortete er. »Es gab eigentlich nichts Besonderes.« Er wollte Ina die neue Verwirrung ersparen.

Mit der Wahl des Bierhäusles setzte sich fort, was Beate Brändle – oder der Bräutigam? – als Motto des heutigen Tages gewählt hatte: Tradition. Seit hundertsiebzig Jahren war das Bierhäusle im Familienbesitz: wenn das kein gutes Omen für die neu gegründete Familie Brändle-Bhagwati war! Ihm selbst hatte es vor allem die traditionelle Kleidung der zahlreichen jungen Damen angetan, die die Gäste bedienten: unter bunten Schürzen schwarze Dirndlkleider mit abgrundtiefen Dekolletés.

Der festlich gedeckte Tisch für die kleine Hochzeitsgesellschaft war von den Nebentischen durch ein gedrechseltes Geländer abgeteilt. Als Sitzordnung war eine »bunte Reihe« vorgesehen. Auf diese Weise kam die paillettengeschmückte Lilli Sütterlin auf dem Präsidiumsplatz an der Stirnseite des Tisches zu sitzen, eingerahmt von den beiden Männern an den Längsseiten. Vielleicht sollte er ihr jetzt ein Kompliment zu ihrem Aussehen machen, dachte er, obwohl Ina es ordinär genannt hatte. Oder noch einmal nach dem verlorenen Schlüssel fragen? Er tat das eine so wenig wie das andere, sondern vermied Lillis Blick ebenso wie den seiner Sekretärin. Stattdessen wandte er sich an Santosh, kaum dass sie auf das Wohlergehen des Brautpaares angestoßen hatten – der Bräutigam mit Wasser.

»Ich habe von Ihrer Frau erfahren, dass Sie in Cambridge gearbeitet haben.« Er sprach den Bräutigam auf Englisch an, das ersparte ihm ganz nebenbei die Entscheidung zwischen Du und Sie.

Der Inder lächelte bescheiden. Dunkle Augen, sanfter Blick.

»Im ›Medical Research Council Laboratory of Molecular Biology‹, wie ich gehört habe.«

Jetzt ein feines Nicken und – kaum sichtbar – ein Anflug von Stolz.

Immerhin war dieses Institut eines der renommiertesten in Europa, und Alexanders Herz schlug heute noch höher, wenn er an die Jahre dachte, die er dort gearbeitet hatte. Sage und schreibe dreizehn Forscher dieser Einrichtung waren im Laufe der Jahre mit dem Nobelpreis geehrt worden. Dreizehn! Trotzdem war er nicht darunter gewesen. Aber Sydney Brenner zum Beispiel, dem es zu verdanken war, dass heute die Molekulargenetiker auf der ganzen Welt sich mit dem Fadenwurm Caenorhabditis elegans beschäftigten. Santosh hatte in dem Institut vor ein paar Jahren als Physiker gearbeitet, mit einem Stipendium für ein Jahr, wie er bescheiden einräumte. Alexanders Zeit in Cambridge lag länger zurück, begegnet waren sie sich dort nie.

»Haben Sie dort Ihren Landsmann Venkatraman Ramakrishnan kennengelernt?«

Um Santoshs Mund spielte wieder ein feines Lächeln – oder immer noch? »Den Venki, ja natürlich. In der Fremde einen Landsmann zu treffen ist immer ein Geschenk. Es ist ja nicht nur die gemeinsame Sprache, die uns verbindet.«

Alexander kannte den jungenhaften Inder, den alle nur Venki nannten und der im Jahr 2009 den Nobelpreis für Chemie erhalten hatte, nur flüchtig. Zu seiner Zeit war er für ein Jahr als Gastwissenschaftler im Laboratory of Molecular Biology gewesen. Als der Biophysiker und Biochemiker 1999 wieder nach Cambridge kam, war Alexander gerade nach Deutschland zurückgekehrt.

»Haben Sie mitbekommen, wie Venki damals von seinem Nobelpreis erfahren hat?«, fragte Alexander.

Aus Santoshs Gesicht verschwand das Lächeln. Er sah den Professor fragend an. »War da nicht etwas mit einer Fahrradpanne an diesem Tag?«

»Genau!« Alexander blickte in Inas Richtung. Sie schien ihm nicht zuzuhören, also grünes Licht, um die Geschichte zum hundertsten Mal zum Besten zu geben. Er erzählte gern solche persönlichen Geschichten von irgendwelchen Berühmtheiten und fühlte dabei einen Stolz, als wäre er selbst dabei gewesen.

»Er kam damals zu spät ins Institut, weil er sein Rad mit einem platten Reifen durch den strömenden Regen schieben musste.«

Santosh nickte.

»Er sollte sofort ans Telefon kommen, die Schwedische Akademie der Wissenschaften sei am Apparat«, fuhr Alexander fort. »Der Venki hat das natürlich nicht geglaubt. Jedem erfolgreichen Wissenschaftler wird irgendwann der Bär aufgebunden, am Telefon sei jemand vom Nobelpreiskomitee.«

Santosh lächelte leicht und mit einem zustimmenden Nicken.

»Aber dieses Mal entsprach es der Wahrheit.«

»Ja«, bemerkte Santosh. »Er hat den Preis wirklich verdient.«

Alexander wollte wissen, ob sich Santosh als Physiker ebenso wie Venki Ramakrishnan mit der Entschlüsselung der atomaren Strukturen der Zellbestandteile beschäftigt habe.

»Ach«, antwortete der bedauernd und mit einem bescheidenen Schulterzucken. »Ich war ja nur für kurze Zeit dort.«

Jetzt war der Zeitpunkt gekommen, an dem Alexander von sich selbst und seiner Karriere erzählen konnte. Der Inder schien geradezu darauf zu warten, jedenfalls lauschte er aufmerksam. Von Zeit zu Zeit ergänzte er etwas oder machte eine passende Bemerkung. Alexander genoss es, von sich reden zu dürfen, von seinen Erfolgen, ohne nach fünf Minuten von Ina vorsichtig daran erinnert zu werden, dass er nicht der einzige Mensch in der Runde sei, nicht einmal der einzige erfolgreiche. Irgendwann hatte ihm Ina diesen Satz zum ersten Mal zugeflüstert, eine halbe Stunde oder länger hatte sie ihm damals noch zugestanden, jetzt waren zehn Minuten schon zu viel. Er vermied den Blick in Inas Richtung. Es machte ihm Freude, mit diesem bescheidenen Mann zu reden, der noch zuhören konnte, was in seinem sonstigen Bekanntenkreis selten geworden war. Von Zeit zu Zeit suchte sein Blick den von Lilli. Sie saß mit halb geschlossenen Augen da, den Kopf leicht nach hinten geneigt. Ihr Gesicht schien unbeteiligt, trotzdem hörte sie ihm zu, da war er sich ganz sicher. Nie zuvor hatte er das alles in ihrer Gegenwart erzählt.

Nur von Zeit zu Zeit wechselte Lilli ein paar Worte mit der Braut oder mit Ina. Dann kreuzten sich die Gespräche, verhedderten sich ineinander, bis Alexander lauter sprach und Lilli wieder verstummte. Am Gespräch der Männer beteiligte sie sich nicht. Ina, die bislang mit der Braut geredet hatte, gähnte ein paarmal, sah ihm eine Weile zu, gähnte dann unaufhörlich, was ihm peinlich war. Er verstummte schließlich, und es wurde sehr still am Tisch.

Als sie sich später erhoben, hatte Alexander ein anderes Bild vom Ehemann seiner Sekretärin als noch drei Stunden zuvor. Er war begeistert.

»Ein sehr interessanter Nachmittag«, bemerkte Ina, als sie wieder im Auto saßen.

Er sah sie unsicher an. Kein Spott? In Anbetracht seiner Monologe hatte er einen anderen Kommentar erwartet.

»Dieser Santosh«, fuhr sie fort, »ist schon ein besonderer Mann.«

»Was meinst du?«

»Wusstest du, dass er aus Rajasthan stammt?«

Er verneinte. »Ist das bedeutsam?«

»Absolut.«

»Rajasthan«, wiederholte er gedehnt. Irgendetwas verband er damit. Richtig. Ina wollte seit Jahren dorthin. Rajasthan – das Land der Könige. »Natürlich«, rief er aus. »Sobald Beate mit ihrem Santosh nach Rajasthan verschwunden ist, besuchen wir sie dort.«

»Unbedingt!«, bestätigte Ina. Seinen Galgenhumor schien sie nicht zu bemerken.

»Hat sie ihn eigentlich in Indien aufgegabelt oder hier?«

»Das weißt du nicht?« Ina war erstaunt. »Sie hat ihn ein paar Hundert Meter von deinem Institut entfernt kennengelernt, im Gemeindesaal der Ludwigskirche.«

Oder wusste er das doch und hatte es nur vergessen? Die allermeisten privaten Geschichten vergaß er nach wenigen Augenblicken – spätestens wenn der Gesprächspartner außer Sichtweite war. Das Sieb in seinem Kopf hatte besonders große Löcher, wenn es um fremde Familienangelegenheiten ging.

»Beim Diwali-Lichterfest der Deutsch-Indischen Gesellschaft«, fuhr Ina fort. »Beate meint, es waren die Abendragas, die ihre Herzen geöffnet haben, und weniger das vegetarische indische Essen.«

»Aha«, sagte er. »Die Herzen geöffnet. Und was, bitte, sind Abendragas?«

»Ein Raga ist in der traditionellen indischen Musik so etwas Ähnliches wie eine Tonleiter bei uns und drückt irgendwelche Gefühle aus, meist passend zu einer Tageszeit. Deswegen auch Abendragas.«

»Aha«, sagte er wieder.

Ina beendete die Lektion über indische Musik und wechselte abrupt das Thema. »Könnte es sein, dass dieser Santosh die Geschichten aus Cambridge von deiner Sekretärin kannte?«

»Wieso?«

»Alles, was du gesagt hast, kannte ich schon von dir, aber alles, was er dazu beitrug, auch.«

Alexander verstand nicht.

»Vielleicht hast du die Geschichten mal Beate erzählt, sie hat sie ihm erzählt, und er tut jetzt so, als wäre er selbst dabei gewesen.«

»Ich führe keine langen Privatgespräche mit meiner Sekretärin.«

»Aber vielleicht führst du solche Gespräche in ihrer Gegenwart?«

»Unmöglich!«

»Sicher? Ist sie nicht manchmal dabei, wenn du mit Kollegen oder Gästen in die ›Eichhalde‹ zum Essen gehst?«

»Mag sein«, räumte er zögernd ein. Er überlegte. In der Tat konnte Santosh alles, was er zum Gespräch beigetragen hatte, von Beate erfahren haben. Hatte er die Dinge in die Unterhaltung eingeworfen, um sich lieb Kind zu machen? Gelungen war es ihm.

Ina war noch nicht fertig. »Du hast doch bei deinen Geschichten über diesen Venki aus Cambridge immer erzählt, er sei Tamile.«

»Das ist er.«

»Und Rajasthan ist im Norden von Indien.«

»Ja, und?«

An der Ampel vor der Paduaallee musste er anhalten. Er sah Ina an und wunderte sich, dass sie so lange schwieg. »Ja, und?«, wiederholte er noch einmal.

Sie erwiderte seinen Blick. Irgendetwas sollte er jetzt begreifen, aber er wusste nicht, was.

»Die indischen Tamilen leben im Süden, sozusagen in der Nähe von Sri Lanka.«

Jetzt ahnte er, was sie damit ausdrücken wollte.

Ina sah wieder nach vorn. »Grüner wird's nicht«, stellte sie fest.

Er fuhr langsam weiter und grübelte über Inas Worte nach.

»Santosh hat etwas über die gemeinsame Muttersprache gesagt, als ihr über diesen Venki gesprochen habt«, bemerkte sie.

Alexander schlich jetzt so langsam durch die Sundgauallee, dass ihn ein Smart auf der Linksabbiegespur überholte. Er wollte nicht wahrhaben, was Ina da sagte. »Vielleicht wird auch in Rajasthan Tamilisch gesprochen«, sagte er zögernd und ohne Überzeugung, »oder Venki spricht Hindi.« Seine Gedanken jetzt: wie ein Mückenschwarm in der Abenddämmerung.

»Aber auch dann haben sie keine gemeinsame Muttersprache«, stellte Ina fest. »Vielleicht hat Santosh niemals selbst in Cambridge gearbeitet, und diesen Venki hat er nie gesehen.«

Sie schwiegen. Er hatte es doch gewusst, dachte er. Er hatte es doch gewusst, dass dieser Inder seiner Sekretärin nur Unglück bringen würde. Heiratsschwindler war das Erste, was ihm einfiel. Ein Betrüger, der Beates Gutgläubigkeit ausnutzte. Hatte sie ihm vielleicht ihr mühsam Erspartes gegeben? Oder war er womöglich ein Wissenschaftsspion in Sachen Gentechnik und hatte es auf die Forschung in seinem Institut abgesehen?

»Ob er sie geheiratet hat, um dauerhaft in Deutschland bleiben zu können?«, war der erste Gedanke, den er aussprach.

»Das Thema habe ich schon abgehakt. Er hat eine unbefristete Niederlassungserlaubnis als Hochqualifizierter.«

»Und wenn er arbeitslos wird?«

»Beate behauptet, diese unbefristete Erlaubnis würde trotzdem bestehen bleiben.«

Also doch eine reine Liebesheirat? Alexander konnte es nicht glauben. Warum dann die erfundenen Geschichten?

Hinter der Bahnunterführung am Ende der Breisacher Straße ordnete sich Alexander, ohne zu überlegen, in der rechten Spur vor der roten Ampel ein. Das war der Weg zu Ina.

»Und die Katze?« Ina war überrascht.

Das Kätzchen! An Sambala hatte er seit Stunden nicht mehr gedacht. Er überlegte.

»Willst du mich nur nach Hause bringen, oder willst du die Katze über das Wochenende allein lassen?«, fragte Ina.

Er überlegte immer noch.

»Wenn du zu deiner Katze willst, musst du geradeaus fahren.«

Schweigen. Wie sollte er denn zu einer Entscheidung kommen, wenn Ina ständig seine Überlegungen unterbrach?

»Oder willst du hin und her fahren und uns abwechselnd mit deiner Anwesenheit beglücken?«

Die Ampel für die Rechtsabbieger schaltete auf Grün. Als hinter ihm ein Wagen hupte, fuhr er ein paar Meter in die Bismarckallee hinein. Dann hielt er in der zweiten Reihe.

»Corinna wollte doch das Kätzchen haben«, sagte er. »Wir könnten es jetzt holen.«

Ina sah aus, als stünde der Weltuntergang unmittelbar bevor. »Holen? In meine Wohnung?«

»So hatten wir es Corinna versprochen.«

Ina schien sich nicht zu erinnern.

»Oder hat Corinna in der Schule wieder die falschen Ausdrücke benutzt?«

»Ich habe keine Beschwerden gehört.« Also erinnerte sich Ina doch.

Er griff nach Inas Hand. »Wunderbar! Dann holen wir jetzt das Kätzchen!« Er gab sich Mühe, seine Stimme begeistert klingen zu lassen. Ansteckend wirkte das leider nicht.

»Ich will das Vieh nicht haben, und Corinna ist das ganze Wochenende bei einer Freundin.«

Als er nichts sagte, warf Ina noch ein Das-weißt-du-doch hinterher, ihren Lieblingssatz bei solchen Gelegenheiten.

»Willst du dir die Katze nicht doch einmal ansehen? Ich muss ja sowieso zu ihr.«

Ein halbes Nicken, ein halbes Kopfschütteln. Typisch Frau, dachte er. Hinterher konnte sie immer behaupten, sie hätte ihre Meinung klar und deutlich geäußert, aber niemand hätte Rücksicht darauf genommen.

Er wendete. Noch wenige Minuten, und sie würden bei Sambala sein.

Ina protestierte nicht.

»Sambala!« Alexander wunderte sich. Keine Katze, die ihn wie sonst begrüßte, kaum dass er die Wohnung betrat. Er rief noch einmal. Nichts. Ob das an Inas Anwesenheit lag? Zu seiner Überraschung sah sie besorgt aus. Er hatte Erleichterung erwartet, wenn Sambala nicht auftauchte. Augenblicke später traute Alexander seinen Augen nicht. In der Wäscheschüssel, die in der Badewanne stand, lag Sambala zwischen den frisch gewaschenen Strümpfen. Das Kätzchen öffnete erst ein Auge, dann das zweite. Es schälte sich aus den Strümpfen heraus, stellte sich auf die Hinterbeinchen, sprang hoch, hielt sich einen Augenblick in einem wackeligen Gleichgewicht auf dem Rand der Schüssel und sprang dann mit einem Satz auf den Rand der Badewanne. Mit einem zweiten Sprung landete es auf der Badezimmermatte und wälzte sich offensichtlich zufrieden auf dem weichen Flor.

Inas Gesicht zeigte Aprilwetter. Beim Anblick des zimtfarbenen Kätzchens zwischen den dunklen Socken hatte für einen Augenblick die Sonne geschienen, doch gleich darauf zogen wieder dicke Wolken auf. Aus der Ecke, auf die sich Inas Blick nun gerichtet hatte und in der das Katzenklo stand, roch es streng. Er sah es an ihrem Gesicht: Der nächste kalte Schauer stand unmittelbar bevor.

»Diese stinkende Kiste willst du in meine Wohnung stellen?«

»Ich habe vergessen, Sambalas Klo sauber zu machen. Normalerweise riecht es nicht.«

Er nahm Sambala auf den Arm und hielt sie an seine Wange. Er mochte es, das weiche Fell zu spüren.

Ina sah ihn an, als würde sich aus dem Aprilwetter gleich ein Gewitter entladen. »Nimm doch das Vieh aus dem Gesicht!«

Er wunderte sich über Inas Aufregung. War sie etwa eifersüchtig, weil er mit dem Kätzchen schmuste?

»Möchtest du sie einmal halten?«

»Niemals!«

»Dann füttere ich sie jetzt.«

»Und dann?«

»Fahren wir zu dir.«

»Ohne Katze?« Inas Stimme klang anders, als er es erwartet hatte: schon wieder besorgt.

Er wartete, ob sie noch etwas sagen würde. »Mit ihr?«, fragte er, als sie schwieg.

Wieder eine Kopfbewegung, von der er nicht wusste, ob sie Zustimmung oder Ablehnung bedeutete.

Er nahm sie als Zustimmung. »Ach Ina, wie lieb von dir!« Er gab ihr einen Kuss. »Am besten nehmen wir die Katze mit und alles, was ich für sie besorgt habe«, stellte er fest.

Ina sagte gar nichts.

In der hintersten Ecke im Schlafzimmerschrank fand er die große blaue Ikea-Tragetasche und tat hinein, was er nun nicht mehr brauchen würde. Er fühlte sich, als packe er für sein Kind, das sich anschickte, sein Elternhaus für immer zu verlassen. Nein, es gab einen großen Unterschied: Wenn jemand geht, packt er seine Sachen selbst. Wenn jemand stirbt, tun es andere für ihn. So war ihm plötzlich: Als würde Sambala gleich für ihn gestorben sein. Er bereute, dass er sie so leichtsinnig Corinna versprochen hatte.

Vielleicht benahm sich Corinna ja in der Schule wieder daneben, und das Kätzchen kehrte zu ihm zurück?

Gemeinsam mit Ina trug er Sambalas Ausstattung zum Auto. Er konnte gar nicht fassen, was er in den wenigen Tagen alles herbeigeschleppt hatte.

»Warum hast du zwei Körbchen und zwei Kissen?«, wollte Ina wissen. »Und wozu soll dieser mit Fell bezogene Schemel gut sein?«

»Fräulein Sambala hat das erste Körbchen verschmäht«, gestand er. »Und den Schemel auch. Deswegen das zweite Körbchen.«

»Benutzt sie es?«

»Manchmal schon.«

»Und dieses Gestell?« Ina zeigte auf den Katzenbaum. »Ist das auch zum Schlafen?«

Er sah Ina so an, wie sie ihn anzusehen pflegte, wenn er eine in ihren Augen dumme Frage gestellt hatte: eine Mischung aus Fassungslosigkeit und Entsetzen. »Der ist natürlich für alles: zum Klettern, Kratzen und zum Schlafen.«

»Und das?« Ina zeigte auf ein muldenförmiges Gebilde weit oben am Katzenbaum.

»Eine Hängematte.«

»Aha.«

Er baute das gewaltige Ding auseinander und legte es zum Abtransport in den Flur.

Dann fehlte nur noch Sambala. Fünf Minuten später hatte er sie gefunden. Sie hatte sich unter einem Sessel versteckt. Wahrscheinlich ahnte sie die ungewisse Zukunft, der sie gleich entgegenfahren sollte.

Als sie im Auto saßen, blickte er Ina von der Seite an. Nein, sie freute sich nicht auf das Kätzchen, nicht das kleinste bisschen.

Mitten in der Nacht erwachte Alexander mit Herzklopfen. Ein Geräusch hatte ihn erschreckt. Sambala? Er öffnete die Augen. Am Fußende des Bettes verharrte regungslos ein Schatten, viel zu groß für eine Katze. Er erschrak. Ein Mann? Der Schatten sah aus wie ein Mann mit einem Turban. Santosh? Alexander rückte näher an Ina heran. Sie schlief ruhig mit leicht geöffnetem Mund und bemerkte Santosh nicht, der sich jetzt, wo sich Alexanders Blickwinkel verändert hatte, wieder in den verwandelte, der er wirklich war: in einen altmodischen Gummibaum, den Ina aus unerklärlichen Gründen ausgerechnet in den engen Durchgang am Fußende des gemeinsamen Bettes platziert hatte.

Nein, Santosh war nicht hier, der lag jetzt mit seiner Frischangetrauten im Bett. Vorehelicher Geschlechtsverkehr war für Hindus tabu, hatte Alexander gelesen. Aber so, wie Santosh sie auf der Straße umarmt hatte, konnte er sich nicht vorstellen, dass er auf religiöse Richtlinien Rücksicht nahm. Oder hatten sie jetzt doch zum ersten Mal miteinander Sex?

Er dachte an seine eigene Wohnung, in der er Sambala nicht hatte allein zurücklassen können. Die nächsten zwei Tage und zwei Nächte würde er sie nicht betreten. Seit dem Brand hatte er seine Wohnung nicht mehr so lange aus den Augen gelassen. Ob er wieder eine Ratte vor der Tür finden würde? Oder Blut an der Klinke? Seit ein paar Tagen war nichts Seltsames mehr passiert, was er ebenso wenig verstehen konnte wie die Anschläge selbst. Genauso lange, wie Ruhe herrschte, hatte er auch das Mädchen nicht gesehen.

Der nächste Gedanke traf ihn wie ein Blitz. Seit dieser seltsame Vincent von einem Lkw erfasst worden war, hatten die Anschläge aufgehört, und das Mädchen war verschwunden. Mit dem unbekannten Toten auf dem Dachboden hatten die Anschläge begonnen, mit Vincents Tod waren sie vorbei. Zufall? Oder gab es einen Zusammenhang?

Am Sonntagabend kehrte er in seine Wohnung zurück. Gähnende Leere. Kein lebendes Wesen war da, um ihn zu begrüßen – der Weberknecht an der Zimmerdecke im Flur zählte nicht, denn der nahm keine Notiz von ihm.

Corinna hatte offenbar keinen Augenblick daran gezweifelt, Sambala schon bald in Besitz nehmen zu können. Für sie war das Leben noch wie ein Wunschkonzert, bei dem alles in Erfüllung ging, was sie nur aussprach. An diesen angenehmen Zustand hatte er seine Tochter gewöhnt, kaum dass sie sprechen konnte, und diese Erfahrung ließ sie siegesgewiss durch ihre Kindheit gehen. Mit ihrem Optimismus überwand sie jeden Widerstand. Die neue Lehrerin war eine der wenigen, die sich dagegen auflehnten. Und Ina natürlich. Sie ersparte ihm, dass er sich selbst durch Verbote oder gar Strafen bei seiner Tochter unbeliebt machen musste.

Corinna war begeistert gewesen, als er sie angerufen und von der neuesten Entwicklung erzählt hatte. Die geplante Übernachtung bei ihrer Freundin hatte sie, ohne zu zögern, für das Kätzchen geopfert. Doch die Freude seiner Tochter war sein Kummer. Kein Wunder, dass so viele Menschen sich einen Hund oder eine Katze hielten, dachte er. So konnten sie darauf bauen, dass sich wenigstens ein Lebewesen freute, wenn sie nach Hause kamen. Anders als Ina gehörte er nun nicht mehr zu diesen Glücklichen. Sambala hatte mit ihrem Charme Inas Abneigung bis auf einen eher pflichtschuldigen Rest zusammengeschmolzen.

Alexander ging von einem Zimmer zum anderen und wunderte sich, wie leer sie plötzlich waren. Vor allem das Wohnzimmer. Ohne den fast zwei Meter hohen Katzenbaum sah es völlig kahl aus. Er sollte eine Blume besorgen, eine große Palme vielleicht oder einen Gummibaum wie den von Ina. Oder sollte er noch ein Kätzchen aus dem Tierheim holen, eines, das bei ihm bleiben würde?

Er setzte sich an seinen Schreibtisch, den die bedrückende Leere nicht erreicht hatte, und starrte vor sich hin. Irgendetwas musste er jetzt tun, aber er wusste nicht, was. Vielleicht aufräumen? Auch wenn ihm sonst keine sinnvolle Tätigkeit möglich war, der Kampf gegen die Papierstapel, die ohne sein Zutun wie Ungeziefer in seine Wohnung eindrangen, blieb immer als letzter Ausweg vor dem Nichtstun. Er begriff nie, warum er die Angebote für günstige Telefongebühren, für Geldanlagen mit irrsinnigen Renditen oder die Versammlungsprotokolle von Vereinen, deren unbedeutendes Mitglied er offenbar war, überhaupt aufhob. Nichts von dem Stapel auf seinem Schreibtisch war von Interesse. Er riss dennoch jedes Blatt einzeln durch, als müsse er es unleserlich machen. Eine nutzlose Mühe, vielleicht aus Zwang, vielleicht aus Lust, was letztlich auf dasselbe herauskam.

Als er nach einer halben Stunde fertig war, entkorkte er eine Flasche Spätburgunder aus Burkheim am Kaiserstuhl, schenkte sich ein Glas ein und setzte sich ins Wohnzimmer. Er legte die Füße auf den Tisch, trank einen Schluck, versuchte die trübsinnigen Gedanken an Sambala zu vertreiben, und dann dachte er nach. Nicht Santosh beschäftigte ihn – auf dessen Geschichten würde er Jörg ansetzen –, sondern Beate Brändle.

Er stand noch einmal auf und holte die Blätter, auf die er im Institut die Namen der Verdächtigen geschrieben hatte. Das mit dem Namen seiner Sekretärin lag obenauf.

»Behauptet zu Unrecht, sie würde Vincent Schwarzer nicht kennen«, hatte er darauf geschrieben und gleich wieder ausgestrichen. Damals hatte er noch nicht gewusst, welche Bedeutung dieser Mann hatte, der nun nicht mehr lebte: Er konnte das Bindeglied zu dem Mädchen sein. Und das wiederum konnte bedeuten – er wagte den Gedanken kaum zu Ende zu führen –, dass auch Beate Kontakt zu dieser Frau hatte. »Die militanten Tierschützer sind gut untereinander vernetzt«, hatte Gessler gesagt. Eine Verbindung zwischen seiner Sekretärin und dem Mädchen hatte er für absurd gehalten – sie war es nicht.

Er notierte den Satz über Vincent noch einmal und schrieb eine eins davor. Vor den nächsten Satz, Beates heftige Reaktion bei der Information über die Grabschändung, schrieb er eine Zwei. Den folgenden Satz unterstrich er: »Das Feuer wurde im Sekretariat gelegt« und versah ihn mit einer Drei. Dann dachte er lange nach, ehe er alles notierte, was ihm sonst noch in den Sinn kam:

4. *Mit Vincents Tod haben die Anschläge aufgehört.*
5. *Beate hat verschwiegen, dass sie die Schlüsselliste doch im Computer bzw. im Rechenzentrum gespeichert hatte (versehentlich?).*
6. *Ihre Personalien wurden bei einer makabren Demonstration gegen Tierversuche erfasst.*

Er trank einen Schluck und überlegte wieder.

7. *Beate ist mit Lilli Sütterlin befreundet. Auch sie ist verdächtig hinsichtlich des Schlüssels.*

Alexander lehnte sich zurück und schloss die Augen. Beate und immer wieder Beate! Sie war an so vielen Ungereimtheiten beteiligt.

Dann waren seine Gedanken doch wieder bei Santosh:

8. *Beates Ehemann behauptet, er hätte in Cambridge gearbeitet. Eine Lüge? Er behauptet, dieselbe Muttersprache zu haben wie der Tamile Venki, stammt aber aus Rajashan.*
9. *Welche Rolle spielt Santosh?*

Diesen Satz unterstrich er dreimal. Dann setzte er noch ein Ausrufezeichen hinter das Fragezeichen.

Beate Brändles Beteiligung an den Ereignissen der letzten Wochen war unübersehbar.

Alexander legte den Bleistift hin und lehnte sich zurück, nahm den Stift wieder auf und betrachtete die Kerben im Holz: Bisse. Ein Bleistift von Corinna? Wenn er sich richtig erinnerte, hatte er ihn erst kürzlich als Zugabe zu den drei Kugelschreibern von seiner Sekretärin bekommen. Er sah genauer hin. Es waren vier Kerben über die Länge des Bleistifts verteilt, jeweils zwei im gleichen Abstand auf beiden Seiten des Bleistifts, Kerben, wie sie entstehen, wenn ein Erwachsener den Bleistift quer zwischen die Zähne nimmt und kräftig zubeißt. Er hätte schwören können, dass er nie und nimmer auf diesem Bleistift gekaut hatte!

Alexander setzte sich an den Schreibtisch und startete den Computer. Auch wenn er Jörg auf Santosh ansetzte, konnte es nicht schaden, selbst zu suchen. Bei Google gab es bei der Eingabe von »Santosh Bhagwati« und »Cambridge« keine gemeinsamen Treffer. Er gab seinen eigenen Namen und »Freiburg« ein: Die Treffer füllten viele Seiten. Ein Wissenschaftler, der seine Forschungsergebnisse veröffentlichte, hinterließ unweigerlich Spuren im Internet.

Er versuchte, sich an den Namen eines Doktoranden zu erinnern, den er in Cambridge betreut hatte. Keine Treffer, aber er war sich nicht sicher, ob er den Namen richtig geschrieben hatte. Vielleicht hatte Santosh gar nichts veröffentlicht? Er versuchte sich zu erinnern, ob seine Sekretärin Einzelheiten über die Tätigkeit ihres Mannes erzählt hatte, aber auch die Suche in seinem Kopf führte zu keinem Ergebnis.

Anschließend gab er »Santosh Bhagwati« ohne den Zusatz »Cambridge« ein. Er fand mehrere Männer. Einer von ihnen war Bergfotograf, aber dessen Porträt zeigte einen schmächtigen Mann mit wettergegerbtem Gesicht. Die Informationen über die anderen Personen dieses Namens waren so dürftig, dass er nicht einmal zweifelsfrei sagen konnte, um wie viele es sich dabei handelte. Beates Santosh war eher ein kleines Licht oder gar keines. Sein Aufenthalt in Cambridge hatte jedenfalls keine sichtbaren Spuren im Internet hinterlassen. Dieser Inder war offenbar doch ein Fall für Jörg.

Er sah auf die Uhr. Drei Minuten vor elf. Noch eine Stunde bis

Mitternacht. Es gab nicht viele Menschen, die er zu dieser Uhrzeit noch anrufen konnte, doch Jörg gehörte dazu. Sie verabredeten sich zum Mittagessen am nächsten Tag in der Sichelschmiede auf der Insel am Gewerbekanal.

Am nächsten Morgen musste Alexander lange suchen, um zwei zueinanderpassende Strümpfe zu finden. In dem Wäschekorb in der Badewanne lagen nur Einzelgänger. Ständig kamen ihm Strümpfe abhanden! Fraß die Waschmaschine seine Socken? Er hatte gelesen, dass es so etwas gab: Die Socken verschwanden hinter der Abdichtung der Trommel. Aber doch nicht so viele auf einmal! Oder war Sambala für den Schwund verantwortlich?

Er schüttete alle Strümpfe auf den Tisch im Wohnzimmer. Jetzt fand er sechs, die zusammengehörten: drei Paare. Keine angemessene Ausbeute unter den Strümpfen von einer ganzen Woche.

Seit dem Brand hatte er seine Sekretärin nicht mehr so glücklich und unbeschwert gesehen wie an diesem Morgen. Ihre helle Stimme fiel ihm auf: Sie klang so, als schiene seit Tagen zum ersten Mal die Sonne. Zweifellos ging es ihr gut.

»Wir haben eine Wohnung gefunden«, sagte sie strahlend. »In Haslach.«

Eine Wohnung im Freiburger Stadtteil Haslach? Konnte das der Grund für ihre Hochstimmung sein? Auch dort gab es schöne Ecken.

»In zwei Wochen ziehen wir ein.«

»In den alten Ortskern?«, fragte er.

»Nein. Das wäre für Santosh zu eng. In die Schönbergstraße eins, ganz weit oben in den zehnten Stock mit einem wundervollen Blick zum Kaiserstuhl und den Vogesen.« Sie strahlte. »Und auf der anderen Seite sieht man den ganzen Schwarzwald vom Kandel bis zum Blauen.«

»Schönbergstraße?«, wiederholte er. »Sind das die gelben Hochhäuser, die man von der Basler Straße sieht?«

Sie nickte. »Genau!«

Den Blick konnte er sich vorstellen – tatsächlich wunderbar, wenn man erst einmal den Niederungen der Hochhaussiedlung entkommen war und die Wohnungstür hinter sich zugeschlagen hatte.

Wenig später betrat er sein Kämmerchen. Sein Blick fiel auf die Straße, wo in diesem Augenblick ein Auto einparkte, eines von den bemerkenswert unauffälligen Fahrzeugen, wie sie die Beamten der Kripo in Zivil benutzten. Die Walküre entstieg dem Wagen. Von oben wirkte ihr Busen noch gewaltiger, als er ihn in Erinnerung hatte, ein Vorbau von geradezu beängstigenden Ausmaßen. Er zog sich vom Fenster zurück und wartete auf das Näherkommen der Schritte auf dem Steinboden des langen Flures.

Die Kommissarin, die heute eine dunkelgrüne Lederjacke gewählt hatte, sah aus, als hätte sie eine schlechte Nachricht für ihn. Hatte sie auch.

»Leider hat sich meine Hoffnung nicht erfüllt, anhand der aktuellen Vermisstenliste einen Hinweis auf den Toten vom Dachboden zu bekommen.«

»Wer von der Hoffnung lebt, stirbt an Enttäuschung«, bemerkte Alexander, als müsste er wenigstens Bildung beweisen, wenn er zur Aufklärung schon nichts beitragen konnte.

»Wie wäre es mit einem Hinweis, der uns weiterhelfen würde?«, konterte sie.

Es war unübersehbar, dass sie nicht zu den Menschen gehörte, denen seine Berühmtheit imponierte. Genauso wenig wie Jörg. Imponierte er überhaupt noch jemand? Ina jedenfalls auch nicht und Corinna noch viel weniger. In seiner Umgebung gab es überhaupt keine Menschen mehr, die er beeindrucken konnte, von einer Handvoll eifriger Studentinnen einmal abgesehen.

»Gibt es etwas Neues von der Obduktion?«

»In der Tat.«

Die Walküre nahm ihr Handy aus der Tasche, drückte auf den Tasten herum, steckte es wieder ein. Es schien ihr Spaß zu machen, ihn warten zu lassen. Wahrscheinlich war ihr nicht entgangen, dass Geduld nicht zu seinen Stärken gehörte. »Lieber Gott, gib mir Geduld. Sofort!« Den Spruch hatte ihm Ina irgendwann in einem schönen Bilderrahmen überreicht. Aufgehängt hatte er ihn nie. Auf seine Ungeduld musste er niemanden aufmerksam machen.

»Die DNA-Analyse war recht aufschlussreich.« Noch immer verriet sie keine Einzelheiten.

»Nämlich?«

»Der Mann beziehungsweise seine Vorfahren stammten offenbar aus Nordafrika.«

Alexander schwieg.

»Sagt Ihnen das etwas?«

Tat es nicht, sosehr er auch darüber nachdachte. »Und nun?«, fragte er.

»Wir werden anhand der Knochen eine Weichteilrekonstruktion des Gesichtes durchführen und dann mit einem Phantombild öffentlich nach dem Toten fahnden. Außerdem werden Gebiss und Zahnstatus des Toten in den *Zahnärztlichen Mitteilungen* veröffentlicht.«

»So viel Aufwand?« Alexander war ehrlich beeindruckt.

»Bei einem unbekannten Toten infolge von Brandstiftung versteht sich das von selbst.«

»Das übertrifft meine Erwartung bei Weitem.«

»Ich habe den Eindruck, dass Sie ohnehin nicht viel von mir erwarten.«

Lächeln, dachte er, und er tat es. Sollte sie es deuten, wie sie wollte.

»Die Unstimmigkeiten mit der Schlüsselliste, auf die Sie gestoßen waren, scheinen sich geklärt zu haben«, fuhr die Kommissarin fort. »Ihre Sekretärin hatte die Liste schon vor dem Brand versehentlich von ihrem Computer gelöscht, dies aber nicht gesagt, weil es ihr peinlich war. Als sie nach dem Brand alle Dateien vom zentralen Rechner auf ihren Computer geholt hat, war die Liste dabei. Allerdings hatte sie sie nicht sofort entdeckt. Diese Liste ist komplett und deckt sich vollständig mit den vorhandenen Schlüsseln.« Sie machte eine Pause. »Und genau dies ist das Problem für Ihre Sekretärin.

Es fiel ihm schwer, das Argument ernst zu nehmen. Er überlegte lange, während sie ihn gespannt ansah. Offenbar eine Prüfung. Wer war schlauer – der Professor oder die Kommissarin?

»Übereinstimmend doch wohl nur, wenn man die fehlenden Schlüssel von Frau Sütterlin und der Doktorandin außer Acht lässt«, warf er ein.

»Nach dem, was Sie wissen, ja. Vor vier Jahren wurde das Schloss der Haustür ausgetauscht, und für die Mitarbeiter wurden fünfzig Schlüssel angefertigt. Im Tresor waren jetzt fünf, dreiundvierzig Schlüssel haben wir sofort bei ihren rechtmäßigen Besitzern aufgespürt. Frau Sütterlins verlorener Schlüssel kann nicht der des Toten gewesen sein. Ihrer passte auch zu dem großen Lastenfahrstuhl, der des Toten nicht. Frau Roth hat ihren nach intensivem Suchen schließlich wiedergefunden.«

»Doch«, sagte er endlich. »Doch, Sie könnten recht haben. Die vollständige Liste ist das Problem.« Der Gedanke war mehr als unangenehm. Er war widerlich.

»Frau Brändle ist die Einzige außer mir, die eine Befugnis hatte, Schlüssel zu bestellen«, begann er, »und da es offenbar einen mehr gibt, als registriert wurden, müsste dieser eine von mir selbst …«

»… oder von Ihrer Sekretärin heimlich besorgt worden sein«, fuhr die Kommissarin fort.

Remis. Die Partie endete unentschieden.

Glaube ich nicht, dachte er und wusste doch, dass es die Wahrheit sein musste. Längst hatten alle Spuren zu Beate Brändle geführt, zu Lilli Sütterlin lediglich der verlorene Schlüssel.

»Ihre Sekretärin und auch Herr Bhagwati haben übrigens ein Alibi für die Zeit, als der Brand ausbrach. Sie war bei einer Chorprobe. Er hat sie hingebracht und während der Probe im Vorraum gewartet, der nur durch eine Glaswand vom Probenraum abgetrennt ist. Das Datum ließ sich rekonstruieren, weil zwei Tage später das Konzert in der Sankt-Martin-Kirche stattfand.«

Dass Beate selbst den Brand gelegt haben könnte, war ohnehin ein vollkommen absurder Gedanke!

»Noch etwas dürfte Sie interessieren«, unterbrach die Walküre seine Gedanken. »Die Abdruckspuren in Ihrem Garten passen tatsächlich zu den Damenschuhen, die in der Wohnung des verunglückten Studenten gefunden wurden. Es handelt sich dabei um SoleRebels-Sandalen aus Äthiopien. Sie sind Handarbeit und alle etwas unterschiedlich gefertigt.«

»Und wer ist dieses Mädchen, dem die Schuhe gehören?«

Die Walküre sah ihn an wie einen Schüler, der seine Vokabeln nicht gelernt hat. »Ich dachte, Sie könnten uns weiterhelfen. Immerhin haben Sie die Frau mehrfach gesehen.«

Jörg Gessler saß bereits an einem der kleinen runden Tische direkt am munter dahinrauschenden, glasklaren Gewerbekanal und las in der *Badischen Zeitung*. Als er seinen Freund kommen sah, faltete er sie umständlich zusammen und legte sie beiseite. Alexander wunderte sich, und zwar mit jedem Meter mehr, den er näher kam. Jörg sah anders aus. Der Schnurrbart war sorgfältig gestutzt, und die Haare hingen nicht mehr strähnig über den Kragen eines zerknitterten Hemdes. Sie waren sogar kürzer als seine eigenen und offensichtlich von einem Friseur geschnitten, der sein Handwerk beherrschte. Das hellblaue Hemd war tadellos gebügelt, und der waagerechte Knick verriet, dass es kürzlich noch ordentlich zusammengelegt gewesen war, vermutlich im Bekleidungsgeschäft.

»Wie heißt sie eigentlich?«, fragte Alexander.

»Gertrud, die meinst du doch.«

Alexander nickte. »Wenn alle Menschen so schnell begreifen würden wie du, wäre das Leben einfacher.«

»Vielleicht solltest du deine Ansprüche etwas zurückschrauben und den anderen Menschen klare Fragen stellen.«

Alexander seufzte. »Es ist traurig, dass der menschlichen Klugheit so enge Grenzen gesetzt sind und der menschlichen Dummheit überhaupt keine.«

»Adenauer«, bemerkte Jörg.

Alexander verstand nicht.

»Der Satz stammt von Adenauer.«

»Ich dachte, es wäre einer von einem gewissen Alexander Kilian«, wandte dieser ein.

»Du irrst.«

»Schade.«

Jörg zog seine auf die Größe eines kleinen Feuerzeugs zusammengeklappte Lesebrille aus der Hosentasche, entfaltete sie umständlich und studierte die Speisekarte. Alexander hatte seine Brille wieder einmal vergessen. Als Jörg die Speisekarte wieder zuschlug, hatte er gerade die ersten drei Vorspeisen entziffert.

Der Ober kam und empfahl Zwiebelrostbraten mit Brägele, angeblich eine besondere Spezialität der Sichelschmiede. Sie bestellten es beide.

»Wie findest du sie?«

Nur einen Augenblick war Alexander unsicher, wen Jörg meinte. »Ich habe sie bislang ja nur ganz flüchtig gesehen.«

Nach Gesslers Gesicht zu urteilen, hatte er die Frage richtig gedeutet.

»Was hast du über diesen Santosh herausgefunden?«, wechselte Alexander das Thema.

»Richtig. Deswegen sind wir ja hier.«

Gessler klappte seine Lesebrille genauso umständlich wieder zusammen, wie er sie entfaltet hatte. »Einen Santosh Bhagwati, der Physiker ist, habe ich gefunden. Er hat vor ein paar Jahren bei einer Computerfirma in der Nähe von London gearbeitet, später im indischen Mumbai. Irgendwelche Besonderheiten gab es nicht.«

»War er in Cambridge?«

»Jedenfalls hat er dort weder gewohnt noch gearbeitet. Mit dieser Behauptung hat er dir wohl einen Bären aufgebunden.«

»Das Böse ist immer und überall«, bemerkte Alexander und zeigte auf das steinerne Krokodil, das mit vom Moos grünen Augen mitten im Gewerbekanal der Strömung trotzte. »Es glaubt wohl niemand mehr daran, dass dieser Santosh wirklich harmlos ist.« Er schwieg, als der Ober kam, und sprach erst weiter, als er wieder gegangen war. »Was macht er jetzt eigentlich?«

»Er ist seit Kurzem bei einer Firma in Staufen, die Positioniersysteme im Nanobereich herstellt.«

»Positioniersysteme?«

»So etwas wird gebraucht, um in der Industrie oder auch in der

Medizin irgendwelche Bewegungsabläufe von automatischen Geräten oder Maschinen durchführen zu lassen. Genauer kann ich es dir nicht sagen. Ich bin ja kein Physiker.«

Alexander starrte noch immer auf das Krokodil. »Stimmt es, dass Santosh auch ohne die Heirat in Deutschland bleiben könnte, wenn er ohne Job wäre?«

»Das stimmt. Seine unbefristete Niederlassungserlaubnis als Hochqualifizierter entfällt nicht automatisch, wenn er arbeitslos wird. Er müsste schon schwerwiegende Straftaten begehen oder die freiheitlich-demokratische Grundordnung beziehungsweise die Sicherheit der Bundesrepublik in besonderem Maße gefährden.«

»Hm«, machte Alexander. Die Aufenthaltserlaubnis war offenbar tatsächlich kein Grund für die Hochzeit. Ratlos sah er einem in die Jahre gekommenen Pekinesen an der Seite eines kahlköpfigen Greises nach. Das Tier watschelte zwischen den Tischen hindurch, und das Fell, das am Boden schleifte, hinterließ eine Spur in den braun-verkrüppelten Blattresten unter der Kastanie. Von hinten sah der Hund aus wie ein Kehrfahrzeug mit Staubschutz.

»Hat Santosh irgendwelche Verbindungen zu Tierschützern?«

»Zumindest nicht zu militanten, jedenfalls sind wir bei ihm weder auf solche Aktivitäten gestoßen, noch ist er unseren Kontaktleuten in den entsprechenden Kreisen bekannt.«

»Aber irgendetwas Verdächtiges muss an diesem Mann doch sein!«, rief Alexander verzweifelt aus.

Gessler schüttelte bedauernd den Kopf. »Abgesehen von dem Cambridgemärchen ist der Mann völlig unauffällig.« Dann schwieg er und aß, ohne aufzusehen, als wäre mit seinem letzten Satz alles über Santosh gesagt.

Alexander schob seinen Teller zur Seite. Er brachte keinen Bissen mehr herunter. Die Zweifel an Santoshs Geschichte bohrten unablässig wie eine Fischgräte, die im Hals stecken geblieben ist.

»Aber der überzählige Schlüssel«, sagte er nach einer Weile. »Der weist doch eindeutig auf Beate und damit auf ihren schönen Inder hin.«

»Überzähliger Schlüssel?«

»Hat dir deine Kollegin nicht erzählt, dass es einen Schlüssel mehr gibt, als registriert wurden? Und nur Beate Brändle und ich haben die Berechtigung und damit die Möglichkeit, neue Schlüssel zu bestellen.«

Jörg stoppte schlagartig das Kauen. Das hatte er offenbar noch nicht gewusst. Dann nahm er die Lesebrille ab, die er aus irgendwelchen Gründen wieder aufgesetzt hatte. Offensichtlich dachte er jetzt nach. Schließlich setzte er die Brille wieder auf. Er hatte genug gedacht, zumindest fürs Erste.

»Hat meine Kollegin gesagt, dass Frau Brändle den Schlüssel tatsächlich selbst bestellt hat, oder kann man das bislang nur vermuten?«

»Darüber haben wir nicht gesprochen.«

»Wo bestellt ihr die Schlüssel üblicherweise?«

»Soweit ich weiß, sind noch nie Nachschlüssel gemacht worden, aber wahrscheinlich würde Beate sich dafür an die Schlüsselzentrale in der Habsburgerstraße wenden.« Er überlegte einen Augenblick, dann diktierte er dem verblüfften Jörg die Telefonnummer der Schlüsselzentrale. »Ich brauchte sie, als mein Schloss zugeklebt war«, erklärte er.

Jörg Gessler wählte die Nummer auf seinem Handy und murmelte etwas von fehlendem Überblick über bestellte und eventuell noch nicht abgeholte Schlüssel nach dem Brand. Nach weniger als zwei Minuten wussten sie, wer vor vier Wochen einen Schlüssel abgeholt hatte: Beate.

»So einfach war das«, sagte Alexander, und in die Befriedigung darüber mischte sich das Grauen.

Beate selbst hatte den Schlüssel besorgt und hatte es verheimlicht. Für wen, wenn nicht für den Mann auf dem Dachboden? Zwei Wochen später war er tot.

Alexander schüttelte den Kopf. »Ich hätte es nie für möglich gehalten. Nicht bei Beate.«

»Sagtest du nicht gerade, das Böse ist überall?«

»Das war nur die Theorie.«

Bislang hatte er gedacht, die Welt müsse um einiges besser sein, wenn es mehr Menschen gäbe wie seine Sekretärin. Jetzt war er seiner Sache nicht mehr so sicher. Seine Überzeugung, zwischen Gut und Böse unterscheiden zu können, war absurd. Er musste sich damit abfinden, dass auch für einen Wissenschaftler wie ihn die Menschen nicht durchschaubarer waren als für einen Maulwurf die Welt jenseits seiner Hügel.

»Was ich nicht verstehe«, sagte Alexander nach einer Weile, »warum war sie nicht viel verzweifelter nach dem Feuer? Ohne ihren Schlüssel würde der Mann noch leben.«

Jörgs Teller war jetzt leer. Er griff zur Serviette und wischte sich ungewöhnlich sorgfältig über den Mund. Dann betrachtete er die Serviette, als könne er darin eine Antwort finden. Er fand keine und zuckte nur ratlos mit den Schultern.

Nach dem Essen fuhr Alexander direkt zur Senatssitzung und kehrte erst am Abend ins Institut zurück. Beate traf er nicht mehr an, und das war gut so. Überhaupt nicht gut war, wie sie ihren Arbeitsplatz verlassen hatte: Die Rolltür des Schubladenturms war offen, ebenso die Tür des Schranks, in dem sie ihre Jacke aufzuhängen pflegte. Die schmutzige Kaffeetasse stand noch auf dem Schreibtisch, und die hochhackigen Schuhe, die sie nur bei der Arbeit trug, lagen mitten im Raum. Offenbar war sie in größter Eile aufgebrochen. Am meisten beunruhigten ihn die offenen Schubladen. Solche Nachlässigkeit war er von seiner Sekretärin nicht gewohnt. Normalerweise schloss sie die Rolltür, selbst wenn sie nur für ein paar Minuten den Raum verließ. Er blieb noch eine Weile in seinem Kämmerchen und wartete, ob sie vielleicht zurückkommen würde. Als er zehn Minuten später noch immer allein war, verschloss er den Schreibtisch im Sekretariat, stellte Beates Schuhe zur Seite und fuhr nach Hause.

In seiner Wohnung roch es unangenehm. Der Geruch schien aus dem Schlafzimmer zu kommen und war seit Tagen stärker geworden, jetzt konnte er ihn nicht mehr ignorieren. Eine tote Ratte? Oder Sambalas Hinterlassenschaften? Alexander sank neben dem Bett auf die Knie und sah nach. Unter dem Bett war es dunkel, aber der Geruch war hier stärker.

Er stellte die Nachttischlampe auf den Boden. Jetzt konnte er in der hinteren Ecke einen dunklen Haufen erkennen. Er verschob die Lampe, bis er ihn deutlicher sah. Strümpfe: seine vermissten Strümpfe, aber die waren gewaschen und sollten nicht so riechen. Mithilfe eines Besens zog er sie hervor, wobei er etwas unter dem Bett verteilte, was er erst auf den zweiten Blick erkannte: Trockenfutter! Daher der Geruch. Er war auf Sambalas geheimes Depot gestoßen. Immerhin hatte sie ihren heimlichen Vorrat auf das Trockenfutter beschränkt und nicht ihr Dosenfleisch unter seinem Bett gehortet.

Er fegte das Futter auf ein Kehrblech und warf die verstaubten Strümpfe in die schmutzige Wäsche. Dann schlug er den Teppich zur Seite und fegte den Parkettboden des Schlafzimmers, danach den Steinboden im Flur. Und den in der Küche. Das Fegen beruhigte ihn. Er beneidete die Hausfrauen, die Stunden mit dieser Tätigkeit verbringen konnten, bei der man so ungestört denken konnte. Aber Frauen benutzten üblicherweise einen Staubsauger, dessen Lärm zumindest bei ihm jeden sinnvollen Gedanken tötete. Als er auch noch die freien Flächen im Wohnzimmer gefegt hatte, war er zu der Überzeugung gekommen, dass Beate Brändle nichts Schlimmeres getan hatte, als in ihrer selbstlosen Art einem Menschen in einer Notsituation einen Unterschlupf zu bieten.

Wenig später hatte er die Terrasse gefegt und sich dabei das Szenario ihres Aufbruchs vorgestellt: Sie war irgendwo im Institut aufgehalten worden, und danach war ihr Pflichtbewusstsein ganz bei Santosh gewesen, der vor dem Institut ungeduldig wartete. Als Alexander dann sogar noch vor der Haustür gefegt hatte, war er sich nicht mehr so sicher, was seine Sekretärin betraf. Sie hatte Vincent gekannt. In dessen Wohnung waren Schuhe des Rattenmädchens gefunden worden, und dieses wiederum war ohne Zweifel für die Anschläge auf seine Wohnung zuständig. Er stellte den Besen in den Schrank zurück. Fegen war doch kein Allheilmittel.

Fronleichnam war ein Feiertag, dessen Namen er vor seiner Berufung in den katholischen Süden Deutschlands nicht hatte korrekt schreiben können, zumindest nicht auf Anhieb, geschweige denn, dass er seine Bedeutung gekannt hätte. Mittlerweile wusste er, dass Fron nicht harte Arbeit bedeutete, sondern Herr, und es folglich um den Leib des Herrn ging. Längst hatte er den Tag zu schätzen gelernt. Der Grund waren nicht die feierlichen Prozessionen oder die prachtvollen Blumenteppiche, seine Freude galt dem Feiertag ganz allgemein, dem einzigen zwischen Pfingsten und den Sommerferien nach der Verlegung des Deutschen Nationalfeiertags auf den dritten Oktober. In diesem Jahr lag Fronleichnam ungewöhnlich spät im Juni, aber wie immer auf einem Donnerstag. Bis er am Freitag Beate Brändle begegnen würde, hätte die Kripo möglicherweise mehr über ihre Rolle in Erfahrung gebracht. Wenn sie denn am Freitag wieder im Institut sein würde!

Schon seit Wochen hatte Ina für diesen Tag einen gemeinsamen Einkaufsbummel in Straßburg geplant. Ina liebte es, lange im Voraus zu planen. Sie brauche die Vorfreude auf etwas Schönes, sagte sie. So dachte sie beim Sonntagsausflug schon über eine Tour für das kommende Wochenende nach, und im Sommerurlaub plante sie bereits den nächsten Winterurlaub. Saßen sie im Theater, zählte sie auf, was demnächst auf dem Spielplan stand und was sie sich unbedingt ansehen wollte. Was Ina Vorfreude nannte, war für ihn eine unnötige Einengung, die jeder Spontaneität im Wege stand. Ina lebte mit ihren Gedanken in der Zukunft, allenfalls noch in der Vergangenheit, und neigte dazu, die Gegenwart zu verpassen. Oft genug nämlich passte das Vorgeplante nicht zu dem Tag und der Stunde, ein ausgedehnter Museumsbesuch bei strahlendem Wetter zum Beispiel. Immerhin konnte sie sich dann auf die Vorfreude berufen, die sie schon ausgekostet hatte.

Wahrscheinlich hätte Ina auch an ihrem heutigen Plan festgehalten, wenn das herrlichste Sommerwetter gewesen wäre. Glücklicherweise regnete es seit den frühen Morgenstunden, und es war genau der richtige Tag, um sich in engen Boutiquen von aufdringlich parfümierten Verkäuferinnen unbezahlbare Kleider zeigen zu lassen.

Sechs Minuten vor zehn stand er am Gleis eins neben dem Fahrkartenautomaten, wo er sich mit Ina und Corinna verabredet hatte. In drei Minuten sollte der ICE nach Offenburg abfahren, aber von den beiden war nichts zu sehen. Er suchte in seinem Gedächtnis nach einer anderen Zeit oder einem anderen Ort, wo sie sich vielleicht verabredet hatten, stieß aber auf keine Alternativen. Erfreulicherweise hatte er sein Handy dabei, das er in Situationen wie dieser zu schätzen gelernt hatte. Vor der explosionsartigen Ausbreitung der sonst so lästigen Geräte waren seine Verabredungen mehr als einmal an Missverständnissen gescheitert. Das schlimmste Beispiel war ein verpasstes Skiwochenende in den Alpen gewesen, als er auf dem falschen Autobahnparkplatz auf den Rest der Gruppe gewartet hatte. Bis auf das Ziel »Berner Oberland« hatte er nicht gewusst, wohin die Reise gehen sollte, nicht einmal den Ort, geschweige denn das gebuchte Hotel. Bezahlen musste er trotz seiner Abwesenheit.

»Papa!«

Er drehte sich um. Ina und Corinna kamen direkt auf ihn zu. Offenbar hatte er sich dieses Mal nicht geirrt.

»Papa, Sambala hat in die Badewanne gekackt.«

»So etwas sollst du doch nicht sagen!«, besann er sich umgehend auf seine erzieherischen Pflichten.

»Hat sie aber.«

Ina schien nicht zugehört zu haben. Sie war außer Atem und sah aus, als sei sie in Gedanken noch immer damit beschäftigt, rechtzeitig den Bahnhof zu erreichen.

»… und dann hat sie in der Wanne herumgekratzt, als könne sie die … du weißt schon, dort vergraben«, fuhr Corinna fort.

»Und wer hat die Badewanne wieder sauber gemacht?«

Corinna zog die Mundwinkel nach unten. »Ich … eh, ich bin noch nicht fertig damit.«

Ehe Ina etwas sagen konnte, meldete sich Alexanders Handy, und er vergaß auf der Stelle die dankbaren Gefühle, die er gerade noch diesem Gerät entgegengebracht hatte. Es war Jörg.

»Weißt du, wo deine Sekretärin steckt? Wir haben sie nicht in ihrer Wohnung angetroffen, auch nicht bei ihrem Ehemann.«

Alexander erschrak. »Sie scheint gestern sehr in Eile gewesen zu sein, als sie das Institut verlassen hat.« Plötzlich war die Beunruhigung vom Vortag wieder da. »Vielleicht sind die beiden auch nur einkaufen gegangen«, versuchte er seine Sorgen zu beschwichtigen.

»Aber nicht am Feiertag. Außerdem kannst du morgens um sieben in Freiburg nicht einmal auf dem Münstermarkt einkaufen.«

»Um sieben wart ihr schon bei ihr?« Er nannte seinem Freund die Adresse der neuen Wohnung. Womöglich waren die beiden schon dort und renovierten?

»Was ist passiert?«, fragte Ina, als er den Apparat wieder einsteckte.

»Jörg wollte Beate sprechen und fragte, wo sie sein könnte.« Er versuchte, seine Stimme harmlos klingen zu lassen.

Was Jörg gesagt hatte, gefiel ihm nicht, und es ärgerte ihn, durch den Anruf wieder mit seinen Gedanken bei seiner Sekretärin zu sein. Genau in diesem Augenblick fuhren drei Mountainbiker, hier, wo Radfahrer ohnehin nichts verloren hatten, mit unverschämt hoher Geschwindigkeit durch das Gewühl und kamen direkt auf ihn zu. Am liebsten hätte er sich ihnen in seinem Ärger entgegengeworfen. Die würden schon merken, was passierte, wenn sie harmlose Fahrgäste über den Haufen fuhren! Doch er machte ihnen Platz und bemühte sich um ein gleichgültiges Gesicht. Ina brauchte seinen Zorn nicht zu merken. Derartige Intoleranz gegenüber unbedeutenden Störungen nahm sie als sicheres Zeichen der Vergreisung – bei ihm und bei anderen Menschen. Vermutlich hatte sie recht. Er stellte sich vor: Professor Alexander Kilian als alter Mann, wie er mit seinem Krückstock auf harmlose Radfahrer losging.

»Schau die doch nicht so böse an«, sagte Ina. »Letzten Sonntag bist du doch selbst mit dem Rad durch den Stadtgarten geprescht, ohne dass sich jemand beschwert hat.«

»Was meinst du?«, fragte er, als könnte er sie doch noch täuschen.

Der Intercity nach Offenburg war pünktlich – wenn man die von der Bahn nicht erwähnte vierminütige Verspätung vernachlässigte –, und er war voll. Der Zug von Offenburg nach Straßburg war noch voller. Ina war nicht die Einzige, die den baden-württembergischen Feiertag zu einem Einkaufsbummel im Nachbarland nutzen wollte. Sie hatte es für eine originelle Idee gehalten, wie wahrscheinlich ein paar Tausend andere Baden-Württemberger auch.

»Santosh!« Ina zeigte auf einen Mann, der vor ihnen vom abgelegenen Gleis 25, der Endstation ihres Zuges, auf das Straßburger Bahnhofsgebäude zustrebte. Dieses Mal war es kein Gummibaum, der sich in einen Mann mit Turban verwandelt hatte, dieses Mal war es der Inder selbst. Und er war allein.

»Was macht denn der jetzt hier ohne seine Beate?«, fragte Ina.

Alexander beschleunigte seine Schritte. Genau das wollte er auch wissen. Es gab überhaupt keinen Menschen, dessen Aktivitäten ihn in diesem Moment so interessierten wie die von Santosh. Abgesehen von Beate selbst natürlich. Ina machte keine Anstalten, Santoshs rasches Tempo aufzunehmen, mit dem er das Bahnhofsgebäude Richtung Stadt verließ und ohne Schirm durch den Nieselregen davoneilte. Zum Diskutieren oder zum Abwägen blieb keine Zeit.

Alexander ging noch schneller. »Entschuldigt mich bitte. Es ist sehr wichtig!«

Nur einmal sah er sich noch nach Ina und Corinna um. Starr wie ihre eigenen Standbilder verharrten sie vor dem gläsernen Rund des Bahnhofs, der wie eine riesige glänzende Qualle auf dem Asphalt hockte. Er machte eine entschuldigende Geste und folgte Santosh, der den Weg zu einer abseits der übrigen Schienenstränge liegenden Straßenbahnendhaltestelle eingeschlagen hatte. Offenbar kannte der sich hier aus. Ein Gleis endete hier direkt vor der Hauswand eines grauen Gebäudes, in dessen Fassade die Jahreszahl 1901 eingemeißelt war. Eine Bahn stand dort abfahrbereit: weiß und silbern, sehr lang und im Vergleich zu den Freiburger Bahnen schnittig wie ein Hochgeschwindigkeitszug. Kurz bevor Santosh sie erreicht hatte, fuhr sie ab. Seine Bewegungen waren nun langsamer. Ohne Eile kaufte er eine Fahrkarte am Automaten, der in einer breiten Reklamesäule eingebaut war, dann ging er, ohne sich um den nur noch spärlich fallenden Regen zu kümmern, neben dem Gleis auf und ab, langsam und gelassen, wie man geht, wenn man auch mit der nächsten Bahn noch früh genug am Ziel sein wird.

Alexander näherte sich der Haltestelle im Sichtschutz der Säule und hoffte, dass Ina und Corinna ihm nicht folgen würden. Bewegte sich Santosh in die eine Richtung, wich er jenseits der Säule in die andere aus, wechselte Santosh wieder, tat er es auch. Es war ein Versteckspiel wie aus Kindertagen, nur dass damals dicke Bäume anstelle einer Säule mit elektronischem Innenleben dagestanden hatten. Immer wenn ihm Santosh den Rücken zuwandte, hatte er Zeit, ihn zu betrachten. Er sah anders aus als sonst. Die Haare waren weniger sorgfältig gekämmt und die Kleidung – helles T-Shirt und ausgebeulte Jeans – ungewöhnlich nachlässig. War das wirklich Santosh?

Nach ein paar Minuten fuhr eine Bahn ein, oben silbern, unten weiß wie die vorige. Santosh stieg weit vorn in den einzigen Wagen und setzte sich auf einen der vordersten Sitze. Der Fahrkartenautomat wäre von dort nur mit Mühe zu sehen gewesen. Jetzt hätte sich Alexander eine Fahrkarte kaufen können. Er musterte den Apparat. Eine große Abdeckung aus glänzendem Metall, darin in einer Vertiefung eine massive Glasscheibe. Außerdem gab es einen Drehknopf, dessen Funktion er nicht gleich verstand, zwei weitere Knöpfe, dazu Schlitze für Karten, Geldscheine und Münzen. Er wandte sich ab. Was sollte er mit einer Fahrkarte, wenn ihm Santosh in der Zwischenzeit entkam? Alexander stieg durch die hintere Tür ein und setzte sich.

Der Wagen war so lang, dass er von Santosh nur eine Schulter sehen konnte. Außerdem behinderten mehrere Querwände die

Sicht. Wenn Santosh nicht auf die Idee kam, ausgerechnet ganz hinten auszusteigen, bestand keine Gefahr, dass er ihn bemerkte. Gut die Hälfte der Sitzplätze war besetzt, ein paar Jugendliche standen an einer der hinteren Türen. Jenseits des Ganges saßen zwei ältere dicke Frauen mit dunklen Mänteln und schwarzen Kopftüchern, die fettiges Gebäck aus einer Tüte aßen, hinter ihnen saß ein Schwarzer, dessen spitz gefeilte Schneidezähne ihm schon beim Einsteigen aufgefallen waren. Die anderen Fahrgäste waren gänzlich unauffällig.

In jeder Linkskurve konnte er den schwarzhaarigen Mann, den er für Santosh hielt, besser beobachten. Nach einer Weile nahm der Mann eine liegen gebliebene Zeitung von einem Sitz, blätterte sie kurz durch und legte sie wieder zurück. Alexanders Zweifel wuchsen, ob dies wirklich Santosh war. Nach Inas Ausruf am Bahnhof hatte er nicht länger darüber nachgedacht. Der Inder war kein Mensch, der üblicherweise öffentliche Verkehrsmittel benutzte. Und jetzt sollte er in einer französischen Straßenbahn sitzen, die er zuvor mit einer Regionalbahn erreicht hatte? Kaum zu glauben. Auch die Kleidung passte nicht zu ihm.

Sie fuhren um die Innenstadt herum. Mal sah er das Münster aus der einen, dann aus einer anderen Perspektive. Das Ziel der Bahn hieß Neuhof. Irgendwo hatte er diesen Namen schon einmal gelesen, in der Zeitung vielleicht, aber er verband nichts mehr damit.

Plötzlich stand der Mann auf, trat in den Mittelgang und ging in Alexanders Richtung. Der duckte sich und sah angestrengt aus dem Fenster. Tatsächlich Santosh?

Eine fröhliche Kinderstimme ertönte aus dem Lautsprecher: »Prochaine station: Université.«

Universität! Dafür hatte er diesen Mann verfolgt und vermutlich Inas berechtigten Zorn auf sich gezogen: um zu sehen, wie er – Santosh oder nicht – die Straßburger Universität aufsuchte. Alexander beschloss, eine Station weiter zu fahren, ehe er umkehrte. Falls es wirklich Beates Ehemann war, brauchte er ihm nicht an der Haltestelle zu begegnen. Aus den Augenwinkeln beobachtete er, wie der Mann an den sich öffnenden Türen vorbei weiter nach hinten ging. Er kam direkt auf ihn zu. Noch ein paar Meter, dann musste er ihn entdecken. Alexander hatte nun keine Zweifel mehr, dass der Mann wirklich Santosh war. Drei Reihen vor Alexander setzte er sich wieder. Mit Blick nach vorn.

An der Universität war die Bahn voller geworden, und das Aussehen der Fahrgäste hatte sich verändert. Die meisten, die zugestiegen waren, schienen Studenten zu sein, aber die wenigsten von ihnen waren Europäer: viele Schwarzafrikaner, aber auch Nordafrikaner und Asiaten. Wenig später die Haltestelle Esplanade. Esplanade: Das Wort verband er mit noblen Hotels, doch hier stand es für eine Welt aus Beton mit Wohnburgen, zehn, fünfzehn, vielleicht zwanzig Stockwerke hoch.

An dieser Station leerte sich die Bahn wieder. Santosh saß noch immer drei Reihen von Alexander entfernt. Draußen wechselten sich neue Wohnhäuser mit alten ab, mal Gründerzeitvillen mit Bäumen davor, dann wieder eintönige Hochhäuser. Vielleicht war er im Süden von Straßburg, vielleicht aber auch im Osten. Jedenfalls war die Stadt größer, als er gedacht hatte. Allmählich hatte sich das Aussehen der Fahrgäste wieder verändert. Die meisten Männer trugen Bärte, nur eine Gruppe von jungen Schwarzen nicht. Viele Frauen hatten Haare und Stirn mit Kopftüchern verhüllt. Drei trugen über ihren langen Gewändern bis über die Taille reichende Tücher, die nur einen Teil des Gesichtes frei ließen. Eine in Braun, eine in Schwarz, eine in Dunkelblau. Eine schlanke blonde Frau, die an der Universität eingestiegen war, saß noch immer vor ihm – sie schien die einzige Mitteleuropäerin im hinteren Teil des Wagens zu sein. Fast dreißig Minuten fuhren sie nun schon. Mit jeder Haltestelle hatte sich die Bahn weiter geleert. Wenn das so weiterging, würde er bald mit Santosh allein in der Bahn sitzen.

»Prochaine station: Kibitzenau.« Wieder war es die Kinderstimme. Draußen ein großes Busdepot, später ein großer Friedhof. Alexanders Handy klingelte mit der bekannten Nokia-Melodie. Er machte sich ganz klein in seinem Sitz, drückte das Gespräch weg und schaltete das Handy aus. Natürlich war das Ina. Ein Wunder, dass sie nicht längst angerufen hatte. Santosh hatte sich nicht umgesehen. Sechs Menschen sah er schließlich nur noch, einer davon die blonde Frau, ein anderer Santosh.

Als die Endstation angekündigt wurde, stand Alexander auf und setzte sich auf einen Platz mit dem Rücken zur Fahrtrichtung. Er stieg als Letzter aus. Nur die junge Frau wandte sich an der Haltestelle nach rechts, wo Häuser und Gärten freundlich aussahen. Santosh und die anderen Fahrgäste hielten auf öde Betonblöcke zu, die an die Plattenbauten aus der Zeit der ehemaligen DDR erinnerten. Sie waren nur fünf, sechs, höchstens sieben Stockwerke hoch, aber lang und wie Riegel, die unüberwindlich schienen. Nach hundert Metern merkte Alexander, dass er seinen Schirm – ein Weihnachtsgeschenk von Ina und wahrscheinlich nicht billig – in der Bahn vergessen hatte. Noch hätte er umkehren können, die Bahn war noch nicht abgefahren. Er blieb stehen, gab sich einen Augenblick dem wohlbekannten und jedes Mal aufs Neue heftig stechenden Schmerz des Verlustes hin und entschied, Santosh zu folgen.

Nur wenige Menschen waren hier auf der Straße. Er musste Abstand halten, wollte er nicht von Santosh gesehen werden. In dieser Gegend hatte er nichts verloren. Dies war kein Stadtteil, den Touristen betraten. Die Menschen hier waren anders als er, darüber täuschten auch seine eigenen dunklen Augen und seine Haarfarbe nicht hinweg, ein Grau, dem man das ursprüngliche Schwarz noch ansah. Selbst in Jeans und T-Shirt wäre er hier noch aufgefallen. Genau wie Santosh. Auch er gehörte nicht hierher. Es waren Feinheiten, kaum zu beschreibende Details, durch die sie sich beide von den Bewohnern des Viertels unterschieden. Die Haltung? Der Gang? Der Gesichtsausdruck? Die Frisur? Die hellere Haut? Oder doch die Kleidung?

Längst war ihm eingefallen, woher er den Namen Neuhof kannte. Er war in dem Straßburger Betonsilo-Vorort, der es mit Schlagzeilen über Krawalle und brennende Autos immer wieder auch in die Freiburger Presse schaffte. Touristen wie er kannten ihn nur aus dem Fernsehen mit Bildern von brennenden Autos und wütenden Jugendlichen, die auf Polizisten losgingen.

Ein paar junge Männer standen wie aufgereiht an der Wand

eines grauen Wohnhauses und sahen ihm mit einer Mischung aus Wachsamkeit und Misstrauen entgegen. Einer von ihnen trat zwei Schritte vor, als wolle er ihm den Weg versperren. Ein Schwarzer kam mit einem Moped dazu. Sie umringten die Maschine und beachteten Alexander nicht länger. Eine schwarz gekleidete Frau mit Kopftuch schob ihren Kinderwagen an ihm vorüber, ohne ihn anzusehen.

Santosh schlug nun einen matschigen Weg durch eine Grünfläche ein, auf der ein paar kümmerliche Bäumchen von viel zu dicken Holzpfählen aufrecht gehalten wurden. Noch hatte er sich kein einziges Mal umgesehen. Er schien sich sicher zu fühlen, oder – was noch wahrscheinlicher war – er hatte kein schlechtes Gewissen. Trotzdem zögerte Alexander, Santosh über den Platz zu folgen, doch wenn er den Inder nicht aus den Augen verlieren wollte, musste er irgendwann die freie Fläche überqueren. Während er über die Grünfläche ging, fühlte er sich wie ein Kaninchen ohne Deckung. Wenn er wenigstens seinen Regenschirm gehabt hätte, um sein Gesicht zu verbergen! In der Mitte der freien Fläche war ein Basketballplatz, umgeben von grün gestrichenen armdicken Gittern, die aussahen, als könnten sie Panzern widerstehen. Auf diese Gitter hielt Alexander zu, verharrte hier einen Augenblick und ging dann weiter.

Er erreichte die gegenüberliegende Häuserfront, ohne dass Santosh ihn bemerkt hatte. Während der Inder direkt auf einen Hauseingang zusteuerte, verbarg sich Alexander hinter einem blauen verbeulten Lieferwagen, dem einzigen Fahrzeug, das hier parkte. Die Hauseingänge waren wie Löcher in der eintönigen Front. Drei, vier Meter waren die Haustüren nach innen versetzt, die Gänge dorthin waren eng und dunkel und wirkten wie übergroße Schießscharten. Die Haustüren waren aus Metall und sahen aus, als würden sie in einen Kühlraum führen oder in eine Gefängniszelle für Schwerverbrecher.

In eines dieser Löcher tauchte Santosh ein, drückte auf einen Klingelknopf, sagte etwas in die Sprechanlage und stieß die Tür auf. Alexander kam näher, und für einen Augenblick sah er den dunklen, quer zur Tür verlaufenden Hausflur und die unzähligen

Briefkästen an der gegenüberliegenden Wand. Kurz bevor sich die Tür hinter ihm schloss, drehte sich Santosh um. Alexander stand kaum zwanzig Meter von ihm entfernt, jetzt ohne jede Deckung.

Der Inder stoppte mit einer plötzlichen Bewegung die Tür und starrte den Verfolger an. Sein Mund öffnete sich wie für einen Laut der Überraschung, dann fiel die Tür ins Schloss. Für lange Sekunden rührte sich Alexander nicht von der Stelle. Endlich ging er die letzten Meter auf das Haus zu und lehnte sich schwer atmend wie nach einer großen Anstrengung und mit klopfendem Herzen in der Eingangsnische an die Hauswand. Wenn es einen Fleck gab, wo er von oben nicht gesehen werden konnte, dann hier.

Es war nicht nur Erstaunen gewesen, was sich auf Santoshs Gesicht gespiegelt hatte, nein, es war Erschrecken gewesen, es war ein Gesicht, auf dem zu lesen war, dass er auf keinen Fall hier gesehen werden wollte. So war es Alexander jedenfalls vorgekommen. Er versuchte seine Gedanken zu ordnen. Die dunkle Nische vor dem Hauseingang schützte ihn vor Blicken aus den Fenstern, aber jederzeit konnte Santosh von innen die undurchsichtige Metalltür aufreißen. Und dann? Ob Santosh vermutete, dass er ihn nur zufällig entdeckt habe? Oder glaubte er, jemand habe Alexander verraten, wo er zu finden sei, Beate vielleicht?

Er versuchte sich in Santoshs Lage zu versetzen, aber solange er nicht wusste, warum der hier war und ob er tatsächlich nicht gesehen werden wollte, führten alle Überlegungen in eine Sackgasse. Jedenfalls musste Alexander wieder verschwinden. Die Betonburgen von Neuhof waren kein Ort, wo er sich sicher fühlen konnte. Sein Blick fiel auf die Klingelanlage. Es war eine Tafel aus glänzendem Metall, in deren oberen Teil hinter Panzerglas eine Tabelle mit den zweiundvierzig Wohnungsnummern und den Namen angebracht war, darunter waren die nummerierten Klingelknöpfe in die Metallplatte eingelassen. Zerstörungswut musste hier ins Leere laufen, für Schmierereien war genügend Platz. Hastig überflog er die Namen, die unter dem Gekritzel kaum zu entziffern waren. Nur wenige klangen französisch, ein paar zu seiner Überraschung deutsch, kein einziger indisch. Die meisten Bewohner schienen aus arabischen Ländern zu stammen.

Auf den Betonplatten des Gehwegs hörte er Schritte, die rasch näher kamen. Eine Frau bog genau in dem Augenblick in die Nische des Eingangs, als er sie verlassen wollte. Ihre Haare und die Stirn waren mit einem bunt gemusterten Kopftuch verhüllt. Sie war jung, dicklich und trug eine pralle weiße Plastiktüte. Ihr Blick klebte am Boden, als hätte sie den Mann vor dem Eingang nicht bemerkt. Alexander blieb stehen und sah, wie sie auf einen Klingelknopf drückte und wenig später das Haus betrat. Die Tür schloss sich so langsam, dass er sie erreichte, ehe sie zufiel. Er stellte einen Fuß zwischen Tür und Rahmen. Dann wartete er.

Was hinter der Tür geschah, konnte er nicht erkennen. Nach einer Weile, in der sich nichts rührte, drückte er die Tür auf, bis sie gegen eine Wand stieß. Dann trat er in den finsteren kahlen Flur, der sich mit dem Schließen der Tür weiter verdunkelte. Kein Mensch war hier. Das einzige Geräusch kam von einem sich entfernenden Fahrstuhl. Alexander hörte, wie sich die Fahrstuhltür öffnete und wieder schloss. Danach herrschte Stille. Absolute Stille.

Alexander hatte nicht gedacht, dass es in einem solchen Haus so still sein konnte. Keine Musik, kein Fernseher, kein Kindergeschrei, keine streitenden Stimmen. Er trat einen Schritt vor, noch einen, fand einen Lichtschalter. Nun überblickte er den ganzen Flur, an dessen Ende eine Nische war, in die er nicht hineinsehen konnte. Er folgte dem Flur und stieß auf einen Fahrstuhl und ein Treppenhaus. Nun wusste er nicht weiter. Wie sollte er die Tür finden, hinter der Santosh verschwunden war? Noch während er überlegte, unterbrachen Stimmen die Stille, kurz darauf hörte er das Geräusch des Fahrstuhls, der sich näherte. Alexander eilte zur Haustür und stand wenig später wieder im Freien. Im Regen, der nun wieder stärker fiel, kehrte er zu dem blauen Lieferwagen zurück und beobachtete von dort den Eingang. Es war nur die dickliche Frau, die jetzt das Haus wieder verließ. Die Plastiktüte hatte sie nicht mehr bei sich.

Und jetzt? Warten? Er konnte keinen Sinn darin erkennen. Mit entschlossenen Schritten, als habe er ein Ziel, verließ er sein Versteck hinter dem Lieferwagen. Er vermied die offene Grünfläche mit dem Sportplatz und entfernte sich in eine andere Richtung, um in einem Bogen zur Haltestelle zurückkehren. Einen Häuserblock weiter wandte er sich in die Richtung, in der er die Straßenbahn vermutete. Nach wenigen Minuten stieß er auf das Wartehäuschen einer Bushaltestelle. Es war aus weiß gestrichenem Beton, und mit dem geschwungenen Dach auf den weißen Säulen sah es aus wie ein zierliches Tempelchen. Die Bank im Häuschen war verkohlt, die Wände schwarz vom Ruß. Immerhin war es trocken unter dem Dach.

Er zog sein Handy aus der Tasche und rief Ina an. Sie saß mit Corinna in einem Chinarestaurant abseits vom Touristenrummel.

»Hast du dich verlaufen?« Inas Stimme hatte den ironischen Unterton, mit dem sie Ärger zu überspielen pflegte.

Er berichtete kurz, was er beobachtet hatte.

»Kommst du jetzt zurück, oder wartest du, was Santosh tun wird?«

Schweigen.

»Bist du noch da?«

»Ich habe gerade nachgedacht.«

»Und?«

»Ich bräuchte ein Fernglas, sonst würde es auffallen, wenn ich den Eingang beobachte.«

»Dann kauf dir doch eins.« Inas Ton klang gar nicht mehr ironisch.

»Ich versuche es.« Er versprach, sich bald wieder zu melden.

Ein Fernglas kaufen, hatte Ina gesagt. Natürlich war das Unsinn. Auf dem ganzen Weg vom Bahnhof bis hierher hatte er bis auf ein paar Supermärkte überhaupt keine Geschäfte gesehen. Außerdem wäre er mit einem Fernglas noch mehr aufgefallen, als er es ohnehin schon tat.

Er wählte die Nummer von Jörg Gessler.

»Ich habe Santosh in Straßburg gesehen.«

»Beim Einkaufsbummel?«

»Nein. In Neuhof. Ohne Beate.«

»Neuhof? Ist das nicht einer von diesen Immigrantenvororten, wo in der Silvesternacht die Autos abgefackelt werden?«

»Du sagst es. Er ist dort in einem Haus verschwunden.«

Gessler schwieg. Vermutlich dachte er nach. Vielleicht wunderte er sich auch nur.

»Er hat mich angestarrt wie einen Geist, als er mich entdeckt hat.«

»Kann ich mir vorstellen.«

Alexander überging den Spott. »Wir müssen unbedingt wissen, was Santosh dort treibt.«

»Natürlich.«

Es gelang Gessler, mit diesen drei Silben auszudrücken, was er offenbar tatsächlich dachte: Santoshs Auftauchen in Neuhof maß er überhaupt keine Bedeutung zu, und Lust, sich mit dieser neuen Nachricht zu beschäftigen, hatte er auch nicht.

Alexander atmete tief ein und wechselte das Thema. »Habt ihr wenigstens Beate gefunden?«

»Bislang nicht. Weder in einer der beiden alten Wohnungen noch in der neuen gemeinsamen in der Schönbergstraße. Wahrscheinlich bummelt sie gerade durch Straßburgs Altstadt.«

»Sicher nicht«, widersprach er heftig. »Santosh ist allein in Straßburg angekommen.«

Ein moderner gepflegter Bus, ein ebensolches Wunder in dieser trostlosen Gegend wie die moderne Straßenbahn, näherte sich. Der Fahrer bremste abrupt, als er Alexander bemerkte. Der wandte sich ab, und der Bus fuhr weiter, ohne anzuhalten.

»Wie Beate ihren Arbeitsplatz verlassen hat, ist in höchstem Maße beunruhigend«, fuhr Alexander jetzt heftiger fort. »Das passt doch nicht dazu, dass ich Santosh hier allein gesehen habe. Außerdem …«

»Vielleicht ist deine Sekretärin am Mittwochabend zu einem Kurzurlaub aufgebrochen und musste sich deswegen so beeilen«, unterbrach ihn Jörg.

»Unsinn. Die verreist doch jetzt nicht ohne ihren Liebsten.«

»Vielleicht zu einer Tierschutzdemo?«

Alexander konnte den Spott seines Freundes nicht begreifen. »Ich sage es noch einmal: Ihr müsst unbedingt das Haus in Neuhof beobachten, in dem Santosh verschwunden ist. Es ist wichtig!«

Das Geräusch aus dem Handy erinnerte Alexander an einen knurrenden Hund. Es war die übliche Äußerung seines Freundes, wenn ihm jemand auf die Nerven ging.

»Sicher kann man das Haus beobachten und nachforschen, was Santosh dort tut, wenn es einen konkreten Grund dafür gibt. Aber denk doch mal logisch. Neuhof befindet sich in Frankreich, da sind immer noch unsere französischen Kollegen zuständig. Außerdem ist es kein Verbrechen, irgendjemanden in Neuhof zu besuchen.«

Alexander wurde plötzlich laut. »Ich sage dir, was jetzt unbedingt und sofort aus gutem Grund geschehen müsste, aber du denkst nicht einmal darüber nach, was dieser Mensch in Neuhof treibt. Ihr steckt seit Tagen mit euren Ermittlungen in einer Sackgasse. Und jetzt ist auch noch Beate verschwunden!«

Er wunderte sich selbst über seinen jammernden Unterton im letzten Satz. So ein Ausruf hätte gut von Beate selbst kommen können: »Jetzt ist auch noch Santosh verschwunden«, zum Beispiel.

»Nun lass mal die Kirche im Dorf. Deine Sekretärin hat nicht wie gewohnt die Schranktüren verschlossen, und wir haben sie nicht in ihrer Wohnung angetroffen, das ist alles.« Dann versprach er doch, mit den französischen Kollegen Kontakt aufzunehmen.

Alexander steckte resigniert das Handy ein. Jörg Gessler war sein einziger ganz persönlicher Freund. Wenn nicht einmal der tat, was er erhoffte, wer dann? Seit seiner Kindheit, seit dem Tod seiner Mutter suchte ihn diese Verzweiflung heim, wenn er niemanden fand, der ihn aus seiner Bedrängnis erlöste. Er verließ das angekohlte Bushäuschen und trat hinaus in den Regen. Grau war der Himmel, grau die Straßen, grau die Betonklötze – überall der gleiche Anblick. Er ging weiter in die Richtung, in der er die Straßenbahn vermutete. Den Mann, der neben dem Bushäuschen gestanden hatte und der jetzt ebenfalls weiterging, beachtete er nur flüchtig. Jetzt bemerkte er die Satellitenantennen auf vielen Balkons und die Fahrräder, die dort oben vor Diebstahl sicherer waren als auf dem Boden. Nun fiel ihm das ganze Elend dieser Häuser auf: Von den Wänden blätterte die Farbe, an manchen Eingängen waren die grauen Kacheln abgeplatzt und die leeren Flächen mit einer grauen Farbe übergestrichen worden. Viele Jalousien hatten Löcher oder hingen schief vor den Fenstern. Die Mauern waren fleckig von der Feuchtigkeit, und die hölzernen Blenden, die an manchen Häusern angebracht waren, sahen aus, als seien sie an Aussatz erkrankt. Graffiti gab es nur wenige, was ihn wunderte. An einer Hauswand war mehrmals das Wort Neuhof gesprüht. Der Rest war nicht zu entziffern.

Die Eingänge der meisten Häuser waren solche finsteren Löcher wie bei dem Haus, in dem Santosh verschwunden war. Manche waren schwarz und fleckig von Ruß. Nach einer Weile stieß Alexander auf ein flaches Gebäude mit einer Fassade aus Wellblech und wenigen kleinen Fenstern, Panzerglas offenbar. Erst auf den zweiten Blick erkannte er es als Supermarkt. Auf dem angrenzenden Parkplatz stand nur ein Auto. In der Nähe des Geschäfts hatten sich ein paar ältere Männer mit grauen Bärten versammelt, deren lautes Palaver ihn an einen orientalischen Basar erinnerte. Im selben flachen Gebäude befand sich ein Restaurant mit dem schönen Namen Mosaique, das sich von außen kaum vom Supermarkt unterschied.

Er ging weiter und traf an der Seitenwand des Gebäudes Männer, die mit einem Hochdruckreiniger Graffiti entfernten.

Alexander fand den Rückweg zur Bahn nur mit Mühe, kehrte mehrmals um, kam schließlich zu einem wahren Gebirge aus Beton, das in einem großen flachen Bogen einen asphaltierten Innenhof umschloss. Er überwand seine Beklommenheit und fragte die jungen Burschen vor einem von Brandspuren verunstalteten Durchgang in mühsamem Französisch nach dem Weg zur Straßenbahn. Einer von ihnen stieß sich von der Mauer ab, an der er gelehnt hatte, und kam langsam auf ihn zu. Seinen Gesichtsausdruck konnte Alexander nicht deuten. Doch dann erklärte er ihm den Weg. Keine Spur von Feindseligkeit, ganz im Gegenteil. Vielleicht war der junge Mann froh darüber, dass dieser Tag nicht so sinnlos vorüberging wie alle anderen: Er hatte jemandem helfen können.

Als Alexander in die Rue Ingold einbog, an deren Ende er die Straßenbahn vermutete, fiel ihm ein junger Mann auf, der hinter ihm auf der anderen Straßenseite in dieselbe Richtung ging. Er hatte die Hautfarbe und Gesichtszüge eines Nordafrikaners und trug einen schütteren schwarzen Vollbart. Sein T-Shirt war völlig durchnässt. Mitte zwanzig mochte der Mann sein. Dunkel erinnerte sich Alexander an die Gestalt, die neben dem Bushäuschen gestanden hatte, während er telefonierte. War das dieser Mann gewesen?

Alexander ging weiter, aber von der Straßenbahn war nichts zu sehen. Nach geraumer Zeit stieß er auf die Allée Reuss. Aus dem Kies des Mittelstreifens wuchsen zwischen Hundekot und Unkraut zwei Reihen von alten Platanen, die von rücksichtslosen Gärtnern bis auf den mächtigen Stamm zurückgestutzt worden waren. Dazwischen war ein unebener asphaltierter Weg. Schlaglöcher im Kies, Unrat, parkende Autos zwischen den Platanen: Was eine Prachtstraße hätte sein können, war zu einem schmutzigen Parkplatz verkommen. Alexander hatte keine Ahnung, was dieser Herr Reuss angestellt hatte, um mit einer solchen Allee bestraft zu werden.

Am Ende der Straße fand er endlich die Straßenbahnhaltestelle und in ihrer Nähe einen Bäckerladen. Er trat ein. Überraschende, wohltuende Normalität! Brote und Gebäck waren so vielfältig und ansprechend dargeboten wie in einer liebevoll geführten Bäckerei in Freiburg. Was hatte er in dieser Gegend erwartet? Leere Regale? Verschimmeltes Brot? Er zeigte auf eine Apfeltasche. Ein französisches Wort dafür fiel ihm nicht ein. Das Zweieurostück, das er der Verkäuferin reichte, nahm sie nicht an. Sie zeigte auf einen roten Automaten an der Theke. Dorthinein musste er die Münzen stecken. Eine zu öffnende Kasse – Anreiz für Überfälle – gab es nicht.

Beim Verlassen des Bäckerladens fühlte er sich beobachtet. Er drehte sich um und sah wieder den jungen Mann. Ihre Blicke kreuzten sich für einen Augenblick, dann entfernte sich der Mann so hastig wie ein ertappter Dieb. Mitte zwanzig, schwarzer, schütterer Bart, nasses T-Shirt, das war alles, was Alexander in dem kurzen Augenblick erkennen konnte. Der Mann, der aus derselben Richtung wie er auf die Straßenbahn zugegangen war? Der Mann vom Bushäuschen? Ein Vertrauter von Santosh, der ihn beschatten sollte? Das war wenig plausibel. Alexander sah ihm nach, wie er davonlief und hinter einer Hausecke verschwand. Er folgte ihm langsam. Bei der Hausecke war ein Durchgang zwischen zwei Betonmauern. Ein massives mit messerscharfen Spitzen bewehrtes Stahltor davor war zur Seite gerollt und gab den Weg auf einen Hof zwischen hohen Mauern frei. Alexander zögerte. Auf dem Hof sah er niemanden. Aber vielleicht verbarg sich der Mann hinter den Kisten, die dort lagerten? Er tat einen, dann einen zweiten Schritt. Nach dem dritten Schritt blieb er stehen. Dieser Hof konnte ein Hinterhalt sein. Oder doch eine Spur zu etwas, das er nicht wusste? Egal. Er musste hier wieder weg.

Er kaufte sich eine Fahrkarte und stieg in die Straßenbahn, die an der Endhaltestelle wartete: ein schönes, heiles Raumschiff, das ihn aus der trostlosen Welt der heruntergekommenen Betonkästen in die Welt der reichen Innenstadt mit ihren herausgeputzten Fachwerkhäusern und Edelboutiquen bringen würde. Die Menschen, die keinen Fahrschein kaufen konnten, blieben zurück in der anderen Welt, dort wo es keine Bistros gab, die ein Treffpunkt sein könnten, keine Geschäfte, nur einen Supermarkt wie eine Festung und den Bäckerladen an der Straßenbahn, in dem eine Apfeltasche zwei Euro kostete. Zum ersten Mal wurde Alexander das Ausmaß der sozialen Ungleichheit bewusst, die ihm hinter Straßburgs touristischer Fassade bislang verborgen geblieben war.

Jetzt fiel ihm auf, dass er sich weder Straßennamen noch Hausnummer des Hauses gemerkt hatte, wo Santosh verschwunden war. An der Haltestelle mit dem schönen Namen Kibitzenau sprang er aus der Bahn, spurtete um sie herum und erreichte noch die Gegenbahn, die gleichzeitig in der Haltestelle eingefahren war.

Keine fünfzehn Minuten nachdem er hier eingestiegen war, stand er wieder an der Endstation. Jetzt, wo er genau dem Weg folgte, den Santosh vorhin genommen hatte, fiel ihm die Orientierung leichter. Auf dem Basketballplatz wartete er an eines der mächtigen Gitter gelehnt und beobachtete das Haus aus der Ferne. Zwei junge Männer verließen es im Abstand von ein paar Minuten, nach ihnen trat eine junge blonde Frau mit einem Kinderwagen auf die Straße. Santosh sah er nicht. Er näherte sich dem Haus im Bogen, bis er den Straßennamen lesen konnte. Die Hausnummer rechnete er nach der Zahl der zwischen ihm und dem Haus liegenden Eingängen aus. Auf dieser Straßenseite gab es nur gerade Nummern.

Als er wieder in die Straßenbahn einstieg, bemerkte er die blonde Frau mit dem Kinderwagen. Sie suchte nach einem Platz für den Wagen, fand einen, stellte die Bremse fest und setzte sich ihm schräg gegenüber. Als sie seinen Blick zum Kinderwagen bemerkte, schenkte sie ihm ein kurzes unbefangenes Lächeln. Sie war hübsch.

Alexander wählte die Nummer von Inas Handy. Sie wollte in einer halben Stunde mit Corinna am Portal des Münsters auf ihn warten und ihm dann endlich die Schuhe zeigen, die sie beim Bummeln entdeckt hatte. Er sollte seine Meinung dazu sagen – und die Schuhe aus Straßburgs teuerster Ecke bei der Gelegenheit bezahlen. Sie sprach es nicht aus, es verstand sich von selbst.

Am Freitag wurden Alexanders schlimmste Befürchtungen wahr: Beate Brändle kam nicht um acht ins Institut wie üblich, auch nicht ein paar Minuten später, nicht einmal nach Stunden. Sie kam den ganzen Tag nicht. Am Nachmittag rief er Jörg an. »Ich habe es doch gleich gesagt, dass Beates Verschwinden kein gutes Ende nimmt!«

»So? Hast du das gesagt?«, entgegnete Jörg ungerührt. »Und woher weißt du, dass du tatsächlich recht hast?«

Nein, er wusste es nicht. Ich habe es doch gleich gesagt: Wie oft hatte er schon beschlossen, diesen Satz nicht auszusprechen! Solche Bemerkungen führten zu gar nichts. Sie waren nichts als die zum Scheitern verurteilten Gefechte von Menschen, die den ganzen Tag nur darauf lauerten, auch einmal recht zu haben. Und sich dann doch irrten.

»Egal, wer recht hat«, lenkte er ein. »Ich mache mir Sorgen und bitte dich, alles Menschenmögliche zu tun, um sie wiederzufinden.«

»Sowieso. Aber das Wahrscheinlichste ist trotzdem, dass Beate freiwillig mit ihrem Santosh auf und davon ist. Schließlich ist er bislang auch nicht wiederaufgetaucht.«

Ärgerlich legte Alexander den Hörer auf.

Eine Stunde später verließ er das Institut und ging nach Hause. Er hätte noch einkaufen müssen, aber er konnte sich nicht dazu aufraffen. Als er zu Hause war, fehlte ihm sogar die Kraft, sich vom Wohnzimmer auf die Terrasse zu begeben und dort auf einen Stuhl zu sinken. Er blieb vor dem Fernseher sitzen, die Fernbedienung in Reichweite. Er war sogar zu schwach, danach zu greifen. Der Bildschirm blieb dunkel. Erst nach Mitternacht ging er zu Bett. Schlafen konnte er trotzdem nicht.

Am Wochenende setzte sich das Regenwetter fort, also endlich einmal Zeit, in Inas Wohnung die Gardinen im Wohnzimmer und die neue Lampe im Flur aufzuhängen und mit Corinna »Das magische Labyrinth« zu spielen. Am Sonntagabend merkte er überrascht, dass er für Stunden nicht an seine verschwundene Sekretärin gedacht hatte, doch am nächsten Tag im Institut fühlte er sich wie ein Schwachsinniger, wie immer, wenn sie nicht da war. Er staunte jedes Mal, wie viele Entscheidungen tagtäglich zu treffen waren, ohne dass er es merkte. Offenbar war seine Meinung in der Regel nicht gefragt, oder er unterschrieb alles, ohne zu merken, was er da absegnete.

Vor ein paar Monaten hatte er zur Freude seiner Mitarbeiter, ohne auch nur eine Sekunde zu zögern, den Antrag auf einen zwei Meter tiefen und zehn Meter breiten Löschteich vor dem Institut unterzeichnet. Idiotisch – zumal zwischen der Straße und dem

Institut nur wenige Meter Platz waren. Den Scherz hätte er natürlich erkennen müssen, aber woher sollte er wissen, wie Reisekosten abgerechnet werden oder wo die Auszahlungsanordnungen lagen? Und mit so schlichten Vorgängen wie dem Bestellen von Laborbedarf hatte er sich überhaupt noch nie befassen müssen. Mit jeder Aufgabe, die er nicht bewältigen konnte, fühlte er sich schlechter. Dagegen musste er etwas unternehmen. Vielleicht ging es ihm besser, wenn er jemand anders dessen Versagen vor Augen führen konnte. Er wählte Jörgs Nummer.

»Hast du endlich Beate gefunden?«

Er hatte nicht.

»Das darf doch nicht wahr sein!«, rief Alexander aus. Er wollte eben sein Zerstörungswerk am Selbstwertgefühl seines Freundes fortsetzen, als dieser, offenkundig unbeeindruckt von dem kaum versteckten Vorwurf, weitersprach: »Wir haben auch noch nichts unternommen, als hin und wieder bei deiner Sekretärin anzurufen und heute Morgen bei ihrer neuen Wohnung in der Schönbergstraße zu klingeln.«

»Ich verstehe euch nicht. Da bahnt sich eine Katastrophe an, und ihr seht zu, ohne etwas zu unternehmen!«

»Ein Erwachsener hat das Recht, seinen Aufenthaltsort frei zu wählen, auch deine Sekretärin. Die Konsequenzen, zum Beispiel seinen Arbeitsplatz zu verlieren, muss jeder selbst tragen. Jedes Jahr werden in Deutschland rund hunderttausend Menschen vermisst gemeldet, lediglich drei Prozent von ihnen bleiben länger als ein Jahr verschwunden. Sache der Polizei ist das nur, wenn vorher eine strafbare Handlung begangen wurde oder wenn Hinweise auf Gefährdung oder ein Verbrechen vorliegen oder wenn es sich um Kinder handelt.«

»Aber sie hat eine strafbare Handlung begangen und wird nicht einfach wiederauftauchen.«

»Sie hat ohne Erlaubnis einen Nachschlüssel besorgt und das verheimlicht. Ansonsten hat sie sich nach meinem Wissen nichts zuschulden kommen lassen«, widersprach Jörg. Er versprach, sich zu melden, sobald es Neuigkeiten gab. Alexander wünschte seinem Freund mit zusammengebissenen Zähnen einen schönen

Abend und legte auf. Offenbar gehörte Jörg nicht zu den Menschen, die sich sofort schlecht fühlen, wenn sie den Ansprüchen anderer nicht gerecht werden. Alexander versuchte seit Jahrzehnten vergeblich, sich ein dickeres Fell zuzulegen.

Am Dienstagmorgen saß Alexander wieder in seinem Kämmerchen, das er längst lieb gewonnen hatte. Aber vor der Tür saß keine Beate mehr, und das war schlimm. Er konnte immer noch nicht begreifen, dass sie einfach weg war. Ihm fielen nur die fürchterlichsten Erklärungen dafür ein. War sie abgetaucht? Entführt? Ermordet? Auch mit der größten Mühe konnte er sich nicht vorstellen, dass sie in ein paar Tagen wohlbehalten wiederauftauchen würde. Niemals würde sie wiederkommen. Ein ungeplanter Kurzurlaub – mit oder ohne Santosh – passte zu seiner Sekretärin so wenig wie der Besuch eines Kirchenchores im Puff. So schnell hatte er das Ende ihrer Zusammenarbeit nicht kommen sehen.

Er versuchte, sich mit den Plänen für die Renovierung der beschädigten Räume zu beschäftigen, aber es gelang ihm nicht, seine Gedanken nach vorn zu richten, sie kehrten zum Vergangenen zurück wie störrische Esel, denen sich keine Richtung vorgeben lässt, und landeten beim Brand, bei den Anschlägen, bei Vincent und dem Rattenmädchen. Er stand auf, verschloss die Tür hinter sich und machte sich auf den Weg in die unversehrten Laborräume, um zu sehen, wie seine Mitarbeiter mit den beengten Verhältnissen zurechtkamen.

Nach einer Stunde war er wieder zurück, und sofort waren seine Gedanken wieder bei den rätselhaften Vorfällen. Vor einiger Zeit hatte er doch die Namen derer aufgeschrieben, die er deswegen verdächtigte. Nach seiner Erinnerung hätten die Blätter auf seinem Schreibtisch liegen müssen, taten sie aber nicht. Er suchte in den Schubfächern, fand sie aber auch dort nicht. Dann suchte er an den unsinnigsten Orten, zum Beispiel ganz oben auf den Regalen, wo sogar er bei seiner Größe nur mit Mühe hinlangen konnte. Plötzlich waren ihm diese Bögen so wichtig, als könnten sie ihm seine Sekretärin zurückbringen. Nach wenigen Minuten hatte er das Kämmerchen zum zweiten Mal gründlich durchsucht. Vergebens. Vor ein paar Tagen war ihm dasselbe mit einem

USB-Stick mit wichtigen Daten passiert. Knapp zehn Minuten nachdem er mit der Suche begonnen hatte, wusste er, dass er das Vermisste nie und nimmer hier finden würde. Diese verfluchte Ordnung nach dem Brand! Früher hatte er sich stunden- oder sogar tagelang beim Suchen an die Hoffnung auf ein gutes Ende klammern können, jetzt musste er der Wahrheit schon nach wenigen Minuten ins Auge sehen.

Er nahm ein Blatt Papier und schrieb die Namen der Verdächtigen zum zweiten Mal auf. Das Ergebnis war beunruhigend: Fast alle Akteure waren mittlerweile auf die eine oder andere Weise von der Bühne abgetreten. Als Einzige, die weder tot noch auf unerklärliche Weise verschwunden war, blieb Lilli Sütterlin übrig, aber seit die Herkunft des Schlüssels geklärt worden war, hatte er sie endgültig aus dem Kreis der Verdächtigen entlassen.

Beate und Lilli Sütterlin waren miteinander befreundet. Ob die technische Assistentin erfahren hatte, warum Beate verschwunden war? Vielleicht sogar, wo sie steckte? Sicher wusste diese Lilli viel mehr über seine Sekretärin als er selbst. Was wusste er überhaupt über sie? Dass sie keine Verwandten habe, hatte sie einmal gesagt. Gar keine? Oder hatte sie nur keinen Kontakt? Gab es vielleicht doch jemanden, bei dem sie, aus welchen Gründen auch immer, Zuflucht gesucht haben könnte? Er erinnerte sich dunkel an ihre Bemerkung, sie habe ihr Elternhaus – oder sagte sie, ihre Mutter? – im Alter von fünfzehn Jahren verlassen. Über den Grund hatte sie nicht gesprochen, zumindest erinnerte er sich nicht daran.

Alexanders Blick fiel auf die Türklinke. Sie senkte sich langsam, stoppte auf halber Höhe, hob sich wieder. Er sprang auf und riss die Tür auf. Draußen stand eine junge Frau, die er noch nie gesehen hatte. Sie öffnete ihren Mund, anscheinend um etwas zu sagen, brachte aber keinen Ton hervor.

»Bitte?«, sagte er.

»Ich sollte Sie fragen, ob ich hier aushelfen kann.«

»Wobei?«

»Im Sekretariat. Ich soll Frau Brändle vertreten.«

»Und wo kommen Sie her?«

»Aus dem Rektorat.«

»Ich verstehe nicht.«

»Ich war dort als Elternzeitvertretung eingestellt.«

»Und was machen Sie hier?«

»Ich werde im Rektorat nicht mehr gebraucht.«

»Verstehe«, sagte er. »Und nun sollen Sie sich hier nützlich machen.« Er bemühte sich um ein freundlicheres Gesicht, als sie glücklich zu seinen Worten nickte. »Man hätte Sie wenigstens hierher begleiten können«, sagte er.

»Jemand vom Rektorat hat mich hergebracht, aber Sie waren nicht im Zimmer.«

Er nickte. Jetzt gelang ihm sogar ein Lächeln. »Aber das nächste Mal klopfen Sie bitte an«, sagte er.

»Ich habe geklopft.«

»Dann etwas lauter.«

Als sie wieder gegangen war, sah Alexander auf die Uhr. Fast eine halbe Stunde blieb ihm noch bis zur Promotionsprüfung, an der er teilnehmen sollte, also genügend Zeit, um mit Lilli Sütterlin zu reden. Er fand sie an einer der beiden PCR-Maschinen des Instituts, die der Brand und das Löschwasser verschont hatten. In diesem Wunderwerk der Technik, das nicht einmal so groß war wie die verbrannte Kaffeemaschine seiner Sekretärin, ließen sich winzige Mengen Erbsubstanz so vervielfältigen, dass diese für weitere Aufgaben verwendet werden konnte. Noch vor wenigen Jahren hätten ein paar Dutzend Laborantinnen Monate für eine solche Arbeit benötig.

Mit einem flüchtigen Blick über die Schulter prüfte Lilli, wer soeben den Raum betreten hatte, dann setzte sie ihre Arbeit fort. »Wollen Sie zu mir?«, fragte sie, ohne ihn anzusehen.

Er schwieg, nicht beleidigt, sondern eher verwundert über die Selbstverständlichkeit, mit der sie auf seine Anwesenheit reagierte. Als Leiter dieses Instituts hatte er mehr Aufmerksamkeit erwartet. Natürlich wollte er zu ihr, schließlich war sie die Einzige, die hier arbeitete.

»Ich möchte mit Ihnen über Beate reden«, sagte er, und jetzt wandte sie sich langsam zu ihm um. Sie tat es in der eigentümlichen Weise, die jeder ihrer Bewegungen etwas Sinnliches gab. Nicht den Kopf drehte sie zuerst, sondern die Bewegung schien von ihrer Körpermitte auszugehen, erfasste dann den Oberkörper, die Schultern, erst ganz zum Schluss folgte der Kopf. All ihre Bewegungen schienen aus ihrer Mitte zu kommen – vielleicht war es das, was sie so anziehend machte.

»Gleich«, sagte sie und fuhr fort, eine Substanz nach der anderen in die kleinen PCR-Becherchen zu pipettieren.

Eine Weile sah er ihr zu, bis sein Blick auf eine dicke, schwarz eingebundene Kladde fiel, die aufgeschlagen auf dem Schreibtisch lag. Das karierte Papier war mit Bleistift beschrieben. Der letzte Eintrag trug das Datum des gestrigen Tages und bezog sich offenbar auf eine neue Methode, die Lilli ausprobiert hatte. »Hat wieder nicht funktioniert«, war der letzte Satz, den sie geschrieben hatte. Alexander blätterte in dem abgegriffenen Buch zurück. Vieles war flüchtig geschrieben, und der Kommentar »Hat nicht funktioniert« kam immer wieder vor. Schließlich schlug er die erste Seite auf. Neben dem akkurat eingefügten Foto einer Gelelektrophorese standen die Notizen in einer Schönschrift, die überhaupt nicht zu der auf den folgenden Seiten passte.

So ordentliche erste Seiten kannte er nur zu gut von seinen eigenen Schulheften. Aber schon auf der zweiten Seite hatten seine Buchstaben so ausgesehen, als seien sie in einen Sturm geraten, ab der dritten konnte er sein Geschreibsel selbst kaum noch entziffern. Entweder Straßenkehrer oder Arzt, hatte ihm sein Lehrer als mögliche Berufe prophezeit. Er hatte den Letzteren gewählt.

»Lesen Sie auch in dem Buch, oder schreiben Sie nur hinein?«, fragte er, als sie endlich die Pipette in den Halter zurückstellte.

»Sicher lese ich darin. Oder können Sie sich alle Fehler merken, die Sie irgendwann einmal gemacht haben?«

»Ich versuche meine Fehler schnell wieder zu vergessen«, sagte er.

»Um sie bei nächster Gelegenheit zu wiederholen«, setzte sie seinen Satz fort.

Er betrachtete sie, ohne zu antworten. Das Leben hatte nicht nur in ihrem Gesicht seine Spuren hinterlassen, dachte er, auch in ihrer Stimme, die dunkel und rauchig war wie die einer Nachtklubsängerin.

Sie setzte sich neben ihn auf einen Laborschemel, stützte einen Ellenbogen auf die Tischplatte und schmiegte ihr Kinn mit einer zärtlich anmutenden Bewegung in ihre Hand. »Was wollen Sie über Beate wissen?«

»Es wäre schön, wenn Sie mit etwas darüber erzählen könnten, warum Beate verschwunden ist. Und schön wäre es, wenn Sie mir auch sagen könnten, wo sie ist.«

Lilli musterte ihn von der Seite. Dabei hatte sie den Mund leicht gespitzt, als hielte sie eine Zigarette zwischen ihren Lippen, an der sie von Zeit zu Zeit sog. »Im Institut kursiert das Gerücht, dass Beate ohne erkennbaren Grund plötzlich verschwunden sei, und nicht, weil sie krank oder im Urlaub sei. Es wäre schön gewesen, wenn Sie uns das selbst mitgeteilt hätten, sofern es stimmt.«

»Auch Sie haben nichts von ihren Plänen gewusst?«, fragte er, ohne auf den Vorwurf einzugehen.

Sie tat zwei Züge aus ihrer imaginären Zigarette. »Sie hatte keine Pläne, die ihr Verschwinden erklären. Sie wollte ihre neue Wohnung einrichten. Mehr kann ich dazu nicht sagen.«

»Mehr wissen Sie wirklich nicht?«

»Nein. Und ich mache mir große Sorgen.«

Sie griff mit dem Daumen unter den verrutschten Träger ihres schwarzen BHs und schob ihn unter ihr kastanienbraunes weit ausgeschnittenes Top. Die Haut ihres Dekolletés war mit Pigmentflecken übersät, wie es bei Rothaarigen häufig der Fall ist. Sie trug eine Kette aus flachen rotbraunen Steinen, die sie von Zeit zu Zeit berührte.

So wie sie über Beate redete, konnte sich Alexander nicht vorstellen, dass sie log. Seine Sekretärin war verschwunden, ohne es vorher geplant zu haben.

»Gibt es Freunde, zu denen sie gegangen sein könnte? Angehörige scheint sie ja nicht zu haben.«

»Sie hat eine Mutter.«

»Beate erzählte, dass sie ihr Elternhaus im Alter von fünfzehn Jahren verlassen habe.«

Lilli Sütterlin sah ihn wortlos an. Sie hatte den Mund leicht geöffnet und die Augenbrauen hochgezogen. Was er gesagt hatte, schien sie zu wundern. »Das wissen Sie? Hat sie selbst mit Ihnen darüber gesprochen?«

Er nickte. Er erinnerte sich noch gut an seinen ersten Betriebsausflug mit den Mitarbeitern. Heiß war es gewesen auf dem sich lang hinziehenden asphaltierten Weg zur Staufener Burg, und ein unangenehmer Geruch hatte über den Weinbergen gelegen. Alexander war immer schneller gegangen, der Weg gefiel ihm nicht, und während die anderen weit hinter ihm zurückblieben, war Beate plötzlich an seiner Seite aufgetaucht. Es war die Zeit ihrer heftigen Verliebtheit gewesen und er das Objekt ihrer Leidenschaft. Lange vor den anderen hatten sie die Ruine erreicht und dort oben auf einem schattigen Mäuerchen abseits des Weges gewartet. In ihrer Nähe hatten zwei Mädchen Kränze aus Wiesenblumen geflochten, und vielleicht war das der Anstoß dafür gewesen, dass Beate plötzlich über ihre Kindheit und später über ihre Flucht aus dem Elternhaus gesprochen hatte. An den folgenden Tagen war sie sehr schweigsam gewesen, und er hatte das Gefühl gehabt, dass sie ihre Offenheit bereute.

Lilli griff mit einer raschen Bewegung nach einem Stein ihrer Kette und hielt ihn einen Augenblick fest, als wäre sie ein Talisman, der ihr Kraft geben konnte. »Beate hat sich im Streit von ihrer Mutter getrennt«, fuhr sie fort. »Sie hat die ständige Kontrolle durch ihre Mutter nicht länger ausgehalten und auch nicht deren Anspruch auf Höchstleistung und Perfektion. Sie wollte endlich frei sein.«

Und ist es nie geworden, dachte Alexander. Bis zum heutigen Tag verrichtete Beate jede Arbeit so makellos, als stünde ihre strenge Mutter hinter ihr.

»Bis zur Volljährigkeit hat sie bei Pflegeeltern gelebt, die von der Mutter dafür bezahlt wurden«, fuhr Lilli fort. »Danach hatte sie jeden Kontakt zu ihr abgebrochen.«

Alexander hatte schweigend zugehört. Die Umstände des Auszugs klangen jetzt ganz anders, als Beate sie ihm erzählt hatte. Die Triebfeder sei ihr Drang zur Selbstständigkeit gewesen, hatte er herausgehört. Kein schlechtes Wort über die Mutter. Wahrscheinlich hatte deren Schatten auch in Staufen neben ihnen gesessen und sich jegliche Kritik verbeten.

»Lebt Beates Vater nicht mehr?«

Lilli Sütterlin hob die Schultern. »Vielleicht lebt er noch, vielleicht ist er tot. Beate kennt ihn nicht, sie weiß nicht einmal seinen Namen. Ihre Mutter hat für ihr Stillschweigen über Beates Erzeuger viel Geld bekommen. Jedenfalls ging es ihr finanziell immer sehr gut.«

Also wird Beate einmal erben, dachte Alexander. Zumindest der Pflichtteil dürfte ihr nicht entgehen. Er hatte ebenfalls einen Ellenbogen aufgestützt, und so saßen sie an dem Arbeitstisch wie am Tresen einer Bar. Sie hockten so dicht nebeneinander, dass er die goldenen Sprenkel in ihren grünen Augen sah, wenn sie ihm ihr Gesicht zuwandte. Augen wie Sambala? Nein. Sambalas Augen waren blau.

»Ich würde gern noch mehr über Beate erfahren. Jetzt, wo sie nicht da ist, habe ich gemerkt, wie wenig ich von ihr weiß.«

»Ja«, sagte Lilli. »Es ist wie nach dem Tod eines Menschen. Erst wenn er nicht mehr bei uns ist, erkennen wir, was wir ihn noch hätten fragen sollen und wie viel er von der Vergangenheit – auch von unserer – mit sich ins Grab genommen hat.«

Alexander bemerkte irritiert, dass sie über Beate sprach, als käme sie niemals zurück.

»Was möchten Sie wissen?«, fragte sie plötzlich mit ganz nüchterner Stimme.

»Wie sie lebte, was ihr wichtig war außer der Arbeit, was sie mit Santosh verband: Es gibt so vieles, wovon ich keine Ahnung habe.«

»Die letzte Frage ist leicht zu beantworten. Sie liebt ihren Santosh über alles in der Welt. Bei den anderen Fragen fällt mir die Antwort schwer.«

Lilli kam nicht dazu, noch mehr zu erzählen. Eine Laborantin betrat den Raum und begann lärmend große Glaskolben in ein Regal zu stellen.

»Vielleicht können wir ein anderes Mal darüber sprechen«, sagte Alexander.

»Störe ich?«, fragte die Laborantin.

»Nein«, beruhigte er sie, »ich muss ohnehin gleich zu einer Prüfung.«

In dem Augenblick, als er von der Promotionsprüfung in sein Kämmerchen zurückkehrte, klingelte das Telefon. Es war Jörg.

»Ich habe meine Hausaufgaben gemacht«, sagte er.

Alexander schaltete nicht gleich, denn er war in Gedanken noch bei der Doktorandin, die mit seligem Lächeln die Glückwünsche von Freunden und Eltern entgegengenommen hatte. Er hatte sich gefragt, ob ihre Arbeit jeglichen Plagiatsvorwürfen standhalten würde, wenn man die Herkunft eines jeden Satzes im Internet überprüfte.

»In dem Haus in Neuhof wohnt außer einem Mopeddieb niemand, der in der Vergangenheit der Polizei in irgendeiner Weise aufgefallen ist«, fuhr Jörg fort.

»Wer behauptet das?«, fragte Alexander in einem Ton, als hätte ihn sein Freund mitten im Schlaf gestört oder wenigstens bei einer wichtigen Arbeit.

»Ich habe einen Kollegen in Straßburg, der die Namen aus Gefälligkeit überprüft hat, sozusagen auf dem kleinen Dienstweg.«

»Und was bedeutet das für Santosh?«

»Dass sein Besuch in Neuhof zunächst nicht weiterverfolgt wird.«

»War das alles, was du mir sagen wolltest?«, sagte Alexander und konnte seinen Ärger kaum verbergen. Nichts demoralisierte ihn so sehr wie die Feststellung, sich stundenlang sinnlos angestrengt zu haben. Einen halben Tag hatte ihn Santoshs Verfolgung gekostet!

»Ich bemühe mich gerade um einen richterlichen Beschluss, dass wir uns mal in der Wohnung deiner Sekretärin umsehen dürfen«, meinte Jörg. »Und zwar mit der Begründung, dass ihr etwas zugestoßen sein könnte.«

Alexander schwieg. Nicht weil er seinem Freund noch immer nicht angemessen dankbar war, sondern weil er bei dem Gedanken an die von der Kripo geöffnete Wohnung die schlimmsten Szenarien vor sich sah.

»Und wenn ihr sie dort nicht findet?«

»Suchen wir nach Hinweisen, warum und wohin sie verschwunden ist. Vielleicht finden wir ein paar Reiseprospekte über die Karibik.«

»Ich danke dir. Meldest du dich, wenn du mehr weißt?«

Jörg versprach es.

Am späten Nachmittag rief Jörg wieder an. »Deine Frau Brändle, die war doch ordentlich?«

»Oh ja.« Alexander seufzte so wehmütig wie bei dem Gedanken an eine schöne, aber unwiderruflich verlorene Zeit. »Warum fragst du?«

»Hast du Zeit, zu ihrer alten Wohnung zu kommen?«

»Jetzt? Wie stellst du dir das vor?« Natürlich hatte er keine Zeit, als viel beschäftigter Professor hatte er grundsätzlich nur Zeit für das, was lange im Voraus geplant war. Das war er seiner Stellung schuldig.

»Ich komme«, sagte er, noch ehe sein Freund etwas erwidert hatte, obwohl die unerledigten Arbeiten während Beates Abwesenheit dramatische Ausmaße angenommen hatten. »In zwanzig Minuten bin ich bei der Wohnung.« Manche Dinge waren eben doch wichtiger. Beates verlassene Wohnung – vielleicht war da etwas, was ihm Aufschluss über ihr Verschwinden geben würde.

Je näher er der Wohnung kam, desto mehr krampfte sich sein Magen zusammen. Was würde er vorfinden? Den Schauplatz eines Verbrechens? Hätte sich Jörg so ausdrücken können, wenn er auf etwas Fürchterliches gestoßen wäre? Nein, das konnte nicht sein. So etwas hätte er doch sofort gesagt!

Als er in die René-Schickele-Straße einbog, wo Beate bislang gewohnt hatte, war er wieder etwas ruhiger geworden. Auf dem Fußweg vor dem Haus parkte Jörgs unauffälliger Dienstwagen, dahinter zwei Polizeifahrzeuge. Alexander erschrak. Mit so viel Aufwand hatte er nicht gerechnet.

Der nächste Schreck kam an der Wohnungstür. Es war nichts im eigentlichen Sinne Entsetzliches, was Alexander dort erblickte, jedenfalls nicht bei objektiver Betrachtung, es war nur die Funkel, die ihm die Tür öffnete. Gerade jetzt, wo er den schlanken Jörg erwartet hatte, wirkte sie noch gewaltiger als sonst. Eine Frau wie eine Mauer aus Fleisch.

Offenbar war es nicht ihre Idee gewesen, ihn hierher zu lotsen. »Bitte«, sagte sie und sah ihn dabei an wie eine Bulldogge, die gleich zubeißen will.

»Danke«, sagte er und schob sich an ihr vorbei in die Wohnung. Das werden wir noch sehen, ob ich hier überflüssig bin, dachte er. Schließlich hatte er lange Jahre mit Beate zusammengearbeitet und kannte sie so gut wie kaum jemand hier – jedenfalls wenn man Inas sezierenden Blick für alles Menschliche und ihre Bemerkungen über seine Sekretärin mit berücksichtigte. Er bedankte sich bei Jörg, dass er ihn hergebeten hatte, und betrat das Wohnzimmer.

So hatte es auszusehen, wenn eine Beate Brändle umziehen wollte. Unzählige verschlossene Umzugskartons, sorgfältig an den Wänden gestapelt und geradezu liebevoll beschriftet: »Blaues Geschirr« und darunter mit schwarzem Filzstift: »Wohnzimmer – Schrank neben dem Esstisch«. Oder: »Landkarten, Stadtpläne, Reiseführer: Wohnzimmer – Schrankwand, mittleres Regal«. So ging das Kiste für Kiste weiter. Das war ihre Art.

Im Schlafzimmer dann der Schock. Was er hier sah, passte überhaupt nicht zu ihrer Art. Zwar gab es auch hier ein paar beschriftete Kisten, »Winterkleidung – Kleiderschrank links« zum Beispiel. Aber das Bett! Der Boden vor dem Schrank! Drei oder vier Hosen lagen dort achtlos hingeworfen, manche mit, manche ohne Bügel, dazu etliche Pullover, Röcke, Blusen, Kleider und Schuhe. Ein Stuhl war umgestürzt. Die Schranktüren standen offen, ebenso wie die Schubfächer mit der Unterwäsche. Auf dem hellen Teppichboden direkt vor der Zimmertür lag ein winziges rotes Höschen mit schwarzer Spitze, als hätte es bei einem eiligen Aufbruch den Anschluss verpasst. Der Anblick im Badezimmer war kaum besser, nur dass hier nicht Kleidung, sondern Döschen und Fläschchen im Waschbecken und auf der Ablage verstreut waren.

»Offenbar hatte es Ihre Sekretärin plötzlich sehr eilig«, bemerkte die Kommissarin.

Vielleicht wurde die Wohnung auch durchwühlt, dachte er, sprach es aber nicht aus, er wollte sich vor Frau Funkel nicht blamieren. Es blieb dabei: Beate war Hals über Kopf verschwunden.

»Vielleicht wurde sie gezwungen«, sagte er. Der umgestürzte Stuhl, die aus den Schränken gerissene Kleidung, das Durcheinander im Badezimmer: Irgendetwas oder irgendjemand musste Beate zu fürchterlicher Eile getrieben haben. War sie auf der Flucht? Mit Santosh? Weil sie mit ihm bei einem Verbrechen unter einer Decke steckte und jetzt mit ihm auf und davon war? Oder war sie vor ihm davongelaufen?

Jörg hatte ihn bislang nur stumm beobachtet. »Die Wohnungstür war nur zugeschlagen, nicht abgeschlossen«, sagte er nun.

»Kein Wunder bei dem Aufbruch«, bemerkte Alexander. Er sah zu, wie zwei junge Polizisten in Uniform Beates alten Computer unter dem Schreibtisch hervorholten.

Irgendetwas irritierte ihn an dem Anblick. Richtig. Die beiden trugen keine Schutzanzüge, wie er das aus Fernsehkrimis kannte.

»Wieso lauft ihr hier so in der Wohnung herum? Wieso tragen die beiden nicht einmal Handschuhe?«

»Es geht nicht um Spurensicherung. Wir suchen nach Hinweisen, wo deine Sekretärin geblieben ist.«

»Aha«, antwortete Alexander und wunderte sich trotzdem.

»Kann sie eigentlich Auto fahren?«, fragte Jörg.

Jetzt sah Alexander seinen Freund zum ersten Mal an diesem Nachmittag genauer an. Irgendwie traurig sah er aus. Oder müde.

Vielleicht auch beides: Tränensäcke unter den Augen, hängender Schnurrbart, hängende Haare trotz ihrer Kürze. Von dem gepflegten, beinahe schon schneidigen Hauptkommissar, mit dem er vor der Sichelschmiede gesessen hatte, war nicht viel übrig geblieben. »Das kann sie wohl«, antwortete er.

»Und hat sie einen eigenen Wagen?«

Das hatte sie, aber Alexander musste überlegen, was für ein Auto sie fuhr. Ihr übliches Fortbewegungsmittel war die Straßenbahn. Kürzlich hatte er ihren Wagen gesehen. Richtig, das war bei ihrer Hochzeit gewesen, als Lilli Sütterlin am Steuer gesessen hatte. »Einen grünen Twingo«, sagte er. Die Erinnerung an die beiden Frauen in dem blumengeschmückten Auto machte ihn traurig. Die sorgfältig gepackten Umzugskisten, die sie wohl nie brauchen würde, ebenfalls.

»Zwei von unseren Leuten werden sich in der Nachbarschaft danach erkundigen, wann deine Sekretärin zuletzt gesehen worden ist und ob jemand bemerkt hat, wie sie gegangen oder weggefahren ist«, fuhr Jörg fort.

»Und vermutlich, ob Santosh dabei war oder nicht«, ergänzte Alexander, ohne in Frau Funkels Gegenwart auf das in bedauernswerter Weise veränderte Aussehen seines Freundes einzugehen. Er wunderte sich, dass er ihn überhaupt hergebeten hatte. Um die Kripo bei der Arbeit zu beobachten? Dieses zweifelhafte Vergnügen hatte er innerhalb weniger Wochen oft genug gehabt.

Er ging noch einmal durch die Wohnung. Auf einer altmodischen Kommode stand ein offener Karton mit alten Ansichtskarten und Briefen. Vielleicht war er zum Abtransport bereitgestellt, vielleicht hatte Beate ihn für den Umzug verpacken wollen. Alexander vergewisserte sich, dass ihn niemand beobachtete, und nahm ein paar Briefe heraus. Die meisten waren wieder in ihre Umschläge gesteckt worden. Er überflog die Absender. Die Namen sagten ihm nichts. Er zog weitere Briefe heraus. Und hielt den Atem an. Einer war von einer Elke Brändle aus Reutlingen. Beates Geburtsort. Er entzifferte das Datum des Stempels auf der Briefmarke. 1985. Damals musste Beate noch ein junges Mädchen gewesen sein. Ein Brief von Beates Mutter?

Im Flur hörte er Geräusche. Zu seinem Bedauern blieb keine Zeit, den Brief zu lesen. Er ließ ihn in den Karton fallen und stellte sich ans Fenster, als hätte er die ganze Zeit nichts anderes getan, als hinauszusehen. Einer der beiden Uniformierten kam in den Raum und trug den Karton davon.

Der nächste Tag im Institut war so unerfreulich wie die vorhergehenden. Es gelang Alexander nicht, länger als ein paar Minuten bei ein und derselben Sache zu bleiben. Beate war ein Pförtner vor seinem Reich gewesen wie ein Zerberus vor der Hölle oder wie Petrus vor der Himmelspforte. Jedenfalls hatte sie stets alle Störungen von ihm ferngehalten. Jetzt klopfte ständig irgendjemand an die Tür, und das Telefon gab keine zehn Minuten Ruhe. Außerdem beherrschte Beate seine Gedanken. Sie war verschwunden, das war sicher, aber warum? War sie vielleicht doch entführt worden, und ihr Entführer hatte ihr Gelegenheit gegeben, noch ein paar Dinge mitzunehmen? War das Santosh gewesen? Oder jemand, der für ihn arbeitete? Und wohin? Nach Neuhof? Sicher nicht. Nach Indien? Der Gedanke war nicht absurd, aber wie hätte sie gegen ihren Willen in ein Flugzeug verfrachtet werden können? Also doch Hals über Kopf freiwillig verschwunden? Seine rätselhafte Beate. Wieder merkte er, wie wenig er über sie wusste. Er hatte kaum einmal etwas Persönliches gefragt, und wenn sie geantwortet hatte, war er mit den Gedanken schon woanders gewesen. Er war einfach zu beschäftigt gewesen.

Bereits am Vormittag hatte Jörg wieder angerufen. Bislang hatten die beiden Beamten bei ihren Befragungen der Nachbarschaft nur in Erfahrung gebracht, dass Beate Brändle am Mittwochmorgen allein im Treppenhaus gesehen worden war, und zwar zu einem Zeitpunkt, an dem sie jeden Morgen ihre Wohnung zu verlassen pflegte. Ein Nachbar wollte noch am Mittwochabend Schritte in ihrer Wohnung gehört haben, war sich aber nicht sicher. Das war alles. Weder Santosh noch verdächtige Besucher waren von den Nachbarn beobachtet worden.

»Die Festplatte ihres Computers ist ausgebaut«, sagte Jörg.

Alexander schüttelte den Kopf, als habe Jörg ihm ein Märchen aufgetischt. »Wie beim Computer vom toten Vincent«, stellte er endlich fest.

Gessler nickte. »Kann deine Frau Brändle so etwas?«

»Ich glaube kaum.«

Gegen achtzehn Uhr verließ Alexander das Institut und fuhr direkt zu Ina, aber sie war nicht zu Hause. Er hätte es wissen können, was seine Stimmung noch verschlechterte. Immerhin war ihre Wohnung nicht leer: Sambala war zu Hause. Sie betrachtete ihn flüchtig durch die Küchentür, dann verschwand sie wieder und kam auch nicht zurück, als er sie rief. Er folgte ihr und fand sie in ihrem Körbchen. Als er die Hand ausstreckte, um sie zu streicheln, erhob sie sich, streckte sich und schritt mit hoch erhobenem Schwanz und unübersehbar vorwurfsvollem Blick davon. Mit dem tollpatschigen Wollknäuel hatte sie keine Ähnlichkeit mehr, und von ihrem Ziehvater aus Kindertagen wollte sie offenbar auch nichts mehr wissen.

Zutiefst verletzt von Sambalas Missachtung setzte er sich ins Wohnzimmer und grübelte über ihr unhöfliches Verhalten. Katzen waren offenbar mindestens so unterschiedlich wie Menschen. Manche dieser rätselhaften Vierbeiner waren so distanzlos, dass sie mit jedem Hosenbein schmusten, andere rannten in Panik davon, wenn man sie nur ansah, und Katzen wie diese waren so hochmütig, dass sie nicht einmal ihrem Ernährer Aufmerksamkeit schenkten. Oder war Sambala in dieser Hinsicht eine Ausnahme, und er musste ihre Missachtung persönlich nehmen? Immer wieder hatte er daran gedacht, sie zu sich zurückzuholen, aber er hatte keine Klagen von Corinnas Lehrerin mehr gehört.

Als Ina eine Stunde später kam, saß er noch immer bewegungslos im Sessel und starrte aus dem Fenster. Er stand nicht einmal auf, als sie ins Zimmer trat. Ina sollte sehen, wie schlecht es ihm ging. Mit ein paar knappen Sätzen schilderte er den Zustand von Beates verlassener Wohnung. Dann verharrte er wieder reglos.

»Vielleicht hat Beate Angst, dass sie wegen des Toten vom Dachboden ins Gefängnis muss«, meinte Ina.

»Kann sein«, sagte er mit matter Stimme. »Muss aber nicht.«

»Oder Santosh hat sie aufgefordert, mit ihm nach Indien zu gehen.«

»Kann sein.« Er seufzte. »Muss aber nicht.«

Dann schwieg er.

Ina betrachtete ihn eine Weile wie einen Kranken, für den kaum noch Hoffnung besteht.

»Willst du nicht ein bisschen spazieren gehen? Deine Schuhe stehen noch vor der Tür«, fügte sie hinzu, als wenn er Ja gesagt hätte.

Er blieb sitzen.

Jetzt verschwand sie in der Küche, erschien jedoch gleich darauf wieder in der Tür. »Oder möchtest du Zeitung lesen?«

Ohne auf seine Antwort zu warten, holte sie ihm die *Badische Zeitung*. Er nahm sie und legte sie auf den Tisch, ohne sie aufzuschlagen.

»Du könntest wenigstens Danke sagen.«

»Ich will aber gar nicht Zeitung lesen.« Und erst, als Ina das Zimmer wieder verlassen hatte: »Danke.«

Ina kam zurück. »Aber was möchtest du dann tun?«

Er war sich nicht sicher, warum sie das fragte: um ihn aus seinem schlimmen Zustand ein wenig aufzurichten oder weil sie sein Nichtstun störte, während sie in der Küche hantierte?

»Hier sitzen«, antwortete er.

Ina blieb mitten im Zimmer stehen. Mit Blick zum Fenster wartete er ab, wie sie sich entscheiden würde: Mitleid mit ihm haben und ein paar aufmunternde Worte sagen oder einen Streit vom Zaun brechen, weil er sich so unmöglich aufführte?

Sie tat weder das eine noch das andere. Stattdessen verließ sie mit einem Seufzen das Zimmer und setzte ihre Arbeit in der Küche fort. Ihr wortloser Abgang beunruhigte ihn. Anstatt über Beates Verschwinden zu grübeln, dachte er nun über sein Verhalten gegenüber Ina nach. Ein paar Minuten später kam sie zu ihm zurück. »Kannst du bitte Corinna vom Klavierunterricht abholen?«

»Jetzt?«

»Ja, bitte.«

Er stand auf und zog die Schuhe an. Er wusste nicht, warum Corinna abgeholt werden sollte, denn normalerweise ging sie das kurze Stück allein.

»Aus der Musikschule am Wiehrebahnhof?«, fragte er vorsichtshalber.

Um sich abzulenken, begann er auf dem Weg dorthin die Radfahrer und die Autos zu zählen, die an ihm vorüberfuhren. Es war nicht einfach, die beiden Zahlen beim Addieren nicht durcheinanderzubringen, aber am Ende glaubte er, sechs Autos und neunzehn Radfahrer gezählt zu haben. Als er die Musikschule erreichte, dachte er noch eine Weile darüber nach, wie viel CO_2-Ausstoß vermieden werden könnte, wenn in allen deutschen Städten so viele Menschen mit dem Rad führen wie in Freiburg, doch bald gab er auf. Er wusste nicht genug darüber. In die nun entstehende Gedankenlücke drangen sofort wieder Beate und ihr rätselhaftes Verschwinden ein. Er rief Jörg an und musste sich anhören, dass es noch keine neuen Erkenntnisse gab.

»Wie geht es eigentlich Gertrud?«, fragte er.

Jörg seufzte. »Gertrud? Die hält mich für einen Weiberhelden und hat deswegen an Fronleichnam Schluss gemacht.«

»Schade.«

»Wir haben in Oberried wegen einer Fronleichnamsprozession festgesteckt«, fuhr Jörg fort. »Erst hat sie nur wortlos auf die Gewänder und die Fahnen gestarrt, dann hat sie plötzlich angefangen, von Treue zu reden. Und als die Trachtenkapelle kam, hat sie gemeint, sie sei zu alt für eine kurze Affäre.«

»Wie kommt sie denn darauf, dass du ein Weiberheld sein könntest?« Alexander gelang ein Tonfall, als sei er ehrlich überrascht.

»Ich hatte vor zehn Jahren was mit einer ihrer Freundinnen, und das ist den Damen dummerweise aufgefallen. Damals war tatsächlich bald Schluss, weil ich eine andere hatte.«

»Blöde Geschichte.«

»Tut mir leid, dass ich mich nicht für Santosh und Neuhof interessiert habe, aber kurz bevor du angerufen hast, ist sie damit rausgerückt.«

»Verstehe.«

»Kannst du ihr nicht bestätigen, dass ich kein Weiberheld bin und bei ihr ernsthafte Absichten habe?«

»Soll ich sie anrufen und ihr mitteilen, dass du ein durch und durch treuer Mensch bist?«

»Es geht nicht um die Vergangenheit, es geht nur um jetzt.«

Alexander überlegte eine Weile. Diese Gertrud sah nicht aus wie eine Frau für ein paar Nächte. Ihre Qualitäten mussten woanders liegen, eher darin, einem in die Jahre gekommenen Mann die Zeit bis zum Altersheim zu versüßen und den aufregenden Wechsel von heftiger Verliebtheit und nachfolgender Enttäuschung von ihm fernzuhalten.

»Du könntest uns einladen«, fuhr Jörg fort. »Sie brennt so sehr darauf, dich persönlich kennenzulernen, dass sie zweifellos das Ende unserer Beziehung dafür noch aufschieben würde.«

Alexander sagte zu. Nach diesem Gespräch fühlte er sich etwas besser. Fremde Sorgen sind ein gutes Heilmittel gegen die eigenen. Außerdem hatte er ein neues Ziel: die Beziehung seines Freundes zu retten.

Am nächsten Morgen lag auf seinem Schreibtisch im Institut eine aufgeschlagene Zeitung. Sein Blick fiel auf das Foto eines Menschen, den er erst auf den zweiten Blick erkannte. Es war Beate vor einem blühenden Strauch. Darunter las er die folgende Meldung:

Vierzigjährige Universitätsangestellte vermisst
Die Polizei bittet um Hilfe

Bereits am Mittwoch vor Fronleichnam ist die vierzigjährige Beate Brändle aus Littenweiler verschwunden. Ging die Polizei zunächst nicht von einem Vermisstenfall aus, so haben sich mittlerweile Hinweise auf eine Gefährdung verdichtet. Die Polizei fragt deswegen: Wer hat die 1,63 Meter große Frau gesehen? Sie wiegt circa sechzig Kilogramm und hat schulterlange braune Haare. Es ist nicht bekannt, welche Kleidung sie gegenwärtig trägt. Hinweise zu ihrem Aufenthaltsort nimmt die Kripo Freiburg unter 0761/882-4884 oder jede andere Polizeidienststelle entgegen.

Alexander hatte soeben den letzten Satz gelesen, als jemand nach kurzem, aber heftigem Anklopfen und ohne auf ein »Herein!« zu warten die Klinke des Kämmerchens herunterdrückte. Es war die Elternzeitvertretung aus dem Rektorat. Als sie die Tür weit genug geöffnet hatte, erwartete Alexander ein Anblick, der gar nicht geeignet war, seine Laune zu bessern. Hinter der jungen Dame stand eine mächtige Person, die heute statt einer Lederjacke eine für ihre Figur viel zu enge Hose aus rostrotem Leder trug.

Frau Funkel trat ein, schloss die Tür hinter sich, und dann musterte sie ihn lange. Unwillkürlich griff er an sein Kinn. Doch, er hatte sich rasiert. Das konnte nicht die Ursache für ihren prüfenden Blick sein.

»Ich habe erst heute erfahren, dass Sie mit Herrn Bhagwati in Straßburg-Neuhof zusammengetroffen sind«, eröffnete sie das Gespräch.

»Richtig. Ich habe ihn dort gesehen.«

»Ist Ihnen nicht aufgefallen, dass in Neuhof überwiegend Nordafrikaner wohnen, insbesondere auch in dem Haus, das Herr Bhagwati betreten hat?«

Er hatte keine Ahnung, warum sie schon wieder diesen vorwurfsvollen Ton anschlug. »Das müsste Ihnen auch bekannt sein«, sagte er.

Sie überging seine Bemerkung. »Ich hatte Ihnen berichtet, dass der Tote auf dem Dachboden ebenfalls aus Nordafrika stammte.«

»Solche Zusammenhänge zu bemerken ist nicht meine Aufgabe«, sagte er und wusste immer noch nicht, worauf sie hinauswollte. »Außerdem lag der Kontakt zwischen dem Nordafrikaner auf dem Dachboden und Herrn Bhagwati doch mittlerweile auf der Hand«, fuhr er fort, »ebenso wie die Tatsache, dass meine Sekretärin den Schlüssel in seinem Auftrag besorgt hat.«

»Bravo«, sagte Frau Funkel und gönnte ihm genau für eine halbe Sekunde die Freude über die Anerkennung. »Die Affäre mit dem Schlüssel wäre ja auch ziemlich harmlos, wenn der Mann nicht verbrannt wäre«, bemerkte sie im nächsten Augenblick ungerührt. »Aber haben Sie schon einmal darüber nachgedacht, was einen Inder mit Nordafrikanern verbinden könnte?«

Er ersparte sich, ein paar falsche Vorschläge zu machen, und sah sie abwartend an.

»Was halten Sie davon, dass ihre Religion sie verbindet?«, fragte sie. »In Indien leben immerhin mehr als hundertdreißig Millionen Muslime. Nur in Indonesien und Pakistan sind es mehr.«

Er fixierte die Kommissarin und versuchte sie genauso bissig und vorwurfsvoll anzusehen wie sie ihn. Ohne Spiegel blieb das Ergebnis allerdings ungewiss. »Herr Bhagwati ist Hindu. Das verrät schon sein Name. Die Nordafrikaner sind vermutlich Muslime.«

Zu seiner Überraschung sagte sie nichts darauf. Sie sah irritiert aus. Vielleicht war ihr nicht bekannt, dass Bhagwati der Name einer Hindugöttin war. Aber jetzt ahnte er, worauf sie hinauswollte. Absurd, dachte er im ersten Augenblick. Im nächsten fühlte er sich, als habe sie ihm den Boden unter den Füßen weggezogen.

»Falls Sie an eine islamistische Gruppe denken, was haben die mit den Anschlägen auf meine Wohnung und auf das Grab meiner Frau zu tun?«

»Gar nichts, wenn Sie mich fragen. Das zeitliche Zusammentreffen des Brandes auf dem Dachboden einerseits und dieser Anschläge, wie Sie das nennen, andererseits ist der pure Zufall.« Sie sagte das so, als seien eine tote Ratte, ein zugeklebtes Schloss und ein verwüstetes Grab ohnehin nur Lappalien.

»So einen Unsinn glauben doch nicht einmal Sie«, entfuhr es ihm.

Die Funkel schloss den Mund wieder, den sie, wohl, ohne es zu merken, bei seinem Ausruf geöffnet hatte, und sah ihn mitleidig an. »Und was haben Sie für eine Idee?«

Er überlegte einen Augenblick. »Das Umfeld von diesem Vincent muss durchleuchtet werden.«

»Wie kommen Sie denn jetzt auf diesen Gedanken?«

»Ich suche nach einem Bindeglied zwischen den Anschlägen. Vielleicht ist er das.«

»Wir haben mit seiner Mutter gesprochen, zu mehr war bislang kein Anlass.«

»Aber jetzt!«

»Das sehe ich auch so«, sagte sie trocken. »Die Festplatte von seinem Computer ist übrigens nicht wiederaufgetaucht. Genauso wenig wie die von Frau Brändles Computer.«

»Und der Abschiedsbrief?«

»Sie meinen das ›Verzeiht mir‹, das er hinterlassen hat? Das stammt mit größter Wahrscheinlichkeit von seiner Hand.«

Ehe er etwas darauf sagen konnte, klopfte es schon wieder, und die Türklinke senkte sich, ohne dass er »Herein!« gerufen hatte.

Dieses Mal war es Jörg Gessler, der in der Tür erschien. Offenbar hatten sich die beiden verabredet, ihn schon am frühen Morgen von der Arbeit abzuhalten.

»Was machst du denn hier?«, fragte Jörg sichtlich überrascht, als er seine Kollegin sah. Das Zusammentreffen der beiden war also doch der pure Zufall. Elfriede Funkel wiederholte, was sie soeben über die Parallele mit den Nordafrikanern gesagt hatte, nur ausführlicher. Jörg schien kaum zuzuhören. Nach jedem ihrer Sätze holte er tief Luft und sah dabei aus wie ein Opernsänger, der fürchtet, seinen Einsatz zu verpassen.

»Der Ehemann von Frau Brändle ist nicht der Physiker Santosh Bhagwati, der zu sein er behauptet«, fiel er schließlich seiner Kollegin ins Wort. »Der echte ist Spezialist für Oberflächenphysik und arbeitet seit Kurzem an der Universität in Neu-Delhi. Ihm ist im Frühjahr des vergangenen Jahres beim Flug von London nach Indien sein Pass abhandengekommen. Bei der Zwischenlandung in Istanbul hat er den Verlust bemerkt und zunächst geglaubt, er habe seine Papiere im Flugzeug verloren. Der Pass ist aber nie wiederaufgetaucht. Er erinnert sich noch daran, dass sich in London beim Warten im Sicherheitsbereich ein Mann mit dunklem Teint neben ihn gesetzt hat und er die ganze Zeit darüber nachgedacht hat, ob der wohl ebenfalls Inder war. Gesprochen haben sie jedoch nicht miteinander.«

Alexander fühlte ein Kribbeln auf der Kopfhaut, als würden

sich seine Haare sträuben, und mit jeder Überlegung wurde dieses Gefühl stärker. Beates Santosh hatte eine andere Vergangenheit, als er vorgab, das war nicht schwer zu begreifen, der Gedanke hatte schon vorher in seinem Kopf genagt. Aber er war gar nicht Santosh Bhagwati. Wer war er dann, und warum brauchte er eine neue Identität? Warum brauchte er den Pass eines anderen Menschen? Alexander hatte Beates Glück immer für eine Seifenblase gehalten, die früher oder später platzen würde. Der Augenblick war viel schneller und heftiger gekommen, als er erwartet hatte. Arme Beate, dachte er.

»Wie hast du das nun wieder herausbekommen?«, fragte er.

»Ganz einfach.« Der Kommissar streifte seine Kollegin mit einem triumphierenden Blick. »Ich habe den echten angerufen.« Er genoss die Überraschung, während die Funkel ein Gesicht machte wie jemand, der Zucker erwartet und Essig bekommt.

»Ich habe vier Männer mit Namen Santosh Bhagwati in Indien angerufen. Der vierte war der Richtige.«

Plötzlich begriff Alexander. »Santosh ist kein Inder«, warf er ein, ehe ihm jemand mit der Erkenntnis zuvorkommen konnte.

»Woher wollen Sie das nun wieder wissen?« Frau Funkel sah aus, als wolle sie gleich die Zähne fletschen. Der Volltreffer ihres Kollegen ließ ihre Überlegungen kümmerlich zusammenschrumpfen.

»Allwissenheit gehört nun mal zu den typischen Eigenschaften eines Professors.«

Ihr Mund öffnete sich. Eine solche Antwort übertraf offenbar alles, was sie an professoraler Überheblichkeit von ihm erwartete. Jetzt erzählte Alexander von Santoshs Bemerkung, er habe dieselbe Muttersprache wie der tamilische Nobelpreisträger. »Da er nicht Bhagwati heißt, gibt es auch keinen Grund, ihn für einen Hindu zu halten«, fuhr er fort. »Er ist Muslim, wie Sie schon vermutet haben.«

Endlich schloss die Funkel ihren Mund wieder und nickte. Schließlich hatte sie schon vor ihm diese Idee gehabt.

»Und jetzt?«, fragte Alexander.

Die Kommissarin sah Jörg an, als hätte sein Freund eine unanständige oder zumindest überflüssige Frage gestellt, dann war es Jörg, der antwortete. »Wir werden dem Landeskriminalamt eine Mitteilung machen. Vielleicht ist dieser angebliche Santosh dort schon bekannt. Wenn die selbst nichts wissen, setzen sie sich mit dem Bundeskriminalamt in Verbindung.«

»Und wenn das BKA auch nichts weiß?«

Gessler zuckte mit den Schultern. »In jedem Fall sollen sich unsere Freiburger Kollegen vom Staatsschutz um ihn kümmern.«

»Um ihn kümmern?«, meinte Alexander seufzend. »Santosh ist weg.«

»Es gibt genug, was sich noch überprüfen lässt: Wo hat er gearbeitet, von wo ist er zugezogen, was für Kontakte sind bekannt, was für Bankverbindungen hatte er und noch einiges mehr.«

»Und ihr seid nicht mehr zuständig?«

»Für alles, was sonst noch geschehen ist, für den Brand zum Beispiel oder Beates Verschwinden, bleiben wir auch in Zukunft zuständig.«

Wie soll das gehen?, dachte Alexander. Auf der einen Seite die Kripo, auf der anderen der Staatsschutz, aber er sagte nichts dazu. Eine Weile war es still.

»Ist es so einfach, eine neue Identität anzunehmen?«, fragte Alexander endlich in das Schweigen hinein. »Du klaust einen Pass, suchst dir einen Fälscher, was vermutlich in gewissen Kreisen kein größeres Problem darstellt, und schon bist du ein neuer Mensch?«

»Ich fürchte, ja, jedenfalls bei den älteren Ausweisen.«

»Gibt es in diesem Haus noch einen größeren Raum als diesen hier?«, unterbrach die Kommissarin die beiden, wahrscheinlich um nach dem unerwarteten Absturz ihrer Autorität wieder das Kommando zu übernehmen. »Einen mit drei Stühlen, oder ist das zu viel verlangt?«

Es gab Menschen, aus deren Mund die kleinste und selbstverständlichste Bitte zu einem Vorwurf wurde. Die Funkel gehörte dazu. Wahrscheinlich würde sie gleich mit demselben vorwurfsvollen Ton um einen Kaffee bitten. Alexander wollte ihr zuvorkommen. Er suchte nach der Aushilfssekretärin und bat sie, ihnen

Kaffee in die Bibliothek zu bringen. Dann führte er die beiden Beamten dorthin.

Die Blätter der alten Kastanien vor den Fenstern verdunkelten den Raum an trüben Tagen wie heute, und die Kommissarin drückte auf den Lichtschalter. Das kalte Neonlicht störte ihn, und er fand es unnötig, aber er schaltete es nicht wieder aus. Sie setzt ihre Bedürfnisse durch, dachte er, und merkt nicht einmal, wenn sie denen der anderen zuwiderlaufen, einfach, weil ihr niemand zu widersprechen wagt.

Alexander nahm auf der Fensterseite des großen Tisches Platz, weit entfernt von der Kommissarin. Sie schwiegen, während Jörg mit dem Staatsschutz telefonierte. Er berichtete über die falsche Identität von Santosh Bhagwati und dessen Besuch in Neuhof, dann erzählte er von dem Toten, der nordafrikanischer Herkunft war.

»Ziemlich dünn«, sagte Funkel, als er aufgelegt hatte.

»Wer?«, fragte Alexander verwundert.

»Die Begründung, warum Sie islamistische Verbindungen ins Spiel gebracht haben.«

»Ich?« Er hatte sofort ein schlechtes Gewissen, obwohl sie nach seiner Erinnerung den Gedanken als Erste geäußert hatte. Er wunderte sich, warum sie ihn überhaupt in dieser Runde ertrug.

»Wenn wir wenigstens wüssten, wer dieses Rattenmädchen ist«, stieß er unzufrieden hervor.

»Die Kripo hat unter den ihr bekannten militanten Tierschützern ermittelt«, antwortete die Kommissarin mit einem zu ihrer strengen Hose passenden Ton. »Eine Frau, wie Sie sie beschreiben, ist dort nicht bekannt.«

»Ich habe gelesen, dass viele der militanten Tierschützer der Polizei gar nicht bekannt sind. Sie haben ganz normale Berufe genau wie ein Teil der radikalen Islamisten, und niemand traut ihnen irgendwelche Anschläge zu.«

»Was schlagen Sie deswegen vor?«

»Wie wäre es mit einer Dienstreise nach Äthiopien?«, spöttelte Jörg, ehe Alexander geantwortet hatte. »Schließlich werden die SoleRebels-Schuhe dort hergestellt und auch von dort versandt.«

Elfriede Funkel warf ihrem Kollegen einen ihrer vernichtenden Blicke zu, wie sie sonst Alexander trafen. Nun übernahm sie das Kommando und forderte Jörg – ihren Vorgesetzten – auf, mitzuschreiben, was als Nächstes zu tun sei. Er als Chef hätte sich einen solchen Befehlston niemals gefallen lassen, obwohl er überzeugt war, ein toleranter Chef zu sein. Andere Institutsleiter hielten bereits die kleinsten Anzeichen von Gleichberechtigung in ihrer Einrichtung für gefährlich und für den direkten Einstieg in die Diktatur des Proletariats. Vielleicht hatten sie recht.

Sein Freund jedenfalls notierte ungerührt, was seiner Kollegin einfiel.

1. *Wer hat den Brand gelegt, und warum?*
2. *Welche Rolle spielen militante Tierschützer?*
3. *Welche Rolle spielen Vincent Schwarzer und das Mädchen?*
4. *Warum ist Beate Brändle verschwunden, und wo ist sie?*
5. *Wer ist Santosh Bhagwati wirklich, und wo ist er?*

Inzwischen waren fünfzehn Minuten vergangen, und der erbetene Kaffee war immer noch nicht gekommen. Alexander ließ die anderen allein und fand die Vertretung an Beates Schreibtisch, wo sie mit gemächlichen Bewegungen vergeblich versuchte, den Schubladenturm zu öffnen.

»Wissen Sie, wie das geht?« Sie wedelte mit dem Schlüssel, den er ihr gegeben hatte.

»Sie müssen den Schlüssel nach links drehen, nicht nach rechts.«

»Danke«, sagte sie und lächelte freundlich.

»Und unser Kaffee?«, fragte er.

»Ich weiß nicht, wie man die Kaffeemaschine bedient«, sagte sie und lächelte noch mehr.

Er verzichtete darauf, ihr die Maschine zu erklären, und damit auf den Kaffee und verließ das provisorische Sekretariat. Jetzt, wo es Beate nicht mehr gab, hatte es für ihn jegliche Existenzberechtigung verloren. In gewisser Weise beneidete er Menschen wie diese junge Dame. Solchen mittelmäßigen Wesen ging es in der heutigen Leistungsgesellschaft am besten, zumindest, wenn sie sich mit ihrer Mittelmäßigkeit abgefunden hatten. Die Erkenntnis ihres Versagens blieb ihnen erspart. Sie arbeiteten und lebten so, wie sie es für richtig hielten: ungerührt, ohne Ehrgeiz und dadurch sorglos, was ihren Erfolg betraf. Wie viel ruhiger wäre es auf dieser Welt, wenn es nur solche Menschen gäbe wie sie, dachte er. Damit war er in Gedanken wieder bei Santosh und Beate, die zweifellos nicht zu dieser Sorte Mensch gehörten.

Kurz nachdem er in die Bibliothek zurückgekehrt war, verabschiedete sich die Kommissarin, ohne dass es neue Erkenntnisse gegeben hätte. Sie ließ offen, ob sie ging, weil sie andere Termine hatte oder weil sie sich nichts von einem längeren Verweilen im Institut versprach. Es war Jörg, der jetzt nach einer Tasse Kaffee fragte, kaum dass seine Kollegin die Tür hinter sich geschlossen hatte.

»Ohne Sekretärin kein Kaffee«, beschied ihm Alexander. »Apropos Sekretärin: Warum heiratet dieser Santosh ausgerechnet eine Frau wie Beate? Warum nicht eine von denen, die nur darauf warten, sich ein Kopftuch um den Kopf zu wickeln, das Haus zu hüten und sich ihrem Ehemann zu unterwerfen?«

Gessler sah ihn mitleidig an. »Für eine neue Existenz ist eine Ehefrau wie Beate Brändle natürlich Gold wert. Hinter einem berufstätigen indischen Physiker mit einer biederen und wahrscheinlich christlichen deutschen Ehefrau wie Beate würde niemand einen verkappten Muslim vermuten.«

»Ja, sie ist Gold wert«, wiederholte Alexander seufzend, und bei den Worten blieb sein Blick an einem goldenen Abzeichen an Jörgs Jacke hängen: ein Oval aus Eichenlaub, darin ein Ring mit einer Ähre und Sternen, quer darüber der Schriftzug USPE. »Was ist das für ein Verein?«

Jörgs Gesicht veränderte sich und zeigte einen Ausdruck, der mit den letzten Jahren seltener geworden war: Stolz. »Das ist das Europäische Polizei-Leistungsabzeichen in Gold. Schießen, schwimmen und laufen.«

»Schießen? Dann bist du ein guter Schütze?«

»Auf dem Schießstand ja.«

»Und sonst?«

»Das habe ich noch nie ausprobiert.«

Was für eine Ehefrau war Beate eigentlich? Dieser Gedanke ging ihm nicht aus dem Kopf, als Jörg ihn allein gelassen hatte. War sie doch eine von denen, die sich niemals gegen ihren Ehemann auflehnen würden? Für Beate war es, soweit er wusste, die erste Ehe, und er hatte gedacht, sie würde sich zeitlebens darauf beschränken, nur solche Männer, die ohnehin vergeben oder unerreichbar waren, aus der Ferne anzubeten, so wie sie es bei ihm getan hatte. Dann war Santosh in ihr Leben getreten. So wie er ihn einschätzte, war er kein Mann, der in einer Frau eine gleichberechtigte Partnerin sah, eher ein dienendes Wesen, das sich ihm unterwarf und sich von ihm kontrollieren ließ.

Seit Alexander mehr über ihre Mutter wusste, glaubte er, Beate besser zu verstehen. War sie nicht gerade deswegen so sorgfältig, weil sie trotz ihrer Flucht noch immer die Kontrolle ihrer Mutter im Nacken spürte? Und ihre Beziehung zu Santosh? War sie damit womöglich – blind vor Liebe – eine ähnliche Beziehung eingegangen wie die, aus der sie mit fünfzehn Jahren geflohen war? Solche Fehlentscheidungen gab es reichlich, denn der Mensch setzt gerne fort, was er gewohnt ist. Aber was Beate betraf, war dies nur eine Vermutung, die nicht weiterhalf. Erst jetzt fiel ihm auf, dass er versäumt hatte, sich für ein längeres Gespräch mit Lilli Sütterlin zu verabreden.

Er rief Ina an und berichtete über das Treffen in der Bibliothek.

»Islamisten?«, rief Ina aus, und es klang, als glaube sie kein Wort. »Aber doch nicht Santosh!«

»Doch«, bestätigte er matt.

Zwei Stunden nachdem Jörg gegangen war, klingelte das Telefon. »Am späten Mittwochabend wurde ein Mann im Hausflur vor Beates Wohnung gesehen, der mit großer Wahrscheinlichkeit Santosh war.« Jörg hatte nicht einmal seinen Namen genannt, als er diese Neuigkeit verkündete. »Er kam allein aus Beates Wohnung. Zu diesem Zeitpunkt hatte niemand mehr deine Sekretärin gesehen. Sie scheint tatsächlich nicht mehr nach Hause gekommen zu sein, nachdem sie am Morgen zur Arbeit gegangen war.«

»Vielleicht war er da, um die Festplatte aus ihrem Computer auszubauen«, unterbrach ihn Alexander.

»Das wäre denkbar, verrät uns aber nicht, wo die beiden jetzt stecken.«

»Hast du auch noch gute Nachrichten?«

»Nein. Auch die anderen Beobachtungen sprechen dafür, dass deine Sekretärin am Mittwoch nicht mehr in ihre Wohnung zurückgekehrt ist. Der Rollladen im Wohnzimmer wurde abends von irgendjemandem geschlossen, alle anderen blieben entgegen ihrer Gewohnheit nachts offen.«

»Vielleicht hat sie die Nacht in Santoshs Wohnung oder in ihrer neuen verbracht.«

»Die neue Wohnung ist völlig leer, es gibt nicht einmal eine Matratze oder einen Stuhl.«

»Und Santoshs Wohnung?«

»Die Kollegen sind gerade mit einem Durchsuchungsbeschluss auf dem Weg dorthin. Außerdem brauchen wir dringend Fingerabdrücke von ihm. Ich melde mich wieder, wenn ich mehr weiß.«

Nach dem Anruf konnte Alexander nicht mehr arbeiten. Er wartete auf das Gespräch und wusste, dass es Stunden dauern konnte, bis sich Jörg wieder meldete. Als das Display des Telefons aufleuchtete, griff er nach dem Apparat. Er meldete sich, noch während es zum ersten Mal klingelte.

Es war Jörg. »Santoshs Wohnung steht in Flammen.«

»Nein.«

»Doch. Leider kein Witz. Der Notruf bei der Feuerwehr ging gegen siebzehn Uhr ein, kurz bevor unsere Leute bei ihm eintrafen. Offenbar wurde Brandbeschleuniger benutzt, jedenfalls brennt es in allen Räumen, sogar im Bad. Die Situation ist dramatisch, weil oben im Haus noch Menschen sind.«

»War noch jemand in Santoshs Wohnung?«

»Hoffentlich nicht. Da kommt niemand mehr lebend raus.«

Als das Gespräch längst beendet war, hielt Alexander den Apparat noch immer in der Hand. Beate, dachte er. Wo um Himmels willen war Beate geblieben? In Santoshs brennender Wohnung?

Zu Hause setzte sich Alexander auf die Terrasse und schaute in den Garten. Eine Meisenfamilie war in den Büschen unterwegs und übertönte mit lauten Rufen alle anderen Geräusche. Er stand auf und ging in die Küche. Heute hatte er keine Lust auf Vogelgezwitscher. Es passte nicht zu seiner Stimmung. Er öffnete eine Bierflasche und setzte sich vor den Fernseher, stand aber gleich wieder auf. Er hatte auch keine Lust zum Fernsehen. Mit dem Bier in der Hand ging er wieder nach draußen. Auf der Terrasse waren Blütenblätter der Balkonblumen aus den oberen Stockwerken zusammengeweht. Ob er es mal wieder mit Fegen versuchen sollte, um seine Unruhe loszuwerden? Er warf einen Blick auf den Besen, der in einer Ecke lehnte. Nein. Heute hatte er auch keine Lust zum Fegen. Außerdem sah es nach Regen aus, und der aufkommende Wind würde seine Arbeit gleich wieder zunichtemachen.

Eine Weile lief er unschlüssig durch die Wohnung, dann packte er seine Badesachen und fuhr ins Keidel-Bad, obwohl er auch dazu eigentlich keine Lust hatte. Er schätzte das vor allem bei Rentnern beliebte Thermalbad im Südwesten Freiburgs ohnehin nicht besonders, vielleicht weil er sich nicht vor Augen führen lassen wollte, wie auch er in ein paar Jahren aussehen würde.

Eines dieser deprimierenden Vorbilder sah er gleich. Es war ein großer Mann von etwa siebzig Jahren mit kantigem Gesicht, der eben dem Außenbecken entstieg. Im eleganten Anzug wäre er zweifellos noch eine imposante Gestalt gewesen, doch in der Badehose offenbarte sich das ganze Elend des Alterns. Dünne Beine, flacher Po, hängende Schultern und die Haut mit Altersflecken gesprenkelt. Ina wäre erst Ende vierzig, wenn er das Alter dieses Mannes erreicht haben würde, und zweifellos wäre sie dann noch immer eine attraktive Frau.

Gegen zehn Uhr war er wieder zu Hause. Weder auf dem Anrufbeantworter noch auf seinem Handy war eine Nachricht eingegangen. Das Bier, das er vorhin nicht getrunken hatte, war abgestanden. Er schüttete es in den Ausguss und öffnete eine neue Flasche. Nach den Nachrichten, die sich wie immer vorwiegend mit den unerfreulichen Ereignissen beschäftigten, zog er sich aus. Eine Weile blieb er in seiner betont jugendlichen schwarzen Unterhose vor dem Spiegel im Flur stehen. Nein, er war kein verhutzeltes Männchen, und die Beine waren vom Mountainbiken und Bergsteigen weitaus besser in Form als die von vielen Vierzigjährigen, aber Arme und Schultern waren magerer geworden. Die Muskeln seiner Brust hatten sich verflüchtigt und die zu weit gewordene Haut faltig zurückgelassen. Vor Jahren hatte er einmal begonnen, mit Hanteln zu trainieren – und nach drei Tagen die langweilige Folter wieder aufgegeben. Die Hanteln lagen noch immer unten im Kleiderschrank. Er holte sie hervor, trainierte verbissen eine halbe Stunde und unterbrach nur kurz, wenn ihn die Kraft verließ. Das würde er von nun an täglich tun – besser noch mit schwereren Hanteln, das würde Zeit sparen.

Nachts weckten ihn die Schmerzen in den Schultern, und am nächsten Morgen konnte er vor Muskelkater kaum sein Hemd anziehen. Außerdem hatte er sich einen Schnupfen geholt. Er war froh, Ina am nächsten Tag nicht zu begegnen. Am Telefon konnte er seinen erbarmungswürdigen Muskelkater verbergen, aber nicht den Schnupfen.

»Du hättest dir nach dem Baden die Haare föhnen sollen«, sagte Ina.

Als wäre es sein größtes Problem, dass er sich einen Schnupfen geholt hatte. Eine Erkältung hatte ohnehin mal wieder auf der Tagesordnung gestanden. Der Muskelkater nicht. Ebenso wenig wie eine verschwundene Sekretärin.

Der nächste Anruf erreichte Alexander gegen sechzehn Uhr. Es war Jörg. »Beates Auto wurde gefunden«, sagte er.

Beates Auto. Natürlich dachte Alexander sofort das Schlimmste. Ein unversehrt in einer friedlichen Gegend parkendes Auto konnte er sich nicht vorstellen. »Ohne Beate?«, fragte er.

»So ist es. Der Wagen steht wohl schon seit Tagen auf einem Waldweg in den Vogesen.«

Ein verlassenes Auto im Wald. Wieder gingen Alexander die fürchterlichsten Bilder durch den Kopf. Ein leerer Wagen mit offenen Türen, Beate ein paar Meter davon entfernt im Gebüsch. Erschossen? Erwürgt? Beate selbst hätte bei der Nachricht von einem verlassenen Auto im Wald sofort solche Gedanken gehabt. Aber er doch nicht! Er wehrte sich gegen die schlimmen Befürchtungen – vergeblich.

»Wurde schon nach Beate gesucht?« Der aufgeregte Tonfall seiner Stimme hätte ihr alle Ehre gemacht.

»Vermutlich nicht. Das verlassene Auto war nur eine Routinemeldung. Forstarbeiter haben den Wagen an einer Stelle gefunden, wo normalerweise keine Autos stehen, schon gar nicht tagelang. Wegen des Freiburger Kennzeichens wurde die deutsche Polizei eingeschaltet. Dabei stellte sich heraus, dass nach diesem Auto und seiner Besitzerin gefahndet wird. Seither ist noch nichts geschehen.«

»Und was passiert jetzt?«

»Das weiß ich nicht. Für die weiteren Schritte ist wieder die französische Polizei zuständig.«

»Weißt du, wo genau das Auto gefunden wurde?«

»Oberhalb von Thann.«

»Jörg, ich muss sofort hin!«

»Das dachte ich mir.«

»Und?«

»Ich weiß, wo das Auto steht.«

»Du kommst also mit!«

»Ich liebe die Vogesen!«

Zwanzig Minuten später fuhr Alexander mit zusammengebissenen Zähnen in seinem nicht mehr ganz neuen BMW auf dem Zubringer Mitte Richtung Autobahn. Der Muskelkater machte ihm heftig zu schaffen. Schon das Heben der Arme bis zum Lenkrad war eine Qual, die sich bei jedem Abbiegen noch verstärkte. Am Autobahnkreuz Neuenburg verließen sie die A5 und überquerten den Rhein. Nach einer Stunde hatten sie Thann erreicht.

»Halt mal an.«

Alexander trat auf die Bremse und hielt genau vor einer schönen gotischen Kirche.

»Willst du um ein glückliches Ende beten?«

»Kein schlechter Gedanke. Eigentlich wollte ich nur auf meinen Plan sehen. Ab Thann wird es nämlich schwierig.«

Jörg hatte über Google Earth ein Satellitenbild der Gegend ausgedruckt, auf dem Alexander auf den ersten Blick nur Wald und ein paar mit weißen Linien gekennzeichnete Wege sah.

»Ich weiß nur, dass der Wagen ein ganzes Stück oberhalb eines Wanderparkplatzes westlich von Bitschwiller-lès-Thann steht. Neben dem Parkplatz soll ein Fischteich sein.«

Bis Bitschwiller waren es nur noch ein paar Kilometer, und nach einigem Suchen einigten sie sich darauf, welcher Fischteich gemeint sein konnte.

Sie fuhren weiter. In Bitschwiller bog Alexander in eine schmale Teerstraße ein, die zum Col du Hundsruck führte. Jörg starrte auf den Plan.

»Rechts rein«, rief er plötzlich.

Der Weg, auf den sie einbogen, war unbefestigt, aber gut befahrbar. Er führte aufwärts durch Wiesen, vorbei an Häusern, verschwand bald im Wald, wo er steiler wurde. Mehrmals zweigten Wege ab, die sich kaum von dem unterschieden, auf dem sie fuhren. Wahrscheinlich gab es hier ein Dutzend Wege, die ungefähr in diese Richtung führten, und sie konnten stundenlang vergeblich nach dem Fischteich suchen. Auch ohne Muskelkater wäre das kein Vergnügen gewesen. Langsam und ohne Hoffnung, das Ziel zu finden, fuhr Alexander weiter.

»Der Teich!« Jörgs plötzlicher Ausruf klang ebenfalls wie »Das hätte ich nie für möglich gehalten«.

Es war ein kleiner Fischteich zwischen hohen Bäumen in einem engen Tal. Der Wanderparkplatz am Weg war verwaist.

Sie stiegen aus. Hier im Wald, ein paar Hundert Meter oberhalb der Rheinebene war es kühl. Und es war still. Kein Vogel sang, kein Zweig knackte, nicht einmal das Rauschen von Blättern war zu hören. Völlige Stille.

Vom Waldparkplatz gingen drei Forstwege ab, zwei davon waren als Wanderwege markiert und führten zu Zielen, die sie auf dem Satellitenbild nicht fanden. Alle Wege waren für Autos gesperrt. Sie einigten sich auf den Weg, der geradeaus weiterführte.

»Gehen oder fahren?«, fragte Alexander.

»Fahren. Spätestens in zwei Stunden ist es dunkel.«

»Bist du eigentlich bewaffnet?«

»Wir sind in Frankreich.«

»Also keine Pistole?«

»Nur einen Zahnstocher.«

Jetzt kamen sie nur noch langsam voran. Steinige Wegstücke, auf denen blankes Felsgestein bis an die Oberfläche ragte, wechselten mit Morast, der von den schweren Fahrzeugen der Waldarbeiter durchpflügt war. Immer wieder zweigten andere Forstwege ab, aber sie blieben auf dem, der sich neben einem Bach immer höher zog, bis er sich vor einem steilen Tobel plötzlich teilte. Kilometerweit waren sie schon gefahren, und hier im dichten Wald hatte längst die Dämmerung den hellen Tag vertrieben. Wenn sie irgendwo an einer Weggabelung die falsche Entscheidung trafen, würden sie Beates Auto niemals finden. Sie stiegen aus.

»Hier geht es weiter«, stellte Alexander fest und zeigte Jörg ein paar rötliche Schleifspuren auf dem steinigen Untergrund. »Du hast gesagt, dass das Auto von Holzfällern entdeckt wurde. Das Rot stammt von der Buchenrinde.«

Jörg nickte, und dabei wanderten seine Augenbrauen für einen Augenblick nach oben, was offensichtlich ein Zeichen seiner Anerkennung war. »Wenn bei uns eine Stelle frei wird, werde ich dich dafür vorschlagen.«

»Danke.« Alexanders Zuversicht, den Twingo doch noch irgendwo in diesen unübersichtlichen Wäldern zu finden, war zwischenzeitlich gegen null gesunken, jetzt stieg sie wieder. Er jedenfalls würde nicht aufgeben, ehe er sein Ziel erreicht hatte. Es war genau wie früher, als er noch ein Kind war: Ein lächerliches bisschen Anerkennung, und schon war er bereit zu jeder Anstrengung, um die mit dem Lob verbundenen Erwartungen nicht zu enttäuschen.

Der Weg führte zunächst eben am Fuß eines Steilhangs entlang, stieg dann aber an, um den Hang zu erklimmen. Mit durchdrehenden Rädern und daher widerspenstig wie ein Esel, der immer wieder stehen bleibt, kletterte der BMW über eine morastige Stelle nach der anderen höher. Vor der nächsten Matschstelle hielt Alexander an, und sie stiegen aus. In dem von Fahrzeugen zerfurchten Boden sahen sie keine Spuren, die von einem Twingo stammen konnten. Die Abdrücke, die der BMW hinterlassen hatte, waren hingegen gut zu erkennen. Entweder war Beate niemals hier gewesen, oder die schweren Fahrzeuge hatten ihre Spuren vollständig zerstört.

Jetzt wuchsen Alexanders Zweifel wieder. Beate fuhr aus lauter Angst vor steilen Straßen nicht einmal das Bergsträßchen zum Stollenbacher Hof hinauf oder die gut befestigte Strecke zum Gasthof Lenzenberg im Kaiserstuhl. Jetzt sollte sie diesen kaum befahrbaren Weg überwunden haben? Undenkbar.

»Beate würde niemals so einen Weg fahren. Wenn sie tatsächlich bis hier oben gekommen ist, dann hat sie nicht selbst am Steuer gesessen.«

Der Weg wurde noch steiler, und bald tauchte eine Kehre vor ihnen auf, die der BMW kaum überwinden konnte. Langsam und entmutigt fuhr Alexander darauf zu. Er hielt an, wo der Boden noch fest war. Im nächsten Augenblick stießen beide gleichzeitig, als hätten sie ein Kommando erhalten, einen Laut der Überraschung aus. Sie sahen das Auto: eine grüne, verdreckte Blechkiste, die auf der Innenseite der Kehre ins Unterholz gerutscht war. Bis zu den Achsen steckte der Twingo hier im schwarzen Matsch.

Seit vor dem Tobel die Entscheidung auf den linken Fahrweg

gefallen war, hatte Alexanders Unruhe zugenommen. Was würden sie finden, wenn sie tatsächlich auf den Twingo stießen? Jetzt, wo er den Wagen sah, schlug sein Herz, als stünde ein Unglück unmittelbar bevor. Es war wie beim Warten auf die Diagnose beim Arzt. Wochenlang hatte er im vergangenen Jahr die ungewohnten Kopfschmerzen nur mäßig beunruhigt zur Kenntnis genommen, aber dann, nach einer Computertomografie und kurz bevor er den Befund erfuhr, hatte sich die leichte Beunruhigung zur panischen Angst vor einem Hirntumor gesteigert.

Von der französischen Polizei war nichts zu sehen, nicht einmal eine Absperrung. Für einen deutschen im Dreck steckenden Twingo hatte sich wahrscheinlich niemand die Mühe gemacht, selbst nachzusehen. Alexander fror, während sie den Wagen untersuchten. Oder kam das Zittern von der Aufregung? Die Türen waren zugeschlagen, aber unverschlossen. Das Innere des Wagens verriet nichts darüber, was sich hier abgespielt hatte.

»Fass nichts an. Vielleicht müssen sich unsere französischen Kollegen doch noch genauer um das Auto kümmern.«

Auf beiden Seiten des Wagens waren Spuren von groben Männerstiefeln. Kleinere, die von Beate stammen konnten, fanden sie nicht. Alexander wandte sich vom Fahrzeug ab und kämpfte sich unterhalb der Kehre ein paar Meter durch das dichte Unterholz.

»Suchst du nach einer Leiche?«

Alexander antwortete nicht, aber genau das war sein schrecklicher Gedanke gewesen. Wenn Beate den Wagen nicht lebend verlassen hatte, würde ihr Mörder ihre Leiche nicht den steilen Hang hinaufgeschleppt, sondern sie unterhalb des Weges versteckt haben. Alexander kehrte zu seinem Auto zurück und stieg ein. Planloses Suchen half nicht weiter.

»Willst du umkehren?«

»Nein, nachdenken«, antwortete er.

Er wäre jetzt gern allein gewesen. Das Nachdenken funktionierte besser, wenn ihm niemand dabei zusah. Sein stummer Wunsch nach Alleinsein ging in Erfüllung, denn Jörg beschloss, sich nun die Umgebung des Twingos näher anzuschauen.

Nach einer Weile schaltete Alexander die Innenbeleuchtung

ein und studierte das ausgedruckte Satellitenbild. Dann stieg er wieder aus und verschloss das Auto sorgfältig.

»Ich habe nachgedacht«, sagte er.

Jörg sah ihn aufmerksam an und verzichtete auf eine seiner spöttischen Bemerkungen.

»Hier nach Beate zu suchen lohnt sich nur, wenn wir davon ausgehen, dass sie das Auto lebend verlassen hat.«

Sein Freund sah aus, als hätte er das selbst schon gedacht.

»Unter diesen Umständen wird sie nicht irgendwo im Unterholz verschwunden sein«, fuhr Alexander fort, »sondern entweder zurückgegangen sein oder weiter nach oben, wo möglicherweise ein Ziel liegt, das sie mit dem Auto erreichen wollte. Die Überlegung träfe auch zu, wenn Beate nicht allein und vielleicht auch nicht freiwillig hier wäre.« Er hielt Jörg das Satellitenbild hin, obwohl hier im Dunkel des Waldes darauf keine Einzelheiten mehr zu erkennen waren. »Da oben sind Wiesen und irgendwelche Gebäude, vielleicht Schuppen und Ställe, vielleicht aber auch ein Gehöft.«

»Es wird bald finster«, stellte Jörg fest.

»Dann sollten wir keine Zeit mehr verlieren.«

Alexander warf seinem BMW einen letzten Blick zu und sah sich schon im Dunkeln rückwärts den schmalen Weg hinunterfahren. In der Kehre wäre Platz genug zum Wenden gewesen, aber sie war zu steil und der Untergrund nicht fest genug.

Langsam, aber stetig stiegen sie im dichten Buchenwald höher. Immer wieder starrten sie auf den Boden, als könnten sie hier Beates Fußspuren entdecken, aber wenn es welche gegeben hatte, so waren sie von den Fahrzeugen der Waldarbeiter zerstört. Bald wurde der Weg wieder steinig. Keine Spuren mehr. Hinter einer Wendeplatte war der Weg nicht mehr von den schweren Fahrzeugen zerfurcht, stattdessen stießen sie auf die Spuren von Mountainbikern. Immer wieder glaubte Alexander dazwischen die Fußabdrücke von Frauen oder von Kindern zu entdecken, aber wenn er sich nicht täuschte, mussten es die Fußabdrücke von vielen Menschen sein. Als der Untergrund fester wurde, verloren sich alle Spuren wieder.

Allmählich wurde der Wald lichter und endete schließlich an einer sanft ansteigenden Bergwiese. Über ihnen mussten die Häuser sein, wenn er das Satellitenbild richtig gedeutet hatte. Alexander ging jetzt schneller, er lief fast, als könnte er doch noch ein Unglück verhindern, wenn er nur rechtzeitig oben wäre.

»Renn doch nicht so«, rief ihm Jörg keuchend nach, aber Alexander wartete erst, als er einen lehmigen Bergpfad erreicht hatte, der über eine Wiese höher führte. Hier waren die Fußspuren unverkennbar.

»Eine Wandergruppe«, stellte Jörg fest. »Wahrscheinlich nur Frauen. Und sie sind hier sowohl aufwärts als auch abwärts gegangen.«

Alexander musste ihm recht geben.

Sie beschlossen, dem Pfad zu folgen und nicht dem Fahrweg, der in einem großen Bogen ebenfalls auf die Höhe führte.

Nach einer Biegung öffnete sich der Blick nach Nordwesten. In diesem Augenblick verschwand die Sonne hinter den Baumkronen auf dem Kamm eines Berges. Gleich darauf loderte sie noch einmal wie ein Feuerball zwischen den Stämmen auf, um erst dann endgültig unterzugehen.

Langsam gingen sie weiter. Diese Stille hier oben! Auf dem jetzt lehmigen Boden waren nicht einmal ihre Schritte zu hören.

Sie mochten zweihundert Meter gegangen sein, als auf der Wiese über ihnen ein graues Dach auftauchte, ein Stall oder Schuppen vielleicht. Beim Höhersteigen erschien ein zweites Dach, größer als das erste und wie angelehnt an den Hang, gleich darauf sahen sie das Haus. Es schien das Wohnhaus zu sein, an das sich die Ställe anschlossen. Das kleinere Gebäude war tatsächlich ein Schuppen.

Wenn Beate seit Tagen hier oben war, dann auf diesem Hof.

Vor dem Wohnhaus blieben sie stehen. Es war aus grauen Sandsteinblöcken gemauert, das Dach aus Wellblech. Der Anbau mit den Ställen war aus Holz, das die Farbe von nachgedunkeltem Silber angenommen hatte. Das weit nach vorn gezogene Dach war mit Holzschindeln gedeckt und durch hölzerne Pfosten abgestützt. Unter dem Dach stand eine verwitterte Bank. Das Gehöft schien verlassen zu sein. Kein Hundegebell. Kein Licht hinter den Fensterscheiben. Das Einzige, was sich bewegte, war ein abgerissenes Kabel unter dem Dachvorsprung, das im Wind langsam hin und her schwang. Zögernd trat Alexander näher.

»Riechst du was?«, fragte Jörg.

Nun roch Alexander es auch. Rauch. Er trat ein paar Schritte zurück. Vor dem grauen Dach kaum zu erkennen, kräuselte sich feiner Rauch aus dem Schornstein. Das Haus war nicht verlassen.

»Bist du eigentlich sicher, dass deine Sekretärin niemals selbst hier hochfahren würde?«

»Absolut. Unter keinen Umständen würde sie das tun.«

Jörg zog sein Handy aus der Tasche.

»Was hast du vor?«

»Wir sollten die französische Polizei informieren.«

»Wovor hast du Angst? Santosh wird nicht hier sein.«

»Immerhin hast du ihn vor ein paar Tagen nicht weit von hier gesehen.«

»Straßburg ist mindestens hundert Kilometer entfernt.«

Jörg steckte sein Handy wieder ein. »Kein Netz«, stellte er fest.

»Ich werde doch jetzt nicht umkehren, ohne Beate gesehen zu haben.«

»Und ich werde dir nie wieder verraten, wo ihr Wagen gefunden wurde.«

»Brauchst du auch nicht.«

Jörg sah ihn mit gespielter Verzweiflung an. »Denk doch ausnahmsweise mal vernünftig.«

»Ich denke vernünftig«, antwortete Alexander wie ein trotziges Kind.

Sein Freund seufzte. »Tust du nicht. Es ist durchaus denkbar, dass sich Santosh hier mit Beate versteckt hat.«

Alexander zuckte nur mit den Schultern. Natürlich war ihm dieser Gedanke auch schon gekommen, aber nach den Kriterien der Vernunft zu entscheiden war nun einmal nicht seine Sache. Er wollte wissen, wer oder was sich in diesem Haus verbarg.

»Wenn das so ist, wird er wenig begeistert sein, wenn wir hier auftauchen«, fuhr Jörg fort. »Schlimmstenfalls ist Beate nicht freiwillig hier, was die Situation nicht einfacher macht.«

Alexander achtete nicht auf die Warnungen seines Freundes und ging weiter auf das Haus zu. Jörg folgte.

Zwei Türen führten in den hölzernen Stallanbau. Eine befand sich in einem als Windfang dienenden Bretterverschlag neben dem Wohnhaus, die andere unter dem vorgezogenen Dach. Die Tür im Windfang schien zum Wohnbereich zu führen. Eine Klingel gab es nicht. Alexander klopfte an die Tür. Nichts rührte sich.

Jörg stand ein paar Meter von ihm entfernt und sah ihm mit einer Mischung aus Beunruhigung und Neugierde zu, gerade so, als würde sein Freund mit einem Feuerwerkskörper zündeln, der gleich hochgehen musste. Alexander drückte die Klinke hinunter, die Tür war verschlossen. Er presste sein Gesicht an eines der winzigen Fenster des Wohnhauses, doch die Scheiben waren blind vor Schmutz, und er konnte drinnen nichts erkennen. Er rief Beates Namen. Keine Antwort.

Jörg war näher gekommen. Jetzt hatte er die angespannte Haltung eines Sprinters vor dem Start.

Mit einer plötzlichen Entschlossenheit hämmerte Alexander mit den Fäusten gegen die Tür, hämmerte gegen die Fenster. Sein Freund hinderte ihn nicht, was er nicht anders deuten konnte als eine Bestätigung für sein Tun. Natürlich hätte er sonst sofort mit dem Lärm aufgehört!

Nichts rührte sich.

Endlich gab Alexander auf und ging zu dem vom Wohnhaus weiter entfernten Eingang. In der rohen Holztür befanden sich unterhalb eines senkrecht stehenden rostigen Griffes ein Schlüsselloch und darüber eine kleine bewegliche Metallplatte. Er drückte auf das runde Plättchen, wodurch sich die Verriegelung auf der Innenseite löste. Mit einem hässlichen Quietschen gab die Tür seinem Druck nach. Zögernd trat Alexander in den Gang, der sich dahinter erstreckte. Als die Tür hinter ihm wieder zuschwang, wurde es fast völlig dunkel.

Vorsichtig tappte er über den unebenen Boden. Festgestampfter Lehm wahrscheinlich. Er schlug die Richtung ein, in der das

Wohnhaus liegen musste. Ganz langsam und darauf gefasst, dass etwas Unvorhergesehenes, vielleicht etwas Schreckliches passierte, ging er vorsichtig und nach Hindernissen tastend durch den Gang an den Ställen vorbei. Einmal stieß er gegen etwas auf dem Boden, das mit leisem Knarzen zur Seite fiel. Ein Weidenkorb? Immer wieder berührten seine Hände altes verstaubtes Gerät, das seit Jahren niemand mehr zu benutzen schien.

Und wenn Jörgs Befürchtungen zutrafen? Vielleicht hatte ihn Santosh längst gesehen, vielleicht wartete er hier irgendwo im Dunkeln auf ihn, den Eindringling, der ihm gefährlich werden konnte. Unsinn, sagte er sich. Solche Gedanken rührten von dem Krimi her, den er kürzlich gelesen hatte und in dem ein schrulliger Professor der Freiburger Universität von einer Gefahr in die nächste stolperte.

Er tastete sich weiter. Am Ende des Ganges fand er eine Tür. Er drückte die Klinke herunter und stand im nächsten Augenblick im Windfang. Im Halbdunkel konnte er erkennen, dass die Tür zum Wohnbereich einen Spaltbreit offen war. Der Weg ins Haus war frei. Plötzlich sah er einen Schatten, der sich hinter dem Spalt bewegte. Er wollte sich eben zurückziehen, als die Tür heftig von innen aufgerissen wurde. Mit einem unterdrückten Aufschrei fuhr er zurück.

Es war Beate, die vor ihm stand. Sie sah ihn aus aufgerissenen Augen an wie ein in die Enge getriebenes Tier seinen Jäger, dann stürzte sie an ihm vorüber ins Freie, als müsse sie sich vor etwas in Sicherheit bringen. Jörg verstellte ihr draußen den Weg.

Mit wenigen schnellen Schritten war Alexander bei ihr. »Was tust du hier?«

Sie rang nach Luft und antwortete nicht.

»Warum bist du hier oben?«

»Ich wollte mich hier oben erholen«, stieß sie endlich hervor.

»Mit Santosh?«

Sie antwortete nicht, aber ihre Augen weiteten sich.

»Wo ist Santosh?«

»Ich weiß es nicht!« So heftig und verzweifelt, wie sie es sagte, klang auch das wie eine Lüge.

Eine Weile standen sie schweigend in dem kalten Wind, der sich mit der Dämmerung erhoben hatte. Wie die Rücken grauer Schafe ragten die Berggipfel in den dunkler werdenden Himmel.

Alexander sprach als Erster. »Fahren wir jetzt gemeinsam nach Freiburg, oder dürfen wir reinkommen?«

»Ich bleibe hier, und niemand kommt ins Haus!« Beates Ausruf klang nicht wie Protest, er klang wie ein Hilfeschrei.

Alexander versuchte, sich nicht von ihrer Aufregung anstecken zu lassen. »Warum?«, fragte er betont ruhig.

Ihre gestammelten Wortbrocken waren nicht zu verstehen. Vielleicht sollten sie heißen, sie könne nicht anders.

»Ich möchte selbst mit Santosh sprechen.« Alexander ging wieder auf den Windfang zu.

Mit einer schnellen Bewegung stellte sie sich ihm in den Weg. »Er ist nicht hier.«

»Doch. Ist er doch.«

Jörg sah ihn überrascht an, als hätte sein Freund wieder etwas entdeckt, was ihm entgangen war. »Warum bist du so sicher?«

»Ich habe doch schon gesagt, dass Beate nie und nimmer selbst hergefahren ist.«

»Stimmt das?«, fragte Jörg.

Sie antwortete nicht.

»Dann ist er hier.«

»Ich bin gefahren.« Die Antwort kam zu spät, als dass Alexander sie glauben konnte.

Er sah sie lange schweigend an und versuchte vergeblich, in der Dämmerung ihren Gesichtsausdruck zu erkennen. »Und wenn er wirklich nicht hier wäre: Was müsste geschehen sein, dass du so etwas tun könntest?«, sagte er leise. »Wie viel Angst müsstest du vor etwas anderem haben, um selbst hier hochzufahren?«

Dann war es wieder still. Keine Antwort. Sie standen und schwiegen und warteten – ohne zu wissen, worauf.

Und dann geschah doch etwas. Alexander sah es als Erster. Oberhalb des Hauses bewegte sich ein großer Schatten, flatterte wie ein ungeschickter Vogel über die Bergwiese, gewann dabei immer mehr an Höhe.

Er zeigte in die Richtung. »Das Rattenmädchen«, rief er, aber es war nur eine vage Vermutung.

Zwei Schritte hatte er schon in die Richtung getan, als Beate in einer plötzlichen Entschlossenheit nach seinem Arm griff. »Lass sie laufen. Sie hat nichts Böses getan!«

»Sie hat mir die Ratte vor die Tür gelegt und das Schloss zugeklebt.« Er war plötzlich unsicher. »Das ist doch die Frau, die das getan hat?«

»Lass sie laufen«, sagte nun auch Jörg. »Ich kann hier weder ihre Personalien feststellen noch sie verhaften.«

Sie sahen der Gestalt mit dem langen Rock nach, wie sie, schließlich kaum noch sichtbar auf der dunklen Wiese, hinter einer flachen Kuppe verschwand.

»Wer ist das?«, fragte Alexander, aber Beate zuckte nur mit den Schultern, als habe sie das Mädchen noch nie gesehen. Sie hatte die Arme eng an den Körper gepresst, als müsse sie irgendetwas ganz fest halten. Sie zitterte. Vor Aufregung? Oder war es nur die Kälte hier oben?

»Wir sollten wieder zurückgehen«, sagte Jörg. »Oder wollen wir hier alle übernachten?«

»Ich würde gern vorher noch etwas essen.« Alexander bemerkte das mit einer Selbstverständlichkeit, als stünden sie vor einem Restaurant oder als brauche seine Sekretärin nur das kurze Stück vom Institut bis zur Bäckerei Lienhart zu gehen, um ihm eine Laugenbrezel oder eine Apfeltasche zu holen.

Beate rührte sich nicht. Wie eine bebende Statue stand sie im kalten Wind.

»Ihr habt doch sicher hier oben etwas zu essen?«

Weder schüttelte sie den Kopf, noch nickte sie. Ihre Antwort war irgendetwas dazwischen.

»Habt ihr alles raufgetragen, als das Auto stecken geblieben war?«

Sie nickte so langsam, als habe sie sich von der anstrengenden Arbeit noch immer nicht erholt.

Jetzt verstand Alexander: Die vielen zierlichen Fußspuren stammten nicht von einer Wandergruppe. Die beiden Frauen waren ein paarmal zum Auto gegangen, um hinaufzutragen, was sie brauchten.

»Ich bewundere dich«, sagte Alexander.

Beate öffnete ihren Mund, als wolle sie etwas sagen, schloss ihn jedoch gleich wieder.

»Ich meine, weil du über diesen steilen Waldweg hier heraufgefahren bist.«

Jetzt lächelte sie tatsächlich ein wenig, aber es war nur der Hauch eines Lächelns, der gleich wieder verflog.

»Bist du doch, oder?«

Jetzt nickte sie wirklich.

Dann fragte Alexander noch einmal, worüber er die ganze Zeit nachgedacht hatte: »Wovor hast du so große Angst, dass du bis in diese gottverlassene Gegend gefahren bist?«

Beate presste die Arme noch fester an den Körper. Mit den vorgezogenen Schultern und dem geduckten Kopf sah sie aus wie eine Schildkröte, die sich gleich in ihren Panzer zurückziehen wird. Sie blickte angestrengt zu Boden, und ihre Schultern zuckten, als würde sie ein Schluchzen unterdrücken.

»Angst vor Santosh?«, fragte er.

Beates Schultern zuckten heftiger, und jetzt konnte sie die Tränen nicht mehr unterdrücken. Sie tat ihm leid, wie sie so elend und verzweifelt vor ihm stand. Mit zwei Schritten war er bei ihr, zögerte noch einen Moment, dann nahm er sie in den Arm. Und bereute es im nächsten Augenblick. Genauso gut hätte er ein Standbild umarmen können, so steif und abweisend fühlte sie sich an. Er hielt sie trotzdem fest, und ganz langsam verlor sich ihre Starre. Wie ein unglückliches Kind schluchzte sie nun an seiner Schulter.

Also hatte sie tatsächlich Angst vor Santosh? Und sie war hier, weil sie sich hier oben sicher vor ihm fühlte? Und jetzt weinte sie, weil er es ausgesprochen hatte? Oder weinte sie aus einem ganz anderen Grund?

Jörg räusperte sich laut und machte eine Kopfbewegung in Richtung auf das Tal zu.

Alexander schüttelte den Kopf. Auf gar keinen Fall würde er Beate unter diesen Umständen hier allein lassen.

»Dann dürfen wir also reinkommen, jetzt, wo das Mädchen nicht mehr im Haus ist? Ich habe wirklich großen Hunger«, sagte er und vermied, seinen Freund anzusehen. Plumper hätte er kaum fragen können.

Erst schien Beate seine Worte gar nicht gehört zu haben, doch dann löste sie sich plötzlich aus seinen Armen.

»Ich gebe euch etwas zu essen.« Das war ein Satz, wie er ihn von seiner tüchtigen Sekretärin gewohnt war. Der nächste war es weniger: »Wartet bitte draußen.«

Sie ging ins Haus und zog die Tür hinter sich zu. Kurz darauf erhellte drinnen eine altertümliche Lampe die Stube. Ein Holztisch, über dem die Lampe hing, vier einfache Stühle, dahinter eine Mauer aus groben Natursteinen – mehr war von der Einrichtung nicht zu erkennen. Und Beate, wie sie drinnen mit ihren eifrigen Trippelschritten hin und her lief, als wäre sie bei der Arbeit im Institut. Dann wandte sie dem Fenster den Rücken zu und blieb am Tisch stehen.

Jörg grinste. »Ich beneide dich um deine Sekretärin. Möge sie dir erhalten bleiben.«

»Wir sollten sie nicht hier zurücklassen.«

»Sondern? Wir können sie nicht mit Gewalt ins Tal schleppen. Ich sagte schon, dass ich hier niemanden verhaften kann, selbst wenn es einen Grund dafür gäbe.«

»Jörg, ich habe Angst um Beate!«

Jörg gab einen Laut von sich, der nach Zustimmung klang. Spott oder Widerspruch wäre Alexander lieber gewesen.

Viel schneller, als er erwartet hatte, kam Beate aus dem Haus. Sie reichte ihnen eine Plastiktüte. Jörg griff danach und hielt sie seinem Freund geöffnet hin, aber er fasste nicht hinein.

Alexander gab Beate die Hand. »Ich danke dir.« Dann griff er noch mit seiner zweiten Hand nach ihrer. »Komm bald wieder zurück. Ich brauche dich.«

Er konnte bei dem schwachen Licht nicht erkennen, ob sie lächelte. Ihr Gesicht war zu einer grauen Scheibe geworden.

Nach ein paar Schritten drehte sich Alexander noch einmal um. »Beate?«

»Ja.«

»Warum hast du den Mann auf dem Dachboden versteckt?«

Sie tat zwei Schritte auf die Tür zu, als habe sie seine Frage nicht gehört.

»Warum musste er versteckt werden?«

Jetzt blieb sie doch stehen. »Ich …« Sie suchte nach Worten. »Ich wollte ihm doch nur helfen.«

»Wobei helfen?«

»Er sollte abgeschoben werden, er war Tamile, und in seiner Heimat hätten ihm Folter oder sogar der Tod gedroht.«

»Das hat Santosh gesagt?«

Vielleicht nickte sie. Genau konnte er es nicht mehr erkennen.

»Aber jetzt weißt du, dass es eine Lüge war.«

»Ich habe es für Santosh getan«, sagte sie heftig, als rechtfertige das alles.

»Wie hieß er?«

»Ich weiß es nicht. Ich habe ihn nie gesehen. Santosh hat ihm den Schlüssel gegeben.«

»Und wer hat das Feuer gelegt?«

»Radikale Tierschützer.« Ihre Antwort war leise und klang wie die eines Prüflings, der weiß, dass seine Antwort falsch ist.

»Das Mädchen?«

»Um Gottes willen, nein!«

Alexander nahm sie noch einmal in den Arm. »Danke«, sagte er. »Und bis bald.« Dann folgte er Jörg, der vor ihm als grauer Schatten mit einer schlenkernden Tüte in der Hand über den unebenen Weg stolperte.

Bevor sie den Wald erreichten, blieb Alexander wieder stehen und sah sich um. Dunkel zeichnete sich der Hof gegen das verlöschende Tageslicht des Himmels ab, daneben stand noch immer Beate, klein und verlassen wie am Fuße eines himmelhohen Berges. Über ihr war schon der Abendstern zu erkennen, ein hell leuchtendes Licht am sich verdunkelnden Himmel. Wie ein Suchscheinwerfer stand der Stern über ihr, als wolle er jetzt, wo er sein Ziel gefunden hatte, seine glühenden Pfeile auf sie niederschleudern. Seine Angst, sie allein hier in der Einsamkeit zurückzulassen, war noch größer als vorhin.

»Ich bleibe doch hier«, rief er seinem Freund zu.

Jörg blieb ebenfalls stehen. »Sie wird dich nicht ins Haus lassen.« Seine Stimme klang, als kaue er an etwas.

»Dann schlafe ich vor dem Haus.«

»Hier in tausend Meter Höhe?«

»Ich habe schon in ganz anderen Höhen draußen geschlafen.«

Jörg raschelte mit Papier und schob irgendetwas in den Mund. »Aber vermutlich mit Isomatte und Schlafsack.«

»Und mit Zelt oder zumindest mit Biwaksack«, gab Alexander zu. In der Tat war der Gedanke an eine kalte Nacht vor dem Haus wenig verlockend. »Aber wir können sie doch nicht hier allein lassen«, sagte er heftig. »Wenn sie tatsächlich Angst vor Santosh hat, wird sie Gründe dafür haben.«

»Entweder ist Santosh hier, und sie hat gelogen, oder er ist woanders auf der Flucht. Wenn Letzteres der Fall ist, wird er so schnell wie möglich aus der Gegend verschwinden und nicht nach Beate suchen.«

Gemeinsam gingen sie weiter. Der Wald vor ihnen hatte sich zu einer schwarzen Mauer verdichtet, und der Weg war wie ein Tor in die Finsternis. Schweigend drangen sie in das Dunkel ein. Eine silbrige Mondsichel gab ein wenig Licht, gerade so viel, dass sie nicht in vollständiger Schwärze standen. Jeder Schritt war ein vorsichtiges Tasten. Sie würden Stunden brauchen, bis sie ihr Auto erreichten. Wenn sie es denn überhaupt in der Finsternis wiederfanden! Beate lebt, dachte Alexander, das war das Wichtigste. Aber alles andere blieb ein Rätsel.

Irgendwann begann der Weg anzusteigen. Waren sie auf dem Hinweg nicht immer aufwärts gegangen? Sie mussten den richtigen Weg verfehlt haben.

»Wir müssen uns verlaufen haben«, bemerkte nun auch Jörg. »Wir sollten umkehren.«

»Umkehren?«, fragte Alexander. Umkehren war nicht seine Sache. Umkehren war das Eingeständnis eines Irrtums. Er war es gewohnt, Ziele in einem Anlauf zu erreichen, auch wenn der Weg dorthin durch dichtes Gestrüpp führte. Eine Kehrtwende war der Weg von Schwächlingen und Angsthasen. Nicht seiner. Irgendwie würde er sein Auto schon finden, ohne umzukehren.

»Ich gehe zurück«, sagte Jörg. »Wir hätten an der Wendeplatte nach dem Fahrweg suchen müssen, anstatt dem Wanderweg zu folgen.«

Was Jörg sagte, klang überzeugend. Tatsächlich waren sie an einer Lichtung vorbeigekommen, ohne sie als Wendeplatte erkannt zu haben.

Alexander blieb stehen. »Ich habe Hunger«, sagte er. »Gib mir mal die Tüte.«

Nach einer Vesperpause wäre das Umkehren nicht mehr so deprimierend gewesen – als hätte er genau bis hierher gehen wollen, um einen schönen Platz für eine Rast zu finden.

»Ich dachte, du hast mit deinem Gerede vom Essen nur einen Vorwand gesucht, um ins Haus zu kommen«, sagte Jörg.

»Lass das Wort ›nur‹ weg. Ich wollte zwei Fliegen mit einer Klappe schlagen. Ich brauche jetzt unbedingt etwas Essbares.«

Neben dem Weg waren dicke Baumstämme zu erahnen. Wahrscheinlich waren sie grün vom Moos oder klebrig vom Harz. Alexander setzte sich trotzdem. »Die Tüte, bitte.«

Gessler gab sie ihm. Sie war ganz leicht.

»Leer?«

»Ein bisschen müsste noch drin sein.«

Alexander griff hinein, wühlte in leerem Papier, fand schließlich doch etwas Längliches, einen Müsliriegel vielleicht. Mit einiger Mühe gelang es ihm, die Verpackung aufzureißen. Es war ein Schokoriegel mit Karamelfüllung, die zwischen den Zähnen klebte. Er stand erst von dem Baumstamm auf, als sein Freund schon nicht mehr zu sehen war, und folgte ihm dann in die Richtung, aus der sie eben gekommen waren. Umkehren war vermutlich doch der schnellste Weg, um etwas gegen den Hunger zu tun.

Nach kurzer Zeit fanden sie die Wendeplatte und den Fahrweg, der abwärts führte. Jetzt kamen sie schneller voran. Daran änderte auch der Morast nichts, in dem ihre Schuhe von Zeit zu Zeit versanken.

Dunkelheit, Steine, Matsch: Alexander gewöhnte sich. In Gedanken hielt er wieder die erstarrte Beate in seinen Armen. War Starre bei ihr das Zeichen allergrößter Erschütterung, war Reglosigkeit eine paradoxe Steigerung ihrer üblichen Gefühlsausbrüche, wenn das Maß des Erträglichen überschritten war?

»Warum, glaubst du, könnte Beate Angst vor Santosh haben?«, fragte Jörg ins Schweigen hinein.

»Weil sie Dinge weiß, die sie nicht wissen sollte, und weil sich Santosh vielleicht nicht auf ihr Schweigen verlassen will.«

»Dann müsste sie mehr wissen, als er ihr erzählt hat.«

Wieder gingen sie schweigend.

»Und wenn sie doch Kontakte zu militanten Tierschützern hat, die ohne ihr Zutun mein Institut in Brand gesetzt haben?«, sprach Alexander seine Gedanken aus.

»Wie kommst du jetzt darauf?«

»Warum sonst hockt dieses Rattenmädchen gemeinsam mit Beate dort oben?«

»Wenn denn wirklich diese Frau hier bei deiner Wohnung war!«

Natürlich hatte Jörg recht. Er konnte sich nicht sicher sein. Aber Beate hatte ihm nicht widersprochen, als er es unterstellt hatte.

»Ich komme morgen wieder hierher«, sagte Alexander. »Bei Tageslicht. Dann werde ich wissen, ob es dieses Mädchen war oder nicht.«

Alexander stolperte über Gestrüpp und wäre fast gefallen. Er war vom Weg abgekommen, der hier plötzlich die Richtung wechselte. Sie hatten die Kehre erreicht, hinter der ihr Wagen parkte.

Ein wenig wunderte sich Alexander, dass sein BMW noch so stand, wie sie ihn verlassen hatten. Kein Klebstoff im Schloss, kein Feuer, und geklaut war er auch nicht. Dem Mädchen hätte er all das durchaus zugetraut. Das Auto zu finden wäre für sie kein Kunststück gewesen.

Rückwärts den Weg hinunterzufahren war einfacher, als Alexander befürchtet hatte. Er hielt sich dicht an der Bergseite, die gut ausgeleuchtet im Seitenspiegel zu erkennen war. Schlaglöcher und Steine sah er hingegen nicht. Sein Auto tat ihm leid.

Jörg blickte gleichmütig nach vorn, als wäre es das Normalste der Welt, rückwärts bei Dunkelheit durch Matsch oder über Felsbrocken einen steilen Weg hinunterzufahren.

»Halt noch mal an. Ich muss pinkeln«, sagte er nach einer ungewöhnlich heftigen Erschütterung.

Alexander hielt an und stellte den Motor aus. Als Jörg nach ein paar Minuten nicht zurück war, stieg er ebenfalls aus. Im Gebüsch auf der Talseite hörte er es rascheln und gleich darauf Jörgs Stimme: »Du hast recht, Beate hat sich hier vor Santosh versteckt.«

»Hast du immer beim Pinkeln deine genialen Augenblicke?«

»Du nicht?«

»Doch, durchaus.«

Er hatte sich schon manchmal Gedanken darüber gemacht, warum er oft die besten Ideen auf der Toilette hatte. Wahrscheinlich war es ein besonderer geistiger Zustand, der viele Menschen am stillen Örtchen heimsuchte, etwas Animalisches, etwas, bei dem die kontrollierenden höheren Bewusstseinsstufen vorübergehend ausgeschaltet wurden.

Erst nach Mitternacht war Alexander wieder zu Hause. Er hatte wenig Lust, in ein paar Stunden schon wieder bis nach Bitschwiller-lès-Thann zu fahren, noch dazu an einem Samstag, wo er Ina und Corinna möglichst nicht allein lassen sollte. Am schlimmsten war jedoch die Vorstellung, dass er sein Auto wie alle anderen unten am Weiher würde abstellen müssen und den ganzen langen Weg bis zum Hof zu Fuß gehen. Mit Corinna stundenlang auf einem langweiligen Fahrweg den Berg hinauflaufen? Sie würden niemals ankommen.

Der Anrufbeantworter blinkte. Alexander zögerte, die Nachricht abzuhören. Auf schlechte Nachrichten vor dem Schlafengehen konnte er verzichten, und gute waren in aller Regel nicht eilig. Dann überwog seine Neugier. Die Nachricht war von elf Uhr abends. »Wo steckst du denn die ganze Zeit? Du wolltest doch heute Abend herkommen, damit wir gleich morgen früh nach Basel fahren können.« Inas Stimme klang aufgebracht. »Schick eine SMS, sobald du meine Nachricht gehört hast.«

Sein Handy fand er auf dem Garderobenschränkchen, wo er es morgens vergessen hatte. Auch auf dessen Mailbox hatte Ina die Nachricht hinterlassen.

Er schrieb: »Habe zusammen mit Jörg Beate in den Vogesen gefunden. Es kam alles ganz plötzlich. Konnte dich nicht benachrichtigen, weil dort kein Handyempfang. Entschuldigung. Morgen Basel geht klar. Ich komme gegen acht Uhr.«

Augenblicke nachdem er die SMS gesendet hatte, rief Ina an. Sie sagte, sie habe noch keine Sekunde geschlafen.

Er berichtete kurz von der Begegnung auf dem alten Hof.

»Ich habe mir Sorgen um dich gemacht«, sagte sie.

»Ja. Es tut mir leid.«

Wieder dehnte sich eine Nacht, in der die Bilder in den Stunden zwischen Wachen und Schlaf so schrecklich waren wie die Träume während des Schlafs. Seit Wochen hielt die Aufregung nun schon an, und statt auf eine langsame Entspannung schien er unaufhaltsam auf eine noch größere Katastrophe zuzutreiben. Immerhin hatten sie Beate gefunden, aber die Sorgen um sie waren kaum geringer geworden. Was wurde aus ihr, wenn sich niemand dort oben um sie kümmerte? Sie konnte sich doch nicht ewig auf dem Hof verkriechen. Er bereute, Ina versprochen zu haben, morgen nach Basel zu fahren, anstatt zu Beate zurückzukehren.

Ab fünf Uhr war er hellwach, und bis zum Weckerklingeln quälte ihn die Frage, was wichtiger war – wie versprochen nach Basel zu fahren oder sich um Beate zu kümmern. Er konnte sich nicht entscheiden, also tat er, was ohnehin verabredet war: Er fuhr mit Ina und Corinna nach Basel.

Einen Tag später, am Sonntag, machten sie sich zu dritt auf den Weg in die Vogesen. Am Abend zuvor hatte sich Alexander die Gegend auf Google Earth angesehen: viel Wald, wenige freie Flächen und ein paar Striche, wo Wege und Straßen verliefen. Wenn er die Bilder richtig gedeutet hatte, führte die Passstraße zum Col du Hundsruck näher an den einsamen Hof heran als das Ende der erlaubten Fahrstraße beim Weiher. Auch stieg der Weg vom Pass nicht mehr so stark an, wie er aus den Höhenangaben zu erkennen glaubte. Kein Problem für Corinna, für Ina schon gar nicht.

Mit Inas Hilfe, die ihn so sicher zum Ziel leitete wie das beste Navigationsgerät, fand er den Pass. Hier oben waren sie nicht allein. Ganz im Gegenteil. Der einzige freie Parkplatz am Straßenrand war so abschüssig, dass er fürchtete, nicht wieder zurück auf den befestigten Untergrund zu kommen. Der Weg, der nach seiner Überlegung zu dem einsamen Hof führen musste, war als Wanderweg markiert und führte zu einem dieser Bergbauernhöfe, den Fermes Auberges, die hier in den Vogesen den Wanderern Essen und Trinken und manchmal auch Unterkunft boten. Wochentags waren viele geschlossen, und nur ein Teil war ständig bewohnt. Er sah Ina Hilfe suchend an. Sie hatte ja die ganze Zeit auf die Karte gesehen. Auch sie hielt den Weg für richtig.

Fast eben führte der Weg durch lichten Wald. Schließlich stießen sie auf eine ansteigende Wiese. Bald schälte sich ein graues Dach aus dem Berghang, gleich darauf ein zweites. Die Dächer mussten zu dem Hof gehören, auf dem sich Beate versteckt hatte. Jetzt, wo er die Häuser sehen konnte, wuchs seine Aufregung. Auch Ina machte sich Sorgen. Er sah es an dem kleinen Mund, den sie immer bekam, wenn eine Situation sie anstrengte.

»Ist das der Hof?«

»Er muss es sein.«

Unwillkürlich lief er schneller, ohne sich um die anderen zu kümmern.

»Ich kann nicht so schnell«, rief ihm Corinna nach. Mittlerweile fünfzig Meter hinter Ina zuckelte sie mit unzufriedenem Gesicht den Berg hinauf. Er blieb stehen und wartete, bis ihn Ina erreicht hatte.

»Es ist besser, wenn ich vorgehe«, sagte er.

»Hast du Angst, dass uns etwas Schlimmes erwarten könnte?«, fragte sie.

Er nickte stumm, dann ging er allein weiter.

Als er noch näher gekommen war, hatte er keine Zweifel mehr, dass er den richtigen Hof gefunden hatte. Der Schuppen, das Wohnhaus, rechts daneben der lang gestreckte niedrige Stall. Was er noch sah: Aus dem Schornstein stieg Rauch auf. Er lief noch schneller.

Und blieb dann so plötzlich stehen, als wäre er gegen ein unsichtbares Hindernis gelaufen. Er drehte sich nach Corinna und Ina um und wartete, bis sie ihn erreicht hatten.

»Doch der falsche Hof?«, fragte Ina, als sie neben ihm stand. »Oder hat Beate Besuch bekommen?«

Er schüttelte den Kopf. »Es ist der richtige.«

Corinna strahlte plötzlich. »Gibt es da Pommes?«

»Ich weiß nicht, aber irgendetwas wird es dort sicher geben«, antwortete Ina. Gemeinsam gingen sie weiter. Auf der Bank vor dem Hof saßen vier oder fünf Menschen, Wanderer vielleicht. Ihnen gegenüber stand eine weitere Bank mit noch mehr Menschen, und zwischen den Bänken war jetzt ein langer Tisch aufgestellt. Sie waren bei der Ferme Auberge angekommen, zu der das Schild am Pass gewiesen hatte.

Die Wanderer auf den Bänken – alles Franzosen – rückten ein wenig zusammen, um ihnen Platz zu machen. Pommes für Corinna gab es nicht, stattdessen als einziges Gericht Schweinebraten mit Sauerkraut und Kartoffeln. Corinna war zu hungrig, um sich darüber zu beschweren. Vielleicht war sie auch nur zu müde. Oder es schmeckte ihr.

Nach dem Essen kramte Alexander in seinem Gedächtnis nach seinen mittlerweile spärlich gewordenen Französischkenntnissen. Als er genug beisammenhatte, ging er ins Haus.

Das, was er bei seinem ersten Besuch für so etwas wie ein Wohnzimmer gehalten hatte, war eine winzige Gaststube mit vier Tischen aus dunklem Holz und einem Kamin aus groben Natursteinen. Eine niedrige Tür führte über eine ausgetretene Steinstufe in den nächsten Raum: eine alte bäuerliche Küche mit einem Herd, in dem unter einer eisernen Platte mit Öffnungen für die Töpfe ein Feuer brannte.

»Kann man bei Ihnen übernachten?«, fragte er die Wirtin, eine schmächtige und trotz ihres Alters von etwa fünfzig Jahren schon gebeugte Person, und erfuhr, dass der Gasthof nur am Wochenende geöffnet hatte. Übernachtungsgäste würden niemals aufgenommen. Auch sie und ihr Mann führen am Abend wieder zurück nach Thann.

Ob ausnahmsweise in der vergangenen Woche jemand hier gewohnt habe, wollte Alexander wissen.

Sie antwortete nicht und sah an ihm vorbei, als hätte sie dort etwas entdeckt.

Alexander fuhr zusammen, als er plötzlich eine laute Stimme hinter sich hörte. »Warum wollen Sie das wissen?«

Er drehte sich um. Hinter ihm stand ein Koloss von einem Mann, ein riesiger grauhaariger Kerl, der ihn aus schmalen Augen ansah.

»Ehh … je veux … je pense …« Alexander brach ab, als suche er vergeblich nach den richtigen Worten.

Die Wirtsleute sahen sich wortlos an, aber er konnte die Blicke nicht deuten.

»Hier hat niemand gewohnt«, sagte der Mann barsch.

Die Frau wandte sich dem alten Herd zu. Sie bückte sich, öffnete die Feuerklappe und schob ein Holzscheit hinein, dass die Funken stoben.

»Nein, hier war niemand«, sagte sie, ohne sich noch einmal umzusehen.

Wenn das, was ihm Jörg zwei Tage nach dem Ausflug in die Vogesen gegen Mittag am Telefon erzählte, eine Zeitungsnotiz gewesen wäre – Alexander hätte es wahrscheinlich nach ein paar Minuten wieder vergessen. In seinem Gedächtnis blieben ohnehin nur wenige Nachrichten. Meist waren das die ganz großen Katastrophen oder aber alltägliche Dramen, sofern sie ihn selbst hätten treffen können. Die Skitourengruppe, die im Diemtigtal im Berner Oberland von einer Lawine in den Tod gerissen wurde – da hätte er dabei sein können –, oder die Schülerin, die auf dem

Radweg vom abbiegenden Lastwagen überrollt worden war: ein Mädchen wie Corinna. So etwas vergaß er nicht. Nachrichten über den sexuellen Missbrauch von Minderjährigen, die Verfehlungen von Priestern oder Banküberfälle hingegen nahm er nur am Rande und ohne Erschrecken wahr, genau wie die regelmäßigen Berichte über den islamistischen Terror in der Welt.

Doch dieser war mit einem Mal ganz nah. Plötzlich betraf er Beate. Und damit ihn. Er hätte heulen mögen. Oder schreien. Dass Santosh nicht der war, für den er sich ausgegeben hatte, war nicht neu, aber dessen wahre Identität übertraf Alexanders schlimmste Befürchtungen. Imran Abdul-Jabbar, geboren 1979 in Pakistan. Physikstudium in Karatschi. 2007 bis 2008 Aufenthalt in Afghanistan, möglicherweise in einem der berüchtigten Ausbildungslager. Rückkehr nach Pakistan und dort für ein Jahr Tätigkeit als Physiker in Karatschi. Dann Wechsel nach England zur Firma Cambridge Electronic Industries Ltd. Dort konnte er mit dem echten Santosh Bhagwati zusammengetroffen sein. Vor einem Jahr war dieser Abdul-Jabbar in England erkennungsdienstlich behandelt worden, wobei seine Fingerabdrücke gespeichert worden waren. Er war aufgefallen, weil er offenbar an einer Onlinewerbezeitschrift mitgearbeitet hatte, mit der al-Qaida in den westlichen Ländern Kämpfer werben wollte. Obwohl er überwacht wurde, war er plötzlich aus England verschwunden. Die Vermutung der Ermittler, er habe sich wieder nach Pakistan absetzen können, war offenbar falsch gewesen. Den Pass des echten Santosh Bhagwati hatte er zu dieser Zeit schon besessen. Ob er ihn auf dem Flughafen gestohlen hatte, als er dort ganz zufällig mit dem Inder zusammengetroffen war, oder ob er aus irgendwelchen Gründen Kenntnis von dessen Reiseroute hatte und den Diebstahl planen konnte, war nicht bekannt.

Während Jörg erzählte, schwieg Alexander. Er stellte auch keine Fragen, denn womit hätte er beginnen sollen? Das Böse ist immer und überall, hatte er am Gewerbekanal mit Blick auf das steinerne Krokodil festgestellt, jetzt war das Böse in seinem Leben angekommen.

»Ich muss jetzt zu einer Besprechung«, sagte Jörg schließlich.

»Aber ich halte dich auf dem Laufenden.« Er legte auf, ehe sein Freund noch ein Wort gesagt hatte.

Entsetzt und ganz ohne Ventil für seine Gefühle starrte Alexander den Apparat an. Arme Beate, dachte er. Arme arglose, verliebte Beate. Ihr schöner Inder: ein Pakistani in unmittelbarem Dienst von al-Qaida. Wenn ihm diese Geschichte im Kino begegnet wäre, hätte er sie für einen wenig gelungenen Einfall des Drehbuchautors gehalten. Jetzt sollte sie die Realität sein? Unvorstellbar!

Dass jemand wie die Mitglieder der Sauerlandgruppe in seinem Leben auftauchen würde, hätte er sich notfalls noch vorstellen können. Einer von denen lebte ja bekanntermaßen als mittlerweile freier Mann in Freiburg und holte sein Abitur nach. Aber ein Mann im Dienst von al-Qaida? Al-Qaida, er wiederholte das Wort in Gedanken, wiederholte es noch einmal. »Nein, niemals«, sagte er laut. »Absurd.«

Im nächsten Augenblick wurde ihm klar, wie sehr er sich irrte. Gleich vier der al-Qaida-Attentäter vom 11. September hatten jahrelang in Hamburg gelebt, unter ihnen Mohammed Atta, der die erste Boeing in den Zwillingstürmen des World Trade Center zerschellen ließ. Und hatte nicht erst gestern eine kurze Notiz in der *Badischen Zeitung* gestanden, in der es um al-Qaida ging? Er hatte die Zeilen nur überflogen und dann weitergeblättert. Nun rief er die *Badische Zeitung* im Computer auf und fand sofort, was gestern noch belanglos für ihn gewesen war:

Mutmaßlicher Terrorist festgenommen

Karlsruhe (dpa). Beamte von Bundeskriminalamt und GSG 9 haben in Bochum einen mutmaßlichen islamistischen Terroristen festgenommen. Der 27-Jährige soll Mitglied der sogenannten Düsseldorfer Zelle sein, die der Terrororganisation al-Qaida zugerechnet wird. Innenminister Hans-Peter Friedrich sagte, die Festnahme mache klar, dass die Gefahr durch islamistische Terroristen nicht gebannt sei. »Der Fall zeigt, dass Deutschland und Europa weiter im Fadenkreuz des islamistischen Terrorismus sind«, so der CSU-Politiker. Es habe

Hinweise gegeben, dass der nun festgenommene Halil S. die Bombenpläne habe fortsetzen wollen, so ein Sprecher der Bundespolizei. Er soll sich gefälschte Papiere beschafft und unter falschem Namen mehrere Wohnungen im Ruhrgebiet für die Vorbereitung eines Attentats angemietet haben.

Sein Kämmerchen war ihm plötzlich viel zu eng. Alexander erhob sich, riss das Fenster auf und lehnte sich ans Fensterbrett. Musste man vielleicht doch jeden Tag mit dem Schlimmsten rechnen und ständig auf der Hut vor einer Katastrophe sein, um sich vor ihr schützen zu können?, dachte er. Seine Einstellung war das noch nie gewesen. Sollte er sich etwa Tag für Tag die fürchterlichsten Ereignisse vor Augen führen, einen Bombenanschlag auf dem Münstermarkt zum Beispiel oder ein Unglück am Reaktor von Fessenheim mit all seinen Folgen? Sollte er etwa ständig daran denken, dass Freiburg bei einem GAU im AKW so unbewohnbar werden würde wie die Todeszonen um Fukushima oder Tschernobyl? Dass er sein Zuhause ebenso verlieren würde wie alle anderen Freiburger auch? Bei der letzten Demonstration gegen das französische Atomkraftwerk, nur fünfundzwanzig Kilometer von Freiburg entfernt, war er auch ohne diese Furcht dabei gewesen. Und überhaupt. Was war eigentlich wahrscheinlicher? Dass sich ein al-Qaida-Unterstützer in seinen persönlichen Bekanntenkreis einschlich oder dass das älteste Atomkraftwerk Frankreichs in die Luft flog? Vielleicht doch Ersteres? Er wusste es nicht.

Alexander wandte sich vom Fenster ab. Das Grübeln über Wahrscheinlichkeiten führte zu nichts. Tatsache war, dass etwas Unvorstellbares eingetreten war. So unvorstellbar wie das Ausmaß des Tsunami bei Fukushima, die Bankpleite von Lehman Brothers mit ihren Folgen oder dass sich Gaddafi eines Tages auf seiner vergeblichen Flucht in einem Abflussrohr verkriechen würde. Jetzt hatte das Unwahrscheinliche Beate getroffen. Damit waren seine Gedanken wieder bei seiner Sekretärin angekommen.

Ob sie vom Doppelleben ihres Mannes gewusst hatte? Hatte sie ihn sogar geheiratet, um ihm zu helfen, genau wie sie dem Mann auf dem Dachboden hatte helfen wollen? Beate war empfänglich für jegliche Hilfsbedürftigkeit. Nichts setzte ihre Kritikfähigkeit so sehr außer Kraft wie die Möglichkeit, einem Menschen Gutes zu tun. Beate wiederum war vermutlich die perfekte Tarnung für einen Mann, der einmal Imran Abdul-Jabbar geheißen hatte. Doch warum war die Beziehung so schnell zerbrochen?

Drei Stunden später rief Alexander bei der Kripo an und verlangte Hauptkommissar Gessler zu sprechen. Man ließ ihn in der Leitung warten. Die förmliche Bezeichnung schien die Suche nach Jörg nicht zu beschleunigen, ganz im Gegenteil. Wahrscheinlich benutzten nur unbedeutende Menschen derartige Berufsbezeichnungen, in dem vergeblichen Versuch, sich auf diese Weise zu erhöhen. Er legte auf und wählte Jörgs Handynummer. Der meldete sich sofort.

»Ich verstehe immer noch nicht, woher ihr wisst, dass Santosh dieser Imran Abdul-Jabbar ist.«

»Tja«, sagte der Kommissar. »Letztlich war es Glück. Oder man könnte auch sagen, den Seinen gibt's der Herr im Schlaf. Santosh hat sich jede nur erdenkliche Mühe gegeben, keine Spuren zu hinterlassen. Wahrscheinlich ist das auch der Grund für das Feuer in seiner Wohnung. Und in Beates Wohnung stammten fast alle fremden Spuren von meinen lieben Kollegen, die ja dort nach dem Grund für ihr Verschwinden gesucht hatten. Entweder war Santosh so gut wie nie in Beates Wohnung, oder er hat peinlich genau darauf geachtet, dass das spurlos geschah.«

»Nun lass schon die Katze aus dem Sack: Wo habt ihr Fingerabdrücke gefunden?«

»Nur an dem Griff zu einem hohen Schrank in der Küche, den Beate lediglich mit einer Leiter erreichen könnte.«

»Merkwürdig.«

»In der Tat. Warum das so ist, werden uns wohl nur Beate oder Santosh verraten können. Vielleicht hat sie sogar selbst seine Fingerabdrücke abgewischt.«

»Und wer das Feuer in Santoshs Wohnung gelegt hat, wisst ihr vermutlich auch nicht?«

»Er wird seine Leute haben, vielleicht in Neuhof.«

Natürlich Neuhof, dachte Alexander, aber er schwieg dazu.

»Wie heißt eigentlich die Zeitschrift, bei der dieser Imran alias Santosh mitgearbeitet haben soll?«, fragte er stattdessen.

»*Inspire.*«

Nach dem Telefonat gab Alexander die Stichwörter »Inspire« und »al-Qaida« bei Google ein und fand in der *Welt am Sonntag* einen Artikel über das islamistische Onlineblatt: »Mit einem neuen Lifestylemagazin wirbt al-Qaida um Kämpfer in westlichen Metropolen – chic und zeitgemäß, mit praktischen Tipps für den Massenmord«, stand da. Er las den Satz noch einmal, doch er blieb so schrecklich wie beim ersten Mal. Praktische Tipps für den Massenmord! Was dann aus dem Onlinemagazin zitiert wurde, hätte er nicht einmal als Idee in einem schlechten Horrorfilm für möglich gehalten, geschweige denn in einer Reportage über die Aktivitäten von al-Qaida in einer seriösen Zeitung: »Ein Geländewagen, an dem auf beiden Seiten Schlachtermesser in Hüfthöhe angebracht sind, rast durch die Menschenmenge in der Fußgängerzone einer westlichen Großstadt. Wer am Leben bleibt, den richtet der Fahrer mit seiner Schusswaffe hin, bevor er sich selbst tötet.« Weiter hieß es in dem Artikel:

> *Tatsächlich jedoch ist es ein Attentatskonzept der Terrororganisation al-Qaida mit dem Namen »Die ultimative Mähmaschine« – für jedermann nachzuahmen, irgendwo in den Vereinigten Staaten, Großbritannien, Frankreich, Dänemark oder Deutschland. Es ist nur eine von vielen praktischen Anleitungen in* Inspire, *dem neuen Magazin von al-Qaida – chic gestaltet wie ein urbanes Hochglanzmagazin, für jeden im Internet herunterzuladen und auszudrucken und natürlich auf Englisch. Denn die Zielgruppe lebt in westlichen Metropolen.*

Alexander fühlte sich wie kurz vor einer Ohnmacht: kalter Schweiß auf der Stirn und ein flaues Gefühl im Magen. An solchen Anregungen zum wahllosen Töten von Andersgläubigen sollte sich dieser angebliche Santosh allen Ernstes beteiligt haben? Der Mann mit den sanften braunen Augen und der weichen Stimme? Der Mann, den Beate geheiratet hatte? Und den sie liebte, wahrscheinlich noch immer? Er las weiter, was der Journalist über das al-Qaida-Magazin berichtete:

> Inspire *ist eine mediale Smart Bomb, ein intelligenter Sprengsatz, ausgerichtet auf entfremdete Migrantenkinder und westliche Konvertiten. Damit steht das Magazin für eine neue Offensive, eine Verlagerung des Schwerpunkts im globalen Dschihad jenseits der staubigen Schlachtfelder von Irak und Afghanistan. Auf 74 Seiten bietet* Inspire *mehr als Koranverse und verwackelte Videos. Sorgfältig haben die Macher einen Mix von unterhaltsamen Anekdoten aus dem Untergrund und praktischen Anschlagstipps kreiert.*

Die Tarnstrategien, die al-Quaida den Sympathisanten in diesem Magazin empfahl, hatten sich schon im Deutschland der Siebzigerjahre bei den Terroristen der RAF bewährt – etwa »möglichst allein oder in kleinen Zellen« zu agieren, denn »so macht ihr es den Behörden fast unmöglich, euch zu entdecken«.

Keine Ohnmacht, stattdessen das bekannte Kribbeln auf der Kopfhaut, als stünden ihm die Haare zu Berge. Entfremdete Migrantenkinder wie die in Neuhof? Menschen, die nie aufgefallen waren und nie auffallen würden, bis ihre Zeit für den großen Schlag gekommen war? Und Santosh war der Rattenfänger, nach dessen Pfeife sie tanzen sollten!

Alexander zögerte, Ina anzurufen. Er musste erst selbst mit den Neuigkeiten fertigwerden. Er setzte sich auf die Terrasse und starrte auf die Stelle, an der das Mädchen den Zaun heruntergedrückt hatte. Er war weit davon entfernt, das Geschehene zu begreifen.

Und wenn sich Santosh tatsächlich dem Heiligen Krieg verschrieben hatte – woran keine ernsthaften Zweifel mehr bestanden –, warum die plötzliche Eskalation? Warum hatte er nicht weitergemacht wie bisher? Er hatte eine biedere deutsche Ehefrau, hatte einen Job als Physiker und eine neue Identität, die keinerlei Verdacht der Staatsschützer hervorgerufen hätte, und in Neuhof eine Umgebung, in der er leichter Kämpfer gegen die Ungläubigen finden konnte als anderswo. War ihre Begegnung in Neuhof der Auslöser, dass Santosh abgetaucht war? Ausgeschlossen war das nicht.

Aber nein. Beate war schon am Tag zuvor auf und davon. Irgendetwas anderes musste den Stein ins Rollen gebracht haben. Beates Verschwinden hatte ihn nur in atemberaubende Geschwindigkeit versetzt. Ohne ihren überstürzten Aufbruch aus dem Institut und Gesslers vergebliche Suche nach ihr an Fronleichnam hätte er Santosh in Straßburg nicht verfolgt und ihn nicht in dem Haus in Neuhof verschwinden sehen. Aber wie hing der Tod des jungen Mannes auf dem Dachboden mit dieser Geschichte zusammen? Fragen über Fragen, die er nicht beantworten konnte.

Eine halbe Stunde später saß er auf Inas kleinem Balkon in einem der beiden knarrenden Korbsessel, deren Geflecht längst brüchig geworden war und die um Jahre älter waren als ihre Bekanntschaft.

»Santosh heißt in Wirklichkeit Imran Abdul-Jabbar.«

Ina, die hinunter in den Garten gesehen hatte, blickte kurz auf. »Das habe ich doch gleich gesagt«, bemerkte sie trocken.

»Wie bitte?«

»Dass alles, was dieser sogenannte Santosh über sich erzählt hat, von A bis Z erlogen war.«

»Richtig«, sagte Alexander. »Und was, meinst du, ist die Wahrheit?«

»Wie war sein richtiger Name?«

»Imran Abdul-Jabbar.«

Ina zog die Stirn kraus und dachte lange nach. Offenbar wollte sie ihren ursprünglichen Erfolg nicht durch eine falsche Vermutung vermindern.

»Imran klingt türkisch«, stellte sie schließlich fest. »Aber Abdul klingt arabisch, und Jabbar …« Sie überlegte wieder eine Weile.

»Jabbar klingt auch wie aus einem Märchen aus *Tausendundeiner Nacht.* Jedenfalls ist der Mann Muslim, aber das wussten wir ja schon.« Aus den krausen Querfalten auf ihrer Stirn wurde plötzlich eine steile senkrechte Falte. »Auf alle Fälle ist er ein Krimineller. Ein krimineller Muslim.«

»Er ist Pakistani und hat in England an einer Onlinezeitschrift von al-Qaida mitgewirkt«, berichtete Alexander.

»Nein«, sagte Ina. »Nie und nimmer hat er für al-Qaida gearbeitet.«

»Wieso meinst du?«

»Vielleicht ist er ein radikaler Muslim. Aber er hat doch nichts mit al-Qaida zu tun!« Sie schüttelte den Kopf. »Außerdem waren alle, die in Deutschland Anschläge verüben wollten, viel jünger als Santosh.«

Das war wieder so ein Wesenszug von Ina: Wenn sie sich schon einmal irrte, hielt sie trotzdem starrsinnig an ihrer Meinung fest. Er erklärte ihr mit vielen Worten, warum überhaupt kein Zweifel daran bestand, dass Santosh dieser gesuchte Imran Abdul-Jabbar war, aber sie sah wieder hinunter in den Garten, immer auf denselben Punkt. Er folgte ihrem Blick mit den Augen, aber dort, wo sie hinsah, war nichts zu sehen als die kleine Rasenfläche, die längst das Moos erobert hatte.

»Hörst du mir überhaupt zu?«

Jetzt sah sie ihn an. Ihre Mundwinkel zuckten, und für einen Augenblick dachte er, sie werde gleich weinen. Aber nein, sie lächelte.

Alexander war sich schon lange darüber im Klaren, dass er nichts davon verstand, was in den Köpfen von Frauen vorging. Aber dass sie jetzt lächelte, übertraf alles, was er vom anderen Geschlecht erwartete, erst recht von Ina. Die ist jetzt verrückt geworden, dachte er nur, und er versuchte zu verstehen, wie es plötzlich dazu gekommen war. Die Aufregung der letzten Tage mochte schuld sein, die Unsicherheit darüber, wo Beate geblieben war. Ina, vernünftigste aller vernünftigen Frauen!

Er legte seine Hand auf ihre, seufzte. »Geht es dir nicht gut?«

»Doch. Jetzt geht es mir besser.« Sie beugte sich über den Tisch und legte ihre beiden Hände auf seine, dann sprach sie mit ihrer so gar nicht bedrückten Stimme weiter: »Deine Beate hat nichts mit dem Ganzen zu tun. Nächste Woche kommt sie wieder ins Institut.« Ina sah richtig glücklich aus. »Sie brauchte die Auszeit in den Vogesen, um Abstand zu bekommen, jetzt ist sie froh, wieder ihr normales Leben beginnen zu können.« Sie nickte Alexander aufmunternd zu, als könne sie ihn dadurch leichter überzeugen. »Vermutlich hat sich Santosh längst aus Deutschland abgesetzt, gerade noch rechtzeitig, ehe die Polizei hinter ihm her war«, fuhr sie fort. Sie nickte noch immer.

»Ja, warum nicht?«, sagte Alexander.

Im nächsten Augenblick meldete sich sein Handy. Es war Jörg Gessler, und von seiner Stimmlage zu schließen, wusste Alexander, dass seine Hoffnung auf eine gute Lösung im nächsten Augenblick zunichtegemacht werden würde.

»Es ist Jörg«, sagte er zu Ina, und er sagte es so, wie man »kaputt« sagt, wenn die viel zu teure Uhr plötzlich nicht mehr funktioniert. Er stellte den Ton auf laut, damit sie mithören konnte.

»Santosh liebt das Zündeln«, sagte Jörg.

»Wieso?«

»Sein Mazda wurde heute Nachmittag ausgebrannt im Hotzenwald oberhalb von Bad Säckingen gefunden.«

Ina bekam vor Schreck ganz runde Augen. »Dann ist er noch hier?«, rief sie so laut, dass Jörg es verstehen konnte.

»Hallo, Ina. Schön, dich zu hören. Aber ob Santosh noch hier ist, wissen wir nicht. Der Wagen wurde in einem einsamen Waldstück gefunden, und bislang gibt es niemanden, der den Rauch oder Flammen gesehen hat. Der Mazda kann schon seit Tagen dort stehen. Außerdem brauchst du von Bad Säckingen nur über die Rheinbrücke zu gehen, dann bist du in der Schweiz. Bis Freiburg ist es sehr viel weiter.«

»Warum zündelt der so viel?«, fragte Alexander. »Ist das in diesen Kreisen üblich?«

»Eigentlich nicht, aber wahrscheinlich hofft er noch immer, dass wir dadurch nirgends Fingerabdrücke von ihm finden und ihn nicht identifizieren können.«

»Und wo ist Beate jetzt?«, rief Ina, und alles Heitere war aus ihrer Stimme gewichen. »Auch im Hotzenwald?«

»Von Beate wissen wir nichts«, sagte Jörg.

Vielleicht ist es gut so, dachte Alexander. Vielleicht wartet sie tatsächlich irgendwo darauf, dass der Schrecken vorübergeht wie ein böser Traum.

»Habt ihr eigentlich schon versucht, die beiden über ihre Handys zu finden?«, fragte Ina in seine Gedanken hinein. Einen Augenblick war es still, und sie sah Alexander so triumphierend an, als hätte sie eben einen entscheidenden Hinweis gegeben.

»Für was für einen verschlafenen Verein hältst du uns eigentlich?« Jörgs Stimme klang ehrlich empört. »Natürlich läuft die Fahndung auf Hochtouren, aber wir können weder Beates Handy noch das auf den angeblichen Santosh zugelassene Gerät orten. Wahrscheinlich sind sie ausgeschaltet, oder die Akkus sind leer.«

Ina seufzte und vermied Alexanders Blick, als er das Gespräch beendet hatte. »Al-Qaida«, murmelte sie, als das Gespräch beendet war, und schüttelte den Kopf. »Wirklich al-Qaida?«

Der nächste Tag verging in quälender Ungewissheit. Von Beate gab es kein Lebenszeichen. Ein ausgebranntes Auto war die einzige Spur geblieben, und die half nicht weiter. Den Hotzenwald, dieses südliche Zipfelchen des Schwarzwalds, hatte Santosh sicher auf schnellstem Wege wieder verlassen. Aber wie? Zu Fuß bis Bad Säckingen und dann über die alte Holzbrücke in die Schweiz? Kaum denkbar. Oder hatte Beate gezündelt, während Santosh längst ganz woanders war? Und sich dann auf dem nächsten einsamen Hof versteckt?

Eine naheliegende Möglichkeit war, dass Santosh das Auto nicht allein bei Bad Säckingen abgestellt hatte, sondern ihn jemand mit einem zweiten Wagen begleitet hatte. War das Beate auf dem Weg in die Vogesen gewesen? Er selbst war vielleicht in Mulhouse in den nächsten Flieger gestiegen oder zunächst in einen Zug und hatte Europa so schnell wie möglich verlassen. Oder war es dafür schon zu spät gewesen? Hielt er sich doch noch irgendwo in Deutschland auf, wo er nicht mit Ausweiskontrollen rechnen musste?

Abends radelte Alexander zu Ina, aber die Wohnung war leer. Donnerstags war Ina um diese Zeit nie zu Hause, und heute war schon wieder Donnerstag. Er ärgerte sich, dass er wieder einmal so vergesslich war, und fuhr weiter am Sternwald entlang Richtung Littenweiler, wo Beate in der René-Schickele-Straße wohnte. Gewohnt hatte? Wie ein Magnet zog ihn auch heute die verlassene Wohnung an, nicht zum ersten Mal, seit Beate verschwunden war. Er hatte gedacht, die Kripo würde die Wohnung rund um die Uhr beobachten, aber bislang hatte er niemanden gesehen. Oder geschah das Beschatten so unauffällig, dass er es nicht bemerken konnte?

Er drehte eine Runde im Innenhof des Wohnblocks, fuhr noch die René-Schickele-Straße in beide Richtungen bis an ihre Enden, kurvte durch die Ferdinand-Kopf-Straße, bremste dann plötzlich und wäre vor Überraschung beinahe vom Rad gefallen. Die junge Frau, die ihm auf dem Gehweg auf der anderen Straßenseite entgegenkam, schien ihn trotzdem nicht bemerkt zu haben. Sie ging mit geradeaus gerichtetem Blick, als habe sie ein Ziel, das sie so schnell wie möglich erreichen wollte. Er fuhr ein Stück an dem Mädchen vorbei und hielt dann an. Sein Herz schlug wie ein Hammer in seiner Brust. Er stellte sein Fahrrad ab und schloss es an. Oder war das ein Fehler? Er löste das Schloss wieder. Aber eigentlich sprach doch nichts dafür, dass die junge Frau Beates Haus, das ihr Ziel zu sein schien, gleich wieder verlassen würde. Er befestigte das schwere Bügelschloss wieder. Immerhin hatte das Rad mehr als tausend Euro gekostet.

Als er das Haus erreichte, war niemand mehr zu sehen. Trotzdem war er sicher, dass die Frau jetzt dort in der Falle saß – außer wenn sie durch die Tiefgarage oder den Fahrradkeller oder irgendeinen Hintereingang verschwinden würde.

Er rief Jörg an und berichtete ihm von den neuesten Entwicklungen. Natürlich glaubte Jörg ihm nicht, dass er das Rattenmädchen zuverlässig erkannt hatte, und natürlich hatte sein Freund recht. Es gab viele junge Frauen, die mit einem langen Rock und einem Tuch um die Schultern durch Littenweiler liefen. Wieder war es vor allem ein Bauchgefühl, genau wie bei der Gestalt auf der dunklen Wiese in den Vogesen. Er hatte ja nicht einmal beobachtet, ob die Frau das richtige Haus betreten hatte!

Der Kommissar versprach, so bald wie möglich einen Streifenwagen vorbeizuschicken, um die Personalien überprüfen zu lassen. Dann würde man weitersehen.

Alexander wollte widersprechen. Dieses Angebot war lächerlich!

»Mehr kann ich im Augenblick wirklich nicht tun«, kam Jörg ihm zuvor.

Alexander biss die Zähne zusammen. Also musste er die Sache selbst in die Hand nehmen.

Er hatte nicht einmal fünf Minuten hinter den Autos auf der anderen Straßenseite gewartet, da öffnete sich die Tür des Hauses, in dem Beate wohnte. Heraus kam tatsächlich die junge Frau, die ihm auf der Ferdinand-Kopf-Straße begegnet war. Sie war mit einer weiten, fliederfarbenen Bluse zum langen Rock bekleidet und hatte ein großes violettes Tuch so um die Schulter geschlungen, dass es bis zu ihren Ohren reichte und Hals und Haarspitzen verdeckte. Sie trug zwei Taschen in ihrer rechten Hand, eine davon kannte er. Sie war groß und braun und hatte ein Lilienmuster, wie es ursprünglich der Hersteller teurer Taschen verwendet hatte, es jetzt aber häufig bei billigen Modellen zu sehen war: die Tasche, die Beate benutzt hatte, wenn sie sich nach der Arbeit in ihrem Büro für irgendein Abendprogramm umziehen wollte.

Er hielt den Atem an. Offenbar hatte sie den Auftrag gehabt, etwas aus Beates Wohnung zu holen. Jetzt kam es auf ihn an. Sollte er sie festhalten, wie er es schon einmal vergeblich versucht hatte? Er tat es nicht, er versuchte auch nicht, ihr unauffällig zu folgen: Mit einem einzigen Blick hätte sie ihn erkannt. Er ging direkt auf sie zu. »Hallo«, sagte er und lächelte sie an, als wären sie gute Bekannte.

»Hallo«, sagte sie. Ihr Lächeln war flüchtig und unsicher. Im nächsten Augenblick erkannte sie ihn.

»Schön, dass ich dich treffe«, sagte er und lächelte immer noch.

Mit offenen Augen starrte sie ihn an und presste die Taschen an sich wie einen Schatz, den sie auf keinen Fall verlieren durfte.

»Was hältst du von einer Tasse Kaffee?«, fragte er.

Ihr Gesicht entspannte sich ein wenig. »Nein«, sagte sie und wollte an ihm vorbei.

»Ich lade dich ein.«

Er hakte sich bei ihr ein. Sie versuchte ihm ihren Arm zu entziehen, aber er hielt sie fest. Wieder lächelte er.

Sie war es wirklich. Es war dasselbe erschrockene Gesicht wie damals im Stadtgarten, als er ihr Rad am Gepäckträger festgehalten hatte.

»Wieso duzen Sie mich eigentlich?«, fragte sie, als wäre dies das einzig Merkwürdige an seinem Verhalten.

»Weil ich Beate auch duze.«

»Das ist kein Grund.«

»Entschuldigung«, sagte er. »Aber wenn ich an dich gedacht habe oder in Gedanken mit dir geredet habe, dann habe ich immer Du gesagt.«

Der Ruck, mit dem sie ihren Arm befreien wollte, kam so plötzlich, dass sie sich ihm beinahe entzogen hätte. Er hielt sie noch fester. »Du kannst es dir aussuchen«, sagte er jetzt mit scharfer Stimme. »Entweder du gehst mit mir, oder wir warten hier auf die Polizei.«

Sie antwortete nicht, und er hatte Zeit, über sein Angebot nachzudenken. Natürlich musste er mit ihr auf die Polizei warten, eine andere Möglichkeit gab es gar nicht. Mit ihr in ein Café gehen! Zu so einem schwachsinnigen Gedanken war doch nur er in der Lage!

»Hier ist keine Polizei«, sagte sie.

»Ich habe bei der Kripo angerufen, als ich gesehen habe, wie du im Haus verschwunden bist.«

Sie musterte ihn nur kurz. »Gehen wir«, sagte sie.

Als sie die Kappler Straße erreichten, kam ihnen ein Streifenwagen mit Blaulicht, aber ohne Martinshorn entgegen. Winken, dachte er, den Wagen aufhalten, aber er winkte nicht. Er ging weiter, als hätte er die Polizei nicht gesehen.

»Was wollen Sie von mir?«

»Ich mache mir Sorgen um Beate.«

»Ich weiß nichts von Beate.«

»Sie wissen immerhin, was sie noch aus ihrer Wohnung braucht.« Er gab das anbiedernde Duzen auf.

Sie schwieg, und er fragte nicht weiter, bis sie das Café Ambrosia erreicht hatten. Draußen an der Straßenkreuzung waren die meisten Tische besetzt, doch drinnen sah er keine Gäste. Das Radio spielte, und neben der Theke unterhielten sich zwei junge Frauen. Sie trugen schwarze Kleidung und darüber weinrote Schürzen: die Bedienung offenbar. Alexander wählte den Tisch, der am weitesten von der Theke entfernt war. Das Mädchen setzte sich mit Blick zum Fenster und sah an ihm vorbei nach draußen. Es schien nicht zu bemerken, dass er es musterte. Es war ein schüchternes, blasses Wesen mit blonden Wimpern und blonden Augenbrauen, mager und mit einer kindlichen Figur unter der weiten Bluse. Die junge Frau mochte zwanzig sein, sie hätte aber auch vierzehn Jahre alt sein können. Aus der Nähe betrachtet erinnerte fast nichts mehr an die Mädchen, die er als Hippies bezeichnet hätte. Jetzt bemerkte er das Kärtchen auf dem Tisch: »Bitte bestellen Sie an der Theke.«

Er stand auf. »Was soll ich Ihnen mitbringen?«

Sie antwortete nicht.

»Einen Kaffee?«

Sie überlegte. »Einen Kräutertee.«

Als er mit dem Tee und einem Kaffee für sich selbst zurückkam, hatte sie den Kopf zwischen den Händen vergraben. Er wickelte umständlich den Zucker aus, tat zwei Stückchen in die Tasse, obwohl er sonst den Kaffee ungesüßt trank, und rührte um. Er wollte Zeit gewinnen. Noch immer suchte er nach den richtigen Worten, um das Gespräch zu eröffnen.

Hinter einer Trennwand saßen zwei alte Damen, die er erst bemerkt hatte, als er zum Tisch zurückkehrte. Sie saßen auf Polstersesseln, die aussahen, als hätten die beiden Weißhaarigen sie aus ihrem Altersheim hierher geschafft. Die beiden redeten nicht.

»Wie heißen Sie eigentlich?«, fragte Alexander.

»Ich dachte, Sie wollten mit mir über Beate sprechen«, sagte das Mädchen leise. Sein Blick wanderte zur Bedienung, die nun allein und mit halb geschlossenen Augen am Tresen lehnte. Die andere war nicht zu sehen.

»Hört sie uns zu?«, flüsterte das Mädchen.

Er schüttelte den Kopf. »Nun gut«, sagte er. »Sprechen wir über Beate. Wohin bringen Sie die Sachen, die Sie in den Taschen haben?«

Für einen Augenblick streifte ihn ihr unsicherer Blick, dann sah sie wieder an ihm vorbei. »Das tut nichts zur Sache.«

»Woher kennen Sie Beate?«

Sie schüttelte leicht den Kopf. »Das auch nicht.«

Er stellte die Tasse so heftig ab, dass er etwas von dem Kaffee verschüttete. »Jetzt hören Sie mir einmal gut zu. Sie glauben doch nicht im Ernst, dass ich Sie nach einer Tasse Tee einfach laufen lasse, wenn Sie nicht mit mir reden! Sie haben doch selbst gesehen, dass die Polizei ganz in der Nähe ist.«

Er dämpfte seine Stimme sofort wieder. Die Bedienung hatte die Augen wieder geöffnet und sah zu ihnen hinüber.

Die junge Frau senkte ihren Kopf noch tiefer und schwieg. Jetzt hatte sie eine Haltung wie Corinna, wenn sie ein schlechtes Gewissen hatte.

»Also, wo ist sie?«

Sie starrte in ihren Kräutertee. »Ich habe Beate versprochen, niemandem zu erzählen, wo sie ist.«

»Aber warum? Vor wem versteckt sie sich?«

Das Mädchen antwortete nicht.

»Sie wird sich doch nicht ein Leben lang vor der Polizei verstecken wollen.«

Er betrachtete sie nachdenklich. Was wusste er eigentlich von ihr? Ihre Schuhe waren in Vincents Wohnung gefunden worden, die Schuhe aus Äthiopien, mit denen sie in seinem Garten war. Und sonst? Sie kannte Beate, aber viel mehr wusste er nicht.

»Vincent war Ihr Freund, nicht wahr?«, sagte er.

Sie zog die Schultern hoch und verbarg ihr Gesicht in den Händen. Sie sah aus, als würde sie Prügel erwarten.

»Moment mal«, sagte er plötzlich. »Es war doch Beate, die Vincent die Wohnung vermittelt hat.«

Keine sichtbare Reaktion.

Zwei junge Frauen kamen zum Tresen, kauften zwei Eiskaffee und verschwanden wieder nach draußen.

»Es hieß, Vincent sei der Sohn von einer Bekannten von Santosh.«

Ihr Kopf hob sich ein wenig, und jetzt huschte ihr Blick von einer Ecke des Fußbodens zur anderen, als würde sie die Flucht einer Maus verfolgen.

»Mit anderen Worten: Vincent war ein Bekannter von Santosh«, fuhr Alexander fort.

Sie widersprach nicht, obwohl dieser Rückschluss keineswegs zutreffen musste.

Er wusste nicht weiter. »Bist du auch in Santosh verliebt?«, machte er einen neuen Versuch, sie zum Sprechen zu bringen.

Sie schüttelte heftig den Kopf. Hinter der Trennwand waren die brüchigen Stimmen der alten Frauen zu hören. Bald verstummten sie wieder.

So kam er nicht weiter. Oder doch? Am besten, er betrachtete das Ganze als Ratespiel. Er durfte nur Fragen stellen, die der Kandidat mit Ja oder Nein beantworten konnte.

»Und der Mann auf dem Dachboden war ein Freund von euch beiden?«

Kein Ja, kein Nein, aber sie sah jetzt aus, als würde sie gleich weinen.

Er hätte gern gefragt, warum der Mann starb, aber darauf passte kein Ja oder Nein.

»Dass Santosh in Wirklichkeit Imran Abdul-Jabbar heißt, weißt du?«

Sie hob den Kopf und starrte ihn erschreckt an. Bedeutete das Ja oder Nein? Er war sich nicht sicher. Wahrscheinlich Nein. Oder erschrak sie darüber, dass er es wusste?

»Aber du weißt, dass Santosh Muslim ist!«

Sie nickte und vergrub ihren Kopf wieder in den Händen. Plötzlich schluchzte sie heftig auf. »Santosh ist ein Mörder!«, stieß sie hervor.

Die Bedienung, die eben mit leeren Tassen von draußen hereingekommen war, blieb plötzlich stehen und starrte zu ihrem Tisch herüber. Er wartete, bis sie sich ein Stück entfernt hatte.

»Hat er Vincent umgebracht?«

Das Mädchen schüttelte den Kopf.

»Den Mann auf dem Dachboden?«

Sie nickte kaum merklich, und er wartete, ob sie noch etwas sagen würde, doch sie blieb stumm.

»Warum hat Santosh das getan?«

»Khalid wollte nicht …« Sie brach wieder ab.

»Was wollte er nicht?«

»… nicht mehr mitmachen, deswegen …« Was sie noch sagen wollte, ging in ihrem Schluchzen unter.

Alexander sah sie ratlos an. Am liebsten hätte er sie geschüttelt. Vielleicht wären dann die Brocken, die sie ihm vorwarf, schneller aus ihr herausgefallen. Er wollte sie nicht drängen, doch es fiel ihm schwer, ihr Zeit zu lassen. Immerhin redete sie jetzt.

»Santosh hat gesagt, er solle sich auf dem Dachboden vor der Polizei verstecken.« Sie sprach in ihre Tasse, die sie mit beiden Händen hielt, und ihre Stimme war kaum zu verstehen.

»Und dann hat er das Feuer gelegt?«

Sie antwortete nicht, auch kein Nicken oder Kopfschütteln.

»Hat Santosh das Feuer gelegt?«, fragte er noch einmal.

»Nein.«

»Sondern?«

»Einer von den Franzosen.«

»Um den Mann umzubringen?«

Sie schüttelte heftig den Kopf. »Er wusste nichts von ihm.«

»Warum sollte er dann das Feuer legen?«.

»Santosh hat gesagt«, sie stockte, »aus Rache, hat er gesagt …«

»Aus Rache?«, unterbrach er sie.

Sie nickte kaum merklich. »Weil Sie eine türkische Laborantin nur wegen ihres Kopftuchs rausgeschmissen haben.«

»Wie bitte?« Er hatte wirklich keine Ahnung, wovon sie sprach. »Das mit dem Rausschmiss und dem Kopftuch ist eine Lüge. Es hat überhaupt keine Türkin bei mir gearbeitet.«

Das Mädchen war nun ganz in sich hineingekrochen. Es hatte

die Schultern hochgezogen und klammerte sich noch immer an seinen Tee. Endlich sprach es weiter. »Als Vincent vom Tod seines Freundes auf dem Dachboden erfahren hat, ist er auf die Straße und vor den Lastwagen gelaufen.«

Er betrachtete das Mädchen. Plötzlich wusste er, woran ihn seine Kleidung auch noch erinnerte: An die der jungen Frauen, die sich mit ein paar Turban oder Fez tragenden Männern immer im Stadtgarten zum Freitagsgebet versammelten.

»Bist du Muslima?«

Ihr Gesichtsausdruck veränderte sich überhaupt nicht, und er wusste nicht, ob er ins Schwarze getroffen hatte.

»Bist du Muslima?«, fragte er noch einmal.

Die kleine Bewegung ihres Kopfes sollte wohl ein Kopfschütteln sein.

»Aber Vincent war zum Islam konvertiert?«

Dieses Mal ein deutliches Nicken.

»Der Mann vom Dachboden hieß Khalid?«

Sie nickte wieder.

»Was weißt du von ihm?«

Es dauerte lange, bis sie Khalids Geschichte erzählt hatte. Immer wieder hatte sie Pausen gemacht, hatte geseufzt und war manchmal ganz in ihren Gedanken versunken. Seine Gegenwart schien sie dann zu vergessen, bis sie schließlich doch weitersprach, wenn er schon nicht mehr damit rechnete.

»Khalid war noch sehr jung, als er Santosh zum ersten Mal begegnet war. Er war mit seinen Eltern aus Marokko nach Frankreich gekommen, hatte keinen Schulabschluss und fand keine Arbeit. Santosh wurde zu seinem Halt in einer Welt, die ihm keine Orientierung bot. Durch Santosh fand er zu Allah, der für seine Eltern bedeutungslos geworden war, und die Gebete und die Regeln des Korans waren ihm eine Stütze. Aber irgendwann sollte Khalid nicht nur beten, er sollte kämpfen, und er wollte es auch. Er war sogar beseelt davon, gegen Ungläubige in den Krieg zu ziehen. Mit Betrügereien bei eBay und mit dem Geld von Freunden bekam er fast zweitausend Euro zusammen, um nach Pakistan zu reisen, aber nichts war so, wie er es sich vorgestellt hatte. Das

Geld, das er noch übrig hatte, wurde ihm schon bei der Begrüßung abgenommen. Er lebte in völlig primitiven Verhältnissen. Fließend Wasser, Toiletten, Strom und Heizung – all das gab es nicht. Die Verständigung war fast unmöglich, und er begann an seiner Mission zu zweifeln. So hatte er sich den Heiligen Krieg nicht vorgestellt. Er wurde aus Pakistan zurückgeschickt, als er das Leben in den Bergen nicht mehr ertrug. Er sollte sich westlich kleiden, keinen Bart mehr tragen und in Frankreich untertauchen, um sich mit Gleichgesinnten zusammenschließen. Sie sollten Bomben bauen und auf Bahnhöfen abstellen. Doch als Khalid zurück war, sagte er zu Santosh, für ihn sei der Islam eine friedliche Religion und es sei falsch, dafür zu töten. Zu diesem Zeitpunkt kannten sich Beate und Santosh schon und hatten beschlossen zu heiraten. Santosh kannte auch das Institut, in dem Beate arbeitete. Da muss ihm der Gedanke mit dem Dachboden gekommen sein. Khalid wollte nicht nach Freiburg, weil er die deutsche Sprache nicht verstand, aber Santosh überredete ihn. Ich könne auch Französisch und würde ihm helfen.«

Als das Mädchen geendet hatte, liefen Tränen über sein Gesicht. Sie schwiegen lange.

»Und die Ratte und das Blut an der Klinke, warum hast du das getan?«, fragte er endlich.

Kein Nicken, kein Kopfschütteln. Gar nichts.

»Hat dich Santosh darum gebeten?«

Auf ihrer Stirn erschien eine steile Falte, als täte ihr plötzlich etwas sehr weh.

»Oder Vincent?«

Ein heftiges Kopfschütteln.

»Also doch Santosh.«

Jetzt war ihr Nicken nicht zu übersehen.

»Um für den Tierschutz zu demonstrieren?«

Sie schüttelte wieder den Kopf.

»Als falsche Spur?«

Sie zuckte mit den Schultern, was er nicht sicher deuten konnte.

»Auch aus Rache, weil ich angeblich die Türkin entlassen habe?«

Sie nickte.
»Beate glaubt, Tierschützer hätten den Brand gelegt.«
»Jetzt weiß Beate alles.«
»Von dir?«
Sie nickte.
»Kurz vor Fronleichnam?«
Vielleicht war es wieder ein Nicken.
»Hat sie deswegen Angst vor Santosh?«
Neben ihnen waren wieder die Stimmen der alten Frauen zu hören. Sie unterhielten sich über die Uhrzeit, konnten sich aber nicht einigen. Eine von ihnen stand auf und verschwand durch die Tür. Wenig später folgte die zweite, auf einen Rollator gestützt.
»Hat sie deswegen Angst vor Santosh?«, fragte er wieder.
Jetzt war das Nicken deutlicher.
»Und als du ihr alles erzählt hattest, habt ihr zusammen Freiburg verlassen und habt euch auf dem unbewohnten Hof versteckt«, stellte er fest.
Das Mädchen also war der Auslöser gewesen. Wegen ihrer Offenbarung war Beate verschwunden, was den Anstoß gegeben hatte, dass er Santosh verfolgt hatte.
Während er schwieg, hatte sich der Blick des Mädchens verändert. Es war, als glitte sie in eine andere Welt. Sie schien an etwas anderes zu denken. Ganz langsam und kaum merklich begann sie sich zu bewegen, so als ginge ihr eine Melodie durch den Sinn.
»Hast du auch Angst vor Santosh?«
Jetzt summte sie tatsächlich ganz leise und kaum vernehmbar ein paar Töne in einer absteigenden Linie, summte sie noch einmal, und aus den Tönen wurde eine einfache Melodie. Maikäfer flieg, summte sie ohne Worte vor sich hin, als hätte sie ihn und die Wirklichkeit vergessen.
»Pommerland ist abgebrannt«, sagte er leise, als die vierte Zeile begann. Sie sah erstaunt auf, dann senkte sie wieder ihren Kopf.
»Ist Santosh noch in Deutschland?«
Wieder summte sie das Kinderlied, und dabei bewegte sie ihren Kopf langsam von einer Seite zur anderen. Vielleicht bedeutete

das Nein, vielleicht hatte sie seine Frage auch gar nicht gehört, und sie bewegte sich nur zu ihrer kleinen Melodie.

»Ist Santosh in der Nähe?«, wiederholte er.

Sie hatte ihre Augen geschlossen und antwortete nicht.

Als plötzlich ein Handy klingelte, fuhr sie so heftig zusammen, dass sie ihren Tee verschüttete. Ohne zu zögern, vielleicht in einem unüberlegten Reflex, stellte sie die Tasse ab, griff nach der gewebten Tasche, die sie neben sich auf den Stuhl gestellt hatte, und holte das Gerät heraus. Sie warf einen Blick auf das Display, schien für einen Augenblick ratlos, dann drückte sie das Gespräch weg.

Im nächsten Augenblick hielt er das Handy in der Hand, ohne dass sie es verhindern konnte. Sie starrte ihn an. Ihr Gesicht war dabei so hilflos und verzweifelt wie das eines Kindes, dem ein großer Junge sein Schäufelchen weggenommen hat. Sie machte keine Anstalten, das Handy zurückzuerobern. Er las die Auslandskennzahl vom Display ab. Der letzte Anruf war von einem schweizerischen Anschluss gekommen. Eine Weile drückte er auf den Tasten herum, dann hatte er die Liste der letzten Kontakte gefunden. Immer wieder war eine deutsche Handynummer gewählt worden.

»Wessen Nummer ist das?«

Sie sah aus, als wäre sie zu Tode erschrocken.

»Sag mir, wessen Nummer das ist, oder ich rufe doch noch die Polizei.«

Sie schüttelte den Kopf. »Ich weiß es nicht. Ich weiß es wirklich nicht.«

»Wessen Nummer ist das?«, fragte er wieder.

»Ich habe die Nummer nicht gewählt«, sagte sie leise.

»Hat Beate sie gewählt?«

Sie antwortete nicht. Auf ihren Wangen leuchteten jetzt rote Flecken, als hätte sie jemand mit Farbe aufgemalt.

»Santoshs Nummer?« Er hielt das Handy immer noch.

Plötzlich sprang sie auf und stürzte aus dem Café. Zu spät ahnte er, was geschehen würde, und er konnte es nicht mehr verhindern. Das Quietschen der Reifen, ein dumpfer Knall, ein Körper, der von der Straße geschleudert wurde und neben dem Bordstein liegen blieb. Als Alexander endlich aufstand, hatten sich längst andere um den reglosen Körper geschart. Er drängelte sich durch. »Ich bin Arzt«, sagte er. Dann sah er sie. Jemand hatte sie auf die Seite gedreht und ihr eine Jacke unter den Kopf geschoben. Ihr Gesicht war so weiß wie eine venezianische Maske, und quer über ihre Stirn lief eine schmale Blutspur. Wie im Fernsehen, schoss es ihm durch den Kopf, so sahen die Menschen im Fernsehen aus, wenn sie vor ein Auto gelaufen waren, und meistens waren sie tot. Oder sie starben gleich darauf.

Er kniete neben ihr auf der Fahrbahn nieder und wurde die Vorstellung nicht los, der verzweifelte Held in einem Film zu sein. »Hallo«, rief er, »können Sie mich hören?« Nichts. Kein Zucken der Augenlider, gar nichts. Wenn sie nicht so blass gewesen wäre, hätte er meinen können, sie schliefe. Er fühlte an ihrem Hals den Puls. Er war schnell, aber kräftig und gleichmäßig. Sie atmete. Erleichtert und ratlos zugleich blieb er neben ihr am Boden knien. Er konnte ihr nicht helfen. Es war schon alles getan worden, was möglich war.

Als der Notarzt kam, ging er ins Café zurück. War das, was geschehen war, jetzt seine Schuld? Oder hätte sie nicht auch in der Gegenwart der Polizei vor ein Auto laufen können? Nein. Sie hätte nicht. Sie hätte im Streifenwagen gesessen oder vielleicht in einem Büro, und es wären genügend Leute da gewesen, um sie an der Flucht zu hindern.

Das Handy lag noch auf dem Tisch, wo er es zurückgelassen hatte, die Stofftasche stand auf einem Stuhl, Beates Tasche darunter. Er nahm alles an sich und ging wortlos zur Unfallstelle zurück. Mittlerweile war die Polizei eingetroffen. Er berichtete vom Unfall, als sei er unbeteiligter Zeuge gewesen, und übergab die beiden Taschen. Das Handy behielt er.

»Kennen Sie die Frau?«

Er schüttelte den Kopf.

Am Straßenrand stand noch immer der Rettungswagen. Was dort drinnen geschah, konnte er nicht sehen.

»In welches Krankenhaus wird die Frau gebracht?«, fragte er den Fahrer.

»In die Uniklinik.«

Langsam ging Alexander den Weg zur Ferdinand-Kopf-Straße zurück. Als er sein Fahrrad erreichte, suchte er noch immer nach einer Antwort auf die Frage nach seiner Schuld. Er hatte das Mädchen in eine Situation getrieben, die ihr aussichtslos erschienen war. So gesehen war ihr Unfall seine Schuld. Oder hatte sie fliehen wollen – geradewegs zur Straßenbahn, die auf der anderen Straßenseite abfahrbereit an der Endhaltestelle stand – und dabei das Auto übersehen?

Er wählte Jörgs Handynummer. Als der sich nicht meldete, rief er bei der Kripo an und verlangte Jörg Gessler.

»Dienstlich oder privat?«, wurde er von einer Frau gefragt, die ihn zu kennen schien.

»Dienstlich.«

Im nächsten Augenblick war eine andere Stimme am Apparat. Die der Funkel.

»Ich wollte Herrn Gessler sprechen.«

»Der ist in einer Besprechung, aber er hat berichtet, dass Sie wegen der Frau aus Ihrem Garten angerufen haben.«

Das Bild der Verunglückten verschwand und mit ihm das Gefühl des Schmerzes und der Verzweiflung, das der reglose Körper auf dem Asphalt in ihm ausgelöst hatte. Zwei verschiedene Gefühle hatten nicht gleichzeitig Platz in seinem Kopf. Die Stimme der Kommissarin löste sofort den üblichen Widerwillen in ihm aus. Er war nahe dran, die Verbindung abzubrechen. Und wenn er ihr jetzt nicht erzählte, was sich soeben zugetragen hatte, war das ihre eigene Schuld. Schließlich hatte sie ihm schon ein paarmal deutlich gezeigt, wie wenig sie von ihm hielt. Jemandem freundlich gegenüberzutreten, der ihn ablehnte, war ihm noch nie gelungen. Nun ja.

»Was gibt es Neues?«, fragte sie.

»Sehr viel«, antwortete er, ohne sich darum zu kümmern, dass es keine Antwort auf ihre Frage war.

Eine Weile blieb es still.

»Wenn es wichtig ist, sollten Sie es mir erzählen. Ihr Freund wird erst in zwei Stunden wieder zu sprechen sein.«

»Zwei Stunden«, wiederholte er. »Vielleicht lebt sie dann nicht mehr.«

Die Pause war noch länger als die vorige. »Was schlagen Sie vor?«, fragte sie, als wisse sie, wovon er sprach. Wahrscheinlich dachte sie an Frau Brändle.

Er überlegte. »Die Frau, die in meinem Garten war, ist in Littenweiler vor ein Auto gelaufen und wird gerade in die Uniklinik gebracht.«

Schweigen.

»Vielleicht sollten wir uns dort treffen«, schlug er vor.

»In fünfzehn Minuten?«, sagte sie, ohne weitere Fragen zu stellen.

»In fünfzehn Minuten vor der Notaufnahme.«

Als er endlich die Notaufnahme auf der Rückseite der chirurgischen Klinik gefunden hatte, kam ihm die Kommissarin aus dem Gebäude entgegen.

»Die sieht nicht so aus, als wolle sie gleich sterben«, meinte sie spitz.

Er zog das Handy aus der Tasche und hielt es der Kommissarin in der offenen Hand hin wie einen seltenen Schmetterling oder einen geheimnisvollen Stein. »Die Nummer, die mit dem Apparat immer wieder gewählt wurde, ist die von Santosh Bhagwati.«

Seine Worte hatten keine erkennbare Wirkung. Sie stand schweigend und mit verschränkten Armen vor ihm und schien durch ihn hindurchzusehen.

Er berichtete trotzdem, dass er die Frau vor Beates Wohnung erkannt hatte, die Polizei aber erst gekommen sei, als sie die Wohnung schon wieder verlassen hatte. Um sie aufzuhalten, sei er mit ihr in ein Café gegangen. Sie habe zugegeben, dass alles, was sich in den letzten Wochen ereignet hatte, auf Santoshs Befehl geschehen sei.

»Dann ist sie plötzlich aufgesprungen. Den Rest wissen Sie ja«, schloss er.

Auch als er seine Erklärungen beendet hatte, zeigte sie keine Reaktion. Sie streckte nicht einmal die Hand nach dem Handy aus.

»Wir werden es überprüfen«, stellte sie ohne erkennbares Interesse fest.

»Okay«, sagte er, ohne zu zeigen, wie sehr er sich darüber ärgerte, dass sie seinen Bericht so gelangweilt aufnahm. »Wenn es Sie nicht interessiert, kann ich ja wieder gehen. Vielleicht erzählt Ihnen die junge Dame ja eine spannendere Geschichte.«

Er steckte das Handy ein und wandte sich zum Gehen.

»Gehört Ihnen das Handy?«

»Nein«, sagte er.

»Dann sollten Sie es auch nicht behalten.«

Am liebsten hätte er ihr das Gerät vor die Füße geworfen. Er tat es nicht, sondern überreichte es ihr mit einem Gesicht, als sei es etwas Ekeliges, irgendetwas, was er so schnell wie möglich loswerden wollte.

Diese miese Behandlung hatte er nicht verdient, dachte er, als er auf sein Fahrrad stieg. Wenigstens ihr befriedigtes Grinsen hätte sie ihm ersparen können.

Erst spät am Abend war er wieder bei Ina. Sie saß bei ausgeschaltetem Licht im Wohnzimmer. So im Dunklen zusammengekauert sah sie aus wie ein großer grauer Fleck auf dem tagsüber roten Sofa, das jetzt jede Farbe verloren hatte. Er setzte sich neben sie, legte den Arm um ihre Schultern und wartete.

»Es wird immer schlimmer«, seufzte sie.

So einen Satz hatte er schon erwartet. »Was wird immer schlimmer?«

»Das mit Corinnas neuer Lehrerin.«

»Was gibt es da wieder für Probleme?«, fragte er, und für einen Moment keimte in ihm die Hoffnung, dass Sambala zu ihm zurückkehren würde.

»Sie meint, Corinna sei das typische unerzogene und vorlaute Kind einer überforderten alleinerziehenden Mutter.«

»Du bist doch gar nicht alleinerziehend.«

»Sie meint, wenn wir nicht bald heiraten würden oder zumindest in eine gemeinsame Wohnung zögen, würde Corinna in der Gosse landen.«

»Gosse?«, wiederholte er. »Schon das Wort spricht Bände. Wie lange müssen wir diese Lehrerin eigentlich noch ertragen?«

»Wahrscheinlich noch das ganze nächste Schuljahr.«

»Sag ihr, wir würden in einem halben Jahr heiraten.«

Ina zog die Augenbrauen so heftig zusammen, dass er die steile Falte auf ihrer Stirn sogar bei dem schwachen Licht erkennen konnte. »Und wenn das halbe Jahr um ist?«

»Sagst du, wir hätten die Hochzeit um ein halbes Jahr verschoben.«

Die Falte zwischen Inas Augenbrauen wurde noch schärfer. Vielleicht hätte er das Thema nicht anschneiden sollen. Nicht zum ersten Mal hatte er das Gefühl, ihr Einverständnis, weder zu heiraten noch in eine gemeinsame Wohnung zu ziehen, könne ins Wanken geraten sein.

Am nächsten Morgen, als er zur Arbeit gehen wollte, klingelte sein Handy. Er riss es aus seiner Tasche, als habe er keine Sekunde zu verlieren. Es war Jörg.

»Habt ihr euch wieder einmal gestritten?«

»Wen meinst du?«

»Die Funkel ist doch sonst gar nicht so wüst, wie sie aussieht. Jetzt jedenfalls ist sie stinksauer.«

»Ach, die Funkel. Auf mich ist sie sauer?«

»Auf dich, auf das Mädchen, vielleicht sogar auf sich selbst. Das Mädchen hat kein einziges Wort mit ihr geredet. Mittlerweile ist es wegen einer längeren Operation außer Gefecht gesetzt.«

»Wird sie den Unfall überleben?«, fragte er beunruhigt.

»Daran scheint niemand zu zweifeln. Sie hat eine Gehirnerschütterung und eine komplizierte Unterschenkelfraktur.«

Alexander seufzte erleichtert.

»Du bist doch Arzt«, fuhr sein Freund fort. »Hältst du es für möglich, dass sie sich durch die Gehirnerschütterung an nichts mehr erinnert, was in den letzten Wochen geschehen ist?«

»Sie wird sich wahrscheinlich nicht an den Unfall und die Augenblicke kurz vorher erinnern, alles andere sollte aber nicht verloren gehen. Außerdem hat sie mir alles erzählt.«

»Alles? Von den Tierschützern bis zu den Islamisten?«

»So ist es«, bestätigte Alexander.

»Auch ihren Namen?«

»Den nicht.«

»Und Santoshs Aufenthaltsort?«

»Natürlich ebenso wenig wie den von Beate.«

»Also doch nicht alles.«

»Leider nein. Weißt du, ich habe Angst um Beate. Wahrscheinlich hockt sie in irgendeinem Versteck und wartet verzweifelt auf das Mädchen und die Sachen, die in der Tasche waren.«

»Und wenn sie genug gewartet hat, dann taucht sie wieder auf.«

»Ich weiß nicht«, entgegnete Alexander düster. »Vor Kurzem war sie noch so glücklich über ihren scheinbar so wundervollen Ehemann, jetzt steht sie vor einem Scherbenhaufen. Sie weiß von dem Mädchen, wer Santosh ist. Sie weiß, dass er den Mann vom Dachboden auf dem Gewissen hat und damit auch Vincent. Und was auch immer geschieht, hat sie Santosh für immer verloren.«

Eine Weile war es still.

»Ich verstehe, dass du dir Sorgen machst«, sagte Jörg, dann schwieg er lange. Offenbar dachte er nach. »Okay«, sagte er plötzlich. »Ich sorge für eine Personenfahndung bei unseren französischen und Schweizer Kollegen, und du lädst Gertrud und mich zum Essen ein, ehe sie einen anderen hat.«

Richtig. Die Freundin, die sich von Jörg trennen wollte, hieß Gertrud, und er hatte zugesagt, die beiden einzuladen. Er verkniff sich die Bemerkung, dass die Einladung Zeit habe, weil sich für Frauen in Gertruds Alter nicht so leicht ein neuer Mann fand, und willigte ein.

»Passt es dir morgen Abend?«, fragte Jörg. »Du müsstest uns einladen, als würdest du nichts von der Trennung wissen.«

»Zu einem Glas Wein wäre es mir recht.«

»Besser zum Essen, ein Glas Wein könnte sie leichter ablehnen.«

»Außer Spaghetti und Pfannkuchen kann ich nichts kochen.«

»Pfannkuchen? Das höre ich zum ersten Mal.«

»Na ja, ich habe es neulich versucht.«

»Könnte Ina nicht …?«

»Die rührt in meiner Küche keinen Kochtopf an.«

»Ich weiß eine gute Adresse, wo du ein ganzes Menü bestellen kannst.«

»Hm.«

»Also morgen um neunzehn Uhr.«

»Hm.«

»Wunderbar. Ich danke dir.«

»Was ist das für eine Adresse?«

Jörg nannte sie ihm.

»So geht das doch nicht!«

Alexander hatte gleich geahnt, dass Ina wieder etwas an seinem für Gäste gedeckten Tisch auszusetzen hätte. Dabei hatte er sogar das gute Tafelsilber aus dem Schrank geholt.

»Mit diesen ekelhaft schwarzen Bestecken kann doch niemand essen!«

Er nahm das angelaufene Silber wieder vom Tisch und holte anderes Besteck.

»Hast du nicht vier gleiche?«

»In der Spülmaschine.«

Ina seufzte, fischte passendes Besteck aus der Maschine und machte sich damit am Spülbecken zu schaffen.

»Lass das doch jetzt! Die Gäste kommen in fünf Minuten.«

Aus irgendwelchen Gründen, die Alexander selbst nicht verstand, war er aufgeregt. Vielleicht lag es daran, dass er Gertrud für eine perfekte Hausfrau hielt. Ina schien es zu seiner Überraschung nicht anders zu gehen. Sie trug das enge dunkelrote Kleid, das sie nur bei besonderen Anlässen anzog, und war entweder beim Friseur gewesen oder hatte ihren Haaren weit mehr Aufmerksamkeit geschenkt als üblich. Außerdem hatte sie die Fingernägel lackiert. Vielleicht hatte er Ina nicht erzählt, dass Gertrud mindestens zwanzig Jahre älter war als sie und neben ihr auch ohne diese besondere Aufmachung blass und unscheinbar wirken würde.

Eine Minute bevor der Besuch kommen sollte, kam Ina mit dem abgewaschenen Besteck zum Tisch zurück. »Hier liegen ja noch die Krümel vom Frühstück!« Ihre Stimme hatte mittlerweile wieder einmal eine beträchtliche Höhe erreicht.

»Und auf den Sets klebt Marmelade!« Noch ein paar Töne höher.

»Und Soße!« Zu einer weiteren Steigerung der Stimme reichte die Aufregung dann doch nicht.

Alexander stellte die Teller wieder zusammen und sammelte die schmutzigen Sets ein. Ina kam mit dem Wischlappen und beseitigte die Krümel.

Er war froh, dass er seinen Plan, als Vorspeise selbst zubereitete Spaghetti zu servieren, fallen gelassen hatte und sich ganz auf den Cateringservice verließ. Die Anspannung war auch so groß genug. In dem Augenblick, als Ina auch noch die guten Gläser wegen einer beeindruckenden Staubschicht wieder abräumte und der ehemals gedeckte Tisch weitgehend leer dastand, klingelte es.

»Lass doch jetzt die Gläser«, stöhnte Alexander.

»Mach einfach mal die Tür auf«, konterte Ina.

Er schloss die Tür zum Esszimmer, warf noch einen Blick in den Garderobenspiegel, der in seinen Augen keine weiteren Katastrophen zutage förderte, und öffnete die Tür.

Das Paar vor der Tür erkannte er erst auf den zweiten Blick. »Oh«, sagte er nur und benötigte einige Zeit, bis er die passenden Worte zur Begrüßung fand.

Jörg trug ein hellgraues elegantes Jackett, eine dezent gemusterte Krawatte zum hellblauen Hemd und eine dunkle Hose mit Bügelfalten über den auf Hochglanz polierten Schuhen. Gertrud – er duzte sie bereits in Gedanken – trug ein cremefarbenes Sommerkleid mit einem kurzen Jäckchen aus demselben Stoff und eine dezente goldene Kette in dem für ihr Alter reichlich bemessenen Ausschnitt. Er selbst hatte sich für ein rotes Polohemd und Jeans entschieden. Immerhin für seine neuesten.

»Kommt doch rein«, sagte er. Er nahm den mitgebrachten Blumenstrauß entgegen und verschwand in der Küche, wo er eine Vase fand, die nur unwesentlich zu groß war. Als er zurückkam – die Gäste standen noch immer im Flur –, betrachte Gertrud interessiert ein von Corinna gemaltes Bild, das er dort aufgehängt hatte. »Ein wunderschönes Bild«, stellte sie fest. »Von Ihrer Tochter?«

Ihm war bislang das Einzigartige dieses Bauernhofes mit einem halben Dutzend hundeähnlichen Tieren entgangen, aber vielleicht verstand Gertrud mehr davon.

»Wo ist denn die kleine Künstlerin?«

»Corinna zieht selbst gebackene Waffeln bei ihrer Freundin unserem Essen vor«, antwortete er mit Blick auf das Bild und fragte sich, ob er vielleicht etwas übersehen hatte, was die künstlerische Ader seiner Tochter betraf. Vielleicht ein Erbe von Ina? Von ihm jedenfalls nicht. Überhaupt schien Ina diejenige von ihnen zu sein, die für die Vererbung von Corinnas guten Eigenschaften verantwortlich war.

Der Anblick, der sich ihnen beim Betreten des Esszimmers bot, verstärkte jedenfalls den Eindruck, dass Ina die Tüchtigere war, zumindest wenn man seine wissenschaftlichen Erfolge außer Acht ließ. Der soeben noch kahle Esstisch war nun festlich mit Blumen und Servietten gedeckt, und die teuren Gläser funkelten ohne Staubschicht im Kerzenlicht.

»Wie wäre es mit einem Champagner zur Begrüßung?«, fragte er.

Mit dem richtig dosierten Schwung entkorkte er die Flasche und goss ein. Der Champagner perlte überraschend bernsteinfarben in den Gläsern. Er suchte nach einem Datum auf der Flasche, fand aber keines. Als er eben mit schlechtem Gewissen wegen des offensichtlich viel zu alten Sektes mit den Gästen anstoßen wollte, klingelte das Telefon. Es war die Kriminalpolizei, und zu seinem Erschrecken wollte der Beamte nicht Jörg, sondern ihn persönlich sprechen.

»Sind Sie der Leiter des Instituts, in dem die vermisste Beate Brändle gearbeitet hat?«

»Ja. Was ist mit ihr?«

Er merkte, dass es plötzlich totenstill im Raum wurde und ihn die anderen anstarrten. Inas Blick: als ahne sie eine Katastrophe voraus.

»Beate?«, flüsterte sie.

Die Stimme des Beamten blieb so sachlich, als würde er den Wetterbericht verlesen. Er schien nicht zu wissen, wie nahe einem seine Sekretärin stehen konnte.

»Aus dem Rhein bei Bad Säckingen wurde die Leiche einer Frau geborgen, auf die die Beschreibung Ihrer vermissten Sekretärin passen könnte.«

Was der Beamte dann noch sagte, nahm Alexander kaum wahr. Die Worte verkümmerten im Hintergrund wie ein Gespräch am Nebentisch, das einen nichts angeht. Erst als eine lange Pause entstand, wurde ihm bewusst, dass der Beamte etwas von ihm hatte wissen wollen.

»Wie bitte?«, fragte er.

»Ich hatte gefragt, ob Sie wissen, wo in Freiburg die Rechtsmedizin ist.«

»Ja, ich weiß es, aber warum ich? Warum soll gerade ich die Tote identifizieren?«

Sein Blick fiel auf Inas Gesicht, in dem sich jetzt das Grauen spiegelte, das ihn selbst befallen hatte.

»Ich sagte bereits, dass wir keine Angehörigen ausfindig machen konnten.«

»Ich fahre sofort hin«, sagte Alexander. Die Ungewissheit war unerträglich.

»Beate?«, fragte Ina wieder, als er aufgelegt hatte.

Er zuckte mit den Schultern. »Eine tote Frau unterhalb von Bad Säckingen, etwa vierzig Jahre, ohne Papiere«, berichtete er das wenige, was er behalten hatte, dann verstummte er und starrte auf das Glas, das er noch immer in seiner Hand hielt. Lange sagte keiner von ihnen ein Wort.

Ina war die Erste, die wieder sprach: »Bad Säckingen? Wurde dort in der Nähe nicht Santoshs Auto gefunden?«

»Ich glaube, so war es«, antwortete Alexander. Wieder schwiegen sie. »Begleitest du mich?«, wandte er sich dann an seinen Freund.

»Und das Essen?«, fragte Ina, noch ehe Jörg geantwortet hatte.

Alexander sah hinüber zum Küchentisch, wo Ina die Vorspeise auf vier Tellern angerichtet hatte: Carpaccio vom Rinderfilet mit Olivenöl-Limetten-Dressing und Parmesan. »Später«, sagte er. »Wir essen, wenn wir wieder zurück sind.«

Er ging in den Flur, um seinen Autoschlüssel zu suchen, fand ihn aber nicht. »Fährst du?«, fragte er Jörg.

»Kein Problem.«

Gertrud, die den Männern in den Flur gefolgt war, umarmte Jörg stumm. Dann sah sie ihn an wie einen nahen Angehörigen, der auf eine gefährliche und ungewisse Reise geht, während Ina mit hängenden Armen und tief betrübtem Gesicht in der Tür zum Esszimmer stehen geblieben war.

Wenige Minuten später hielt Jörg vor dem Gebäude der Rechtsmedizin im Institutsviertel der Universität. Sie waren vor ein paar Jahren schon einmal gemeinsam hier gewesen, als Alexanders Ehefrau vor dem Turm der Zähringer Burg tot aufgefunden worden war. Es war alles wie damals: das Brummen der Kühlanlage, der blaue Fußbodenbelag, eine Tote auf einer Bahre, der Freund an seiner Seite und die unerträgliche Angst davor, sagen zu müssen: Ja, sie ist es.

Auf der Schwelle blieb Alexander stehen. »Ich kann nicht. Es ist noch schlimmer als damals bei Ingrid.«

Jörg legte seinem Freund kurz die Hand auf die Schulter. Dann wandte er sich der Toten zu. Alexander sah ihm nicht zu. Er spürte sein Herz wie rasend schlagen und harrte auf das Urteil, von dem er wusste, wie es lauten würde.

»Alex.«

»Ja.«

»Komm mal bitte.«

Alexander trat näher und beugte sich über das Gesicht der Toten. Lange dunkle Haare umrahmten ein blasses Gesicht. Die Züge waren entspannt, denn die Erschlaffung der Muskeln, wenn die Totenstarre wich, hob alle Mimik auf. Entsetzen, Verzweiflung oder Schmerz – der Tod tilgte ihre Spuren. Nichts wäre furchtbar an diesem Anblick, wüsste er nicht, dass diese Frau eines schrecklichen Todes gestorben war. Er richtete sich wieder auf und war nahe dran, vor Erleichterung zu weinen.

Sie war es nicht.

»Komm«, sagte Jörg. »Das war es dann auch schon.«

Langsam und nachdenklich verließ Alexander das Gebäude. Erst auf der Straße fiel ihm auf, dass er den diensthabenden Arzt in der Rechtsmedizin kaum wahrgenommen hatte. Hatte er ihn überhaupt begrüßt? Hatte er sich verabschiedet? Ja, das hatte er. Sie hatten sich zum Abschied sogar die Hand gereicht.

Es war Jörg, der daran dachte, Ina und Gertrud anzurufen.

»Weißt du etwas über die Nummer, die immer wieder vom Handy des Mädchens angerufen wurde, vermutlich von Beate?«, fragte Alexander, als sie wieder im Auto saßen.

Jörg schwieg. »Nimm es mir nicht übel, aber darüber darf ich auch nicht mit meinem besten Freund reden.«

Als die beiden Männer zurückkehrten, stand die Vorspeise auf dem Tisch. Zu Alexanders Verwunderung sah Ina noch immer bedrückt aus.

»Bist du nicht erleichtert?«

Sie sah ihn lange an. »Für dieses Mal schon.« Dann schwieg sie wieder.

Sehr still begannen sie zu essen. Es herrschte das Schweigen, das sich einzustellen pflegt, wenn alle an dasselbe denken, es aber aus Rücksicht auf die anderen niemand ausspricht.

Als Ina und Gertrud, die sich tatsächlich als geübte Hausfrau erwies, das angelieferte Hauptgericht – Lammbraten provençal mit Kartoffelgratin und Böhnchen im Speckmantel – aufgedeckt hatten, brach Gertrud das Tabu. »Habe ich das richtig verstanden, dass dieser Santosh Beate Brändle nur deswegen geheiratet hat, um den Toten auf dem Dachboden einzuquartieren und ihn dort umzubringen?«

»Natürlich nicht«, sagte Ina. »Sie war für ihn die perfekte Tarnung.«

»Und mit wem hat er sich in Neuhof getroffen?«, wollte jetzt Alexander von seinem Freund wissen.

Jörg zögerte. »Tut mir leid, aber auch über diese Einzelheiten darf ich nicht sprechen.«

»Das heißt, ihr seid auf weitere Islamisten gestoßen?«

Jörg hob in einer hilflosen Geste die Schultern.

»Was ist Neuhof?«, fragte Gertrud an Jörg gewandt. »Oder darfst du auch darüber nicht sprechen?«

»Doch. Es steht oft genug in der Zeitung, dass Neuhof eine von den berüchtigten französischen Vorstädten ist.«

Gertrud hatte die Augenbrauen leicht gehoben und hatte nun diesen betont interessierten Gesichtsausdruck, den kunstbeflissene Damen während der Bildervorstellung bei einer Vernissage aufzusetzen pflegten. Offenbar erwartete sie auf ihre Frage eine umfangreiche Erklärung. Sie wurde nicht enttäuscht.

»In den Sechzigerjahren hat man für die Gastarbeiter ganze Gebirge aus Beton aus dem Boden gestampft. An Schulen und Kindergärten wurde kaum gedacht. In Neuhof leben inzwischen Menschen aus vierzig Nationen, und nur die wenigsten haben Arbeit. Alle, die in Straßburg Probleme bereiten, verfrachtet man dorthin, die anderen meiden den Stadtteil.«

Gertrud nickte. Sie schien wirklich an dem Thema interessiert zu sein. »Warum saniert man Neuhof nicht, wie man es in Berlin-Marzahn getan hat?«, fragte sie. »Dort hat man einen Teil der Hochhäuser auf wenige Stockwerke zurückgebaut, andere hat man abgerissen und stattdessen Grünflächen und Spielplätze angelegt, bis ein richtig netter Stadtteil entstanden ist.«

»Das Problem sind mittlerweile auch in Neuhof nicht mehr die Häuser und Wohnungen selbst«, erklärte Jörg. »Kürzlich wurden hundertfünfzig Millionen Euro für Renovierungen und Verschönerungen in das Viertel gesteckt und genau wie in Marzahn einige Hochhäuser abgerissen und Parks angelegt, aber in Neuhof ist das wie bei einem brennenden Wald, auf den jemand einen Kanister Wasser gießt, um zu löschen.«

»Ach«, sagte Gertrud. Die Bemerkung hätte von Ina stammen können.

»Das Problem ist die Hoffungslosigkeit, insbesondere unter den Jugendlichen. Außerdem ist in Straßburg der Kontrast größer als in vielen anderen Städten: Prunk und Reichtum im bürgerlichen Zentrum und draußen die besitzlosen Immigranten im Ghetto. Diese Mischung ist immer ein Nährboden für Extremismus. Doch statt die Ursachen anzugehen, hat die Stadt Millionen Euro für eine Videoüberwachung in Trams, Bussen und sogar in Schulen investiert.«

»Ach«, sagte Ina.

»Besonders die Jugendlichen aus den Migrantenfamilien stecken in einer Sackgasse«, fuhr Jörg fort. »Sie fühlen sich ausgeschlossen, weil ihnen überall vor Augen geführt wird, dass man sie nicht haben will. Die Diskotheken in der Innenstadt sind nur ein Beispiel dafür. Ablehnung und Nutzlosigkeit sind ihre ständigen Erfahrungen – bis jemand wie Santosh kommt und ihnen ein Ziel zeigt, für das es sich zu leben lohnt – oder zu sterben.«

»Und in Deutschland?«, fragte Gertrud.

»Großbritannien oder Frankreich haben wegen ihrer kolonialen Vergangenheit größere Probleme als wir mit radikalen Islamisten«, antwortete Jörg. »Die vielen pakistanischen Muslime in England oder die nordafrikanischen in Frankreich stammen aus Ländern, in denen islamistische Gedanken und Gewalt zwischen verschiedenen Volksgruppen eine größere Rolle spielen als in Deutschland, was nicht bedeutet, dass es in Deutschland solche Gefahren nicht gibt.«

Sie hatten gerade die Teller zusammengestellt, als wieder ein Handy klingelte. Sofort war Alexanders Angst wieder da. Ein neuer Anruf wegen Beate? Wie benommen suchte er nach seinem Handy, das er irgendwo abgelegt hatte. Noch eine Tote, die er identifizieren sollte?

»Du brauchst dich nicht zu bemühen«, sagte Jörg. »Es ist meins.« Wieder war Alexander auf den Klingelton hereingefallen.

Jörg meldete sich, und dann schwieg er lange. Mit schmalen Augen lauschte er auf die Männerstimme, die überall im Raum zu hören, aber nicht zu verstehen war. Hin und wieder nickte er, als könnte es sein Gesprächspartner sehen.

»Und nun?«, fragte er, als er lange genug zugehört hatte. Dann lauschte er wieder. Endlich legte er auf.

»Santosh wurde festgenommen.«

Einen Augenblick war es still, wie manchmal am Schluss eines Theaterstücks oder eines Konzertes, ehe der Beifall losbricht. Nach der Stille kein Beifall, dafür aber tausend Fragen an Jörg.

»In Bremen«, antwortete er. »Er wurde über die Nummer geortet, die Beate immer wieder vom Handy des Mädchens aus vergeblich angerufen hat. Nein, wenn Beate nicht versucht hätte, Kontakt mit ihm aufzunehmen, hätten wir ihn nicht so schnell gefunden. Ja, es war sein Handy, aber es war auf eine andere Person zugelassen.«

Irgendwann war auch dieses Thema abgeschlossen, und Ina stand auf, um den Nachtisch – Quarkmousse mit Himbeersoße – zu holen. Jetzt erst fiel Alexander der Zweck dieser Einladung ein. War es überhaupt noch nötig, etwas für die Beziehung seines Freundes zu tun? Er hatte keine Misstöne bemerkt.

»Hat Ihnen Jörg eigentlich erzählt, wie sich unsere beiden Männer kennengelernt haben?«, fragte in diesem Augenblick Ina, als hätte sie wieder einmal dasselbe gedacht wie er.

Jetzt war es an ihm zu erzählen, wie er Jörg vor vielen Jahren im Wallis während einer Bergtour auf den 4545 Meter hohen Dom kennengelernt hatte. Damals hatte er dessen längeres Seil benutzen dürfen, um sich über eine Felswand abseilen zu können, was ihm einen Umweg von anderthalb Stunden erspart hatte. Nun begann Ina Jörg als immer gern gesehenen Freund der Familie zu loben.

Jörg sah auf die Uhr. »In drei Minuten beginnen die Nachrichten«, unterbrach er das Thema.

Sie schalteten den Fernseher ein, vielleicht würde es Bilder von Santoshs Verhaftung geben. Zehn Minuten warteten sie vergeblich. Erst als sie nicht mehr damit rechneten, kam eine kurze Meldung über die Verhaftung und ein Foto, auf dem zwischen zwei unkenntlich gemachten Beamten ein mit Handschellen gefesselter Mann zu sehen war, dessen Kopf mit einem Tuch verhüllt war. Das war alles.

Kurz darauf verabschiedeten sich die Gäste. »Es ist doch schön für unseren Freund, dass er nun die Abende und Wochenenden nicht mehr so allein verbringen muss wie früher, als Sie sich noch nicht kannten«, stellte Ina beim Abschied fest.

Erstauntes Schweigen.

»Ich dachte, Jörg sei immer gut mit Freundinnen versorgt gewesen«, bemerkte Gertrud unsicher.

»Ja, früher«, sagte Ina. »Aber das liegt schon einige Zeit zurück.«

Wenig später waren die beiden gegangen, und Alexander und Ina machten sich daran, gemeinsam den Tisch abzudecken.

»Alles klar«, sagte Ina, als die beiden gegangen waren.

»Was meinst du?«

»Mit Gertrud und Jörg ist alles klar.«

»Den Eindruck hatte ich auch«, sagte er. »Aber nicht mit Beate.«

Seit Beates Abwesenheit am Institut hatte sich Alexanders Gefühl verstärkt, Tag für Tag in einen Sack voller Flöhe gesteckt zu werden. Und er, der Direktor in diesem Flohzirkus, hatte versäumt, die Flöhe zu zähmen. Immerhin hatte er der Vertretung mittlerweile beigebracht, einen Terminkalender zu führen. Für heute um zehn Uhr stand der Besuch des Architekten auf dem Programm, nicht zum ersten Mal seit dem Brand. Diese Termine liebte er: Sie gaben ihm die Hoffnung, dass irgendwann Handwerker auftauchen würden, um die von den Flammen zerstörten Räume herzurichten, und dass er eines Tages wieder Chef eines funktionierenden Instituts sein würde. Und hoffentlich mit einem funktionierenden Sekretariat.

Als er sein Kämmerchen betrat, hörte er schon das Telefon klingeln. Konnte ihn diese träge Vorzimmerdame nicht wenigstens fünf Minuten vor dem Telefonterror bewahren! Er ließ es sechsmal klingeln, dann nahm er den Hörer ab.

Die Stimme am anderen Ende der Leitung war brüchig und schien von ganz weit her zu kommen.

»Hier ist Beate.«

»Wo steckst du?« Dann hörte er nur noch sein Herz. Es klang, als hätte es plötzlich seine Brust verlassen und klopfe nun in seinen Ohren. »Mein Gott, Beate. Was bin ich froh, deine Stimme zu hören!«

»Ja.« Es hörte sich an, als habe sie eben irgendetwas Furchtbares bestätigt.

»Wo bist du?«, fragte er ein zweites Mal, gefasst darauf, sich wieder nur mit einem Wort oder mit Schweigen zufriedengeben zu müssen.

Es waren zwei Wörter. »Am Bodensee.« Ihre Stimme passte überhaupt nicht zu Urlaub oder Sonne, Wasser und Strand.

»Und wo am Bodensee?«

Beate schwieg.

»Sagst du mir, in welchem Ort du bist?«

Wieder hörte er nur sein Herz. Er wartete und versuchte zu verstehen, warum sie ihn angerufen hatte, wenn sie doch nicht verriet, wo sie war. Um zu reden? Um über all das zu sprechen, was geschehen war? Oder nur um zu sagen, dass sie so schnell wie möglich ihre Arbeit im Institut wiederaufnehmen wollte?

Letzteres wohl leider nicht. Dann, als er lange genug gewartet hatte, sprach er aus, was sie vielleicht noch nicht erfahren hatte, wo immer sie sich versteckt hielt. »Santosh ist gestern verhaftet worden.«

»Ja«, sagte sie so leise, dass es kaum zu hören war.

Wieder wartete er eine Weile. »Sagst du mir bitte, in welchem Ort du bist?«

Ein langes Schweigen, während er an alles Mögliche dachte, an Handyortung, an Fangschaltung, an irgendetwas, um sie wiederzufinden. Oder war ihre Nummer sogar auf dem Display erschienen? Er hatte nicht darauf geachtet.

»Du brauchst dich doch nicht mehr vor Santosh zu verstecken.«

»Ich weiß.« Ihre Stimme war kühl und abweisend, aber sie legte nicht auf, wie er in diesem Augenblick befürchtet hatte.

»Die junge Frau«, sagte er. »Wartest du noch darauf, dass sie wiederkommt?«

Sie antwortete nicht.

»Sie hatte einen Unfall, als sie bei deiner Wohnung war, und liegt mit einem gebrochenen Bein in der Uniklinik.«

»Dann ist sie nicht im Gefängnis!« Zum ersten Mal hörte er etwas wie Hoffnung in ihrer Stimme.

»Hast du auch Angst vor der Polizei?«

Sie schwieg wieder.

»Beate, dein einziges Vergehen ist, dass du den Schlüssel für den Mann auf dem Dachboden besorgt hast! Du konntest doch nicht ahnen, wie alles miteinander zusammenhängt.«

»Ja«, sagte sie und seufzte. »Damals habe ich geglaubt, ich könne einem Menschen helfen.« Ihr erster langer Satz.

»Ich komme jetzt zu dir. Jörg hat auch gesagt, dass du keine Strafe zu erwarten hast«, behauptete er.

Sie schwieg. Als sie wieder sprach, war ihre Stimme voller Verzweiflung. »Ich muss doch nicht gegen ihn aussagen. Er ist doch mein Mann!«

»Wer sagt denn etwas von aussagen? Niemand muss seinen Ehepartner oder Familienangehörigen belasten. Du kannst die Aussage verweigern.«

»Ich will auch nicht stundenlang von der Polizei verhört werden.«

Er sagte nichts darauf. Sicher würde sie ausgiebig befragt werden. »Beate, ich hole dich jetzt ab. Alles Abwarten macht die Sache nicht einfacher.«

»Ich werde nicht abwarten«, sagte sie, und wieder war diese Verzweiflung in ihrer Stimme, die ihm Angst machte.

»Wo bist du jetzt?«

Schweigen.

»Sag mir jetzt sofort, wo du bist!«

Vielleicht war es der Befehlston, die Anordnung eines autoritären Chefs, die dazu führte, dass sie plötzlich redete. Ihre Stimme war die eines gescholtenen Kindes.

»In Markelfingen. Im ›Haus Schmetterling‹.«

»Wo ist das Haus?«

»An der einzigen Ampel zum See abbiegen, dann die zweite Straße rechts.«

»Ich komme«, sagte er und legte auf, ehe sie widersprechen konnte.

Markelfingen. Den Namen des Ortes hatte er noch nie gehört. Er rief am Computer einen Routenplaner auf. Der Ort musste ganz einfach zu finden sein. Über den Schwarzwald zur A 81, dann weiter in Richtung Konstanz, und am Ende der Ausbaustrecke der B 33 rechts abbiegen. Er sagte der Vertretung, dass er wegen einer dringenden Angelegenheit den ganzen Vormittag nicht im Institut sein könne und sie den Termin mit dem Architekten absagen möge. Um ihr fassungsloses Gesicht kümmerte er sich nicht. Er hatte es eilig.

Zwanzig Minuten später war seine Fahrt zu Ende. Er stand im Stau. Was folgte, war der übliche Wechsel von Stillstand, Bewegung und wieder Stillstand. Die Baustelle im Höllental hatte er völlig vergessen. Seine Unruhe wuchs nun mit jeder Minute. Hätte er nicht doch die Polizei benachrichtigen müssen? Jetzt, wo er Zeit zum Nachdenken hatte, wurde ihm bewusst, dass er Ina gern bei der Begegnung mit Beate dabeigehabt hätte. Aber die Polizei? Nicht einmal Jörgs Anwesenheit hätte er geschätzt.

Eine halbe Stunde hatte ihn die Baustelle aufgehalten, dann lag die Straße wieder frei vor ihm. Die Straße ja, aber nicht der Himmel. Die Wolken über dem Schwarzwald, die er vorhin nicht weiter beachtet hatte, waren mittlerweile zu einer schwarzblauen Wand zusammengewachsen. Als er Hinterzarten erreichte, ging ein erster heftiger Gewitterguss nieder. Mit sechzig Stundenkilometern krochen die Autos im prasselnden Regen am Gasthaus Lafette vorbei. Wieder brauchte er viel länger, als er gedacht hatte. Das Wetter besserte sich erst, als er bei Geisingen die Autobahn erreichte. Plötzlich wurde ihm bewusst, was ihn die ganze Fahrt so beunruhigt hatte, und die Erkenntnis traf ihn wie ein Blitz. Es war nicht Beates traurige Stimme allein, es war ein Satz, den sie gesagt hatte: Ich werde nicht abwarten.

Als er endlich an der Ampel in Markelfingen zum See abbog, waren mehr als zwei Stunden vergangen, seit er den Hörer aufgelegt hatte. Viel zu schnell fuhr er durch eine schmale Straße, vorbei an kleinen Häuschen und an einer Gastwirtschaft mit leeren Tischen davor: keine Touristenströme, wie er sie von anderen Orten am Ufer des Bodensees kannte. Eine Gruppe Radfahrer in fortgeschrittenem Alter kam ihm entgegen und machte nur widerwillig Platz.

Die zweite Straße rechts, in die er nun bog, war eine reine Wohnstraße mit Gartenteichen vor den gepflegten Häuschen. Kein Hotel, keine Pension, wie er erwartet hatte. Dann sah er das »Haus Schmetterling«, ein freundliches gelb gestrichenes Häuschen mit Rosen vor der Tür. Er stellte sein Auto ab. Ein Klingelknopf war mit »Ferienwohnung« beschriftet. Er drückte ihn, lauschte auf die Glocke irgendwo im Haus, und dann wartete er. Er klingelte ein zweites Mal. Ein drittes. Plötzlich öffnete sich die Tür.

Beate!

Sie war kleiner geworden. Oder bildete er sich das nur ein? Vielleicht hatte er nur vergessen, wie viel kleiner sie war als er selbst. Oder war sie so verzagt, dass sie im Boden zu versinken schien? Beate sah so erschöpft aus, wie er sie noch nie gesehen hatte. Sie versuchte zu lächeln, aber es gelang ihr nicht, sie schien auch dazu zu müde zu sein.

»Ich bin so froh, dich gesund wiederzusehen«, sagte er.

Ein kleines trauriges Lächeln.

»Wo hast du deine Sachen?«

Es dauerte eine Weile, bis sie verstand, was er meinte.

»Ich fahre nicht mit nach Freiburg.«

»Nicht mit nach Freiburg?«, wiederholte er.

Dann schwiegen sie beide.

»Ich habe doch gesagt, dass du nichts Schlimmes von der Polizei zu erwarten hast«, sagte er und überlegte, was Ina jetzt wohl in seiner Situation gesagt hätte. Gar nichts vermutlich. Sie hätte Beate erst einmal tröstend in den Arm genommen.

Er umarmte Beate. Sie ließ es zu wie eine willenlose Puppe. Nach einer Weile ließ er sie wieder los. So kam er auch nicht weiter.

»Du kannst doch nicht für immer hierbleiben«, sagte er.

Auch jetzt schüttelte sie nur stumm den Kopf.

Am Gartenzaun gegenüber stand eine Frau und sah aufmerksam zu ihnen herüber. Wahrscheinlich hielt sie ihn für einen verschmähten Liebhaber oder den verlassenen Ehemann, der seine Frau zurückholen wollte.

»Komm«, sagte er. »Gehen wir ein Stück.«

Eine Weile zögerte Beate noch, dann zog sie tatsächlich die Tür hinter sich zu.

Ohne sich abzusprechen, schlugen sie den Weg zum See ein. Bald kamen sie zu einem kleinen Bahnhof, zu Bahngleisen, die sie querten, dann zum Gelände eines Segelklubs. Dahinter war das Wasser. Ein paar Boote dümpelten träge an ihren Bojen und sahen aus wie ein Schwarm ermatteter Wasservögel. Am Ufer stand ein Bäumchen, dessen Krone so zurechtgestutzt war, dass es einem Sonnenschirm mit einer viel zu hohen Stange mehr ähnelte als einem Baum. Darunter stand eine Bank, von Vogelkot gesprenkelt. Alexander zog eine Zeitung aus dem Abfallbehälter, breitete sie auf der Bank aus, und sie setzten sich. Eine Möwe flog mit gackerndem Schrei vorüber. Vielleicht war es die Erleichterung, Beate gefunden zu haben, vielleicht war es der Ruf der Möwe, dass er plötzlich lachen musste.

Beate sah ihn irritiert an. »Warum lachst du?«

»Die Möwe hat zuerst gelacht.«

Dann schwiegen sie wieder.

Es war ungewöhnlich heiß für die Jahreszeit. Kein Windhauch ging, doch auf einer Insel im Osten blitzte orangefarben und bedrohlich das Licht der Sturmwarnung.

»Die Reichenau?«, fragte er.

Sie antwortete nicht auf seine Frage. »Warum bist du gekommen?«, fragte sie.

»Um dich zu holen.«

Sie blickte geradeaus, als habe sie seine Worte nicht gehört. Nicht die kleinste Reaktion.

»Beate, im Institut geht alles drunter und drüber ohne dich!«, rief er aus.

Für einen Augenblick sah sie ehrlich erstaunt aus. Doch

dann schüttelte sie den Kopf. »Ich gehe niemals nach Freiburg zurück.«

»Aber wohin dann?«

Sie schwieg lange, ehe sie endlich ein einziges Wort von sich gab: »Nirgends.« Stumm starrte sie auf das Wasser, das grau wie geschmolzenes Blei vor ihnen lag. Im Westen hatte sich der Himmel verfinstert, und die Vulkankegel des Hegaus verschwanden hinter Regenschleiern. Sein Blick fiel auf ihre Hand. Sie trug noch immer den Ring, den Santosh ihr bei der Hochzeit auf den Finger gesteckt hatte.

»Beate, bitte«, sagte er nun. Jetzt klang er wirklich wie ein bettelnder Verehrer.

Sie schüttelte den Kopf, und während die Minuten vergingen, dachte er an die nutzlose Vertretung im Institut, die Beate niemals würde ersetzen können, und an den Architekten, von dem er nicht wusste, wann er wieder Zeit haben würde. Wie ein Häufchen Elend saß Beate neben ihm. Sie sah nicht aus, als würde sie das aufziehende Unwetter bemerken.

»Lass uns gehen und dann gemeinsam nach Freiburg fahren.«

Sie rührte sich nicht.

Der warme Wind von Süden hatte die Alpen nahe gerückt, und vor dem schmutzigen Himmel hatte ein mächtiger zweigipfliger Klotz plötzlich scharfe Konturen bekommen. Hellgraue Wolkenpilze schossen vor der dunklen Wand in die Höhe.

»Lass uns gehen«, sagte er wieder.

Sie antwortete nicht.

Erst waren es nur einzelne Streifen, wo sich das Wasser im aufkommenden Sturm dunkelgrün verfärbte. Gleich darauf stoben Schaumkämme über den eben noch ruhigen See. Ein kleines Segelboot erreichte mit knatternden Segeln das Ufer, und das Bäumchen mit der Sonnenschirmkrone bog sich im Wind wie eine Weidenrute. Im Westen wurde das Wasser weiß, als würde es kochen. Das Weiße kam näher: fliegende Gischt über den Wellenkämmen, die dahinrasten wie wilde Reiter. Ein Rauschen in den alten Silberpappeln am Ufer, dann setzte der Regen ein. Plötzlich lief Beate davon, er folgte ihr langsam.

Ein Stück vom Ufer entfernt sah er das rote Blinklicht des Bahnübergangs und die Halbschranken, die sich eben schlossen. Beate hielt darauf zu. Jetzt rannte er. Er war noch ein paar Meter entfernt, als ein Güterzug den Übergang erreichte. Er sah, wie Beate einen Schritt nach vorn tat, noch zögernd und unentschlossen, dann rascher einen zweiten an der Schranke vorbei. Mit einem Satz war er bei ihr, griff nach ihrem Arm. Einen Meter von ihr entfernt donnerte der Güterzug über die Gleise. Alexander hielt Beates Arm noch immer, als der Zug endlich vorüber war und der Lärm abebbte.

»Das darfst du niemals tun«, sagte er. Seine Stimme war heiser nach dem heftigen Schreck. »Versprichst du das? Du wirst doch noch gebraucht!«

Beate antwortete nicht. Sie ließ sich von ihm führen wie ein verängstigtes Kind. Nass bis auf die Haut erreichten sie ›Haus Schmetterling‹. Beate schloss die Haustür auf und protestierte nicht, als er hinter ihr die Treppen hinaufstieg und mit ihr die Ferienwohnung betrat.

»Wir fahren jetzt zu mir, und dann bitte ich Jörg, dorthin zu kommen«, sagte er. »Ihr könnt in Ruhe alles besprechen. Jörg versteht, warum du so handeln musstest, wie du es getan hast.«

Er wusste nicht, ob sie ihm überhaupt zuhörte. Mit ausdruckslosem Gesicht stand sie vor ihrer Reisetasche, die sie mitten im Zimmer abgestellt hatte.

»Du hast schon gepackt?«

Endlich antwortete sie. »Ich hatte noch gar nicht ausgepackt.«

Er nahm die Tasche. »Also gehen wir.«

Sie widersprach nicht. Unten im Flur legte sie den Hausschlüssel auf das Garderobenschränkchen.

»Musst du nicht bezahlen?«

»Wofür? Dafür, dass die Tasche ein paar Stunden im Zimmer gestanden hat?«

»Wo warst du vorher?«

Sie zuckte mit den Schultern. »Irgendwo. In Zügen, auf Bahnhöfen, in Kaufhäusern. Ich weiß es nicht mehr.«

Die Scheiben im Auto waren schon von der Nässe beschlagen,

noch ehe sie Markelfingen hinter sich gelassen hatten. Bei Geisingen, wo sie die Autobahn verließen, redete Beate zum ersten Mal, seit sie im Auto saßen.

»Was wird aus Lena?«

»Lena? Ist das das Mädchen?«

Beate nickte.

»Ich weiß es nicht. Wenn sie nichts getan hat, außer mir eine tote Ratte vor die Tür zu legen und das Schloss mit Klebstoff zu verschmieren, wird sie jedenfalls nicht ins Gefängnis kommen.«

Dann schwiegen sie wieder. Beate hatte die Hände mit gespreizten Fingern auf ihre Knie gelegt und betrachtete sie stumm. Nur hin und wieder sah sie auf. »Wo sind wir?«, fragte sie einmal verwundert.

»Wir fahren durchs Urachtal zur B 500. Im Höllental ist eine Baustelle.«

Sie senkte wieder den Kopf und betrachtete ihre Finger, die sich wie ohne ihr Zutun langsam bewegten. Regen klatschte gegen die Scheiben, und als sie bei der Kalten Herberge die Bundesstraße erreichten, verhüllte dichter Nebel den Schwarzwald. Beate war noch immer in die Betrachtung ihrer Hände versunken.

»Beate?«

Sie hob den Kopf.

»Warum warst du so entsetzt darüber, dass Ingrids Grab verwüstet worden war?«

Sie schwieg. Was hatte er erwartet? Dass sie plötzlich reden würde, als hätte er sie nach einer schönen Urlaubsreise gefragt? Er wiederholte seine Frage nicht, sie war in diesem Augenblick ohnehin fehl am Platz gewesen. Außerdem hatte er genug damit zu tun, im Nebel die Straße nicht zu verfehlen.

Irgendwann hörte der Regen auf. Bald darauf lichtete sich auch der Nebel. Beim Thurner riss die Wolkendecke auf, und so unerwartet wie eine Fata Morgana leuchtete plötzlich im Norden die Klosterkirche von Sankt Märgen im Sonnenlicht. Beate hatte sich aufgerichtet und betrachtete das Schauspiel wie ein Wunder.

»Da siehst du es«, stellte er fest.

»Was sehe ich?«

»Dass es immer wieder hell wird, egal, wie dunkel es war.«

Sie antwortete nicht, aber ihr Gesicht schien ein kleines bisschen zuversichtlicher zu sein.

Als sie die Spirzenstraße erreichten, lag Freiburg tief unter ihnen in der Sonne.

»Beate, dort gehörst du doch hin.«

Eine Weile sah sie nachdenklich aus, dann schüttelte sie den Kopf. »Ich werde alles hinter mich bringen, was mich hier erwartet, aber dann werde ich Freiburg verlassen.«

»Das kannst du nicht tun«, sagte er heftig. »Ich brauche dich doch. Wir alle hier brauchen dich!«

Sie sah ihn überrascht an, dann versank sie wieder in ihr Grübeln. »Vielleicht später«, sagte sie endlich sehr leise. »Ich muss zu Santosh. Er hat mich noch nie so gebraucht wie jetzt.« Dann verstummte sie wieder. »Ich habe versucht ihn anzurufen«, fuhr sie endlich fort. »Ich wollte ihm sagen, dass ich ihm verzeihe und dass ich ihm helfen werde, wo immer es möglich ist, aber ich habe ihn nicht erreicht.«

Alexander nickte. Das war die Nummer auf dem Handy, die Santosh zum Verhängnis geworden war. Er hoffte, Beate würde niemals erfahren, dass ihre Anrufe die Polizei auf seine Spur geführt hatten.

»Ich werde Santosh im Gefängnis besuchen«, sagte sie. Dann schwiegen sie wieder.

Kurz vor Buchenbach begann Beate plötzlich wieder zu reden. »Du hattest mich etwas gefragt.«

»Ja«, sagte er, ohne sich zu erinnern, welche Frage sie meinte.

»Als wir beim Standesamt unsere Hochzeit angemeldet hatten, sind wir zum Essen ins ›Lago‹ im Seepark gefahren. Dort habe ich Santosh erzählt, dass du früher verheiratet warst. Ich habe auch vom Grab deiner Frau auf dem Hauptfriedhof in Karlsruhe gesprochen.«

»Und als das Grab verwüstet wurde, hast du gemerkt, dass Santosh hinter allem steckt, was geschehen ist.«

»Santosh kämpft für seinen Glauben, das ist wahr«, stieß sie heftig aus, »aber er ist nicht schuld an allem, auch nicht an dem verwüsteten Grab.« Dann zögerte sie. »Im ersten Augenblick, als du davon erzählt hast, habe ich tatsächlich geglaubt, Santosh könne das gewesen sein. Der Gedanke war fürchterlich. Aber warum hätte er das tun sollen?«

Er antwortete nicht.

»Ich habe ihn gefragt. Er hat mir geschworen, dass er nichts mit dem Grab zu tun hat.«

»Fast niemand in Freiburg weiß von dem Grab«, entgegnete er.

»Am Nebentisch saßen Studenten, die uns die ganze Zeit beobachtet haben. Sie konnten hören, worüber wir sprachen. Ich glaube, sie hatten mich erkannt.«

»Und dann haben die Studenten den Grabstein umgestürzt, weil sie mich ärgern wollten?«

Beate antwortete nicht.

»Glaubst du das wirklich?«

Sie hob die Schultern und verharrte einen Augenblick, ehe sie sie wieder fallen ließ.

Er wagte eine weitere Frage. »Warum warst du bei der Demonstration gegen Tierversuche vor dem Münster?«

Sie verstand nicht gleich.

»Als die gekreuzigte Ratte vorbeigetragen wurde.«

»Ich bin zufällig dazu gekommen, aber …« Sie stockte.

»Was ist aber?«

Sie sah ihn unsicher an. »Solche Demonstrationen müssen doch sein«, sagte sie leise. »Es kann nicht immer so weitergehen mit dem Töten von Tieren nur für irgendwelche Versuche. Zwei oder drei Millionen sind es allein in Deutschland, und das jedes Jahr.«

Sie schwiegen eine Weile, bis Beate wieder zu sprechen begann. »Wie geht es eigentlich Sambala?«

Er seufzte. »Sambala geht es gut.«

»Aber?«

»Von mir will sie nichts mehr wissen.«

»Schade, dass ich keine Katze habe«, stellte Beate nach einer Weile fest.

»Warum?«

»Katzen sind nicht einfach weg, weil die Polizei sie verhaftet hat, und man steckt sie auch nicht ins Gefängnis.«

Katzen können vor ein Auto laufen, dachte er, und dann kann man sie nicht einmal mehr im Gefängnis besuchen, aber das sprach er nicht aus. »Kauf dir doch eine«, sagte er. »Junge Kätzchen kosten im Tierheim hundertzehn Euro. Sie sind stubenrein, entwurmt, geimpft, gechipt …«

»… und wenn sie noch nicht sterilisiert sind, bekommt man einen Gutschein für den Tierarzt.«

»Woher weißt du das? Hast du dich schon erkundigt?«

Sie nickte, und zum ersten Mal lächelte sie wieder.

»Ich möchte nicht zu dir fahren«, sagte sie nach einer Weile.

»Wohin denn dann?«

»Zur Kripo.«

Er sah sie überrascht an.

»Bitte bring mich gleich zur Kripo.«

Er versuchte nicht, sie umzustimmen. Das Gespräch mit Jörg würde nur aufschieben, was unausweichlich auf sie zukommen würde.

»Wenn es dir lieber ist, tue ich das.«

Wenige Minuten später hielt er in der Heinrich-von-Stephan-Straße vor dem ehemaligen Fabrikgebäude, wo sich zur letzten Jahrhundertwende die Polizeidirektion und die Kriminalpolizei niedergelassen hatten.

»Ich danke dir für alles«, sagte sie, und für einen Augenblick sah sie aus, als ob sie weinen würde, fasste sich aber gleich wieder. »Meine Tasche ist noch im Kofferraum.«

Er stieg aus und reichte sie ihr. Sie nahm sie und ging davon, ehe er sich verabschieden konnte. Er sah ihr nach, wie sie mit der Tasche in der Hand erst langsam und zögernd, dann aber mit immer entschlosseneren Schritten auf das Gebäude zuging. Als sie die Stufen zur gläsernen Eingangstür hinaufgestiegen war, drehte sie sich noch einmal um und winkte ihm zu. Winzig und wie verloren stand sie unter den riesigen blauen Lettern, die das Wort POLIZEI bildeten.

Dann öffnete sich die Tür, und sie verschwand in dem Gebäude.

Renate Klöppel

Schlangensaat

Ein Freiburg-Krimi. 288 Seiten.
Piper Taschenbuch

Spätabends kommt Professor Kilian in sein Institut an der Freiburger Universität, um sich mit der Studentin Xenia zu treffen, doch zu seinem Entsetzen findet er sie in einem Labor tot am Boden liegend. Im Gegensatz zur Polizei ist er davon überzeugt, dass sie umgebracht wurde, und vermutet, dass ihr Tod mit ihrem Kampf gegen den Einfluss großer Gentechnikkonzerne zusammenhängt. Zu seinem eigenen Schutz verschweigt er, was ihn wirklich mit der attraktiven jungen Frau verband, und beginnt die Suche nach ihrem Mörder. Dabei zieht sich das Netz aus Lügen und Intrigen immer weiter zu, bis auch Kilians Leben auf dem Spiel steht …

»Spannender, interessanter, farbiger können Krimis kaum sein.«
krimi-forum.de

05/2728/01/L

Michael Kibler

Todesfahrt

Kriminalroman. 336 Seiten.
Piper Taschenbuch

Als in einem Wald bei Darmstadt die Leiche des Amerikaners William Fishkin auftaucht, steht die Polizei vor einem Rätsel: Warum wurde der Mann erschlagen? Und weshalb hielt er sich überhaupt in Deutschland auf? Bald stellt sich heraus, dass Fishkin als Privatdetektiv arbeitete, sein letzter Aufenthalt in Hessen jedoch war rein privater Natur – er war auf der Suche nach seinem Erzeuger. Obwohl dieser seine Vaterschaft gleich anerkannte, schien irgendetwas nicht zu stimmen. Denn warum hat Fishkin sich sonst bei der amerikanischen Polizei nach mysteriösen Todesfällen vor vierzig Jahren erkundigt? Allmählich kommen die Ermittler einem düsteren Geheimnis auf die Spur, dessen Kenntnis fatale Auswirkungen hat …

»Eine spannende Handlung vor gründlich recherchiertem lokalen Hintergrund.«
Darmstädter Echo zu »Schattenwasser«

05/2723/01/R